9천 반의 아이들

九千班的孩子们

9천 반의 아이들

九千班的孩子们

쌍쉐타오 소설집

유소영 옮김

시험에서 일등을 해도
9천 위안을 내야 다닐 수 있어
이곳은 '9천 반'이라 불렸다.

민음사

차례

9천 반의 아이들————— 7

평원의 모세————— 64

대사(大师)————— 153

절뚝발이————— 184

긴 잠————— 203

건달————— 235

기습————— 262

큰길————— 284

그라드를 나오다————— 301

자유 낙하————— 324

작가의 말————— 353

9천 반의 아이들

1

마지막으로 안더례를 만난 건 우리 아버지의 장례식장에
서였다.

둥베이 지역에서의 장례식은 정확히 말해 집단 불구경이
라 불러야 한다. 눈물도, 장례사도 없다. 죽은 자가 살아생전에
어떤 모습이었는지는, 특히 그가 평범한 보통 사람이었을 때는
이에 대해 말하는 것이 허락되지 않는다. 죽은 자의 가족들은
밤새 불면의 밤을 보내며 다음 날 어떤 차량을 배치할지, 누가
차에 꽃을 꽂을지, 누가 맨홀 뚜껑에 종이를 깔지, 누가 영구차
에서 밖을 향해 지전을 뿌릴지 생각한다. 만약 죽은 자에게 아
들이 있다면 그 아들은 어떻게 질그릇을 깨뜨려야 할지 생각해
야 한다. 반드시 산산조각이 나야 망자가 편하게 제 갈 길을 간

다고 믿기 때문이다. 완전히 박살이 나지 않으면 친척들이 눈을 부릅뜬다. 마치 당신이 갈 길을 방해해 차를 놓치기라도 한 것처럼 여길 것이기에 다시 그릇을 주워 부숴야 한다. 아무리 애를 써도 그릇을 깨지 못한 사람을 본 적이 있다. 누군가 옆에서 말했다. 네 어머니가 아직도 마음에 걱정이 있나 보다. 깨지지 않는 그릇 때문에 마음이 조급해진 아들은 질그릇을 주워 그자를 향해 던졌고, 그자가 날아오는 질그릇을 피하면서 그릇은 박살이 났다.

장례식에 참석한 사람들 역시 아침 일찍 일어나야 한다. 대개 새벽 5시 정도다. 차량 행렬이 갖춰지고 질그릇이 깨지고 나면 영구차 기사가 당신을 곁눈질한다. 그럼 당신은 그에게 300위안을 찔러 줘야 한다. 돈을 받은 기사는 곧바로 고함을 지른다.

출관!

대개 이런 기사들은 목소리가 우렁차다. 그가 외치는 두 글자가 여명을 가르면 마치 거리에 떠다니는 영혼에게 길을 비키라는 말처럼 들린다. 만약 100위안만 주면 기사는 갑자기 졸린 사람처럼 "출관"이라고 투덜거린다. 이처럼 일찍 서두르는 이유는 첫 번째 용광로를 차지하기 위해서다. 사실 첫 번째 용광로라는 건 존재할 수 없다. 시신을 화장하기 위해 용광로가 완성된 그날 이미 누군가 죽어 처음이라는 특별한 영예를 차지했을 것이며, 그 후 첫 번째 용광로란 당일에 아직 사람을 화장하지 않은 용광로를 가리킬 뿐이다. 이것은 누구나 안다. 그런데도 첫 번째 용광로에 들어가겠다는 고집은 마치 모든 일에는 순서가 있기 마련이며 다투어 일등을 차지해야 마음이 놓이는 사람들의 심리에 불과하다.

아버지의 장례식 전날 밤, 나는 갑자기 고환에 극심한 통증을 느꼈다. 상을 치르는 동안 병원에서 어찌나 정신없이 바빴는지 오줌 눌 틈도 없었다. 그렇게 오줌을 참느라 병이 난 듯했다. 너무 아파 의사를 찾아가 거세를 해야 낫지 않을까 생각될 정도였다. 나는 절대 향불을 꺼뜨리지 말라고 부탁한 후, 외투를 걸치고 영하 30도의 칼바람을 뚫고 우리 집 맞은편에 있는, 아버지가 돌아가신 그 병원에 가서 거무튀튀해진 시트 위에 누워 바지를 내렸다. 의사는 그날 밤, 줄곧 내게 쾌락을 선사했던 두 개의 고환에 대체 무슨 문제가 생긴 건지 이러저리 눌러 봤다. 의사는 남자였는데 손길이 매우 부드러웠다. 마치 과일을 고르는 것 같았다. 그가 말했다. 크기가 같은 걸 보니 선천적인 기형은 아니네요. 최근 성생활은 정상이었나요? 내가 말했다. 아뇨. 집에 일이 생겨서 성생활을 못했습니다. 그가 말했다. 전에는 정상이었나요? 내가 말했다. 여자 친구들이 하는 말을 들어 보면 비정상이래요. 시간이 너무 길다는군요. 그가 말했다. 그건 괜찮아요. 어디 봅시다. 이렇게 말하며 그가 다시 고환을 눌렀다. 물을 잘 안 마셔서 안에 기능이 좀 떨어졌을 거예요. 그의 말이 떨어지기 무섭게 통증이 사라졌다. 전혀 아프지 않았다. 나는 바지를 올리고 침대에서 뛰어내렸다. 그리고 의사를 향해 허리를 굽혀 인사한 후 집으로 달려갔다. 영구차가 출발 준비를 마치고 서 있었다. 나는 차량 꼬리 쪽에서 앞쪽을 향해 뛰어갔다. 친척들이 모두 마당에 서 있었다. 영구차 옆에 서 있던 어머니가 주머니에서 흰색으로 '효(孝)' 자가 적힌 상장을 꺼내 내 팔에 둘러 줬다. 바닥에 질그릇과 지전이 놓여 있었다. 내가 바지주머니에서 라이터를 꺼내자 기사가 눈치 빠르게 바로 날 끌어당겨 성냥 한 갑을 건넸다. 나는 성냥으로 지전에 불을 붙였다. 지전이 검은 연기를 내며 재가 되었다. 나는 한숨을 들이쉰 뒤 질그릇을 머리 꼭대기까지 들어 올렸다. 그런데 갑자기 대사가 생각나지 않았다. 어머니가 옆에서 살짝 일러 줬다. 아버지, 편안히 가세요. 내가 외쳤다. 아버지, 편안히 가세요! 질그릇이 와사삭 부서졌다. 바람 맞은 미라처럼 재는 날아가고 연기가 잦아들었다. 어머니가 기사에게 300위안을 쑤셔 넣어 주자 기사가 한껏 소리를 높였다. 출관!

그 후 안더례를 봤다. 그는 중학교 시절 입던 회색 외투 차림이었다. 풀어 헤친 외투 안으로 조끼 하나만 입은 상태였다. 손에 들린 중학교 시절의 낡은 책가방이 마치 금방 참수한 사람의 머리통 같았다. 그가 아스라하게 나를 향해 걸어왔다.

처음 만났을 때도 그 애는 조끼를 입고 있었다. 중학교 첫 수업 날이었다. 담임 선생님은 서른이 갓 넘은 여자 선생님으로, 성이 쑨 씨였다. 중학교 3년 내내 선생님은 우리와 함께였다. 어쩔 수 없는 이런 만남을 통해 우리는 쑨 선생님에게는 평화로운 시대에 태어난 것이 적잖은 실수라는 것을 발견했다.

선생님이란 직업이 쑨 선생님 자신에게는 재능에 못 미치는 일이었고, 우리에게는 과분했다. 선생님이 검은 구두의 먼지를 털어 냈다. 마치 조금 전 높은 산 몇 개를 넘어 이곳에 이른 것처럼. 여러분은 오늘 내가 여러분 앞에 설 수 있게 된 이유가 최근 몇 년 동안 학생들을 열심히 가르쳤기 때문이라는 걸 알아야 해요. 애들을 혼내 주는 나만의 방법이 있지. 그래서인지 내가 가르친 애들 중에 날 보러 온 애들이 하나도 없어요. 그래도 괜찮아, 그 애들이 날 무서워하지 않았다면 일찌감치 망가졌을 테니까. 또 마찬가지 말이지만 여러분은 다 좋은 학생입니다. 모두 시험을 쳐서 들어온 학생들이니까. 난 여러분을 신경 쓰지 않을 거예요, 난 너무 피곤해요. 그러더니 선생님이 우리를 훑어봤다. 마치 자기 말을 알아들었는지 확인이라도 하려는 것처럼 말이다. 대부분의 아이들이 확실히 알아들었다는 눈빛을 보냈고, 나도 그랬다. 1997년의 일이다. 둥베이 지역의 교육 제도에 변화가 있었다. 학교를 선택할 수 있게 된 것이다. 학부모와 학생의 심리를 꿰뚫은 위대한 조치로, 그렇지 않아도 훌륭한 중학교 안에 적어도 갑, 을, 병, 정 네 개 반을 만들어 (일반적인 1, 2, 3, 4반 식의 반 편성과 구분하기 위해 이와 같이 이름을 붙였다.) '학교 안의 학교'를 만들었다. 그리고 초등학교 졸업생을 대상으로 시험을 통해 신입생을 받았다. 고등학교나 대학교 입학시험과 달리 시험에서 1등을 한다 해도 별도로 9000위안을 내야 입학이 가능했기 때문에 사람들은 이 학교를 '9000반'이라 불렀다. 당시 9000위안이란 돈이 결코 적지 않은 돈이었음에도 불구하고(우리 집은 이곳저곳에서 이 돈을 긁어모았다.)
거의 모든 초등학교 졸업생들이 이런 학교에 등록을 하고 싶어
했다. 이제 막 걸음을 떼기 시작했는데, 어느 누가 제자리에 멈
춰 서서 다른 사람이 자기 옆을 뛰어 지나가는 걸 보고 싶어 하
겠는가? 당시 우리 반은 갑, 을, 병, 정 네 개의 9000반 가운데
'정'반이었다.

쑨 선생님이 말을 할 때 한 애가 작은 칼을 들고 책상에
엎드려 글자를 새겼다. 득, 득, 소리가 났다. 선생님이 그 애를
가리키며 말했다. 너, 일어나! 그가 손으로 책상을 받치며 일
어났다. 그 애는 웃음이 나오는 걸 참느라 입을 오므리다 보니
표정이 좀 딱해 보였다. 쑨 선생님이 말했다. 이름이 뭐지? 안
더례예요. 이름이 뭐 그래? 앞에 나와서 칠판에 이름 써 봐. 그
애가 걸어 나오는 것을 보고 우리는 모두 깔깔 웃음을 터뜨렸
다. 이름만 이상한 것이 아니었다. 러닝셔츠가 너무 길어 엉덩
이를 덮는 바람에 마치 여자 투피스를 입고 있는 것처럼 보였
다. 러닝셔츠 아래로는 미끈하고 가는 두 다리가 삐져나와 있
었고, 낡은 축구화를 신고 있었다. 그가 앞으로 나와 말했다.
선생님, 분필이 없어요. 쑨 선생님이 교탁에서 분필 한 통을 꺼
낸 다음, 통 안에서 분필 하나를 꺼내 줬다. 그 애가 분필을 잘
라 큰 쪽을 다시 선생님에게 주고 자기는 작은 쪽을 들어 칠판
에 바짝 엎드려 이름을 적었다. 안더례. 글씨가 엉망인 데다가
너무 크게 적는 바람에 그렇지 않아도 엉망인 글자가 더 우스
꽝스럽게 확대돼 보였다. 특히 '례(烈)'의 아래 점 네 개는 마

치 칠판에 뚱뚱한 지렁이가 가득 기어가는 듯했다. 글자를 거의 다 써 갈 때 분필이 다 닳아 '례'의 마지막 점은 손으로 문질러 그렸다. 쑨 선생님이 출석부를 펼치며 말했다. 출석부에 적힌 안더순이 너니? 그건 아버지가 지어 준 이름이에요, 나랑은 상관없어요. 쑨 선생님이 불같이 화를 냈지만 안더례는 전혀 신경 쓰지 않은 채 히히거리며 선생님 앞에 서 있었다. 안더순, 너 조금 전 책상에 뭐라고 새겼어? 저우 총리[1]요. 쑨 선생님은 적잖이 놀란 눈치였다. 수업 끝나기 전에 책상 위에 새긴 저우 총리 안 지우면 부모님께 배상하라고 할 거야! 그리고! 다음 시험에 안더례라고 쓰면 빵점 처리하겠어. 앞으로 조끼에 반바지 입고 학교 오면 애들 보는 앞에서 다 벗겨 버릴 거고, 무슨 말인지 알겠어? 나는 무의식적으로 고개를 끄덕였다. 초등학생 시절 생긴 버릇이었다. 선생님이 "알아들었나요?"라고 말하면 그게 사실이든 아니든 고개를 끄덕여야 했다. 안더례는 고개를 저었다. 아뇨. 쑨 선생님이 칠판닦이로 교탁을 세게 내리쳤다. 모르겠다고? 분필 먼지가 풀풀 날리는 가운데 그애가 천천히 말했다. 글자를 지우라고 하신 걸 보니 제가 글자를 새기느라 책상을 버려 놨다고 생각하셨다는 건데, 그걸 긁어 내리려면 책상이 더 망가지잖아요. 게다가 저우 총리를 어떻게 함부로 지워요? 또한 선생님이 우리 아버지가 지어 준 이름을 쓰라고 하신 건 출석부에 그 이름이 있기 때문이지만, 선생

---

1   저우언라이(周恩來) 총리.

님은 벌써 '안더례'란 이름으로 저랑 이야기했으니 어떤 이름을 써도 이미 저란 거 아시잖아요? 조끼에 반바지 입은 차림이 잘못되었다고 하시는데, 복도에 적힌 복장 규정에는 입으면 안 된다고 적혀 있지 않아요. 선생님이 입지 말라고 한 건 보기 흉하다고 느껴서이지만 전 이렇게 입으니 시원해요. 선생님이 제 옷을 벗기면 그건 더 꼴불견일 테고 그에 비해 전 오히려 더 시원해지지 않겠어요?

쑨 선생님의 얼굴이 몇 초 사이 여러 가지 색으로 변하더니 급기야 나중에는 하얗게 질려 버렸다. 넌 네 이야기가 논리 정연한 것 같지? 네, 선생님처럼요. 선생님이 잠시 멈칫하더니 말했다. 앞으로 내 수업은 올 것 없다. 그 애가 잠시 생각에 잠겼다. 뭔가 셈을 하는 것 같았다. 그럼 학비의 5분의 1을 돌려주세요. 9000위안을 5로 나누면 1800위안이네요. 선생님은 보아하니 오늘은 승산이 없으리라 판단한 것 같았다. 그렇다고 이렇게 많은 애들 앞에서 애를 때리면 조금 전에 자신은 절대 학생들에게 손을 대지 않는다는 말에 위배되는 셈이었다. 돌아가 앉아. 저녁에 부모님 오시라고 해. 그 애가 가타부타 말도 없이 배시시 웃으며 자리로 돌아가 앉으려는 순간, 선생님이 말했다. 전부 자리에서 일어나. 그 애가 다시 일어나 손으로 책상을 받쳤다. 모두 교실 밖으로 나가 키 순서대로 서. 오늘 자리 배정한다. 우리는 우르르 나가 남녀 두 줄로 서서 한 사람씩 키를 맞춰 봤다. 이때 쑨 선생님이 안더례를 줄에서 잡아 냈다. 넌 기다려. 모두 자리 배정이 끝난 후 선생님이 제일 끝줄 제일 오른쪽을 가리켰다. 교실 뒷문 옆이었다. 선생님이 안더레에게 말했다. 네 책상 저쪽으로 옮겨. 거기 앉아.

그로부터 삼 년 동안 안더레는 줄곧 그 자리에 앉았다. 중학교 3학년이 되어 우리 반이 다시 자리를 돌려 가며 앉을 때도 그 애는 여전히 그 자리 그대로였다. 막 3학년이 되었을 때 어떤 학부모들은 자기 아이 키가 크다는 이유로 뒤에 앉는 건 불공평하다고 주장했다. 키가 큰 건 본래 좋은 일이지만 이렇게 해서 다시 차별 대우라는 문제가 발생했다. 아이들 눈 건강에도 모두 문제가 생기기 시작했다. 지식인 가정에서 태어나 선천적으로 부모의 근시를 물려받은 아이를 빼고도, 태어났을 때 정상이었던 눈이 중학교 3학년이 되자 흐릿하게 보이기 시작한 것이다. 수업 내용이 많아지면서 칠판의 글자도 점점 작아졌다. 어떤 선생님들은 공간 배분을 잘 못해서 처음 단락에는 시원스럽게 큰 글씨로 몇 줄을 적다가 다음 단락에서 내용을 다 적지 못하는 바람에 글자가 갑자기 쪼그라들었다. 결국 마지막에는 칠판에 바짝 엎드려 마치 글자를 새기듯 적어 넣었다. 그렇게 글씨가 마치 흰색 작은 뭉치처럼 되어 버려 칠판 전체가 위에서 아래로 시력표를 만들어 놓은 것 같았다. 한편, 우리는 점차 잠자리에 드는 시간이 늦어졌다. 그중에서도 몇몇 여학생은 걸핏하면 밤을 새고도 다음 날 평소처럼 수업을 들었고, 자리에서 일어나 질문에 답을 하기까지 했다. 이런 모습은 쑨 선생님이 우리에게 가르쳐 준 생활이었다. 그렇게 많이 자서 뭐 해? 안 자도 멀쩡하잖아? 어느 날, 위허메이라는 친구가 교실에서 갑자기 고개를 바닥에 처박았다. 처음에 우리는 그 애가 땅에서 물건을 줍고 있다고 생각했다. 선생님은 한참이 지나도 그 애가 일어나지 않자 이렇게 말했다. 위허메이, 먼저 수업부터 들어야지. 그 애가 말했다. 선생님, 제가 생각하기에, 아니, 제가 추측건대 제 머리에 피가 모자란 것 같아요. 머리로 피를 끌어 올려야겠어요. 잠깐만 끌어 올리면 돼요. 선생님은 뭔가 잘못됐다 생각하고 다가가 그 애를 끌어 올렸다. 여학생의 콧구멍에서 두 줄기 코피가 뿜어져 나왔다. 마치 그 애를 잡아 하늘에 머리를 박은 것 같았다. 다음 날 쑨 선생님이 우리에게 말했다. 그 애는 선천적으로 혈액이 부족했어. 전에는 몰랐대. 우리는 그 말을 믿지 않았다. 적어도 선천적이라는 말은 믿지 않았다. 게다가 피가 부족하다면 어떻게 콧구멍에서 그렇게 많은 피가 쏟아져 나올 수 있겠는가? 물론 위허메이처럼 순간적으로 머리에 문제가 생기는 일은 드물었지만, 잠을 안 자도 잘 생활할 수 있다는 말을 믿는 사람은 극히 드물었다.

일부 키가 큰 아이들의 아버지들, 물론 선생님과 대화가 가능한 아버지들은 자기 아이가 칠판이 잘 안 보인다는 사실과, 그에 비해 매일 칠판 아래에서 수업을 듣는 키 작은 아이들은 칠판을 보고 싶지 않아도 어쩔 수 없이 볼 수밖에 없다는 사실을 발견했다. 칠판이 코앞에 있으니 책상에 납작 엎드리지 않는 한 언제나 칠판이 시야에 들어왔기 때문이다. 학부모들은 한 주에 한 번씩 자리를 돌아 가며 앉자고 제안했다. 학부모들의 요구에 언제나 민감하게 반응하던 선생님은 곧바로 자리를 돌리기 시작했다. 하지만 안더례의 자리는 한 번도 바뀌지 않았다. 중학교 1학년 두 번째 학기를 제외하면 단 한 번도 짝이 없었다. 안더례는 마치 선생님이 뒷문 창문 아래 박아 놓은 못처럼, 그곳에서 녹이 슬어 버린 것 같았다.

선생님뿐만 아니라 처음에는 우리 역시 그 애가 그곳에 꼼짝하지 않고 앉아 있어 주길 원했다.

중학교 1학년 첫 학기, 어느 날 오후 자습 시간, 교실이 난장판이었을 때 왕양은 마리예가 며칠 전 자기에게 『슬램덩크』한 권을 빌려가 돌려주지 않았다고 말했다. 마리예는 다시 왕하이가 가져갔다고 했다. 마리예가 왕양에게 이렇게 말하자 왕양은 알겠다고 했는데, 이제 보니 그게 아니었다. 왕하이의 주장에 따르면 자기가 마리예에게서 가져간 건 그들이 말한 25권이 아니고 26권이라고 했다. 왕양이 왕하이의 책가방을 다 뒤집어 쏟았을 때는 26권도 보이지 않았다. 그는 우선 25권은 관두고 26권을 돌려달라고 했다. 왕하이는 집에 있다고 했다. 그러면서 26권이 정말 재미가 없다고 덧붙였다. 하지만 그는 미츠이의 3점 슛이 성공했는지 아닌지도 몰랐다. 마리예가 소리를 질렀다. "틀렸어, 그건 25권 이야기야." 그러자 모두 미츠이 이야기에 열을 올리기 시작했다. 대부분 미츠이가 이 만화에서 가장 흥미로운 인물이라고 생각하는 듯했다. 그때 갑자기 안더례가 소리를 질렀다. 조용, 쑨 선생님 오셨어. 아이들이 모두 멍해졌다. 그날 오후 들어 유일하게 조용한 시간이 잠깐 동안 교실에 찾아들었다. 문이 열리고 쑨 선생님이 들어섰다. 미처 입을 다물지 못한 아이들의 모습이 눈에 들어왔다. 어떤 아이들은 아직 말을 마치지 못해서, 어떤 아이들은 놀라서 입을 다물지 못했다. 쑨 선생님도 뜨악한 표정으로 입을 벌린 채 고개를 숙여 자기 하이힐을 바라보더니 겸연쩍게 웃었다. 이젠 내 발소리도 들리나 보구나. 선생님은 이렇게 말하고 뒤돌아 나가 버렸다. 우리의 시선이 안더례를 향했다. 안더례가 컴퍼스를 들고 책상에 뭘 파고 있었다. 그 책상에는 자기 이름 외에 돌고래, 사슴, 아르키메데스가 새겨져 있었다. 물론 당연히 저우 총리의 이름도 있었다. 이번에는 뭘 새기는지 모를 일이었다. 아마도 그의 귀가 밝은 탓이겠지. 나는 대부분 아이들이 그렇게 생각하고 있다는 걸 알았다.

다음 날 또 그 시간, 『신조협려』[2]의 인지핑이 죽어야 마땅한지 아닌지를 놓고 열띤 토론이 벌어졌다. 마리예는 수궁사[3]의 과학적 근거에 대해 열변을 토했다. 당시 구톈러와 리뤄퉁이 주연한 『신조협려』가 인기리에 방영 중이었다. 여주인공 리뤄퉁이 인지핑에게 모욕을 당하는 그 회 이야기에 모든 사람들이 가슴 아파했다. 안더례가 말했다. 조용, 쑨 선생님 오셔. 모두 마치 장관의 차렷 소리를 들은 사람들처럼 그 즉시 눈앞의 책을 똑바로 바라봤다. 책상 위에 책이 없는 아이들은 서랍에서 책 한 권을 꺼내 시선을 고정했다. 일순간 모두 '눈이 코끝을

---

2 중국 소설가 진융(金庸)의 무협 소설.
3 고대에 여성의 정조를 검증하던 약물.

향하고, 코끝이 입을 향하고, 입이 마음을 향한' 자세⁴를 취했다. 마치 좌선을 하는 듯한 고요함이 찾아들었다. 발소리도 들리지 않았는데 문이 열리고 운동화를 신은 쑨 선생님이 들어왔다. 선생님의 눈에 들어온 건 약간 벌어진 학생들의 입이 아니라 일렬로 앉은 학생들의 뒤통수였다. 나는 곁눈질로 망연자실해하는 선생님의 모습을 봤다. 대체 문제가 뭐지, 라고 기억을 더듬고 있는 모습 같았다. 영화 속 공산당원에게 놀림을 당한 스파이 같았다. 마침내 선생님이 입을 열었다. 책가방 앞으로 내놔. 시험이다. 포로를 총살하는 수밖에 달리 방법이 없어 보였다.

시험을 마친 후 우리는 안더례에게 다가갔다. 그 때문에 시험이라는 걸 또 보게 되었지만 그보다는 안더례가 어떻게 그처럼 신통방통한지 알고 싶은 마음이 더 간절했다. 안더례가 책상 속에서 거울 하나를 꺼냈다. 너무 오래되어 투명 테이프를 덕지덕지 붙여 둔 거울이었다. 거울에 비친 얼굴에 흉터가 있다는 착각이 들었다. 그가 말했다. 우리 복도 너비가 2미터 반이야. 모두 고개를 끄덕였다. 마치 모두 너비를 재 본 사람들 같았다. 안더례가 손가락을 들어 머리 위 창문을 가리켰다. 이 유리창은 지면에서 1미터 65센티미터 정도로 쑨 선생님 키와 엇비슷하지. 지금이 10월이니 오후 2시부터 3시까지 햇빛과 지면의 각도는 45도가 조금 넘어. 그냥 45도라고 생각하면

---

4   자기 수련의 한 방법으로, 단전에 기운을 모으는 자세.

돼. 안더레는 그 자리에 바보처럼 서 있는 우리를 보고 다시 휴지 한 장을 꺼내 위에 방정식 몇 개를 적었다. 꿈틀거리는 지렁이 같았다. 그가 말했다. 내 책상은 지면에서 83센티미터야. 좋아, 그럼 이 수치들이 나왔으니 거울을 내 가슴에서 35센티미터 거리, 유리창에서 75센티미터 떨어진 곳에 두는 거야. 우리 교실이 이 복도 끝에 있으니까. 그가 조끼 아래를 거머쥐어 코를 닦은 후 계속해서 말했다. 쑨 선생님이 갑자기 들이닥치려고 하면 동쪽에서 서쪽으로 걸어올 수밖에 없어. 그리고 선생님이 안경 쓰고 있다는 것, 너희도 다 알지? 이 거울을 내가 말한 위치에 놓는 거야. 선생님이 일부러 벽에 바짝 붙어 걷지 않는 한 복도 중심선 또는 중심선에서 오른쪽으로 걷게 되어 있어. 선생님은 뒤의 이 유리창에서…… 안더레가 우리를 바라봤다. 누구한테서도 답변이 나오지 않았다. 그가 낙심한 표정으로 말했다. 3미터 반까지 오면 선생님의 안경에서 반사되는 빛이 보여. 우리는 놀라움을 감출 수 없었다. 왕양이 말했다. 정말, 짱이야. 짱! 이어 우리는 안더레를 그의 초소에 남겨 둔 채 탈주병처럼 뒤로 물러났다.

어느새 반년이 지났다. 내 성적은 갈수록 떨어졌다. 같은 반 여학생을 좋아했기 때문에, 아니, 끝을 알 수 없는 이 답답하고 고통스러운 생활과 맞서느라 여자애를 향한 사랑을 선택했을지도 모르지만 어쨌거나 그 후 자연스레 성적이 곤두박질치기 시작했다. 그 애 얼굴은 잊어버린 지 오래다. 사실 그때 역시 자주 그 애 얼굴이 생각나지 않았는데도 어쨌거나 나는 사랑이라는 감정에 철저하게 정복당했다. 많이 맞았다. 물론 성적 때문이었다. 우리 아버지와 어머니는 9000위안이나 써서 입학한 그 좋은 학교에서 내 성적이 왜 갑자기 나빠졌는지 이해하지 못했다. 부모님에게 이런 현실은 사기나 다름없었다. 나는 자신을 잘 알았다. 어릴 적 탁월했던 내 성적은 다만 같은 나이 애들보다 더 일찍 대뇌를 돌렸기 때문이었다. 하지만 다른 부분에 관한 한 나는 깨달음이 늦었다. 지금 나는 대뇌를 쓸 건지 말 건지가 나 자신의 선택이라는 것을 잘 알고 있다. 하지만 그때, 지금은 잊어버린 그 여자애를 위해 나는 많은 일을 했다. 지금 생각해 보면 정말 믿기 힘든 일들이었다. 그중 하나로, 새벽에 학교 담을 넘었다. 그리고 미리 준비해 간 옷걸이로 창문을 들쑤셔 열고 교실로 들어가 그 여자애의 책상 속을 정리했다. 그 애가 전날 밤 아무렇게나 책상 속에 던져 둔 책을 가지런히 분류했다. 이어 그 애의 의자에 앉아 몇 시간 후 그 애가 앉아 있을 모습을 상상했다. 매일 그런 건 아니었다. 이따금 뜬금없이 정리가 돼 있어야 의심을 안 할 거라고 생각했다.

이처럼 사랑의 불길이 가장 뜨거웠을 때, 아니, 사랑이 갑자기 식어 버리기 직전이라고 해야 할까, 우리는 정치 수업을 시작했다. 중학교 1학년 두 번째 학기였다.

정치 수업 선생님은 사십 대 미혼 여성이었다. 삼십 대로 보이는 그녀는 꽃무늬 옷을 좋아하고 항상 울타리 같은 빛으로 얼굴을 도배하고 다녔다. 엉덩이를 좌우로 살랑살랑 흔들며 걷는 모습이 마치 우리 눈에 보이지 않는 누군가와 춤을 추고 있는 것처럼 보였다. 성이 쑹씨인 그 선생님을 우리는 '쑹 실룩이'라 불렀다. 젊었을 때는 그런대로 예뻤다고 한다. 엉덩이뿐만 아니라 모든 면이 매력적이었고 글솜씨도 좋았다고 역사 선생님이 알려 줬다. 역사 선생님은 남자다. 우리 학교에서 유일하게 넥타이 차림으로 수업하는 선생님이다. 역사 선생님은 역사 이야기를 싫어했다. 역사서가 너무 더럽다며 늘 입을 삐죽거렸다. 불결한 역사야, 불결한. 그는 오로지 '쑹 실룩이' 이야기만 하고, '쑹 실룩이'의 역사만 이야기했다. 그는 '쑹 실룩이'가 시골로 내려갔을 때 책을 보지 않았고, 그녀 곁에 책이라고는 사전 한 권이 다였고, 매일 사전을 외웠다고 했다. 밥을 먹을 때나, 잠을 잘 때, 밭에 나가 일을 할 때도 사전을 암기했고 그러다 나중에 정신적으로 문제가 생겼다고 했다. 그녀는 보면 볼수록 간체자[5]가 글자 같지 않다고 말했다. 이 말이 밖으로 새어 나가자 그녀는 그 인민 공사에서 가장 젊은 반혁명 행위자가 되었다. 한데 그녀의 정신병이 사전 암기 때문이 아니라 공사 서기 때문이라고 말하는 이도 있었다. 우리가 물었다. 공사 서기라고요? 그가 말했다. 너흰 몰라, 말해도 이해 못해. 어차피 그녀는 그 무리 중 가장 늦게 도시로 돌아왔고, 돌아와서 정신병은 좋아졌어. 중학교 자격 시험에서는 역사와 정치를 안 봐. 역사와 정치 수업은 들러리야. 반 학기 수업만 듣고 나면 책은 팔아 버려도 돼. 역사 선생님은 자기 일의 정수를 꿰뚫고 있었

---

5   1960년대 중국에서 창안한, 간소화된 한자.

다. 그래서 역사 수업을, 정치 선생님의 역사 수업으로 탈바꿈시켰다. 그 선생 수업 시간만 되면 우린 정신이 바짝 들었다. 그 당시 선생님들은 하느님마냥 행동하길 좋아했고, 우리 또한 그게 무슨 문제가 있는지 깨닫지 못했다. 한데 갑자기 한 하느님이 걸핏하면 다른 하느님의 스캔들을 들먹거리자 우리는 그 뒤를 뒤뚱뒤뚱 좇아가며 역사 수업과 견줄 만한 수업은 아무것도 없다고 느꼈다. 우리 눈엔 그 어느 나라의 역사도 쑹 실록이의 역사만큼 매력적이지 않았다.

그날도 나는 그 애 책상 속을 정리하러 일찍 학교에 갔다. 창문을 향해 옷걸이를 쑥 들이밀었는데 옷걸이 끝에 유리가 닿지 않았다. 몇 걸음 뒤로 물러나서야 창문이 열려 있다는 발견했다. 봉사 담당인 쑤이페이페이가 전날 깜빡 잊고 창문을 닫지 않았을 것이라 생각했다. 팔을 치켜올려 옷걸이를 교실에 던져 두고 짤막하게 도움닫기를 한 후 창틀로 올라갔다. 교실에 착지를 하고 나서야 나는 교실에 누군가 있다는 것을 깨달았다. 희미한 여명에 비친 사람은 쑹 실록이였다.

나 못지않게 상대도 놀란 눈치였다. 우리는 서로를 마주한 채 멍하니 서 있었다. 아무도 없는 것처럼 교실 안이 조용했다. 선생님이 타포린 가방 하나를 들고 그 애 책상 옆에 서 있었다. 다른 손에는 책이 한 권 들려 있었는데, 생물책 표지로 감싼 채였다. 생물책보다 3분의 1은 두껍고 속지가 까맣게 바래 있는 게 금방 눈에 들어왔다. 인지펑이 샤오룽뉘를 강간한 대목이 들어 있는 책으로 많은 사람들의 손때가 묻어 있었다. 선생님의 표정과 자세로 볼 때 내가 갑자기 뛰어들지 않았다면 분명히 『신조협려』를 가방에 넣었으리라. 나는 문득 왕양이 잃어버린 『슬램덩크』 25권, 안나가 잃어버린 『종이 뒤에 올라탄 내 영혼』[6]이 생각났다. 그 후 마리예의 『유유백서』, 쉬커의 『셜록 홈스 추리 걸작선』 중 『주홍색 연구』도 사라졌다. 이 책들은 학교에 가져와서는 안 되는 책들이었다. 선생님에게 잃어버린 사실을 말하는 건 자수나 마찬가지였다. 선생님이 먼저 평정심을 되찾고 '생물책'을 가방에 집어넣은 후 몸을 반듯하게 세웠다. 가방이 꽤 무게가 나가 보였다. 복도를 따라 쭉 교실을 훑고 우리 교실이 마지막 목적지였던 것으로 보였다. 선생님이 날 향해 다가와 가방을 벌리며 말했다. 한 권 골라. 갖가지 책들 가운데 『신조협려』를 고르고 싶었지만 정작 『제3군단』[7]을 집었다. 선생님의 얼굴에 미소가 피어났다. 마치 잘못을 저지른 나를 너그러이 용서해 주며 이렇게 말하는 듯했다. 그래도 안목이 있네. 괜찮은 책이야. 나는 책을 다시 집어넣고 고개를 가방에 처박은 후 『신조협려』를 꺼내 그녀 앞 책상 속에 밀어 넣었다. 선생님이 가방을 들어 올리며 말했다. 이 책들 훈육실에 갖다 놓을 거야. 나는 의자에 앉아 아무 대꾸도 하지 않았다. 선생님이 창문을 뛰어넘어 가볍게 바닥에 착지하는 소리가 들렸

---

6 중국 현대 작가 싼마오(三毛)의 작품.

7 중국 현대 작가 장즈루(張之路)의 작품. 정의 실현의 가치를 내걸고 한 고등학교 같은 반 학생 다섯 명이 '제3군단'이란 조직을 만든다. 이에 학교장의 지시로 한 선생님이 학생 신분으로 위장 잠입하여 펼치는 우여곡절 이야기.

다. 그렇게 몸에 꼭 맞는 치마를 입고 어떻게 창문을 뛰어넘어 갔을까, 그때 뒤를 돌아봤어야 했는데, 돌아봤어야 했는데. 줄곧 이런 생각이 머리를 떠나지 않았다.

시작종이 울렸을 땐 잠깐 동안의 침묵과 의아함이 어느새 사라져 버린 뒤였다. 어쨌거나 나 때문에 선생님의 오늘 계획에는 차질이 생겼다. 당연히 담임에게 이 말을 해야 하는 것 아닌가 싶기도 했다. 하지만 사실 그대로 쑹 선생님이 오늘 아침 교실에서 했던 일을 말하려고 하면, 그보다 먼저 내가 왜 아침 일찍 교실을 뛰어넘어 들어왔는지를 밝혀야 한다. 난 뭘 하려고 일찍 학교에 왔는가. 잠도 설치고 아침 댓바람부터 대청소를 하러 왔는가. 몰래 우리 반의 도서 분실 사건을 조사라도 하러 왔단 말인가? 쑹 실룩이는 외모도 봐줄 만하고, 과거에 책이나 다른 일 때문에 정신병에 걸린 이력도 있으니, 나 때문에 놀랐다면 앞으로 책을 훔치지 않으면 되는 일이었다. 게다가 담임에게 다른 사람을 고발한다고 생각하자 그런 내 모습이 역겹게 느껴졌다. 막 '역겹다'라는 말이 떠올랐을 때 담임이 교실로 들어섰다. 리모, 아침 자습 할 필요 없고, 앞으로 나와.

그녀는 교무실로 들어가 자리에 앉아 말했다. 책가방은? 나는 뜨악했다. 조금 전 의자에 앉았을 때 자리가 왜 이리 넉넉할까, 편안하네, 라고 느꼈는데 이제 생각해 보니 엉덩이 뒤쪽에 책가방이 없었다. 선생님이 탁자 아래 어두침침한 곳에서 내 책가방을 잡아당겼다. 녀석도 참, 책가방 열어. 한껏 음식을 쑤셔 넣은 위처럼 내 책가방이 뒤틀려 있었다. 내가 손을 댈 필요도 없이 책가방 덮개가 절로 벌어지면서 안에 있는 책들이 쏟아졌다. 교과서가 있긴 했지만 모두 맨 밑바닥에 눌려 있었고, 상단에는 『제3군단』, 『몬테크리스토 백작』, 『창밖』, 『소심일랑』이 놓여 있었다. 선생님이 말했다. 주워. 나는 책들을 집어 선생님이 연 서랍에 집어넣었다. 선생님이 서랍을 닫으며 말했다. 네가 이렇게 바보처럼 굴지 않았다면 네가 이런 책들을 가지고 등교한 줄은 꿈에도 몰랐을 거야. 어찌나 야무지게 말을 하는지 금방이라도 선생님 눈알이 튀어나올 것만 같았다. 네가 복도에 떨어뜨린 책가방을 내가 주워 줘야 하겠니? 나는 그제야 자초지종을 알았다. 창문을 뛰어넘어 갈 때 책가방을 복도에 뒀고, 쑹 실룩이가 창문을 넘어가다 내 책가방을 발견하고 우리 반에서 가져간 책을 넣어 뒀으리라. 쑹 선생은 아마도 내가 바로 책가방을 가져갈 거라고 생각했을 것이다. 하지만 당시 어수룩하게 제 생각에만 빠져 있던 나는 책가방을 까마득하게 잊고 말았다. 그 뒤로 담임이 복병처럼 등장했고 나는 그녀의 사무실로, 책 역시 그녀의 책상 서랍으로 들어가는 신세가 되었다.

쑹 실룩이는 날 혼나게 하려 했던 것이 아니라 내가 우리 반 물건을 되찾아가길 바랐으며 그 후 새벽의 일을 까마득하게 잊어버렸다. 하지만 결과적으로 쑹 실룩이는 나를 비참하게 만든 꼴이 됐다.

담임은 그 책들은 그냥 서랍에 넣어 둔 채 내 책상을 안더레 옆으로 옮기도록 했다. 그녀가 말했다. 지금부터 누가 됐든 큰 잘못을 하면 안더례와 한 책상에 앉게 될 거야. 네가 전교 1등을 하면 다시 제자리로 돌아가게 해 주지. 이는 분명 나와 안더례를 삼 년 동안 함께 앉히려는 속셈이었다. 나는 울상이 되어 책상을 옮기긴 했지만 이런 정도의 귀양살이 처벌은 사실 아무것도 아니었다. 이미 내 핏속에는 성적도 안 좋고 내성적인 학생이 매일 견뎌야 하는 모욕과 충격이 자리하고 있었다. 어느새 나는 수치심이라고는 전혀 느끼지 못하는 면역 체계를 갖추고 있었다. 칠판이 안 보인다 한들 무슨 상관이겠는가? 보인다 해도 안 보이는 거나 매한가지였다. 그냥 당당한 핑곗거리만 하나 생기는 셈이다. 내가 낙담한 건 안더례가 가장 더러운 애라는 사실이었다. 마치 어린 거지 하나가 우리 교실에 들어와 청강을 하는 것 같았다. 겨울이면 그 애가 입은 솜옷은 기름때로 반질거렸다. 아예 사람 자체가 거울 같았다. 어딜 가도 그 애의 몸에서 발산되는 빛이 사방팔방으로 퍼졌다. 그 애한테서는 곰팡이 냄새가 났다. 옷에서 나는지 아니면 몸에서 나는지 모르겠지만 어쨌거나 뭔가가 썩고 있는 것만은 분명했다. 그 애 곁을 지나면 마치 작은 쓰레기장을 지나는 느낌이 들었다. 특히 시력이 점차 떨어지면서부터는 그 애로부터 나는 악취가 더욱 기승을 부렸다.

내가 책상을 옮긴 날 오후, 첫 번째 수업은 정치 수업이었다. 안더례는 날 환영하지도, 그렇다고 거부하지도 않았다. 그저 자기 책상을 옆으로 기대 내가 엎드려 자는 데 불편함이 없도록 공간을 마련해 줬다. 나는 잠을 자지 않고 똑바로 앉아 쏭 실룩이가 엉덩이를 실룩거리며 들어오길 기다렸다. 쑹 선생에게 다가가 당신이 날 곤욕스럽게 하긴 했지만 그래도 그 책을 남겨 줘서 고맙다고 말할 용기는 없었다. 나는 누구에게도 그 일에 대해 말하지 않았다. 그저 침착하고 조용하게 그녀의 눈을 바라보면 내 속뜻을 알 수 있을 것이다. 하지만 교실에 들어온 사람은 넥타이를 맨 역사 선생님이었다. 선생님이 말했다. 쑹 선생님은 오늘 일이 있어서 다음 주에 수업하신다. 모두 역사 교과서 펴고. 오늘 수업할 내용은…… 선생님은 자기 책을 펼치고 수업 진도를 곰곰이 생각…… 제1장, 인류의 기원. 왜 쑹 실룩이 이야기를 안 하는지 이상하다는 생각을 하고 있을 때, 그는 벌써 교과서 내용을 낭독하고 있었다. "인류의 선조는 외모가 상당히 추해서 매력이라고는 전혀 찾아볼 수 없는 동물이었다. 현재 인류보다 키도 훨씬 작았다." 나는 인류의 조상에 대한 이야기에 집중할 수 없었다. 첫째, 쑹 실룩이와 역사 선생님의 입을 통해 느낀 이중의 상실감에 가슴이 탔다. 누군가를 용서한다는 것이 어떤 느낌인지 몰랐다. 이제야 가까스로 누군가를 용서할 권력을 갖게 됐는데 그 대상이 다음 주에나 나타난단다. 이번 주 동안 내가 간직한 용서의 마음을 어디에 둔단 말인가? 둘째, 안더례가 계속 옆에서 작은 소리로 중얼중얼 혼잣말을 했다. 몇 번이나 분명하게 그의 말을 들을 수 있을 것 같았지만 결국 알아듣지 못했다. 수업이 거의 끝나 갈 무렵 나는 도저히 참을 수가 없었다. 야, 대체 뭐라고 중얼거리는 거야? 안더례가 날 힐끗 보더니 말했다. 선생 말이 틀렸다고. 내가 말했다. 뭐라고 했는데? 그는 자기 책을 건네 줬다. 대체 어디서 기름이 나오는 건지 역사 교과서조차 온통 기름투성이였다. 그가 책의 한 단락을 가리키며 말했다. 책에서 사람은 말이야, 그가 우리 둘을 가리켰다. 바로 우리는 원숭이에서 진화된 거래. 내가 말했다. 그래. 동물 가운데 원숭이가 우리랑 가장 흡사하지. 그가 말했다. 동물원 가 본 적 있어? 내가 말했다. 아니. 듣긴 했어. 그가 말했다. 나도 가 보진 않았어. 하지만 그 안에 분명히 원숭이가 있겠지? 내가 말했다. 응. 우리 책에도 그림이 있어. 그가 말했다. 동물원 그곳은……. 그가 작은 책자를 끄집어냈다. 신문 스크랩이었다. 실로 꿰맨 모양이 마치 돈다발 같았다. 그가 계속해서 말을 이었다. 신문에 보면 동물원이 생긴 지 벌써 수백 년이라는데 왜 사람으로 진화한 원숭이가 하나도 없지? 동물원말고도, 인류가 존재한 후 숲속 원숭이가 멸종하지도 않았잖아. 나는 그의 질문에 말문이 막혔지만 내가 이 문제를 생각해 본 적이 없는 건 아니며, 고로 원숭이와 사람의 영역에서 그 애가 나보다 훨씬 앞선 생각을 가지고 있는 건 아니라는 것을 증명하기 위해 이렇게 물었다. 그럼 인류가 어디서 왔는데? 그가 다시 신문 조각을 그의 회색 외투에 집어넣으며 말했다. 누가 그러는데 하나님이 만들었대. 하나님이 만든 존재가 아님을 증명할 수 없으니 인간은 그렇게 만들어졌다고 생각해. 다만 조물주가 꼭 하나님이라고 할 순 없어. 그게 뭔지 누가 알겠어? 나는 그 순간 영감이 번뜩였다. 사람은 우주에서 온 존재 아냐? 내 말은 우주가 먼저 생기고 그런 후에 사람이 생겼다는 거야, 그래, 안 그래? 그가 말했다. 우주는 누가 만들었는데? 난 항복했다. 내가 말했다. 네가 이겼어. 우리는 사람이 만들었어. 그가 손을 내저었다. 아니, 아니. 나는 다만 증명할 수 없다고 느낄 뿐이야. 그냥 그들이 틀렸다는 것을 증명할 수 있을 뿐이지. 논리적으로 내 말이 옳다고 증명할 방법도 없어. 내가 말했다. 내게 논리니 증명이니 하는 말 하지 마. 지난번 수학 시험 성적이 30점 대였어. 그가 말했다. 나도야, 넌 삼십 몇 점인데? 난 32점. 내가 말했다. 너보다 2점 많아. 거울은 그렇게 끝내주게 배치하면서 수학 점수는 왜 그 모양이야? 그는 내 물음에 당시 시험지를 꺼내 두 번째 질문을 가리켰다. 이 문제는 사실 아주 간단한 정리를 이용하면 되지만 막상 계산할 때 보니 정리가 좀 부족하더라고. 뭐라고 해야 하나, 좀 번거로워. 그래서 좀 짧게 만들어 놓고 싶었고 그렇게 짧게 만든 정리가 원래의 정리와 마찬가지로 빈틈이 없음을 증명하고 싶었어. 알겠지? 빈틈이 없다는 말. 결과가 어땠느냐 하면. 그가 잔뜩 흥분하여 손을 비볐다. 시험 시간이 그냥 지나 버렸어. 그의 시험지 첫 부분에 지렁이 같은 글씨로 "중1 '정'반 안더레"라 적혀 있었다. 첫 번째 문제는 만점, 두 번째 문제의 풀이 과정이 시험지의 남은 여백에 빽빽이 적혀 있었다. 점수는 0점이었다. 문제가 삼십여 개나 남아 있음을 깡그리 잊어버렸다는 사실을 알 수 있었다. 내가 말했다. 결국은? 정리는 어떻게 됐는데? 그가 신나서 말했다. 틀렸어. 원래 정리가 가장 완벽했어.

　　내가 안더레와 진짜 친구가 된 건 축구 때문이었다.

중1 두 번째 학기, 겨울이 왔는데도 한동안 눈이 내리지 않았다. 그 겨울, 눈이 대지를 덮기 전에 나는 축구를 잘하는 요령을 조금씩 터득하기 시작했다. 축구공이 내 발밑에 오면 나는 한껏 들뜬 내 숨소리를 들었다. 모든 신경이 발에 집중되면서 볼기뼈와 발목이 언제든지 가죽 공을 신체의 일부처럼 부릴 준비를 했다. 나는 스스로 공 다루는 법을 터득했다. 공이 말을 잘 듣도록 하려면 발밑에서 빙글빙글 돌려야 한다. 한 달 만에 나는 고개를 숙여 공을 살필 필요가 없었고 우리 팀원들이 어디서 달리고 있는지, 상대방이 어떤 방향에서 날 향해 오는지 관찰했다. 나는 마치 아기가 엄마의 젖꼭지를 탐해 언제나 입안에 물고 싶어 하는 것처럼 공차기를 좋아했다. 나는 패스를 싫어했다. 모든 사람이 날 향해 덮쳐 오는 상황에서도, 우리 팀원들이 이미 상대 팀 앞에 나란히 서 있다 해도, 나는 용감하게 사람들 한가운데서 홀로 공을 몰아 우리 팀을 빙 돈 다음, 상대방의 골대 안으로 공을 차 넣으려 했다. 이것이 아마도 그때 내 생활에서 유일한 즐거움이었는지도 모른다. 한데 그때의 나는 그저 더욱 정확하게 공을 차는 데만 집중하느라 이런 것이 즐거움임을 아예 깨닫지 못했다. 내 생활 전체가 빛이 바랬을 때 축구는 내가 꼭 움켜쥔 색채가 되었고, 그 운동장에 서면 다시 영웅이 될 거라는 망상에 빠졌다.

아이들은 축구를 할 때면 내 존재를 달갑게 생각하지 않았다. 다들 두 손 두 발 놓고 날 향해 공을 패스하라고 외치는 것밖에는 할 일이 없었기 때문이다. 때로 그들의 소리는 거의 애원에 가까울 정도였다. 리모! 패스! 내게 패스해! 하나 그럴 마음이 추호도 없었던 나는 그저 내 공과 춤을 출 뿐이었다. 한 번은 공이 내 옆으로 날아왔다. 나는 발 안쪽으로 허공을 향해 공을 사뿐히 들어 올렸다. 공이 팽이처럼 허공에서 뱅그르르 돌았다. 내 옆에 서 있던 두 사람이 동시에 공을 차지하려고 발을 뻗었다. 나는 두 사람 사이를 뚫고 지났다. 그리고 그들이 공이 이미 내 뒤에 있다는 것을 나만 모른다고 생각했을 때, 오른쪽 뒤꿈치를 이용해 두 사람의 정수리 위로 공을 넘겼고 몸을 비틀어 골인시켰다. 사람들이 모두 멍하니 서서 절로 감탄사를 쏟아 내던 장면이 생각난다.

안더례는 그해 겨울 축구를 배우기 시작해 금세 축구에 빠져들었다. 나와 달리 그는 수비수였다. 하지만 타고나길 뻣뻣함 그 자체라 달리기 시작하면 두 다리가 마치 누군가 운동장에 다리 두 개짜리 의자를 옮겨 놓은 모습 같았다. 게다가 그의 운동 신경은 확실히 이과(理科)에 대한 머리만큼 발달하지 못한 듯했다. 앞에서 공만 왔다 하면 그의 표정엔 놀라움이 가득 번졌다. 마치 어, 이게 언제 굴러왔지? 하고 생각하는 듯했다. 그리고는 자전거 페달을 밟는 것처럼 두 다리를 마구 굴러 공을 쳐 냈다. 한데 안더례는 발이 돌처럼 단단해 걸핏하면 공이 담을 넘어갔다. 자칫 잘못해 그에게 차이기라도 했다간 분명히 오후 내내 말 못할 고통을 느낄 터였다. 그는 항상 사람을 발로 차서 일을 내고, 그렇게 사람을 차고도 전혀 알지 못했다. 상대 방이 땅에 뒹굴고 있으면 어느새 공을 쫓아 멀찌감치 멀어졌다. 심지어 몇 번이나 실수로 바닥에 넘어진 사람의 얼굴을 차기도 했다. 아마 그는 그 순간 다리와 얼굴 중 어디가 더 아픈지 알지 못했을 것이다. 그가 몸을 일으켜 안더레를 움켜잡으면 그에게 이렇게 말했다. 내가 아냐, 사람 잘못 봤어. 내가 널 찼다면 분명 알았을 거야.

그때 나는 두 사람의 머리 꼭대기에서 공을 잡은 뒤 골문에 앉아 신발을 벗고 있었다. 그리고 울타리 밖으로 손을 뻗어 물을 사먹는 애들을 바라보며 속으로 누가 내게 물 한 모금을 줄 수 있을까 생각했다. 안더레도 앉아서 신발을 벗었다. 금세 공기가 변했다. 고린내가 진동하는 그 애의 양말이 땀에 절어 꼬들꼬들하게 비틀어져 있었다. 양말을 벗으면 아마도 신발처럼 땅에 꼿꼿이 세울 수 있을지 몰라. 그가 손을 뻗어 내 발을 만졌다. 나는 펄쩍 뛰었다. 뭐 하는 거야? 그 애가 말했다. 넌 어떻게 그렇게 축구를 잘해? 그러니까 방금 전, 어떻게, 그렇게 공을, 어떻게 그렇게 찰 생각을 할 수 있어? 내가 말했다. 생각할 틈이 어디 있어? 그냥 마구 차는 거지. 다른 것도 할 수 있어. 나는 공을 껴안은 다음, 양말을 신고 공을 까불려 머리 꼭대기까지 올렸다. 그리고 공이 거의 무릎 부근까지 떨어졌을 때 허공으로 차올렸다. 공이 마치 채찍에 맞은 것처럼 빙그르르 돌다가 차분하게 내 발 위에 떨어졌다. 안더레의 두 눈이 휘둥그레졌다. 네 발에 풀 바른 거 아냐? 나는 그에게 공을 차 주며 말했다. 너 해 봐. 어렵지 않아. 그 애가 자리에서 일어났다. 내가 말했다. 공의 아랫부분을 차. 공이 떨어질 때 나처럼 옆으로 반원을 그려. 그 애가 내 말대로 동작을 취하자, 공이 담을 넘어 물을 팔고 있는 할머니 수레 위에 떨어졌다. 곧장 담장 밖에서 할머니가 퍼붓는 욕이 날아들었다. 누구야? 정반의 그 멍청이 녀석 아냐? 조만간 네놈 발길질에 죽어 자빠지는 날이 오고 말거다. 그가 공을 안고 돌아와 말했다. 난 안 돼. 솜씨가 찰지지 않아.

그날 이후로 내가 공을 찰 때면 언제나 그 애가 내 옆에 있었다. 그가 말했다. 어서 가, 어서 가 봐. 붙어. 내가 막아 줄게. 그는 공을 담장 밖으로 날려 버리거나 상대방을 발로 차서 바닥에 쓰러뜨리며 내게 공을 패스했다. 안더레가 날 지켜주는 방식이었다. 안더레가 점차 롱 패스 기술을 익힌 후 이 특징은 더욱 분명해졌다. 내가 겹겹이 포위되어 있든, 아예 공 받을 준비가 되어 있지 않든 개의치 않았다. 내가 잠시 얼떨떨해하는 사이 공이 내 얼굴로 날아든 적도 수차례였다. 친구들 역시 점차 그의 이런 방식을 알아채고 그가 패스하려고 하면 고함을 질렀다. 안더레, 우리도 있어. 하지만 이런 말은 그에게 전혀 소용이 없었다. 그의 눈에 팀원은 오직 나 하나뿐이었다. 그에게 축구는 열한 명이 하는 종목이 아니라 우리 두 사람만의 놀이였다. 탁구 복식이나 마찬가지였다. 정말 짜증 나는 때도 있었다. 발을 막 삐어 바닥에 앉아 있는데 그가 찬 공이 날 향해 날아왔다. 나는 허둥지둥 바닥에 엎드려 공을 피한 후 절뚝거리며 다가가 그를 잡아당겼다. 내게 패스하기 전에 눈길 한번 줄 수 없어? 그가 말했다. 봤어, 안 그러면 어디로 패스할지 어떻게 알았겠어? 내가 말했다. 내 말뜻은 내가 트래핑하기 편한지 살피라는 거야. 그가 말했다. 네가 편한지 아닌지 어떻게 알아? 난 잠시 생각한 후 이렇게 말했다. 만약 나도 널 보면 그건 패스해도 좋다는 거야. 내 눈빛을 봐서 행동을 취하란 거지. 그가 말했다. 네 말대로 할게. 그날 이후 내가 그를 보지 않으면 그는 터치 라인 밖으로 공을 걷어찼다.

　　나와 안더례가 친구가 된 후 정치 과목에 잘 웃는 뚱보 선생님이 새로 왔다. 선생님은 교실에 들어서자마자 이렇게 말했다. 내 수업은 별 도움이 안 되니 잠시 눈을 붙여. 모두 피곤하지. 하지만 난 그래도 수업을 할 거야. 안 할 순 없으니까. 너흰 너희대로 자고, 우리 서로 방해하지 말자고. 2학년이 되면서 정치 수업은 없어졌다. 나는 그 선생님의 성도 기억하지 못한다. 쑹 실룩이만 기억날 뿐이다. 아무도 쑹 선생님이 왜 더 이상 학교에 나오지 않는지 말해 주지 않았다. 난 쑹 선생이 분명히 더 좋은 길을 찾았기 때문에 우리 학교에서 아무도 듣지 않는 정치 수업을 더 이상 할 필요가 없었을 거라고 스스로를 다독였다. 쑹 선생의 부재가 그날 아침과 어떤 관련이 있을 거라고는 믿고 싶지 않았다. 차라리 아예 나 같은 애의 용서가 필요치 않았다고 믿고 싶었다. 일찌감치 나라는 존재는 잊었을 거야. 그 순간 나는 내가 예전에 좋아했던 그 여자애를 잊은 지 한참이 지났고, 더 이상 그 애 책상 속을 정리해 주지도 않고 있다는 사실을 깨달았다. 쑹 선생을 기다리면서 나도 모르게 여자애를 잊은 것이었다. 영원히 그렇게 그 애를 잊어버렸다.

2

2학년이 되자 내 친구 안더례는 학교 울타리 안에서 가장 유명한 사람이 되었다.

개학과 동시에 국기 게양식에도 변화가 생겼다. 작년에는 류 교장(성은 류(柳)씨지만 키가 크고 몸집이 장대하게 쭉 뻗은 모습이 전혀 버드나무 같지 않았다.)의 요구에 따라 매주 반에서 가장 뛰어난 여자애를 하나 선발해 흰색 장갑을 끼고 특별히 제작한 흰색 제복을 입고 국가가 제창되는 가운데 국기를 하늘 높이 올렸다. 국기가 펄럭일 때 교장이 걸어 나와 기수와 친절하게 악수를 했다. 대략 오 초 정도 그렇게 악수한 후 명단 하나를 꺼내 지난주 싸운 사람, 간식을 사 먹은 사람, 연애한 사람, 수업 시간에 교과서 이외의 책을 본 학생들에 이어 이에 대한 경고, 벌점 또는 '유급' 대상 학생을 발표했다. 우리 학년은 갑, 을, 병, 정 네 반으로 학생 수가 모두 합쳐 250명이 채 되지 않았다. 빼어나게 예쁜 여학생은 중학교 1학년 때 모두 돌아가며 게양대에 올랐고, 그중 몇 명은 이미 여러 차례 행사에 동원됐다. 교장은 예쁜 애들은 볼 만큼 봤다고 생각했는지 2학년이 되자 자신이 직접 국기를 게양했다. 매주 월요일 우리는 그가 특별 제작한 흰색 제복을 입고 흰 장갑을 끼고 국기를 게양하는 모습을 지켜봐야 했고, 그가 수고한 사실을 우리가 알고 있으며 건강하기를 희망한다는 표시로 박수를 쳤다.

그 후 교장은 '학교 생활 규칙에 대한 위반 및 처분 사항'

을 발표하는 대신 이를 커다란 종이에 써서 교실 건물 외벽에 붙였다. 이로써 우리는 월요일 외에도 매일 명단을 볼 수 있었다. 대신 교장은 그 시간을 연설 시간으로 바꾸었다. 우리는 모두 번호 순서에 따라 돌아가며 연설했다. 빠지는 사람은 있을 수 없었다. 어쨌거나 당시 여학생들의 용모와 몸매는 불과 한 달 사이에 도저히 믿을 수 없을 만큼의 변화를 보였다.

그 후 우리 반에 있던 몇 명은 연설의 고수로 변신했다. 모두 자기만의 전형적인 방식이 있었다. 쑤이페이페이는 항상 "이제까지 한 번도 다른 사람에게 말하지 않았던 이야기가 있습니다."로 서두를 열었고, 중간에 자신이 남모르게 쓸쓸한 노인을 도왔다거나 또는 우리 반의 망가진 책걸상을 수리했다고 말한 후 마지막에 "그들은 모를 겁니다. 누군가 구석에서 흐뭇하게 웃음을 짓고 있다는 것을요."라고 끝을 맺었다. 전체 연설 원고가 묘한 분위기라 마치 누군가 그녀의 선행을 발견하기라도 하면 당장 그 사람을 죽여 입을 막아 버릴 듯한 기세였다. 위허메이의 원고는 감성 그 자체였다. 그녀는 단상에 올라가 첫마디를 내뱉는 순간부터 눈에 눈물을 가득 머금었다. 언제라도 교장에게 달려들어 대성통곡을 할 것만 같았다. 그녀의 이야기는 대부분 희망소학[8]과 관련이 있었다. 그녀는 희망소학에 새 솜옷 한 벌을 기부한 인연으로 학교에 초청받아 참

8 1989년부터 시작된 중국의 사회 공익 사업 중 하나. 학교를 건설하여 빈곤한 지역의 아동들에게 배움의 기회를 제공한다.

관을 한 적이 있었다. 솜옷을 기증하는 날, 그녀의 어머니가 새 옷을 헌 옷으로 착각해 봉투에 잘못 넣었고 그것도 모르고 그녀는 있는 그대로 선생님께 기증품을 제출했다. 새 옷을 본 선생님이 그녀를 칭찬하자 그녀는 눈물을 터뜨렸다. 연설 끝에 그 애는 "아이들의 웃는 얼굴, 아이들이 새 솜옷을 입고 있는 모습과 함께 홑겹 옷을 입고 있는 나를 돌아보며 갑자기 한없이 따뜻함을 느꼈다."라고 말했다. 그녀는 '따뜻함'이라는 말을 하는 동시에 주르르 눈물을 흘렸다. 가오제는 상당히 고급스러웠다. 그는 우리 반 학습 위원으로 타고난 양민이자 연설자였다. 두터운 음성, 힘찬 손짓에 시사가부⁹ 명인들의 명언을 인용하는 데 뛰어났다. 마오쩌둥과 신치지¹⁰는 그가 가장 많이 동원하는 시인이었다. "하늘에 정이 있다면 하늘 역시 늙으리니, 인간 세상의 바른길은 상전벽해여라."¹¹와 "군왕의 천하 통일 위업을 마치면, 생전에 쌓은 공적 후세까지 떨칠 것이라."¹²란 말은 두 번을 들었다. 어느 날 그를 키워 준 외할머니가 돌아가시자 그의 연설은 "젊은 시절엔 근심이 뭔지 몰라, 층층 누각 즐겨 오르며…… 지금 와서는 근심의 참맛을 아니 말하려다 그만두네."¹³라는 문장으로 시작했다. 애잔한 슬픔이 느껴졌다. 하

---

9   중국 전통 문학의 네 가지 부류.
10   辛棄疾(1140~1207), 중국 남송 시대의 시인.
11   당나라 이하(李賀)의 시 「금동선인사한가」의 한 구절.
12   신치지의 「파진자」에 나오는 문장.
13   신치지의 「소년불식수자미」에 나오는 문장.

지만 중간의 내용은 그리움이라기보다는 할머니의 죽음을 통해 마음을 다잡는 내용이었다. 마지막으로 그는 게양대 난간에 손을 올리고 "이 칼을 바라보며 세차게 난간을 두드려 보지만 누각에 오른 내 마음 알아주는 이 없네."[14]라는 말과 함께 다시 두 눈 가득 벅찬 심정을 드러냈다.

안더례가 게양대에 오른 날, 그가 모두에게 어떤 특별한 아침을 선사할지 예감한 이는 아무도 없었다. 안더례가 원고를 꺼내자마자 옆에 있던 교장이 인상을 썼다. 그는 모두 원고 없이 연설하라고 말해 왔다. 안더례가 원고를 몇 번이나 들추며 첫 번째 장을 찾았다. 오늘 제 연설의 제목은 '맨홀 뚜껑은 왜 둥근가'입니다. 여러분, 맨홀 뚜껑이 네모가 아니라 둥근 이유는……. 학생들은 깔깔거리며 웃느라 정신이 없었다. 나는 너무 웃겨 바닥에 쪼그리고 앉았다. 입가를 따라 침이 줄줄 흘러내렸다. 학생들의 웃음소리 속에서도 그는 연설을 멈추지 않고 침착하게 원고를 읽었다. 원형의 직경은 원주에서 임의의 두 점의 최장거리입니다. 여러분은 뚜껑이 떨어지려면 두 점 사이 거리가 반드시 그 구멍보다 짧아야 함을 알고 있습니다……. 교장이 씩씩거리며 그의 말을 끊었다. 뚜껑이 떨어지지 않는 건 그 밑에 뚜껑을 받쳐 주는 시설이 있기 때문이야. 안더례가 고개를 저었다. 교장 선생님은 분명히 『10만 개의 이유』를 안 읽으셨군요. 이건 기하학의 문제지, 뭔가를 막고 있는 물건의

14   신치지의 「수룡음」에 나오는 문장.

문제는 아니에요. 교장은 체육이 전공이었다. 기하학과는 거리가 멀었다. 그가 말했다. 넌 일부러 게양식의 절차를 흐트러뜨리고 있어. 안더례가 말했다. 제가 연설하는데 교장 선생님이 제 말을 끊으셨어요. 교장은 순간 아무런 대꾸도 하지 않은 채 잠시 생각하더니 다시 입을 열었다. 다음 주 연설도 네가 해. 제목은 '내 마음속의 조국'이야. 반으로 돌아가 너희 반 모범생들에게 잘 배워서 깊이 있는 연설을 할 수 있도록. 쑨 선생님? 쑨 선생이 난처한 표정으로 줄에서 빠져나왔다. 교장이 쑨 선생을 굽어보며 말했다. 만약 이 학생이 다음 주에도 이따위로 연설하면 선생 면담이오.

쑨 선생이 대책이라고 내놓은 건 안더례에 대한 무지막지한 욕이었다. 쑨 선생은 안더례가 자기 평생 최악의 횃덩어리, 도랑물을 흐리는 미꾸라지 한 마리, 다 된 밥에 재나 뿌리는 존재라고 악담을 퍼부은 후 가오제를 붙여 주며 그를 지도하도록 했다. 또한 암묵적으로 가오제에게 그의 원고를 대신 작성하게 했다. 그 주, 안더례의 초고는 마오 주석의 시와 사로 가득 채워졌다. 그는 이런 내용을 거부하지도 않았고, 가오제의 정성 어린 도움과 권고 속에 다음 주 월요일 전에 이미 몇 수를 달달 암기했다. 나는 그에게 이번에는 반드시 탈고해서 더 이상 교장에게 꼬투리를 잡히지 말라고 주의를 줬다. 월요일이 되자 쑨 선생님은 안더례에게 깨끗한 교복 한 벌을 빌려준 뒤 화장실로 데려가 선생님이 지켜보는 가운데 머리를 감게 했다. 다시 게양대에 오른 그는 완전히 딴사람이 되어 있었다. 안더례가 무의식적으로 손발을 휘두르지 않았다면 가오제나 거의 다름없었다. 그가 마이크를 손에 들고 주위를 둘러봤다. 사람들이 모두 완벽하게 입을 다문 후에야 그가 큰 소리로 말했다. 오늘 제 연설 제목은 '내 마음속의 조국'입니다. 이어 한껏 숨을 들이쉰 후 마치 다른 사람이나 된 양, 지휘자처럼 한 손을 천천히 들어 올렸다. "혁명의 폭풍우 난징을 뒤흔들어, 100만 해방군 창장강을 넘으니, 웅장하고 험한 산세에 오늘의 기운 더해져, 세상 변화에 감개무량하네. 인생은 쉬 늙지만 하늘은 항상 푸르고, 전쟁터의 황화(黃花) 유난히 향기롭도다······. 이어 돌고래의 호흡 체계에 대해 말씀드리겠습니다." 교정 전체에 우레와 같은 웃음소리, 박수 소리가 울려 퍼졌다. 어떤 아이들은 휘파람을 불기도 했다. 명절 같은 분위기가 연출되었다. 학교 울타리 안에 우리에게 이처럼 완벽한 즐거움을 가져다준 이는 이제껏 단 한 명도 없었다. 나는 제대로 숨조차 쉬지 못할 정도로 킥킥 웃음이 터져 나왔지만 한편으로는 걱정이 되기도 했다. 이번에야말로 안더례가 큰일을 내지 않을까. 안더례가 흥겨운 명절 분위기 속에 계속해서 말을 이었다. 돌고래의 호흡은 의식적입니다. 돌고래는 자살을 하고 싶으면 다음 호흡을 하지 않으면 그만입니다.

그 후 안더례는 다시는 게양대에 오르지 못했고, 교실 건물 앞 커다란 종이에 그의 이름과 함께 '유급' 징계를 내린다는 내용이 적혔다.

쑨 선생에겐 달리 방도가 없었다. 안더례의 자존심을 짓밟을 수 있는 욕이란 욕은 다 퍼부었다. 그런데도 안더례는 정신적 충격은커녕 오히려 더욱 굳건하게 칠판에서 가장 먼 자리를 지키며 매일 나름의 즐거운 생활을 영위했다.

나 역시 마찬가지였다. 아무런 걱정 근심이 없었다. 영원히 이곳을 벗어날 수 없음에야 어찌 편안하게 누워 한껏 자유의 공기를 누리지 않겠는가. 그러나 안더례는 그렇게 생각하지 않았다. 적어도 나에 대해 그는 그리 생각하지 않았다. 어느 날 그가 내게 말했다. 마냥 여기 이렇게 앉아 있어서는 안 돼. 넌 앞쪽 자리로 가야 돼. 뒤창은 내가 지켜보면 되고, 넌 열심히 공부해야지. 우리 둘은 달라. 내가 말했다. 뭐가 달라. 공부 생각은 떨쳐 버린 지 오래야. 그가 말했다. 아니, 그건 아니지. 우린 달라. 넌 희망이 있어. 다만 말을 잘 안 할 뿐이지. 내가 말했다. 빌어먹을 희망은 무슨. 삼 년 동안 우린 짝으로 지낼 운명이야. 넌 절대 짝을 바꿀 수 없어. 그가 말했다. 쑨 선생님이 말했어. 이번 중간고사는 이번 학기에 배운 내용에서 본다고. 우선 그 시험부터 잘 봐. 내가 말했다. 이번 시험 성적이 오른다 해도 우리 학년에서 1등을 할 순 없어. 계속 여기 앉아야 돼. 자, 오목 한 판 두자. 그가 말했다. 우리 한번 시험해 보자. 대수는 이제 막 2차 방정식을, 기하학은 접선을 시작했어. 물리와 화학은 지난 학기에 시작해서 아직 기본 개념을 설명 중이고. 이 몇 과목은 처음부터 끝까지 내가 훑어봐 줄 수 있어. 난 영어는 안 돼. 네가 외워야 해. 국어도 안 돼. 자신이 없어. 그때 가서 운을 봐야지. 중간고사까지는 십오 일에서 십육 일쯤 남앉어. 내일부터 우리 6시 반에 교실에 오자. 네가 영어 외우는 것 들어줄게. 내가 알아듣는다고 생각하고 외워 봐. 그리고 수업은 듣지 마. 어차피 칠판도 안 보이니까. 우리끼리 복습하자, 그럼 됐지? 그는 말을 마친 후 책상에 작은 사람 하나를 새기기 시작했다. 좁은 얼굴에 입가를 한껏 올리고 신나서 웃는 모습이었다. 이어 그는 화살표 하나를 그린 후 화살표가 끝나는 지점에 내 이름을 새겼다. 안더레 말대로 해 본다고 손해 볼 건 없지 않을까? 만일 한 과목만이라도 우수한 성적으로 선생들을 놀라게 할 수 있다면 평소 성적은 좋지 않지만 내가 바보는 아니란 걸 증명할 수 있지 않을까. 나는 그 순간 정말 그들에게 놀라움을 선사하고 싶어 하는 나 자신을 발견했다.

중간고사에서 나는 중학교 삼 년 동안 유일하게 정상을 차지했다. 학년 1등이었다. 기하, 대수, 물리, 화학 합쳐 단 1점만 깎었다. 영어는 놀라울 정도로 단순해서 성적이 모두 엇비슷했다. 국어는 문제가 정말 기괴했고, 작문은 백화문으로 당시(唐詩) 한 수를 적는 문제였다. 다행히 내가 외웠던 두보의 「종군행」이 시험에 나왔다. 어릴 때 아버지는 그림이 그려진 쇠자를 들고 내게 그 시를(아버지는 항상 전통적인 교육 방식을 추구했다.) 주석까지 달달 외우게 했다. 나는 그 시라면 모든 구절의 뜻, 전고를 줄줄 외우고 있었기 때문에 생각할 필요도 없이 완벽하게 시험지를 작성했다. 반면 대다수 학생들은 완전히 다른 이야기를 적었다. 성적이 발표되던 날, 쑤이페이페이, 위허메이 그리고 기타 몇몇 우수 학생들이 갑자기 나와 말을 하지 않았다.

마치 자기들이 부주의한 틈에 내가 그들의 성적을 빼앗기라도 한 듯 행동했다. 그들은 내가 도둑이라도 된 것처럼 쳐다봤다. 성적이 나온 날, 안더례가 책상에서 펄쩍 뛰어올랐다. 책상 위에 놓여 있던 책들이 뒤집혔다. 됐지? 앗싸, 됐어! 안더례의 총점이 나보다 100점 가량 낮은데도 불구하고 그는 이렇게 외쳤다. 쑨 선생님이 나를 앞자리로 옮겨 줬을 때 그가 계속 소맷부리로 코를 닦으며 말했다. 리모, 책상의 연필 잊지 말고 가져가. 잉크, 잉크도 내게 있어. 이것도 잊지 말고. 휴지는 충분해? 나한테 휴지 있는데 좀 가져가. 마치 내가 앞자리가 아닌 다른 학교로 전학이라도 가는 것 같았다. 이어 그는 책상에 얼굴이 통통한 작은 사람 하나를 새겼다. 양쪽 입가가 축 늘어지고 아래로 향한 화살표는 자기 가슴을 향했다.

성적이 나온 지 얼마 되지 않아 안더례가 수업이 끝난 후 날 화장실로 불러냈다. 우리 화장실은 대개 쌈질을 하거나 밀담을 나눌 때 사용하는 장소였다. 을반 남자애 하나가 쪼그리고 앉아 똥을 누고 있는데 갑자기 몇몇이 뛰어 들어와 엉덩이를 드러낸 그 애의 바지허리춤을 가슴까지 끌어 올리며 두들겨 패는 장면을 목격한 적이 있다. 온통 붓고 멍이 든 얼굴로 그 애가 달려 나갔을 때 문제를 일으킨 애들은 이미 도망친 후였다. 그 애는 하는 수 없이 다시 쪼그리고 앉아 볼일을 끝냈다. 또 한번은 누군가 화장실 벽을 짚고 편지 한 통을 든 채 대성통곡하고 있는 모습을 봤다. 나는 그가 휴지로 쓰기에는 편지지가 한참 모자라다고 생각했다. 한데 그 애는 울음을 그친 뒤 편지를 잘 접어 들고 오줌을 눈 다음 가 버렸다. 화장실에서 만난 안더례는 뜻밖에도 진지한 이야기를 꺼냈다. 안더례가 말했다. 교무실에서 들었는데 교육청에서 공문 한 통이 내려왔대. 내용인즉, 올해 우리 학교에서 싱가포르 유학생 한 명을 선발한다는 소식이야. 그곳 고등학교로 진학하고 학비는 전액 면제인데다 생활비도 지원된대. 다만 졸업하고 나서 현지에서 삼 년간 일을 해야 된다는 조건이야. 내가 말했다. 그걸 왜 화장실에서 얘기해? 오늘 체육 수업 있는데 너 축구화 가져왔어? 그가 말했다. 가져왔어. 내 말 아직 안 끝났어. 선생님이 그러는데 교육부 문서에 이번 중간고사에서 1등 한 학생에게 기회가 있다고 적혀 있다는 거야, 그럼 너 아냐? 나는 갑자기 똥을 싸고 싶어 재빨리 바지를 내리고 쪼그려 앉았다. 또 무슨 이야기를 들었는데? 안더례가 내 앞에 서서 말했다. 다른 이야긴 못 들었어. 최근에 선생님이 너 부른 적 있어? 내가 말했다. 없어. 선생님이 내 자리를 앞으로 옮겨 준 뒤부터 날 부른 적 없어. 그가 말했다. 그럼 맞네. 선생님이 이 말을 할 때 그 앞에 쑤이페이페이가 서 있었어. 말을 마친 그가 기대에 찬 눈길로 날 바라봤다. 마치 내가 그와 정신적 교감을 나누길 기다리는 모습 같았다. 하지만 난 그 애 말뜻을 이해할 수 없었다. 내가 말했다. 그러고 나서는? 그가 말했다. 넌 어떻게 나보다 더 둔하냐? 쑨 선생이 지금 자기 집에서 보충 수업을 하고 있는데 이 일이 발각될까 봐 걱정하고 있어. 쑤이페이페이가 선생님을 도와 반에서 뚜쟁이 짓을 하고 있지. 내가 말했다. 뚜쟁이 짓이 뭔데? 그가 말했다. 나도 몰라. 우리 엄마가 하는 말을 들었는데 선생 대신 보충 학습 할 학생들을 모은다는 거야. 알아듣겠어? 내가 말했다. 최근에 쑨 선생이 수업할 때 항상 말을 반만 하잖아. 남은 반절은 집에 돌아가 씨불이려고 남겨 두는 거야. 그가 말했다. 제기랄, 그래도 못 알아듣는구나. 그 기회를 쑤이페이페이에게 주려고 한단 말이야. 그래도 못 알아들어? 네 똥 정말 구리다. 내가 말했다. 내가 1등이고, 공문에서 날 가리키고 있잖아. 선생님 마음대로가 아니지. 그가 말했다. 내 생각엔 문제가 있는 것 같아. 가서 물어보는 게 제일 좋겠어. 네가 알고 있다는 사실을 선생이 깨닫게 하는 거야. 내가 말했다. 그래, 내가 물어볼게. 나는 한껏 힘을 쓰며 싱가포르는 어떤 곳일까, 이곳의 모든 것을 떠나 낯선 나라로 가는 건 어떤 것일까 상상하기 시작했다. 문득 이번이 내 평생 유일한 기회일지도 모른다는 생각이 들었다. 어릴 적 아버지와 어머니가 단층집에 날 가뒀을 때 뒤로 난 창문으로 빠져나가 자그마한 집 위로 올라간 다음 옆집 마당으로 뛰어내려 다시 나보다 두 배는 큰 나무 문을 넘어서 거리로 빠져나간 적이 있다. 그렇게 또 다른 세상에서 새로운 삶을 얻는 것이다. 웃음을 띠던 내 표정이 갑자기 얼어붙었다. 내가 말했다. 안더례, 너 휴지 가져왔어? 안더례가 품안에 있던 노트를 꺼내 아무것도 안 적힌 종이 한 장을 찢어 주며 말했다. 살살 닦아. 종이가 세.

두 번째 시간이 쑨 선생 수업이었다. 나는 수업이 끝난 후 그녀의 뒤를 따라 교무실에 가서 이야기를 해 보기로 마음먹었다. 그녀는 내 생각을 아는 듯했다. 우리가 차렷 자세 후 자리에 앉자 그녀가 말했다. 이번 중간고사에서 우리 반 리모가 매우 비약적인 발전을 했어요. 모두 박수로 축하해 줘요. 박수 소리가 잦아든 후 그녀가 날 향해 말했다. 네가 잠재력이 있다는 걸 알아. 그래서 널 제일 뒷자리에 앉힌 거야. 너 같은 학생은 자극이 필요하지. 그러더니 모두를 향해 말했다. 하지만 이번 수학 시험 중 마지막에서 세 번째 문제에 오류가 있었어. 수학 선생님들이 토론한 결과 많은 학생들의 증명 방법이 표준 답안과 다르긴 하지만 그것 역시 정확하다는 판단을 내렸단다. 그래서 일부 학생의 점수를 수정해 주기로 했다. 선생님들이 고생스럽긴 하지만 그래야 성적이 공정하게 나갈 수 있다고 생각했거든. 그녀가 새로운 성적표를 꺼내며 말했다. 이 일로 우리 반에는 별로 영향이 없어. 다만 학년 1등은 우리 반의 쑤이페이페이가 되겠네. 리모는 2등이고. 모두 우리 반 학생인 데다 2등이라고 해도 리모 성적이 많이 향상되었으니 모두 박수로 두 사람을 축하해 주기로. 나는 박수를 치지 않고 책상에 엎드렸다. 수업 시간 내내 나는 고개를 들지 않았다. 선생님을 보기가 두려웠다. 이유는 모르겠지만 그땐 두려웠다. 수업이 끝나자 안더레가 다가와 소리를 질렀다. 리모, 체육 시간이야. 나는 움직이지 않았다. 머리를 들면 수업 시간 내내 흘린 눈물이 팔오금을 따라 흘러내릴 것 같았다. 그가 손을 뻗어 내 머리를 쓰다듬었다. 그리고 그 뻣뻣한 다리로 달려 나가는 소리가 들렸다. 지금 돌이켜 보면 정말 이상한 일이었다. 중학교 삼 년 동안 그때 딱 한 번 눈물을 흘렸다. 그 후 오랫동안 아버지가 돌아가시기 전까지 나는 눈물을 흘린 적이 없었다. 딱 한 번 그때, 예고도 없이 갑자기 흘러내린 눈물은 나를 무참하게 쓰러뜨렸다.

그 후 며칠 동안 나는 줄곧 정신이 몽롱했다. 부모님에게도 말하지 않았다. 말해봤자 그냥 그들 인생이 무력하다는 것을 한층 더 확인시켜 줄 수 있을 뿐이라고만 말했다. 내가 몽롱했던 이유는 계속 나 자신에게 싱가포르에 관한 일은 아예 존재하지도 않았던 일이라고 설득하느라 애를 먹었기 때문이다. 나 같은 사람이 그런 곳과 인연이 닿을 리가 없지. 안더례는 언제나 엉뚱한 생각을 잘해. 안더례의 말을 믿으면 분명히 재수가 없어. 인간이 원숭이에서 진화된 존재가 아니라는 말이나 하고. 싱가포르 이야기는 원숭이 이야기와 마찬가지로 다만 그의 작은 세계 속 환각에 불과할 뿐이야.

갑자기 어느 날 저녁, 쑨 선생님이 교실 문을 박차다시피 교실로 들이닥쳤다. 얼굴이 말이 아니었다. 마치 조금 전 누군가에게 칼이라도 맞아 무기를 찾으러 뛰어 들어온 사람 같았다. 그녀가 소리를 질렀다. 리모, 안더순, 앞으로 나와! 우리 둘이 채 일어서기도 전에 그녀가 우리에게 다가와 나와 안더례까지 교복 멱살을 잡고 교실에서 끌고 나갔다. 그녀가 이렇게 힘이 센 줄 몰랐다. 우리 둘을 한 팔에 하나씩 끼고 교장실로 끌고 갔다. 『수호전』의 노지심이 버드나무를 뽑을 때도 그랬으리라. 대체 뭘 그리 잘못했는지 미처 가늠해 보기도 전에 나는 교장실에 서 있었다. 그제야 나는 우리 아버지와 어머니 그리고 그 옆에 중년으로 보이는 두 사람이 서 있는 걸 발견했다. 고기 파는 부부로 보였다. 남자가 피와 기름으로 얼룩진 앞치마를 두르고 있었기 때문이다. 만약 조금 전 사람을 죽인 것이 아니라면 돼지를 죽인 것이 분명했다. 그의 얼굴을 본 나는 문득 그가 안더례의 아버지임을 깨달았다. 둘이 판박이였다. 다만 그의 얼굴은 안더례의 얼굴을 실수로 바닥에 떨어뜨려 지나는 행인이 몇 년 동안 밟고 지나간 것처럼 보였다. 앞치마를 두른 남자가 갑자기 안더례에게 다가와 그를 발로 차며 말했다. 씨팔놈, 너 때문에 내가 제명에 못 살아. 네놈이 죽지 않으면 나랑네 어미가 너 때문에 화가 치밀어 죽어 버릴 거야. 차라리 죽어라, 이놈의 자식, 죽어! 그는 자신의 박자에 맞춰 안더례를 바닥에 무참히 짓밟았다. 중년 여성은 다가가 그를 말리는 대신 두 손을 소매에 넣은 채 작은 소리로 말했다. 번 돈을 다 네놈한테 썼어. 네가 몇 년 동안 얼마를 썼는지 알아? 우리가 번 돈은 모두 네게 썼단 말이야. 여보, 집에 가서 이야기해요. 여보! 그때 우리 아버지가 다가가 그를 붙잡았다. 동지, 여긴 아이를 때릴 곳이 아니오. 이렇게 애를 때려서도 안 되는 일이고. 안더례의 아버지는 마치 조금 전 안더례를 짓밟을 때 발이 아니라손을 사용하기라도 했던 것처럼 두 손을 앞치마에 닦으며 말했다. 형씨, 형씨는 모릅니다. 이놈이 죽지 않으면 내가 죽을 거요. 안더례는 그 틈을 타 벽을 짚고 몸을 일으키며 손으로 배를 움켜쥐었다. 애가 한껏 작아진 듯했다. 그들이 움직일 때 교장은 어두운 표정으로 그의 커다란 책상 뒤에 앉아 있었다. 마치 소동을 벌인 악귀들을 살생부에 기록하고 있는 듯했다. 그가 말했다. 나는 처음으로 이렇게 가까이서 교장의 말을 들었다. 심하게 귀에 거슬렸다. 네게 직접 듣고 싶다. 이 대자보 네가 쓴 거냐? 안더레가 말했다. 네. 접니다. 다른 사람이 아닙니다. 좋아. 그럼 이 대자보를 누가 교장실 문에 붙였지? 안더레가 말했다. 제가 붙였습니다. 다른 사람은 상관없습니다. 안더레의 아버지가 다시 발을 들어 그의 엉덩이를 찼다. 교장이 말했다. 동지, 여긴 시장 바닥이 아니오. 쑨 선생님, 만약 저 사람이 다시 또 애를 때리면 황 선생을 불러오시오. 황 선생은 우리 학교에서 가장 나이 든 훈육실 선생님이다. 그는 매일 수갑을 가지고 출근했다. 안더레의 아버지가 말했다. 교장 선생님, 아이를 반듯하게 세우고 싶습니다. 너, 반듯하게 서. 류 교장이 계속 안더레에게 말했다. 잘 생각해서 말해, 네 대답이 네 신상에 정말 중요하니까. 아직 어리다고 친구 간 의리를 지키는 일이 무엇보다 영광스러운 일이라고 생각하진 마라. 잘못하면 네 인생을 망치는 거야. 그가 말했다. 전 거짓말을 한 적이 없습니다. 이 대자보는 제가 썼습니다. 원고를 보여 드릴 수 있습니다. 제 책가방에 있습니다. 대자보를 붙인 것도 접니다. 어젯밤 8시경에 붙였습니다. 테이프로 붙였고, 누가 떼어 낼까 봐 잘 안 보이시겠지만 세 겹으로 붙였습니다. 류 교장이 고개를 끄덕였다. 대자보는 줄곧 그의 책상 위에 놓여 있었다. 대자보가 책상 크기만 했다. 대자보를 뜯어낸 사람이 정말 공을 들인 모양이었다. 대자보는 조금도 훼손되지 않았고, 투명테이프가 그 위에 그대로 붙어 있었다. 글자가 마치 물속에 쓰인 것처럼 느껴졌다.

류 교장이 대자보를 쑨 선생에게 건네며 말했다. 동지들에게 읽어 주시오. 쑨 선생이 이를 받아 작은 소리로 읽었다. 대자보······. 류 교장이 말했다. 큰 소리로. 대자보 어떻게 읽는지 모르는 겁니까? 쑨 선생이 애써 웃음을 지으며 큰 소리로 읽었다. 대자보, 쑨 선생을 포격하라.[15] 홍군은 원정의 시련을 두려워하지 않고, 수많은 강과 산도 대수롭지 않다 여겼습니다. 다섯 준령 끊임없이 이어졌으나 마치 물 위 잔물결이나 다름없고, 우멍산이 거대하다 해도 잔 진흙 덩이에 불과합니다. 류 교장 선생님, 전 중학교 2학년 정반 학생이고, 리모 역시 중학교 2학년 정반 학생입니다. 쑨 선생님은 우리 담임이자, 우리의 선생님입니다. 리모는 이번 중간고사에서 학년 전체 1등을 했습니다. 저도, 쑤이페이페이도 아닙니다. 당연히 리모가 싱가포르에 가야 합니다. 저도, 쑤이페이페이도 아니고요. 쑨 선생님이 점수를······ 쑨 선생이 여기까지 읽은 후 안절부절 어찌할 바를 모르자 안더례가 작은 소리로 말했다. "제멋대로 고치는." 선생님에게 모르는 글자가 있는 것도 대수로운 일은 아니었다. 선생님들은 종종 모르는 글자들이 있었다. 국어 선생님은 글자는 많이 알지만 때로 두 자리 숫자가 나오면 더하기를

15 1966년 마오쩌둥이 대자보에 써서 유명해진 구절을 응용한 것이다. 당시 마오쩌둥이 쓴 「사령부를 포격하라」라는 대자보는 문화 혁명의 도화선이 되었다.

잘못할 때도 있었다. 우리 점수를 합산할 때가 그랬다. 쑨 선생은 잘 모르는 글자가 해결되자 계속해서 읽었다. 점수를 제멋대로 고치는 행동은 마오쩌둥 사상, 덩샤오핑 이론, 오강사미,[16] 이덕치국[17] 및 류 교장 선생님이 제정한 교칙에 위배됩니다. 저는 쑨 선생님의 이런 행위를 포격하고자 합니다. 단 한차례 포격에 그치지 않고 만약 선생님이 이를 시정하지 않을 경우 계속해서 포격을 가하고자 합니다. 저는 마오 주석, 덩샤오핑 동지, 장쩌민 동지, 류 교장 선생님의 박격포가 되고자 합니다. 마지막으로 제가 하고 싶은 말은, 싱가포르에 갈 사람은 마땅히 리모이지, 저나 쑤이페이페이가 아니어야 한다는 겁니다. 이상, 경례. 최상, 최고의 존경을 표하며. 중학교 2학년 정반, 당신의 포수, 안더레. 교장실에 침묵이 맴돌았다. 안더레의 글은 내 예상을 뛰어넘었다. 그는 이름을 밝혔을 뿐만 아니라 자신을 '당신의 포수'라 자칭했다. 그는 또한 류 교장 선생님을 자신의 방패막이로 끌어들였다. 나는 일순간 그가 정말 이 글을 썼을까 의심했다. 그러나 그의 글씨체가 확실했다. 컸다, 작았다, 삐뚤빼뚤했다. 류 교장이 말했다. 포격이란 표현은 어디서 배웠는가? 안더레가 말했다. 「사령부를 포격하라」란 글을 읽은 적이 있습니다. 류 교장이 고개를 끄덕였다. 출발점은 아주 좋네. 무

---

16 五講四美. 문화, 예의, 위생, 질서, 도덕을 지키고 마음, 말, 행동, 환경을 아름답게 한다.

17 以德治國. 덕으로 나라를 다스린다.

슨 일이 있으면 마음껏 이야기할 수 있어야지. 우리 학교는 지금껏 학생들에게 자신의 생각을 표현하라고 격려했습니다. 그래야 학생들이 무슨 생각을 하는지 알 수 있고, 학생들을 더욱 잘 교육할 수 있으니까요. 나는 마음속으로 생각했다. 끝장이야. 그 뒤는 분명히 '그러나'일 거야. 류 교장이 말했다. 그러나 학생의 방식엔 오류가 있네. 극히 급진적이지. 학생이 쓴 글은 한 젊은 교사를 무너뜨렸고, 학생에 대한 우리 전체 교사들의 애정에 큰 타격을 줬네. 내 말뜻 알겠나? 그가 고개를 저었다. 제 말은 사실입니다. 선생님이 먼저 잘못하셨습니다. 류 교장이 말했다. 이 사건에 대해서는 내가 조사하겠네. 누가 맞고 누가 틀렸는지는 중요하지 않아. 중요한 것은 절대 내 학교에서 이와 유사한 일이 또다시 발생해서는 안 된다는 거야. 안더례가 말했다. 여긴 교장 선생님 학교가 아닙니다……. 안더례의 어머니가 그의 말을 끊었다. 교장 선생님, 이 애에게 기회를 주십시오. 충동에 의해 순간적으로 저지른 일인 데다 또 자기 자신을 위해서 한 일이 아니잖아요. 곧이어 우리 아버지가 말했다. 교장 선생님, 이 일은 우리 집 애와는 관계가 없습니다. 우리 리모는 전혀 모르는 일입니다. 이 애를 제가 모르겠습니까? 저희 애는 그렇게 간덩이가 크지 않습니다. 안더례의 어머니가 울기 시작했다. 우리 더순이는 어려서부터 착했어요. 다른 사람 말이라면 곧이곧대로 믿었습니다. 이용당한 거예요. 안더례가 말했다. 엄마, 이건 나 혼자 한 거예요. 왜 다른 사람한테 뒤집어씌워요? 안더례의 말에 그의 아버지는 손을 움찔거렸다.

하지만 황 선생의 존재를 의식해서인지 손을 들어 올리는 대신 다음과 같이 말했다. 집에 가서 보자. 류 교장이 손을 휘저었다. 모두 무슨 말인지 알겠소. 이 일에 대해서는 다 생각이 있습니다. 이 일은 리모와 관계가 있지만 리모가 들어오는 순간, 리모는 아무것도 모른다는 사실을 알았습니다. 아무것도 모르는 애를 탓할 수는 없지요. 쑨 선생의 점수 수정에 문제가 있다면 학교는 절대 이를 대충 넘기지 않을 겁니다. 확실하게 처리하겠습니다. 싱가포르는 당연히 가야 할 학생이 갈 겁니다. 위에서 내려온 문서에 따를 거예요. 그는 앞에 놓인 찻잔을 옮겨 놓은 후 의자에 기대 서랍에서 돈뭉치를 꺼내며 안더례에게 말했다. 3000위안이야, 돌려주지. 이건 유급 기록과 3000위안에 대한 영수증이다. 제적은 아니고 명목상 넌 우리 학교 학생이야. 중학교 인증 시험에도 참가할 수 있도록 하겠다. 하지만 오늘부터 등교할 필요는 없다. 우리 학교 선생님들은 널 가르칠 수가 없어. 이어서 교장은 안더례 부모에게 말했다. 제 처리에 문제가 있다고 느끼시면 관련 부서에 의견을 낼 수 있습니다. 조금 있다가 쑨 선생님이 영수증과 관련 자료에 서명을 하도록 안내해 드릴 거예요. 쑨 선생님, 동지들 안내해 드려요. 조금 전 누가 안내해 드렸죠? 동지들 배웅해 드리도록 하고.

그날 저녁, 학교를 마치고 집에 들어서니 아버지가 식탁에 앉아 담배를 피우고 있었다. 아버지가 물었다. 싱가포르 그 일 정말이냐? 내가 말했다. 모르겠어요. 안더례가 어디서 들었는지. 아버지가 말했다. 교장 선생님에게 공문이 있다고 하니 분명히 그런 일이 있긴 있었나 보구나. 내가 말했다. 몰라요. 우리 중 누구도 그 문서를 본 사람은 없어요. 어머니가 젓가락을 식탁에 놓으며 말했다. 식사해요. 아버지가 말했다. 응, 손 씻고 밥 먹자. 이렇게 말한 후 아버지는 꽁초를 재떨이에 눌러 껐다.

이틀 후, 학교 교실 건물에 '벌점 및 유급 처분을 받은 학생 명단' 옆에 빨간색 통지문이 붙었다. 이번 중간고사 최종 성적이었다. 1등은 나도, 쑤이페이페이도 아니었다. 우리 중 그 이름을 아는 사람은 아무도 없었다. 이름으로 봐서는 여학생인 것 같았다. 이후 그 여학생이 싱가포르에서 생활은 잘했는지, 그곳이 대체 어떤 나라인지는 알 길이 없었다. 쑨 선생은 몇 주간 계속 최악의 상태였다. 쑤이페이페이에게 몇 번이나 욕설을 퍼부었고 체육 수업도 취소했다. 걸핏하면 수업 시간에 우리를 꾸짖기 시작해 멍청이라는 욕부터 시작해서 마지막에는 대개 '배은망덕한 놈들'이란 말로 끝을 맺었다.

3

1998년 겨울부터 2008년 겨울까지 열 번의 봄, 여름, 가을, 겨울이 지나는 사이 나는 자주 안더례를 만났다. 나는 가까스로 대학교에 진학했고, 졸업 후 작은 광고 회사에 들어가 카피라이터로 일했다. 중학교 시절엔 친구들 사이에 잘 섞이지 못했지만 사회에서는 그런대로 어울려 지냈다. 안더례는 중학교를 졸업한 뒤 많이 후진 고등학교에 진학했고 2학년 때 자퇴

했다. 몇 년 동안 계속 집에서 낮에는 자고, 부모님이 잠이 든 후에 일어나 책을 읽었다. 처음 몇 년 동안은 기하와 전자석을 연구, 분석하고 또 몇 년은 우주 속 '반물질'이란 존재를 증명하면서 이러한 연구와 발견이 모두 자기 것이라고 말하는 듯했다. 그는 내가 아닌 다른 사람에게 자기가 하는 일을 알리려고 생각해 본 적도 없고, 더더욱 사회에 나가 밥은 먹고살 수 있도록 야간 학교에 들어가거나 기술을 익힐 생각도 하지 않았다. 그는 계속 자기 부모가 돼지고기, 돼지갈비, 돼지 선지를 판매해 번 돈으로 먹고살았다. 안더례의 아버지는 항상 그를 구타했지만 그는 잘 견뎌 냈다. 매번 그렇게 두들겨 맞은 후 침대에 누워 잠이 들었다. 그리고 다음 날이면 여전히 집에 들러붙어 있었다. 이후 방광암에 걸린 그의 아버지는 한동안 목숨은 보존했으나 방광을 잃는 바람에 허리 근처에 오줌 주머니를 달았다. 하루에 몇 번이나 주머니를 비워야 했고 정기적으로 소염 주사를 맞아야 했으므로 그를 때릴 수 없었다. 그의 아버지는 그렇게 침대에 누워 마찬가지로 침대에 나자빠져 있는 안더례에게 끊임없이 욕을 퍼부었다. 때로 안더례는 말대꾸를 하기도 했다. 두 침대가 가까이 있었지만 그의 아버지가 손을 뻗을 수 있는 거리는 아니었기 때문이다. 매일 침대에 누워 서로에게 욕을 퍼붓는 두 남자는 혼자 돼지고기를 파는 한 여인에게 의지해 먹고살아야 했다. 나는 늘 이 세 사람이 얼마나 고통스러운 조합을 이루고 있는지 상상하곤 했다.

막 21세기가 되었을 때 안더례는 컴퓨터를 한 대 얻었다.

친척이 쓰다 버린 컴퓨터였다. 그는 매일 도서관으로 뛰어가 마침내 컴퓨터 수리를 끝내고 몰래 옆집 인터넷 선을 따는 방법도 배웠다. 그가 말했다. 어차피 밤엔 모두 자잖아. 내가 전혀 방해가 되지 않아. 얼마 지나지 않아 그는 프록시 서버로 일부 해외 사이트에 접속하는 법도 배웠다. 영어를 잘 못했지만 독해는 가능하다고 했다. 나는 그의 말을 믿었다.

우리는 매일 함께 축구를 했다. 안더레의 발놀림은 여전히 뻣뻣했다. 복장 또한 중학교 교복이었다. 그는 중학교 이후 별로 키가 크지 않았다. 자전거 뒷자리에 중학교 다닐 때 들고 다니던 낡은 책가방을 끼우고 다녔다. 책가방 안에는 그가 스크랩한 신문들이 들어 있었다. 내가 어디에 서 있는지 그는 내게 공을 패스했다. 때로는 낯선 사람들의 기분을 상하게 하기도 했는데, 그럴 때마다 나는 어쩔 수 없이 그를 잡아당겨 자리를 떴다. 안더레와 함께 두들겨 맞고 싶지 않았다. 하루는 그가 내게 말했다. 이번 주에는 축구 못해. 수련할 거야. 내가 말했다. 수련? 그가 말했다. 응, 단전호흡. 내가 말했다. 그런 건 믿지 않는 걸로 알았는데? 그가 말했다. 이건 달라. 그는 의심쩍게 여기는 나에게 답했다. 그는 내게 진, 선, 미가 무엇인지 설명했다. 안더레는 몇 달 내내 계속해서 몸이 야위어 갔다. 단전호흡을 연마하는 건지 다이어트 차를 흡입하는 건지 알 수가 없었다. 얼마 지나지 않아 단전호흡을 배우던 사람들이 소동을 일으키자 안더레는 다시 축구를 하겠다고 나타났다. 하지만 기분은 좋아 보이지 않았다. 그가 말했다. 리모, 전부 거짓이었어. 내가 말했

다. 뭐가 거짓인데? 그가 말했다. 단전호흡. 단전호흡이 거짓이
라 말하던 사람 역시 거짓이야. 진짜는 존재하지 않아. 그의 말
이 이해가 되지 않았다. 어쨌거나 다시 이렇게 축구를 하러 나
타난 건 좋은 일이었다. 그런데 그때부터 그에게 변화가 생기기
시작했다. 안더레는 더 이상 내게 무슨 실험을 하고 있는지, 그
의 마음속 우주가 어떤 변화를 겪고 있는지 말하지 않았다. 그
는 늘 내게 역대 정치 운동에 대해, 사람 사이에 존재하는 비열
함에 대해, 누가 누구의 양아들인가에 대해 말했다. 나는 왜 그
가 갑자기 정치와 근대사에 대해, 그것도 주로 정치의 흑막과
근대 야사에 흥미를 갖게 됐는지 몰랐다. 그가 내게 말했다. 지
식인을 박해하고 무산만근[18] 같은 일들이 계속 벌어지고 있어.
다만 더 이상 적나라하게 떠벌리지 않고 암암리에 이루어지고
있을 뿐이지. 사람들이 알지 못하는 방식으로. 내 생활도 변변
치 않았지만 그렇다고 그의 말에 동의할 순 없었다. 나는 그가
말한 내용은 지금과 완전히 다른 시대의 것으로, 여전히 사람들
은 나름의 문제를 안고 있지만 우리 아버지 세대가 겪은 그런
종류의 고난은 아니라고 말했다. 그리고 우리는 모두 너무 작은
존재잖아. 시대의 흐름에 맞설 순 없어. 우리는 시대와 같은 방
향을 봐야 해. 다시 말하면 자기 자신부터 반듯하게 서야 한다

18 토지 1묘에서 만 근을 생산한다는 뜻. 1958년부터 고도의 경제 성장을 목표
    로 대약진 운동이 시행되는 가운데, 성과를 올리기에 급급해 식량 생산량을
    과장해 보고하던 현상.

는 거지. 그는 내 의견을 전면 반박했다. 그는 시대에 휩쓸려 혼탁해지고 싶지 않다고 했다. 내가 말했다. 너 그런 식으로 살다간 혁명이 일어나기도 전에 열사가 되겠다.

아주 오랫동안 우리는 서로 상대를 설득할 수 없었다. 하지만 그렇다고 상대방의 생각과 상반된 방향을 향해 가느라 소원해지지도 않았다. 우리는 여전히 함께 축구를 했고, 식당에 가서 맥주 몇 병을 마셨으며, 그는 그의 신념을, 나는 내 생활을 이야기했다. 마치 또 다른 나를 향해 혼잣말을 하는 것 같았다. 상대를 설득할 수 없었기에 나중에는 하소연만 할 뿐, 서로에게 귀를 기울이지는 않는 만남이 되어 버렸다. 우리의 유일한 공통 화제는 중학교 시절에 대한 회상이었다. 안더례는 비록 꽉 채워진 완벽한 시간이 아니었고 많이 어그러지긴 했었지만, 그 시절이 자기 인생에서 가장 아름다운 시간이었다고 말했다. 친구들과 함께 한 교실에 앉아 생활할 수 있었기 때문이다. 그의 표현에 따르면 당시 숱한 박해를 받긴 했지만 그래도 이 년에 불과했던 중학교 시절이 한없이 그립다고 했다. 2007년 어느 날 그가 잔뜩 흥분해서 마침내 평생을 바칠 연구 방향을 찾았다고 말했다. 내가 물었다. 뭔데? 그가 말했다. 북한. 순간적으로 그의 대답이 이해가 가지 않았다. 나는 그가 북한으로 유학을 가겠다는 말로 생각했다. 하지만 북한에 대학이 있는지도 알지 못했다. 그가 말했다. 북한이란 나라를 연구하려고. 내가 말했다. 연구할 만한 게 있어? 그가 말했다. 너 모르는구나. 북한은 정말 중요해. 우리의 과거이자 우리의 미래이기도 하지. 내가 말했다. 지금 상황으로 보면 우리의 미래가 미국은 아니지만 그렇다고 북한이 될 수도 없어. 그가 말했다. 넌 몰라, 리모, 이 부분에 대해서 넌 정말 아는 게 없어. 나는 마음속으로 생각했다. 좋아, 그럼 내가 모르는 걸로 하지. 어쨌거나 집에서 북한을 연구하는 편이 자나 깨나 자동 소총을 들고 전쟁에 나갈 준비를 하는 것보다는 안심이 되니까. 그 후 그는 걸핏하면 내게 북한 이야기를 늘어놓았다. 처음에 나는 마치 평서[19]를 듣는 것처럼 그가 정의감에 불타 풀어내는 이야기에 흥미를 느꼈다. 그러나 그의 연구가 깊이를 더해 갈수록 조금씩 걱정이 되기도 했다. 이런 이야기를 할 때면 그는 한껏 숨을 죽였다. 때로 좌우를 살피는 모습이 내게 비밀 지도라도 찔러 줄 것만 같았다. 한번은 식사를 반쯤 하다가 그가 갑자기 소리 높여 외쳤다. 사장님, 여기 계산요. 내가 말했다. 왜? 나 아직 다 안 먹었어. 그가 나를 향해 조용히 하란 표시로 검지를 입술에 대더니 다시 외쳤다. 계산요! 식당을 나온 그가 내게 말했다. 그 식당은 안전하지 않아. 내가 말했다. 안전하지 않다고? 뭐가? 그가 말했다. 우리 뒤쪽에 앉아 있던 사람이 수상해. 나는 불안한 예감이 들었다. 과거 경험으로 볼 때 나의 이런 불안한 예감은 사실이 될 터였다. 그 예감은 내 친구가 병이 날 것 같다는 것이었다.

우리 아버지의 건강이 안 좋다는 사실을 막 알게 되었을

---

19 중국 민간 문예의 한 종류. 장편의 이야기를 수건이나 부채, 딱따기 등의 도구를 이용하면서 강설한다.

때였다. 돼지 도살업자인 안더례의 부모가 안더례를 정신 병원에 가뒀다. 정신 병원에 보낸 직접적인 이유는 안더례가 오 년 동안 기르던 고양이를 목 졸라 죽였기 때문이었다. 그는 고양이가 간첩이며 고양이 수염이 전파를 내보내는 안테나라 생각했다. 하지만 나는 안더례를 보러 갈 시간이 없었다. 그러다 아버지가 돌아가신 후에야 알고 지낸 지 십이 년 된 내 친구가 생각났다. 지금은 많이 달라졌지만 그래도 그를 찾아가 말을 해야겠다는 생각이 들었다. 그는 전화를 받자마자 내 목소리를 알아들었다. 리모, 너 무슨 일 있지? 내가 말했다. 잘 지내지? 그가 말했다. 잘 지내. 미치광이 노릇 하면서. 너 무슨 일 있어? 나는 되도록 침착하게 말했다. 우리 아버지가 오늘 돌아가셨어. 그가 말했다. 아저씨 힘드셨어? 내가 말했다. 마지막에 폐에 종양이 가득 번졌어. 종양이 꽉 막혀서 돌아가신 거야. 그가 말했다. 폐암이 가장 비참한 건 생으로 사람을 말려 죽인다는 건데, 아저씨는 그 정도면 그래도 괜찮은 거야. 우리 아버지도 최근 암이 번졌대. 빨리 돌아가셨으면 좋겠어. 적어도 사람처럼 죽었으면 해. 내가 말했다. 사람은 어차피 죽는데 왜 살아야 하지? 그가 말했다. 사실 사람은 죽지 않아. 죽는 순간, 그는 이미 사람이 아니기 때문이지. 내가 말했다. 넌 언제 외출할 수 있어? 그가 말했다. 내가 입원할 때 여의사가 내게 수없이 많은 질문을 했고, 나는 그에게 한 가지만 물었어. 내가 물었다. 그게 뭔데? 그가 말했다. 그냥 하나만 알려 주면 된다고 했어. 무고한 사람이면 풀어 주는지. 내가 말했다. 풀어 준대? 그가 말했다. 그 여자

61

가 웃더니 이렇게 말했어. 날 환영한다고. 거긴 모두 나처럼 '무고한' 사람들이라고.

우리 아버지 장례식이 있던 날 새벽에 안더레가 책가방을 들고 내게 다가왔을 때 나는 고환에 문제가 생겼을 뿐만 아니라 극도의 피로로 환각이 보이는 건 아닐까 의심했다. 하지만 금세 눈앞의 모습이 환각이 아님을 깨달았다. 구급차 한 대가 그의 뒤에서 달려오더니 차에서 남자 간호사 몇 명이 뛰어내려 그를 붙잡았다. 그가 내게 고함을 질렀다. 리모, 울지 마. 나 여기 있어. 안더레가 강제로 차에 태워지는 순간 아버지를 실은 영구차도 움직이기 시작했다. 나는 영구차에 앉아 밖으로 지전을 뿌렸다. 차는 안더레와 반대 방향으로 멀어져 갔다.

내가 마지막으로 안더레를 만난 건 아버지가 돌아가신 지 이레째 되던 날이었다. 나는 상장을 두른 채 그의 병실로 들어섰다. 정신 병원은 시내에서 제법 먼 곳에 있었고, 철책이 둘러쳐 있었다. 우리가 다니던 학교 철책보다 훨씬 높았다. 의사는 그가 이미 사람을 알아보지 못한다고 말했다. 내가 말했다. 일주일 전에는 절 알아봤어요. 의사가 말했다. 그날 잡혀 온 후 병세가 매우 악화되었습니다. 병원에서 약을 늘리고 물리 치료도 병행하고 있어요. 그의 병실은 깨끗했다. 기름때도 없었고 책이나 화장지가 아무렇게나 쌓여 있지도 않았다. 오로지 흰색 병상뿐이었다. 그의 침대는 창가 자리였다. 내가 과일을 창틀에 뒀다. 그가 침대에 앉아서 책을 읽고 있었다. 스티븐 호킹의 『시간의 역사』였다. 그가 중학생일 때 이미 읽은 책이었다.

왜 수년이 지난 지금 다시 그 책을 읽고 있을까. 안더례는 자기 침대 옆에 서 있는 내 존재를 인지하지 못한 듯했다. 내가 그를 불렀다. 안더례. 그가 고개를 들어 나를 봤다. 내게 묻지 마. 난 아무것도 몰라. 내가 말했다. 여긴 어때? 그가 시선을 책으로 돌리며 말했다. 여긴 정말 좋네. 이 말을 전에도 내게 한 적이 있었는데. 취추바이[20]가 사형이 집행되기 전에 한 말이었다. 나는 그의 병상에 오랫동안 앉아 있었다. 그는 계속 책을 보면서 이따금 손가락에 침을 발라 책장을 넘겼다. 내가 말했다. 나 간다. 몸조심하고. 나와서 우리 같이 축구하자. 그는 내 말을 듣지 않는 것 같았는데 내가 병상에서 일어서자 갑자기 책을 덮으며 말했다. 책상의 연필 잊지 말고 가져가. 잉크, 잉크도 내게 있어. 이것도 잊지 말고. 휴지는 충분해? 나한테 휴지 있는데 좀 가져가. 나는 그의 손을 꼭 쥔 후 병실을 나왔다. 의사는 내가 떠난 후 그가 갑자기 정서적으로 불안해져 간호사를 습격했으므로 재방문을 금지한다고 말했다.

나는 더 이상 축구를 하지 않았다.

그냥 그뿐이었다.

---

20 瞿秋白(1899~1935). 중국의 초대 공산당 영수. 저명한 문필가. 형장에 선 취추바이는 푸른 산하가 눈에 들어오자 웃음을 머금고 "여긴 정말 좋네."라고 말했다고 한다.

평원의 모세

좡더펑

1995년, 나는 정식으로 시 궐련 공장을 나와 회계원 한 사람, 판매원 한 사람을 데리고 윈난 지방으로 내려갔다. 이직하기 전까지는 공급판매과 과장이었다. 학력은 중졸이고, 지식청년[21]으로 농촌에 내려갔다가 다시 도시로 돌아온 후에는 아버지 자리를 이어받아 궐련 공장 공급판매과로 배치되었다. 그 시절 공급판매과는 허울뿐인 부서였다. 직원은 고작 세 사람이었는데, 매일 하는 일이라곤 차를 마시며 신문을 읽는 게 다였다. 나는 젊은 남자라는 조건에 공장장과 친척뻘이라 몇 년 만

---

21 1950년부터 1970년대 말까지 자원해서 또는 강압적으로 마오쩌둥이 주도한 문화 운동에 참여해 농촌으로 내려온 젊은이들. 줄여서 '지청'이라고도 한다.

에 과장으로 승진했다. 부하 직원 두 명 모두 나보다 나이가 많았다. 그들은 날 과장이라 부르지 않고 그냥 좡 군이라 불렀다. 나와 푸둥신은 중매인의 소개로 만났다. 당시 스물일곱이었던 그녀도 농촌에 갔다가 도시로 돌아온 지식청년이었다. 외모가 빼어났으며, 머리는 까맣고 허리가 곧았다. 키는 크지 않았지만 분위기가 청신했다. 그녀의 아버지는 대학교수였다. 해방 전에는 우리 시에 있는 대학에서 철학을 가르쳤다고 한다. 나는 철학에 문외한이다. 그녀의 아버지와 주변 인물들은 '반우파 투쟁' 당시 유심론자로 몰려 타도 대상이 되었다. 학생들이 그녀 아버지의 책들을 모두 집으로 가져다 아궁이에 태워 버리거나 창문을 바르는 데 썼다고 한다. 게다가 문화 혁명 때는 신체적으로 가학 행위를 당해 한쪽 귀가 들리지 않았다. 혁명이 끝나고 복권 되었지만 더 이상 강단에 설 수 없었다. 그에게는 자식이 세 명 있었는데, 푸둥신이 둘째이며 모두 공장에서 일했다. 아버지를 이어 학문의 길로 들어선 자녀는 아무도 없었고, 모두 노동자 계급과 결혼했다.

푸둥신을 처음 만났을 때 그녀가 내게 무슨 책을 읽었는지 물었다. 골똘히 생각해 보니 농촌으로 내려가기 전에 친구에게서 『홍루몽』 연환화[22]를 빌려 본 적이 있었다. 그녀가 주인공이 누군지 기억하느냐고 물었다. 나는 기억나지 않는다고 대답했다. 그냥 여자 하나가 훌쩍거리고, 남자 하나는 계집애처럼 조

22 삽화와 해설문을 곁들인 손바닥 크기의 그림책.

잘대던 기억밖에 없다고 했다. 그녀가 웃으며 틀린 말은 아니라고 말했다. 다른 취미는 뭔지 물었고, 나는 수영을 좋아해서 여름이면 훈허 강에서, 겨울이면 베이링 공원 인공 호수에서 수영을 한다고 대답했다. 1980년 가을의 일이다. 얼음이 얼 정도는 아니었지만 날이 매우 추웠다. 그날 나는 어머니가 짜 준 목이 올라오는 스웨터에 친구에게서 빌린 검은색 재킷을 입고 있었다. 이 이야기를 할 때 우리는 공원 인공 호수에서 뱃놀이 중이었다. 내 맞은편에 앉은 그녀는 빨간색 스카프에 끈 달린 검은색 천 신발을 신고 손에 책을 한 권 들고 있었다. 외국인이 쓴 사냥에 관한 수필이었던 것으로 기억한다. 그녀는 이미 나이도 좀 있고, 매일 퇴근할 때면 다른 사람들과 마찬가지로 온몸이 연초 냄새로 찌드는 노동자였지만 그날, 그 오후만큼은 가을 소풍을 나온 여학생 같았다.

그녀는 지금 읽는 책에 「마을의 의사 선생님」이라는 소설 한 편이 있는데, 꽤나 재미가 있어 버스를 타고 오는 길에 다 읽었다고 했다. 어떤 내용인지 알아요? 모른다고 답했다. 그녀가 말했다. 한 여자가 물에 빠졌어요. 어떤 사람이 옷을 벗어 던지고 그녀를 구하러 물에 뛰어들었어요. 여자가 그 사람 목을 껴안았고, 두 사람은 언덕 쪽으로 헤엄쳤어요. 그녀는 자기가 물을 너무 많이 마셔서 곧 죽을 거라고 생각했죠. 죽기 직전 그녀는 그 사람 뒷목에 난 솜털, 축축한 머리카락, 불끈 솟은 목의 힘줄에 매료되어 그를 사랑하게 됐어요. 대체 이런 이야기가 믿어져요? 내가 말했다. 난 수영을 잘하니 안심해요. 그녀가 다시 웃으며 말했다. 때맞춰 내 앞에 나타나 줬네요. 당신이 무심한 사람이라는 거 알아요. 하지만 당신도 내가 너무 섬세하다고 싫어하진 말아요. 당신이 유일하게 읽은 연환화, 그 책 훌륭한 책이에요. 내가 싫지 않다면, 자주 몽상에 빠지는 내가 괜찮다면 우리 같이 살아도 좋아요. 내가 말했다. 당신 앞에선 바보처럼 말하지만 평소에는 이렇지 않아요. 그녀가 말했다. 알아요. 중매인이 당신 청년 시절에 두목이었다고, 산에서 힘깨나 썼다고 했어요. 내가 말했다. 세상 사람들이 밥 먹고 사는 데 지장이 없다면, 나는 물론이고 당신도 그렇게 해 줄 거예요. 또한 누군가 정말 잘 먹고 산다면 절대 당신이 그보다 못한 음식을 먹고 살게 하진 않을 겁니다. 그녀가 말했다. 저녁이면 난 책 보고, 글 쓰고, 일기를 써요. 방해하면 안 돼요. 내가 말했다. 잠은 같이 자요? 그녀는 말없이 내게 멈추지 말고 힘껏 노를 저으라는 시늉을 했다. 나는 쉬지 않고 그대로 물가까지 노를 저었다.

결혼 후 일 년 만에 챵수가 태어났다. 이름은 그녀가 지었다. 챵수는 세 살까지 공장 탁아소에서 자랐다. 나는 매일 챵수를 데려다주고 데려왔고, 푸둥신은 시장을 보고 밥을 했다. 그렇게 우리는 각자의 일을 정했다. 어쩔 수 없었다. 그녀가 만든 음식은 도저히 목구멍으로 넘기기 어려울 만큼 맛이 없었지만 아이를 맡기는 건 더욱 위험천만했다. 언젠가 챵수의 오른발이 자전거 체인에 끼었는데 그녀는 그것도 모르고 자전거가 움직이지 않는다며 힘껏 페달을 밟았다. 공장 안에서도 인기가 없었다. 그녀는 카드놀이도 하지 않고, 스웨터도 짤 줄 몰랐기 때문에 점심시간이면 언제나 담뱃잎 더미에 앉아 책을 읽었다. 동료들과 서먹한 것도 당연했다. 1980년대 초, 분위기는 예전보다 좋았지만 그녀 같은 신분에 대한 사람들의 생각은 여전했다. 운동이 또 벌어진다면 아마도 첫 번째 타도 대상이 될 터였다. 어느 날 점심시간, 나는 공장으로 그녀와 밥을 먹으러 갔다. 그녀의 도시락이 차갑게 식어 있었다. 그녀 말로는, 한동안 이런 일이 반복되었다고 했다. 매일 아침 그녀가 도시락을 찜통에 넣어 두는데 누군가 계속해서 도시락을 빼놓았다는 것이다. 나는 공장 주임을 찾아가 이 사실을 알렸다. 그는 이런 식의 내부 갈등은 자기도 어쩔 수 없다고 했다. 자기가 무슨 파출소 소장도 아니지 않느냐면서 오히려 내게 하소연을 늘어놨다. 아내와 한 조에서 일하는 사람들이 아내 때문에 일을 더 맡아야 해서 힘들어한다고 했다. 그녀는 손이 느렸다. 수를 놓는 것 같았다. 회의에서 덩샤오핑 동지의 말씀을 공부할 때면 그녀는 공책에 덩샤오핑 초상화를 그렸다. 덩샤오핑 동지의 초상은 마치 패루[23]처럼 크게 그리고, 화궈펑[24]과 후야오방[25] 동지는 장난감

23   중국의 전통 건축 양식 중 하나로, 주나라 때부터 등장한 문의 형태.

24   華國鋒(1921~2008). 마오쩌둥의 후계자로 지목되었지만 1979년 덩샤오핑
     에 의해 축출된 인물.

25   胡耀邦(1915~1989). 1980년대 중국 공산당 총서기 시절 덩샤오핑과 함께
     중국의 개혁 개방을 실시했던 인물. 1989년 그의 죽음을 애도하는 추모 집
     회 현장에서 학생들의 민주화 요구가 폭발한 것이 천안문 사태의 시발점이

처럼 작게 그렸다. 공장장은 내 체면을 생각하지 않았다면 훨씬 전에 그녀를 다른 공장으로 보냈을 거라고 했다. 대충 감이 왔다. 그길로 백화점에 가서 시평[26] 두 병을 사와 그의 탁자 위에 올려놓으며 그녀를 인쇄부로 옮겨 달라고 부탁했다.

푸둥신은 어려서부터 삽화를 그렸다. 결혼식 날 보니 혼수품에 큰 공책이 하나 들어 있었는데 그 안에 삽화가 가득했다. 뭘 그린 건지는 모르겠지만 어쨌거나 정말 잘 그린 그림이었다. 커다란 교회당, 꼭대기에 낙타 한 마리가 종을 울리고 있고, 큰 치마를 입은 외국 여자도 보였다. 치마의 주름이 어찌나 선명한지 주름이 서로 쓸리는 소리가 들리는 것만 같았다. 그날 저녁 식사 후 나는 걸상을 들고 마당으로 나가 바람을 쐤다. 그녀는 침대에 비스듬히 누워 책을 보고, 창수는 내 앞에 앉아 성냥갑을 가지고 놀았다. 귓가에 대고 흔들어 보기도 하고 코에 대고 냄새를 맡기도 했다. 우리 집에는 흑백 텔레비전이 한 대 있었지만 아내에게 방해가 될까 봐 자주 틀진 않았다. 잠시 후 푸둥신도 걸상을 들고 와 내 앞에 앉았다. 내일 인쇄 공장 쪽으로 출근할 거예요. 내가 말했다. 잘됐네. 좀 수월하겠네. 그녀가 말했다. 오늘 인쇄부 주임에게 말했어요. 거기 담뱃갑에 그림을 그려 보고 싶다고요. 그려서 보여 주고 난 다음 쓸지 말지는 그 사람들 마음이고요. 그래 좋아. 그려 봐.

되었다.

26   중국 4대 명주 중 하나.

그녀가 잠시 생각한 후 말했다. 고마워요, 더쩡. 난 뭐라고 대꾸해야 할지 몰라 그냥 웃었다. 그때 리페이의 아빠가 리페이를 데리고 우리 앞을 지나쳤다. 우리 단층 건물에는 20여 가구가 살았다. 리 씨는 동쪽 끝, 소형 트랙터 공장의 조립 라인에서 일했다. 사각형 얼굴에 키는 중간 정도였지만 몸이 튼튼했다. 어려서부터 그를 알고 지냈다. 외동인 나와 달리 그 집에는 형이 셋 있었다. 리 씨가 막내지만 두 형 모두 그를 무서워했다. 문화 혁명 당시 새로 발행된 우표를 사겠다고 사람을 찌른 적도 있었다. 우리도 가세했다. 하지만 시간이 흐르면서 모두 그 일을 잊었다. 결혼 후 그는 많이 점잖아졌다. 고생도 마다 않고 열심히 일했으며, 솜씨도 좋았다. 늘 앞서가는 사람이었다. 그의 아내 역시 트랙터 공장에서 페인트공으로 일했다. 언제나 마스크를 쓰는 바람에 코 주변 마스크 쓴 자리만 다른 곳보다 하얬다. 안타깝게도 그의 아내는 리페이가 어렸을 때 세상을 떠났다. 리 씨가 우리 가족을 보고 말했다. 나란히 앉아 공부하나 보네? 내가 말했다. 리페이 데리고 산책 나왔어? 그가 말했다. 리페이가 먹고 싶다고 해서 가오 할머니네 가서 아이스케키 하나 샀어. 리페이와 좡수는 당시 벌써 말을 튼 사이였다. 리페이는 반쯤 먹은 아이스케키를 좡수 성냥갑과 바꾸고 싶어 푸둥신을 힐끗거렸다. 푸둥신이 말했다. 좡수야, 성냥갑 누나 줘라, 아이스케키는 괜찮다고 하고. 푸둥신의 말이 끝나자 좡수가 성냥갑을 바닥에 툭, 내던지고는 리페이 손에서 아이스케키를 낚아챘다. 리페이가 성냥갑을 줍더니 안에서 성냥

하나를 꺼내 불을 붙인 후 빤히 바라봤다. 날이 그새 어두웠다. 달빛이 보이지 않았다. 성냥이 반쯤 타들어 갔을 때 리페이가 성냥갑에 불을 붙였다. 리페이는 들고 있기 뜨거워서라 아니라 그냥 그렇게 하고 싶어서 하늘을 향해 불덩이를 던졌다. 후툭, 후툭, 소리와 함께 불덩이가 하늘 높이 올라갔다.

장부판

부대에서 전역한 후 내가 처리한 몇 가지 사건은 모두 '엄타'[27]와 관련이 있었다. 적잖은 사람을 체포했는데 그리 큰 사건들은 아니었다. 춤을 춘다든지, 밤에 귀가를 하지 않는다든지, 아니면 절도 같은 사건들로, 항상 일어나는 일이라 별반 심각하게 생각하지 않았다. 뜻밖에 이 년 후 이왕[28] 사건이 발생했다. 두 사람 중 형은 '엄타' 당시 진압 대상에 포함되었고, 동생은 부대에 있었다고 들었는데 그 부대가 바로 내가 주둔하던 곳과 멀지 않은 명둥 지역에 있었다. 당시 듣기로 동생은 사격에 뛰어나 명중률이 높고, 한 손으로 탄창을 갈았으며 속도 면에서도 최고 기록을 보유하고 있다고 했다. 두 형제는 적잖은 곳에서 절도 행각을 벌였다. 주로 돈을 맡겨 두는 곳과 금은방이었

---

27 반부패 운동을 포함한 중국판 범죄와의 전쟁. 1983년부터 시작되었다.

28 二王. 왕중팡(王宗坊)과 왕중웨이(王宗瑋) 형제. 신중국 성립 이후 처음으로 현상 수배된 인물들이다.

다. 각자 권총 한 자루씩을 가지고 있었고, 실탄 천 발은 모두 동생이 부대에서 빼돌려 형에게 준 것이었다. 지금으로서는 상상하기 힘든 일이었다. 집으로 보내는 편지에 실탄 다섯 발씩이 끼워져 있기도 했다. 그들은 민가에도 침입했는데 그건 이후의 일이다. 시 전체 경찰들이 그들을 쫓고, 거리에 현상 수배 전단지가 나붙었다. 현상금으로 현금과 수킬로그램의 금붙이가 붙었다. 밥 먹을 데가 없자 그들은 가정집에 들어가 집주인을 묶어 두고는 부엌에서 밥을 해 먹고 달아났다. 사람은 해치지 않았으며 어느 때는 밥값을 남겨 두기도 했다. 그 후 둘은 돈과 보석을 강에 버리고 경찰에게 반격을 가했다. 우리는 평상복 차림으로 출동했다. 경찰복을 입고 다니면 길을 걷다가 총에 맞을 수도 있는 상황이었다. 마지막 해 겨울, 결국 그들은 시 북쪽 끝 치판산에서 포위되었다. 우리는 산기슭 아래에서 경계 태세를 취하고 있었다. 군 외투를 입고 총에 총알을 가득 채운 다음 소매 속에 넣어 꼭 움켜쥐었다. 사람은 물론이고 노루만 지나가도 총알을 먹일 기세였다. 형제를 모두 사살했다는 소식이 전해졌다. 시신을 직접 보지는 못했지만 사람들 말이 둘 다 굶주린 개처럼 비쩍 말라 홑겹 옷을 입은 채 눈밭에 엎드려 있었다고 했다. 정확히 말하면 형은 총에 맞아 죽었고, 동생은 총으로 자살을 했다고 한다. 그날 밤 나는 집에서 술을 한껏 마시고 고민을 거듭한 끝에 결국 그대로 경찰에 남기로 했다.

1995년 겨울이 막 시작될 무렵, 일주일 사이에 이 도시에서만 택시 기사 두 명이 살해되었다. 시신은 모두 근교 들판에 버려졌는데 차와 함께 전소되어 처참하기 이를 데 없었다. 한 달 동안 모두 다섯 명이 죽었다. 사건이 모두 여섯 건이라 말할 수도 있었다. 어느 겁 많은 운전기사가 자기 동료가 죽는 사건이 벌어지자 두려움에 떨었다. 그러다 밤중에 한 남자 승객을 태웠는데 뭔가 느낌이 이상해서 도중에 차에서 뛰어내려 수풀 속에 숨었다. 기사가 기억하기로 그는 중간 정도 키에 나이는 마흔 정도이며, 사각형 얼굴에 눈이 컸다고 했다. 하지만 결과적으로 그가 흉악범인지 아닌지는 단정할 수 없었다. 그가 수풀에 숨어 살펴보니 남자는 차에서 내려 떠나 버렸는데 차에 있던 돈을 건드리지 않았기 때문이다. 당시 이 사건 때문에 한바탕 소동이 벌어졌다. 상부에서 압박을 가하는 바람에 신문에 두 명이 죽고 한 명이 실종되었다고 보도됐다. 나는 상부에 이십 일 내에 사건을 해결하겠다고 군령장[29]을 썼다. 길거리 껄렁패 몇 명을 불러 우리 집에서 회의를 열었다. 누구든 범인을 잡아 오는 자는 그 순간부터 한솥밥을 먹는 친형제처럼 대우하겠다고 약속했다. 하지만 아무도 대꾸하는 사람이 없었다. 그들은 정말 범인이 누구인지 모르며, 깡패가 아닌 일반인들이 한 짓이라고 했다. 죽은 기사 다섯 명의 이력을 살펴보니 어떤 교집합도 없었다. 과거에 지도자의 차를 운전한 사람, 부대에서 전역한 운전병, 임시 해직된[30] 노동자도 있었다. 그는 집을 팔

---

29 과거 군령을 받은 후 임무를 완수하겠다고 작성했던 서약서.

30 하강(下崗) 상태를 말한다. 주로 국유 기업이 경영상의 곤란을 해소하기 위

아 자동차 엠블럼을 사고 집을 빌려 살았다. 나는 불에 탄 자동차를 자세히 살펴봤다. 두 차 모두 타다 남은 나일론 끈이 있었다. 범인은 택시 기사를 목 졸라 죽이고 돈을 빼낸 후 직접 황폐한 근교까지 차를 몰고 가서 휘발유를 뿌리고 차를 불태웠다. 몇 가지 단서를 통해 범인은 손아귀 힘이 만만치 않고, 운전을 할 줄 알며, 급전이 필요하다는 결론이 내려졌다. 택시 한 대 가격에 비하면 범인이 가져간 돈은 알량했지만 별로 개의치 않은 듯했다. 차는 팔 수도 없거니와 팔 시간도 없었기 때문이다. 한 달 동안 사건을 다섯 건이나 저지르다니, 돈이 부족하지 않으면 이처럼 큰 위험을 불사했을 리 없다. 잠시 뒤 기술 관계자들을 만나 알아보니 연료 탱크에 있는 기름만으로는 차를 이렇게 태울 수 없다고 했다. 그 사람 휘발유나 중유를 가지고 다닐 거예요.

단서가 또 하나 늘었다. 휘발유, 중유라는 단서가 덧붙었다.

그때는 사건이 난 지 이미 열흘이 지난 후였다. 나는 상관의 사무실에 가서 자리에 앉아 말했다. 링다오[31]! 이 사건은 해결이 쉽지 않습니다. 그가 말했다. 돈이 필요한가, 사람이 필요한가? 위에서 압박이 장난이 아냐. 요즘 밤거리에 택시가 반으로 줄었어. 시민들이 급한 일이 있어도 택시를 잡을 수가 없어.

해 노동 관계는 계속 유지하면서도 일부 직공을 해직시킨 상태로 약간의 기본급을 제공한다.

31   領導. 중국어 표현으로 '영도'라는 뜻으로 지도자나 리더를 말한다.

군령장과 상관없이 사건을 해결하면 방법 불문하고 승진 시켜 주지. 내가 말했다. 링다오! 경찰 일이 윗사람들 밑구멍 닦아 주는 것처럼 느껴져요. 그가 말했다. 무슨 뜻이야? 별 뜻 아니에요. 위에 말씀하세요. 시 전체 택시 운전석에 방어막을 쳐 달라고요. 범인은 끈을 사용했어요. 설사 좀 다른 형태라고 해도 어쨌거나 화학 약품을 사용하는 흉기는 아닐 겁니다. 방어막이 있으면 90퍼센트는 안전해요. 범인이 잡힌다 해도 앞으로 또 다른 범죄자가 나오지 말란 법이 없습니다. 방어막은 꼭 있어야 합니다. 그가 말했다. 돈이 적잖이 드는 일이라 허가가 떨어진다는 보장이 없어. 내가 말했다. 요즘 거리에 깔린 게 실직한 노동자예요. 전에 잡혔던 놈 기억하세요? 밤에 복도에 숨었다가 자귀로 상대 뒤통수를 내리쳤잖아요. 어떨 땐 겨우 5위안 훔치자고요. 그가 말했다. 방법을 좀 생각해 보지. 이 사건을 어떻게 보는가? 내가 말했다. 제 밑으로 부하가 여섯 명 있습니다. 여자 하나는 운전을 못하니 빼면 다섯입니다. 운전석 방어막 없이 차량 다섯 대 지원해 주십시오. 밤에 몰고 나가겠습니다.

며칠 후 부하들을 불러 모아 회의를 열었다. 위험한 일이야. 내키지 않으면 빠져도 돼. 잘 해결하면 인사 고과가 잘 나올 거야. 보너스도 있고. 하지만 실패할 경우 각오 해야 돼. 죽은 택시 기사 다섯 명처럼 화마에 휩싸이는 신세가 될 수도 있으니 각자 생각들 해 봐. 자오샤오둥이 말했다. 팀장, 보너스는 얼만데요? 그의 아내가 임신 중인데 최근 십여 일 동안 아예 집에 들어가지도 못했다는 걸 알고 있었다. 내가 말했다. 죽지 않아도 5000위안부터야. 사람 수대로 나눌 거야. 그가 고개를 끄덕인 다음 더 이상 아무 말도 하지 않았다.

1995년 12월 16일 밤 10시 30분, 다섯 남자는 본격적으로 차를 몰고 출동했다. 각자 총 두 자루를 소지했다. 한 자루는 겨드랑이 아래, 한 자루는 운전석 의자 아래 숨겼다. 나는 몇 가지 유의 사항을 설명했다. 첫째, 1인 또는 1인 이상 성인 남자가 외진 곳에 가자고 할 때, 둘째, 성인 남자 혼자 운전석 바로 뒷좌석에 앉을 때, 셋째, 승객 몸에서 휘발유나 중유 냄새가 날 때. 여자나 아이를 동반했을 경우에는, 신참이라 길을 모른다고 하고 승차를 거부한다. 넷째, 싸움이 붙으면 목숨을 보전할 생각은 하지 않는다. 상대방은 분명히 목숨을 노릴 테니까.

사흘 동안 달렸지만 수확이 없었다. 자오샤오둥은 의심 가는 남성 세 명을 태운 적도 있었다. 쑤자툰에 가자고 해서 긴장하고 그들의 말을 들어 보니 이 지역 억양이었다. 그중 한 사람이 가는 도중 갓길에 차를 대고 소변을 본다고 했을 때 자오샤오둥은 총을 꺼내 방한화 속에 쑤셔 넣었다. 손님이 소변을 보고 돌아오자 일행은 다시 이야기를 계속했다. 셋은 형제로, 아버지의 상을 치르기 위해 가는 길인 듯했다. 그중 한 사람이 택시를 타기 전 여자와 술을 마셔 자꾸 소변을 봤다. 쑤자툰에 도착하니 장례식 천막이 쳐져 있었다. 자오샤오둥은 차에서 내려 담배 한 개비를 피우면서 형제 둘이 나머지 한 사람을 부축하고 천막 안으로 들어가 꿇어앉는 것을 확인한 후 다시 택시를 몰고 돌아왔다.

　여드레째 되는 12월 24일 밤 10시 30분, 눈이 조금 내렸다. 차를 난징가와 베이산로 교차로에 세우고 차창을 조금 내린 채 담배를 피웠다. 담배를 끈 후 잠시 잠을 청했다. 간헐적으로 꿈을 꿨던 기억이 나는데 언제부터인지 피곤해서 도저히 정신을 차릴 수 없었다. 길가에 나이트클럽이 있었고 어렴풋이 음악 소리가 들렸다. 익숙한 크리스마스 캐럴이 흘러나왔다. 징글벨, 썰매를 타고. 앞차가 모피 코트 차림의 중년 여인을 태우고 떠났다. 나는 차를 앞으로 움직이며 담배꽁초를 차창 밖으로 던진 후 다시 창을 올렸다. 그때 클럽 남쪽 골목에서 두 사람이 나왔다. 중년 남성이 열두 살에서 열세 살 정도로 보이는 여자아이를 데리고 있었다. 각진 얼굴, 중간 정도의 키, 두 손을 재킷 주머니에 넣고 있었다. 재킷은 검은색, 여기저기 흠집이 많아 마치 누더기처럼 보였다. 아이는 흰색 마스크를 쓰고 파란색 교복 바지에 상의는 빨간색 다운 재킷 차림이었는데, 무릎 위까지 오는 걸 보니 한눈에 보기에도 어른 것이 분명했다.

　분홍색 책가방을 메고 있었다. 책가방 끈이 꼬질꼬질하고 더러웠다. 머리카락에 눈송이가 떨어져 있었다.

　남자가 다가와 창을 두드리기에 열어 주었다. 안을 들여다보며 말했다. 가요? 나는 손을 내저으며 안 간다고, 마감 시간이라고 말했다. 그가 아이를 가리키며 옌펀가에 갈 건데 아이 배가 아파서 한의사에게 가는 거라고 말했다. 내가 말했다. 아프면 큰 병원에 가야죠. 그가 말했다. 큰 병원은 비싸고, 또 그

한의사가 환자를 잘 봐요. 전에도 아팠을 때 그곳에 간 적이 있는데 애 배앓이를 잘 고쳤어요. 나는 잠시 생각하다가 길이 익숙하지 않으니 가는 길을 알려 달라고 했다. 그가 좋다고 했다. 그가 뒷문을 열고 내 뒤에 앉았고, 아이는 책가방을 다리에 올려놓고 앞자리 운전자 보조석에 앉았다.

옌펀가는 시의 동쪽 끝이었다. 시와 향(鄕)이 만나는 지역으로 거대한 판자촌이 있었다. 빈민촌이라 불러도 될 정도였다. 그곳에서 동쪽으로 논밭이 펼쳐져 있었다. 사실 그곳으로 범인을 잡으러 자주 출동하곤 했다.

남자가 여전히 주머니에 손을 넣고 있었다. 두 귀는 얼어서 새빨갛게 달아오른 채였다. 여자아이는 눈을 감고 머리를 의자에 기댄 채 책가방으로 배를 누르고 있었다. 조금 지나 갈림길이 나오자 남자가 길을 안내했다. 잠시 후 내가 말했다. 손님, 담배 있습니까? 한 대만 빌려주쇼. 그가 주머니에서 담배 한 개비를 꺼내 내게 건넨 후 자기 라이터로 불을 붙여 줬다. 내가 물었다. 손님은 뭐 하세요? 원래 노동자였는데 지금은 조그맣게 장사를 합니다. 내가 말했다. 요즘 공장들 경기가 말이 아니죠? 그가 말했다. 괜찮은 곳도 있어요. 601단지는 아주 좋습니다. 내가 말했다. 비행기 제조하는 곳이죠? 그가 말했다. 네. 아직 괜찮은 곳들이 있죠. 내가 물었다. 무슨 장사를 하세요? 그가 백미러로 힐끗 나를 살피더니 말했다. 별것 아니에요. 물건 좀 떼다가 팔아요. 그냥 이것저것요. 내가 말했다. 아내는요? 그가 말했다. 앞에서 우회전해서 쭉 가세요. 얼마 지나지 않아 옌펀가를 관통해 교외 지역으로 향했다. 아이는 계속 눈을 감은 채 꼼짝도 하지 않았다. 남자가 창밖으로 시선을 돌렸다. 더 이상 말을 하고 싶지 않은 눈치였다. 내가 말했다. 뭘 하든 쉽지 않죠. 그가 대답했다. 그래요. 내가 말했다. 택시도 낮에는 경찰이 너무 많아 운전이 쉽지 않고, 밤에는 좀 수월하긴 한데 도둑들이 걱정이고. 그가 말했다. 별일 없지 않나요? 내가 말했다. 신문 안 보나 봐요. 얼마 전까지 한밤중에 택시 기사가 다섯 명이나 죽었어요. 그가 다시 백미러를 보더니 어깨를 으쓱하며 말했다. 잡았어요? 내가 말했다. 아니요. 범인들이 무지막지하네요. 잡기가 쉽지 않아요. 이제야 알겠어요. 이왕지사 독할 바에야 끝장을 봐야 한다는걸요. 사람이 어느 정도까지 잔인해질 수 있는지 이제야 알겠어요. 배포가 커야 뭔가 이루고, 그렇지 않고 전전긍긍 겁이 많은 사람은 굶어 죽기 딱 좋아요. 그는 아무런 대꾸도 하지 않고 아이 어깨를 도닥거리며 말했다. 좀 괜찮아? 아이가 고개를 끄덕이며 책가방을 꼭 거머쥐면서 말했다. 저 앞 갈림길에서 우회전요. 내가 말했다. 우회전? 옌펀가 간다고 안 그랬어? 아이가 말했다. 우회전요. 옌펀가 너머에 갈 거예요. 나는 핸들을 돌려 천천히 길가에 차를 세우며 말했다. 손님, 미안한데, 더 이상 못 참겠네요. 고개 들지 말고 있어요. 사방이 모두 뒷간이니. 두 분 차에서 조금만 기다려요. 그가 말했다. 좌회전요. 조금만 가면 되는데. 내가 말했다. 둘이 왜 말이 달라요? 대체 우회전이에요, 좌회전이에요? 바지에 쌀 것 같다고요. 그가 말했다. 조금만 가면 돼요. 나는 그를 향해 고개를 돌리며 품 안으로 손을 집어넣었다. 칠흑처럼 컴컴한데 진료소가 어디 있다고 그래요? 여자아이가 갑자기 번쩍 눈을 떴다. 눈이 어찌나 큰지 동공에 모든 것을 담을 수 있을 것만 같았다. 여자아이가 말했다. 아빠, 방금 방귀를 뀌었더니 괜찮아졌어요. 남자가 어이없는 듯 표정이 굳어지며 말했다. 괜찮다고? 아이가 말했다. 네. 방금 피식 방귀를 뀌었어요. 냄새는 나지 않았지만요. 그랬더니 좋아졌어요. 차에서 내릴래요. 남자가 날 힐끗 본 후 말했다. 아빠도 볼일 좀 봐야겠네. 너 차에서 기다리고 있어. 그렇게 말하더니 남자가 차문을 열고 나갔다. 나는 열쇠를 뽑아 그와 함께 차에서 내린 후 문을 잠갔다. 눈발이 거세지기 시작하고 바람이 슝슝 불어 목덜미 안까지 들이닥쳤다. 멀리 판자촌 지역도 잘 보이지 않았다. 마치 기차에서 멀찌감치 내다보이는 작은 산 정도로 느껴질 정도였다. 그가 천천히 잡풀 더미 쪽으로 걸어가 오줌을 쌌다. 나는 총을 꺼내 그의 뒤에 섰다. 그가 뒤돌아 허리띠를 묶으며 나를 향해 말했다. 형씨, 형씨가 뭔가 오해한 것 같은데. 내가 말했다. 나한테 그런 말 할 것 없고. 허리띠 내버려 두고 바지 내려. 그가 말했다. 수상쩍으면 공장에 가서 물어보쇼, 내가 누군지. 내가 말했다. 입 닥치고 바지 내려. 그가 바지를 발목까지 내렸다. 내가 허리 뒤춤에서 수갑을 꺼냈다. 그가 말했다. 아이는 못 보게 하쇼. 이게 뭐 하는 거요? 나는 그의 팬티 쪽을 발로 걷어찼다. 그가 피하지 않고 말했다. 그 진료소 저 앞에 있소. 내 친구가 하는 거요. 조사해 봐도 좋소. 그때 모래를 운반하는 커다란 트럭 한 대가 오른쪽 가장자리를 따라 다가왔다. 순간적으로 내가 차에 전조등을 켜 놓지 않았던 게 생각났다. 노면이 온통 눈이었다. 트럭이 잠시 주춤하는가 싶더니 그대로 차를 박았다. 택시 뒷부분이 그대로 뭉개지며 우리 쪽 풀숲을 향해 뒤집어졌다. 손바닥만 한 전조등 유리에 부딪치는 순간 나는 그가 서 있는 방향으로 총을 발사하고 말았다.

리페이

대체 언제부터 이 기억들이 이처럼 또렷하게 내 삶의 일부가 되었을까? 아니, 대체 이 기억 가운데 정말 일어났던 일들은 무엇일까? 어떤 기억들은 그저 기억의 파편을 내 멋대로 조합해 놓고 그걸 사실이라고 믿는 건 아닐까? 모든 것이 수수께끼 같다. 아버지는 종종 내 어릴 적 기억을 듣고 깜짝 놀랐다. 때로 내가 어떤 기억을 떠올리면 아버지는 벌써 잊고 있던 일이라며, 내 말을 듣고 나서야 그런 일이 있었는지 기억을 더듬으며 세세한 부분까지 사실 그대로라고 했다. 하지만 그때 내 나이를 생각하면 그렇게 또렷하게 기억하기가 어려울 텐데. 때로 아버지는 함께 이야기를 나누다 얼마 전 일어났던 일을 이야기하기도 했다. 대충 일주일 전에 일어난 일인데도 나는 전혀 기억이 나지 않았다. 정말 아무런 잔상도 남아 있지 않았다. 그럴 때면 아버지는 정말 그런 일이 있었던 건지 의심했다. 대체 누구의 기억에 문제가 생긴 걸까, 누가 늙어 가고 있는 걸까.

내게는 어머니가 세상을 떠날 때의 기억이 없다. 자라면서 어머니의 사진을 봤지만 별 느낌을 받지 못했다. 그냥 낯선 여인일 뿐이었다. 늘 이 사실이 화가 난다. 대체 어쩌다 어머니가 나에게 낯선 이가 되었을까? 아버지의 말에 나는 울상이 되었다. 별다른 이유가 없었다. 여자가 아기를 낳을 때는 생명의 위험이 따르는 법이라고 했다. 말짱한 사람이 길을 걷다가도 음주 운전 때문에 사고를 당해 저세상으로 가는 게 세상사라고 했다.

아버지는 재혼을 하지 않았다. 탁아소에서 돌봄 아주머니가 내 엉덩이를 닦아 주고 대소변 가리는 훈련을 시켰다. 내가 아무 생각 없이 똥을 싸거나 다른 아이와 싸움을 하면 나를 때렸다. 울었다. 그럼 따귀를 맞았고, 그럼 다시 울었다. 아주머니는 다시 따귀를 때리며 그래도 또 우는지 보자고 말했다. 그래, 이런 게 엄마지. 엄마가 있었어도 이랬을 거야. 그렇게 생각하면 조금 위안이 됐다. 별것 아냐. 저녁에 다른 아이 엄마들이 아이를 데리러 오면 나는 속으로 '너흰 재수가 없구나. 집에 돌아가도 이렇게 지낼 거잖아.'라고 생각했다. 안타깝게도 이런 착각은 그리 오래가지 않았다. 나는 여섯 살 때 챵수 식구들을 알게 되었다.

챵수는 우리 이웃이다. 단층집들이 늘어선 울타리에서 우리 집은 동쪽 맨 끝에 있었다. 매일 아버지가 공장에서 퇴근한후, 탁아소에 와서 나를 자전거에 태워 데려가면서 챵수 집 앞을 지나갔다. 아버지는 기계 조립공이었다. 솜씨가 좋았다. 아버지와 함께 공장에 들어간 사람들 모두 그냥 자오 씨, 왕 씨, 가오 씨란 호칭으로 불리는 데 반해, 아버지는 항상 리 선생이란 호칭으로 불렸다. 매일 아버지가 나를 태우고 자전거를 밀며 공장을 지나가면 사람들이 아버지와 인사를 나눴다. 리 선생, 가요? 리 선생, 집에 밥하러 갑니까? 리 선생, 겨울 지낼 알탄은 마련했습니까? 도와줄까요? 또 어떤 사람들은 나를 어르며 내게 말을 걸기도 했다. 아버지는 일일이 웃으며 화답을 했지만 그렇다고 자전거를 세우는 일은 거의 없었다. 누군가 아버지의 목도리와 스웨터를 짜 준 적이 있었다. 아버지는 빨간색, 진남색, 푸른색을 모두 받아 서랍에 넣고 나프탈렌 한 봉지도 넣었다. 사람들 말이 아버지는 예전에 상당히 강인한 인상의 남자였는데, 결혼한 뒤에는 어머니에게 지극정성으로 사랑을 표현했다고 한다. 사람들과 분쟁을 일으키지도 않았다. 자기가 손해를 볼지언정 남의 기분을 상하게 하고 싶어 하지 않았다. 어머니가 죽자 아버지는 한동안 몰라보게 살이 빠졌다가 이후 조금씩 다시 살이 올랐다. 이후 직접 밥하는 것도 배우고 공장에서는 반장으로 진급해서 도제도 두 명이나 거느렸다. 도제는 둘 다 남자였다. 아버지는 자기가 할 수 있는 일들을 그들에게 가르쳤다. 도제에게 차를 타 오게 하거나 작업복을 빨라고 시키는 일은 없었다. 아버지는 스패너 하나로 발동기를 이 분 사십오 초 만에 조립할 수 있었다. 만약 아버지가 부루퉁한 얼굴로 점심을 먹고도 다른 사람 카드놀이를 구경 가는 대신 낮잠 자고 있는 날 보러 탁아소에 온다면 그건 아버지의 도제가 아직 작업을 마치지 않았다는 뜻이었다.

나는 여섯 살 때 처음으로 챵수와 대화를 나눴다. 전에도 만난 적은 있었다. 챵수보다 한 살이 많은 나는 이미 탁아소를 나와 초등학교 입학 준비반에 들어가 있었다. 해를 넘기면 학교에 입학하는 나이였다. 챵수는 아직 탁아소 상급반에 다녔는데 장난이 어찌나 심한지 주변 이웃들 중에 모르는 사람이 없었다. 언젠가 꼬마들이 함께 공놀이를 할 때였다. 모두 손으로 공을 안아 던지며 놀다가 공이 챵수에게 넘어갔다. 챵수가 공을 발로 뻥 차서 천장 형광등을 깨 버렸다. 아이들 머리 위로 형광등 분말이 떨어졌다. 챵수 엄마는 챵수를 때리지 않고 공급판매과로 챵수 아빠를 찾아갔다. 챵수 아빠가 잠시 살펴보더니 아주머니들과 이야기를 나눈 후 당황해서 어쩔 줄 모르는 꼬마들을 불러 머리카락을 살펴봤다. 그리고 외출해 새 형광등 두 개와 다바이투[32] 사탕을 큰 봉지로 사 왔다. 아저씨는 의자에 올라가 형광등을 갈아 끼웠다. 아주머니들이 아저씨의 의자를 붙들어 줬다. 아저씨가 형광등을 다 달자 아주머니들은 아저씨를 의자에 앉힌 후 해바라기 씨를 까먹으며 이런저런 담소를 나눈 후 헤어졌다.

챵수 아빠는 매우 열정적이고 적극적인 사람이었다. 비결이 뭔지 몰라도 어쨌거나 항상 입성도 좋고, 다른 사람은 엄두

---

32 중국을 대표하는 사탕 브랜드.

도 못 내는 일을 척척 처리했다.

내가 창수와 처음 말을 트게 된 계기는 어느 여름밤, 내가 들고 있던 아이스케키와 창수가 들고 있던 성냥을 바꾸고 싶었기 때문이다.

그 후 밤마다 숱하게 그 여름날 밤을 떠올렸다. 처음에는 그때 일을 회상하는 정도였지만 나중에는 행여 그날 밤의 일이 내 멋대로 왜곡된 건 아닐까, 혹은 다른 밤처럼 그냥 어둠속에 사라져 버리지나 않을까, 마치 하나의 연습처럼 끊임없이 그날 밤을 떠올렸다.

나는 성냥을 좋아해서 걸핏하면 아버지 성냥을 훔쳐서 놀았다. 눈에 띄는 것마다 닥치는 대로 불을 붙였다. 평소 나는 정말 착한 아이였고, 말수도 적었다. 아주머니가 화장실에 못 가게 하면 꾹 참고 화장실에 가지 않았다. 언젠가 이가 덜덜 떨릴 때까지 볼일을 참다가 그만 기절을 한 적도 있었다. 하지만 불은 좋아했다. 성냥만 보면 걸음이 떨어지지 않았다. 한번은 엄마가 예전에 아버지에게 보낸 편지에 불을 붙였다. 지금껏 아빠에게 매를 맞은 게 몇 번 되지 않는데 그 가운데 한 번이 그때였다. 그 후 집에서 성냥이 사라졌다. 그날 밤 창수의 성냥을 낚아챈 나는 그 즉시 성냥갑에 통째로 불을 붙였다. 너무 오랫동안 뜨거운 불길을 참아 손가락 피부가 타 버렸는데도 신경 쓰지 않았다. 불덩이가 공중에서 낙하하며 불이 꺼졌다. 나는 갑자기 울기 시작했다. 무서워서가 아니었다. 한순간에 그렇게 성냥을 다 써 버린 게 아까워서였다.

아버지는 난감해했지만 차마 날 때리지는 못했다. 아버지가 말했다. 얘가! 이 애 하는 짓 좀 봐요. 푸 아줌마가 말했다. 성냥 좋아하니? 나는 고개를 숙이고 손 피부를 바라보며 아무 말도 하지 않았다. 아줌마가 말했다. 왜? 나는 계속 입을 다물었다. 아버지가 손가락으로 내 어깨를 쿡 찌르며 말했다. 아줌마가 물어보시잖아. 내가 말했다. 예뻐서요. 아줌마가 말했다. 뭐가 예쁜데? 불요, 불이 예뻐서요. 이리 와 보렴. 내가 다가가자 푸 아줌마가 내 손을 잡아 살핀 후 고개를 들고 아버지에게 말했다. 커서 뭔가 한 가닥 하겠는데요? 아버지가 말했다. 하긴 뭘 해요? 아줌마가 말했다. 그거야 모르죠. 호기심이 많네요. 챵수는 너무 어려서 가만히 있질 못해요. 뭘 가르쳐도 돌아서면 다 잊어버려요. 아버지가 말했다. 이제 겨우 네 살인데 그냥 놀게 내버려 둬요. 푸 아줌마가 말했다. 저 믿을 수 있으시면 저녁 식사 뒤에 제게 아이를 보내세요. 주말에는 낮에 보내시고요. 저한테 책이 많아요. 저도 어릴 적에 불 가지고 노는 걸 좋아했어요. 아버지가 말했다. 어떻게 그래요? 그쪽 부부가 귀찮을 텐데. 챵 아저씨가 말했다. 귀찮기는. 지금이라도 아이 하나 더 낳아서 짝지어 놀게 하면 좋으련만. 자네도 편하고 말이야. 아내 머릿속에 든 게 너무 많아 내가 다 들어주기가 벅차다네. 아버지가 말했다. 어서 아저씨랑 아줌마에게 감사하다고 인사해야지? 내가 말했다. 아저씨, 아줌마 고맙습니다. 그때 챵수는 바닥에 쪼그려 앉아 아이스케키를 관찰하고 있었다. 이미 막대기에는 개미가 잔뜩 달라붙어 있었다. 대부분 그대로 달라붙어 오도 가도 못했다.

　다음 날은 평일이었다. 나는 하루 종일 저녁이 되길 기다렸다. 하지만 저녁이 되었는데도 아버지는 아무 말이 없었다. 평소처럼 불을 피워 밥을 한 후 온돌 작은 탁자에 마주 앉아 밥을 먹을 뿐 별다른 말을 하지 않았다. 잠자리에 든 나는 이불 속에서 한바탕 흐느껴 운 뒤 손으로 몰래 벽지를 파내 입에 쑤셔 넣었다. 그날 밤 나는 그렇게 울다 잠이 들었다. 다음 날은 일요일이었다. 아침에 깨어 보니 아버지는 집에 없고 문은 밖에서 잠겨 있었다. 아버지는 일요일에 밖에 나갈 일이 있으면 그렇게 나를 안에 가둔 채 밖에서 문을 잠갔다. 나는 커튼도 열지 않고 세수, 양치질을 한 후 부뚜막에서 먹을 것을 찾아 먹었다. 아버지가 온몸이 땀으로 흠뻑 젖은 채 갈비 반 짝, 국광 사과 두 봉지, 추린공사[33]의 간식 한 상자 등 한 짐을 가지고 집에 돌아왔다. 아버지는 나를 깨끗한 옷으로 갈아입히고 커튼을 열었다. 햇살이 눈부셨다. 아버지 역시 깨끗하게 빤 작업복에 새로 배급받은 녹색 운동화를 신은 후 사 온 물건을 들고 내 손을 잡고 창수네 집으로 향했다. 창수 아빠가 구두에 약을 바르고 있었고, 창수는 옆에서 비누 거품 놀이에 한창이었고, 푸 아줌마는 구들에 앉아 흰 종이에 그림을 그리고 있었다. 창수 아빠가 고개를 들었다. 왔어? 아버지가 아저씨에게 바쁘냐고 묻더니 방 안으로 들어가 장 위에 물건을 내려놓으며 말했다. 리페

33　홍창 소시지, 러시아 빵인 다례바, 월병 등 전통 먹거리를 구입할 수 있다.

이, 이제 푸 선생님이라고 불러라.

푸둥신

1995년 7월 12일, 좡수가 싸움을 벌였다. 애들을 잔뜩 몰고 가서 근처 중학교 1학년 학생을 때렸다. 그 아이의 콧대가 부러지고 뇌진탕 진단을 받았다. 어젯밤의 일이고, 나는 아침에야 그 사실을 알았다. 리페이에게 구약 성경의 「출애굽기」 14장 15절을 가르치던 중이었다.

여호와께서 모세에게 이르시되, 너는 어찌하여 내게 부르짖느뇨. 이스라엘 자손을 명하여 앞으로 나가게 하고, 지팡이를 들고 손을 바다 위로 내밀어 그것으로 갈라지게 하라. 좡수의 담임이 마당에 들어서며 좡수에 대해 이야기했다. 좡수는 집에 없었다. 공을 들고 나간 후였다. 리페이에게 말했다. 페이야, 집 보고 있어. 먼저 읽고 있으면 돼. 내용을 믿을 필요는 없어, 글이 주는 느낌만 느끼면 돼. 좡수 돌아오면 나가지 말고 집에서 엄마 기다리라고 하고. 나는 통장을 들고 은행에 가서 1500위안을 인출해 200위안을 선생님에게 드렸다. 선생님은 돈을 받지 않았다. 선생님이 말했다. 명절인데 좡수 아버지는 집에 별로 관심이 없으신가 봐요. 남자애들 쌈질이야 다반사죠. 다만 이런 패싸움은 되도록 피해야 해요. 이 또래 애들은 분별력이 없어서 패싸움이 벌어지면 큰 사달이 날 수 있어요. 초등학생이 중학교 학생을 때리다니요, 나중에 뭐가 되려고. 나는 선생님을 따라 맞은 학생의 집에 갔다. 아이는 막 퇴원을 한 상태였다. 나는 과일과 함께 그 집 부모 손에 돈을 찔러 준 후 자리에 앉아 잠시 이야기를 나눴다. 부부는 함께 우아이시장[34]에서 스카프 장사를 한다고 했다. 가정 형편이 나쁘진 않았다. 이야기도 잘 통했다. 그들이 문 앞까지 날 배웅하며 말했다. 어머님은 점잖으신 것 같은데 아들은 왜 그렇게 껄렁해요? 난 아무 말도 하지 않았다. 버스를 타고 집으로 돌아왔다.

집에 돌아오니 챵수가 리페이와 공놀이를 하고 있었다. 챵수는 마당에 골대 대신 돌을 두 개 놓고 리페이에게 골키퍼를 시켰다. 챵수가 리페이 얼굴을 향해 공을 찼다. 얼굴에 커다랗게 공 자국이 났다. 리페이가 머리를 흔들며 달려가 공을 주워 챵수에게 던졌다. 나는 챵수를 불러 방에 들어가자고 했다. 챵수가 공을 리페이에게 주고 말했다. 너 놀고 있어. 연습 잘해. 뇌염에 걸린 사람처럼 그러지 말고. 리페이가 공을 안고 챵수를 따라 방으로 들어왔다. 나는 걸상에 앉고 아이는 서 있게 한 뒤 말했다. 아빠에게 전화했어. 아빠 내일 오신대. 아이가 말했다. 엄마, 겁주지 마. 아빠 간 지 며칠 안 됐잖아. 내가 말했다. 똑바로 서. 방금 너 리페이에게 뭐랬어? 아무 말도 안했어. 내가 말했다. 리페이에게 사과해. 리페이가 계속 공을 안은 채 말했다. 푸 선생님, 일부러 그런 게 아니에요. 제가 정말 멍청했어

34   선양 시에 위치한 중국 5대 전통 시장 중 하나.

요. 쾅수가 말했다. 봐 봐. 내가 말했다. 사과해. 아이가 말했다. 사과 안 할 거야. 엄마가 그랬잖아, 사람이 진실해야 한다고. 쟤한테 사과하면 그건 진실이 아니야. 내가 말했다. 진심으로 사과해. 아이가 말했다. 안 할 거래도. 리페이가 말했다. 쾅수, 공놀이 또 할 거야? 쾅수는 리페이를 보지 않고 말했다. 아니. 앞으로 너랑 안 놀 거야. 내가 말했다. 리페이, 너 어려서부터 쟤 꽁무니 따라다니면서 놀았어. 쟤보다 나이도 많으면서, 그렇게 놀고도 모자라? 리페이는 아무런 반응도 하지 않았다. 쾅수, 내일 아빠 오시면 아빠더러 혼내라고 할 거야. 난 너랑 말 못하겠다. 한 시간 전에 공중전화로 남편에게 전화를 걸어 쾅수가 또 사고를 쳤다고 전했다. 이번에는 떼로 몰려가 사람을 때렸어요. 남편이 초조하게 말했다. 내일 윈난에서 출발할게. 내가 말했다. 당신 할 일 해요. 남편이 말했다. 윈난 쪽 일은 이미 기본적인 건 다 했어. 담뱃갑을 보여 주니 만족스러워하더군. 내가 말했다. 그쪽에서 마음에 들어 해요? 남편이 말했다. 이제껏 이렇게 잘 그린 그림은 본 적이 없대. 그럼 반응이 좋을 때 더 일을 추진해 봐요. 애는 내가 다시 이야기해 볼게요. 그가 말했다. 쾅수를 내가 몰라? 말해 봐야 마찬가지야. 마침 그렇지 않아도 돌아가려고 했어. 윈난 쪽 공장에서는 기술 투자를 결정했고, 우리 지역은 어쨌거나 기업들이 모두 하청을 주니까 내가 가서 인쇄 공장 일 도급 문제를 의논해야 돼. 우리도 우리 공장이 있어야지.

쾅수는 내 말이 장난이 아닌 것 같자 조금 당황했다. 엄마, 그 애가 먼저 날 때렸어. 몇 사람이 나 하나를 때려서 그래서 내가 걜 때린 거야. 내가 말했다. 너 사람 치면 범죄라는 거몰라? 이 말을 할 때 나는 내 손이 떨리기 시작하는 걸 느꼈다. 아이가 말했다. 어? 내가 말했다. 이유야 어떻든 사람을 치는건 죄야, 알아? 애가 말했다. 다른 사람이 날 때려도 때리면 안돼? 그럼 앞으로 누구나 날 때릴 수 있는 거 아냐? 나는 아이를 바라봤다. 남편을 꼭 닮은 둥근 얼굴, 고집스러운 짧은 머리. 우리 세 사람 중 둘은 참으로 많이 닮았다.

나는 떨리는 손을 한껏 누르며 말했다. 이 이야긴 관두자. 이왕 입을 열었으니 리페이 이야기를 좀 해 보자. 넌 왜 사람을 존중할 줄 몰라? 애가 리페이를 향해 말했다. 누나, 내가 잘못했어. 내가 말했다. 너 그게 무슨 뜻이야? 너 엄마를 바보로 알아? 엄마, 내가 잘못했다고 하잖아. 내가 말했다. 그게 잘못한 사람 모습이야? 누나가 수줍음이 많으니 잘 보살펴 줘야지. 그런데 넌 누나를 오히려 못살게 굴잖아. 대체 어떻게 된 녀석이야? 문화 혁명 때였으면 네 엄마도 묶어 갈 놈이야. 아이가 말했다. 문화 혁명이 뭔데? 내가 말했다. 알 필요 없고, 제대로 사과해. 쩡수가 뒤돌아 리페이를 마주한 채 말했다. 누나, 내가 잘못했어. 일부러 그런 게 아냐. 앞으로 누나가 공 차, 내가 골키퍼 할게. 누나가 내게 공을 차. 앞으로 커서 누가 누나 못살게 굴면 내가 죽여 버릴게. 내가 말했다. 뜻은 좋은데 표현이 틀렸네. 리페이가 말했다. 기억할게. 내가 말했다. 넌 마당에 나가. 엄만 리페이랑 공부해야 하니까. 아이가 말했다. 엄마, 나도 좀 다정하게 대해 줄 수 없어? 나도 여기 앉아 들을까? 내가 말했다. 넌 나가 놀아.

곧바로 난 리페이와 함께 온돌에 앉아 「출애굽기」를 한 번 읽고 리페이가 이해할 만한 전고를 몇 가지 들려준 후 물었다. 리페이, 나랑 공부한 지 몇 년이지? 육칠 년쯤요. 재미있어? 재미있어요. 매일 밤이 기다려져요. 널 처음 봤을 때부터 네가 아주 좋은 재목이라고 생각했어. 내 눈이 틀리지 않았지. 지금 정도 수준이면 일반 중학생들도 너 못 따라가. 전 모르겠어요. 언제든지 넌 네가 생각하는 방식대로 읽고 써. 책 많이 읽고, 글도 많이 쓰고. 네. 곧 중학생이니 시험도 봐야지. 시험에 합격해도 9000위안이 필요해. 아빠도 제게 시험 보라고 하는데 저는 안 볼 거예요. 괜찮아, 아빠더러 내게 말하라고 해. 내가 도와줄게. 너희 아빠가 지금 임시 해직된 상태라 직업이 없으니 좀 빠듯해. 앞으로 좋아지면 갚으면 돼. 잊지 마, 지식과 기술이 있으면 두려울 게 없어. 너흰 지금 좋은 시대에 살고 있어. 우리 땐 공부하고 싶어도 공부할 곳이 없었어. 아줌마께 돈을 달라고 할 수는 없어요. 내가 말했다. 수업을 몇 번밖에 못할 것 같다. 리페이가 고개를 들고 이유를 물었다. 우리 집 이사해야 할 것 같아. 모두 이사 가야 해. 새 집을 찾아야 하니 그럼 더 이상 이웃으로 살 수 없겠지. 왜 오늘 아줌마가 네게 「출애굽기」를 가르쳐 줬는지 알아? 리페이가 말했다. 그럼 이제 창수 못 만나는 거예요? 네게 「출애굽기」를 가르쳐 준 건 네가 속으로 진심을 담아 열심히 생각하면 높은 산, 넓은 바다도 널 위해 길을 내줄 거라는 사실을 알려 주고 싶었어. 널 쫓아내는 사람들, 널 받아 주지 않는 사람들은 모두 벌을 받을 거야. 앞으로 나이가 들더라도 이걸 꼭 기억해야 돼. 리페이는 말없이 창밖을 바라봤다. 아이가 내 말을 알아들었는지 알 수 없었다.

리페이

기억 속의 일요일은 언제나 날씨가 좋다. 아버지가 창문을 모두 열고 온돌 가장자리에 맑은 물 한 대야를 퍼 와 유리를 닦았다. 그리고 더러워진 물을 마당에 뿌리고 침대보와 이불보에 풀을 먹인 후 펼쳐서 마당 빨랫줄에 내걸었다. 마당에 비누 향기가 가득했다. 아버지가 앉아 담배 한 대를 피우며 부뚜막, 바닥 등 집 안을 청소하기 시작했다. 굵고 억센 아버지의 팔뚝이 두 개의 노처럼 집 안 구석구석을 휘젓고 다녔다. 마지막으로 괘종시계 태엽을 감는 일이 남았다. 아버지가 빨간 덮개를 열고 반짝이는 열쇠를 꺼낸 후 열쇠 구멍에 집어넣고 끼익, 끽 열쇠를 비틀었다. 까치발을 들고 목을 잔뜩 늘린 모습이 마치 시계판 너머 뭔가를 바라보는 것 같았다.

마치 한순간에 공장이 폐쇄된 것 같지만 사실 예전부터 조짐이 있었다. 한동안 텔레비전에서 걸핏하면 국가의 부담이 너무 막중하다, 국민들이 도움의 손길을 내밀어 함께 분담해야 한다는 식의 보도가 이어졌다. 국가는 마치 나이 어린 과부 같았다. 아버지는 여전히 시간에 맞춰 출근은 했지만 어떤 날은 퇴근 후에도 작업복을 갈아입지 않았다. 땀도 흘리지 않은 것을 보니 하루 종일 일도 하지 않았나 보다.

아버지는 실직 통보를 받은 날 집에서 난롯불을 지폈다. 나는 난롯불 피우는 게 좋았다. 불꽃이 바닥에서 난로 속 한복판으로 번지는 것을 보면 마치 손에서 심장이 만들어지는 것 같았다. 아버지가 들어왔지만 나는 아버지를 바라보지 않았다. 화로 속 연기가 내 눈으로 날아들어 눈물이 났다. 눈물을 닦았다. 아버지가 어느새 내 곁에 쪼그리고 앉아 안에 장작을 더했다. 아버지의 턱이 비뚤어지고 눈 한쪽이 시퍼렇게 멍들어 있었다. 입도 부어 있었다. 아빠, 무슨 일이에요? 아무것도 아냐, 자전거 타다 넘어졌어. 오늘은 만두 먹자. 아버지가 수도꼭지 아래 얼굴을 들이밀고 입가의 피를 말끔히 닦았다. 이어 커다란 냄비를 불에 올려놓은 후 도마 옆에 서서 만두를 빚었다. 손이 두껍지만 만두 빚는 솜씨가 날렵했다. 탁, 탁, 재료를 다져 만두피에 속을 담아 모양을 빚어서 수숫대 발 위에 놓았다. 순식간에 발이 다 찼다.

저녁 식사 때 아버지는 백주 한 컵을 마셨다. 술을 마시는 일이 극히 드물었는데, '라오룽커우'[35] 한 병을 장에서 꺼냈다. 병에 먼지가 가득 묻어 있었다. 술을 거의 다 마셨을 때 아버지가 말했다. 아빠 실직했어. 내가 말했다. 음. 아버지가 말했다. 괜찮아, 방법이 있을 거야. 아빠가 방법을 생각할게. 넌 네 공

---

35   랴오닝성 선양 시의 특산 백주.

부해. 내가 말했다. 어, 아빠 오늘 넘어진 것 아니구나. 아버지가 말했다. 아냐. 내가 말했다. 그럼 왜 그런 건데? 아버지가 말했다. 생각 중이야, 내가 뭘 할 수 있는지. 내가 말했다. 응. 아버지가 말했다. 생각해 봤는데 아빠가 차예단[36]을 팔 수도 있어. 전에 광장 옆 차예단 파는 데 가 본 적이 있는데 금방 팔리더라고. 내가 말했다. 왜 실직했어? 아버지가 말했다. 별것 아냐. 거의 모든 사람이 실직을 당했어. 공장 사정이 형편없어. 내가 말했다. 음. 아버지가 말했다. 퇴근 후에 광장에 가서 차예단 장사를 봤어. 아버지가 막 자리를 뜨려는데 제복 입은 사람들이 와서 화로를 걷어찼어. 여자가 화로를 부둥켜 안고 손을 놓지 않으니까 그중 젊은 청년 하나가 여자 머리채를 붙잡고 차로 끌고 갔어. 아빠가 가서 그 젊은이를 잡았지. 내가 말했다. 아빠. 아버지가 말했다. 그쪽 사람이 많았어. 아빠가 젊었을 땐 그깟 것 아무것도 아니었는데 지금은 늙어서. 아버지가 자기 오른손을 벌리며 말했다. 그자를 때려눕히지 못했어. 내가 말했다. 아빠, 내가 있잖아. 아버지가 말했다. 사실, 집에 칼을 가지러 온 거야. 그런데 네가 난롯불을 피우고 있는 걸 봤어. 음 그러니까, 네가 앉아서 난로 피우고 있는 걸 보니 죽는 게 두려워졌어. 아빠, 중학교 시험 안 볼 거예요. 그냥 지역별로 배정되는 곳 갈래요. 아버지가 일어나며 말했다. 아빠가 말했잖아. 넌 네 공부하라고. 아빠 자꾸 똑같은 말 되풀이하게 하지 말고. 아버지는

36 찻잎과 중국 향신료를 넣어 삶은 계란.

술을 다 마시고 그릇과 젓가락을 정리한 후 그 밤에는 더 이상 아무 말도 하지 않았다.

좡더펑

어느 여름날이었다. 구체적인 연도는 잘 기억나지 않는다. 당시 몇 년이 훌러덩 지나가 버렸다. 한 해, 한 해가 모두 똑같이 느껴졌다. 아마도 21세기로 넘어가던 즈음이었던 것 같다. 베이징에서 업무 이야기를 하던 나는 전화 한 통을 받았다. 전화 너머에서 말했다. 좡 공장장, 그들이 주석을 철거하겠다는데, 어떻게 좀 해 봐요. 이미 실직한 늙은 노동자였다. 당시 나는 공장을 인수하면서 사람들도 모두 그대로 일할 수 있도록 했다. 내가 말했다. 주석이라뇨? 그가 말했다. 홍치 광장의 주석, 6미터 높이의 그 주석 동상 말이오. 모레 철거할 거라네. 나도 잘 알고 있었다. 어릴 적 그곳 가까이에 살았다. 언제나 한 손을 뻗고, 만면에 환하게 웃음을 지어 구레나룻에 오실도실 살이 오른 표정이 꽤 흡족한 모습이었다. 여름과 가을, 우리는 그 주위에서 연을 날렸고, 겨울이면 그 주위를 빙 돌며 팽이를 쳤다. 내가 말했다. 왜 그런대요? 그가 말했다. 새 한 마리로 바꿀 거래요. 내가 말했다. 새 한 마리요? 그가 말했다. 네, 태양조[37]라고 황색 조각상이라던데. 외국인 작품이고 주석상보다 2미터

---

37   선양 시를 상징하는 새.

나 크대요. 내가 말했다. 제가 시 위원회 서기도 아니고, 절 찾아 봐야 소용없어요. 산 사람이 죽은 사람과 겨루지 말고 집에서 잘 쉬세요. 퇴직금만 정상으로 나오면 되는 것 아니에요? 나는 말을 마치고 전화를 끊었다.

다음 날 나는 후다닥 집에 들렀다 밤에 다시 외출해 늦게까지 사람들을 접대하고 그대로 사우나에서 잠이 들었다. 깨어나 보니 벌써 정오였다. 나랑 같이 갔던 사람들은 모두 떠나고 없었다. 프런트로 가자 아가씨가 사우나 열쇠 한 무더기를 꺼냈다. 나는 차례로 계산한 뒤 기사에게 전화를 걸어 집으로 데려다달라고 했다. 도중에 차에다 한 차례 토악질을 했다. 밤새 마신 술이 전부 쏟아졌다. 토사물이 마치 마그마처럼 식도를 뜨겁게 달궜다. 한 무리의 노인들이 작업복 차림으로 사각 대형을 이루어 길 한가운데를 걸어갔다. 반듯하게 열 지어 걸어가진 않았다. 모두 말없이 조용했다. 기사가 말했다. 무슨 일이지? 여기 국민 체조라도 하러 나왔나? 나도 궁금해 손을 휘저었다. 차에 올라 뒷좌석에 비스듬히 앉아 집 입구에 이른 나는 갑자기 생각이 났다. 주석, 그래 그 사람들 주석을 향해 달려간 거야. 나는 기사를 먼저 보내고 길 가장자리에 잠시 앉았다. 내 바짓가랑이를 바라봤다. 깨끗했다. 구두, 깨끗했다. 수년 전, 나는 양복바지와 구두를 신고 윈구이 고원[38]을 걸었다. 구두는 며칠 만에 앞코가 덜렁거리고 양복바지엔 황토가 가득했다. 나는 고개

38　중국 윈난성 북부와 구이저우성 서부에 걸쳐 있는 고원.

를 들고 시계를 봤다. 이 시간이면 쾅수는 학교에서 공부를 하겠고, 푸둥신은 낮잠을 자겠지. 퇴직 후 아내의 오수 시간은 한껏 길어졌다. 마치 하루의 주요 일과가 잠인 것처럼 말이다. 나는 자리에서 일어나 택시 한 대를 잡아 훙치 광장으로 향했다.

방호막 안에 자리한 택시 기사는 회색 모자에 기사 복장을 하고 있었다. 그런데 이상하게도 마스크를 착용하고 있었다. 8월 한낮, 태양이 뜨거운 시간이었는데. 앞쪽 백미러를 힐끗 바라봤다. 그의 두 눈이 백미러에 비쳤다. 그 역시 나를 바라봤다. 시선이 갑자기 아래를 향했다. 나도 시선을 옮겼다.

"훙치 광장요?" 그의 한 손이 미터기의 '공(空)'자에 올려져 있었다. 내가 말했다. 네. 그가 손가락으로 미터기를 꺾자 '공'의 불이 꺼졌다. 두 정거장 정도 가니 벌써 덩그렇게 큰 주석의 손이 보였다. 길이 갑자기 붐비기 시작했다. 알고 보니 조금 전 봤던 노인들은 일부에 불과했다. 또 다른 진영이 길 한가운데를 서서히 통과했다. 다른 점이 있다면 그들은 또 다른 색과 디자인의 작업복을 입고 있다는 것이었다. 기사는 한쪽 어깨를 차창에 걸치고 눈앞의 노인을 바라볼 뿐, 경적을 울리지도, 다른 행동을 취하지도 않았다. 내가 말했다. 한가하네요. 그가 물었다. 누구요? 나는 앞을 가리켰다. 그가 말했다. 그럼 손님은 뭐 하러 갑니까? 순간 당황한 나는, 부근에 일이 있어서요, 라고 대답했다. 주석상과는 관련이 없습니다. 그가 고개를 끄덕이며 말했다. 그렇겠네요. 작업복 차림이 아닌 걸 보면. 나는 이해가 가지 않았다. 우리가 아는 사인가요? 그가 말했다.

아뇨. 무슨 말이죠? 내가 말했다. 별 뜻 없어요. 그냥 말이 좀 이상하게 느껴져서. 마치 우리가 만난 적이 있다는 식으로요. 그가 말했다. 손님은 점잖아 보이는데요. 난 손목 놀려서 살아가는 사람입니다. 괜히 사람 띄우지 마세요. 나는 순간 말문이 막혔다. 어젯밤에 너무 많이 마신 탓인지 머리가 잘 돌아가지 않았다.

겨우 광장 주변 교차로에 이르렀다. 그가 말했다. 어디로 갈까요? 나는 광장 쪽을 가리키며 말했다. 교차로 주변을 빙 돌아 주세요. 그가 말했다. 전부 막혀 있는 거 안 보입니까? 내가 말했다. 어서 가시죠. 시간 걸리는 만큼 돈으로 쳐서 드릴 테니. 그가 말했다. 그 돈은 손님 아버지 거겠네요. 순간적으로 화가 치밀었다. 그게 무슨 말입니까? 그가 말했다. 난 택시 기사지 당신 노예가 아니란 말이오. 내리쇼. 백미러로 그를 바라봤지만 기사는 날 보지 않고 조심스레 앞차를 피해 가고 있었다. 얼굴에 흉터가 있었다. 이런 사람들은 일반적으로 수다가 심하거나 고집이 세다. 일단 차에서 내려 다시 택시를 잡아타고 집에 돌아갈까 생각했지만 그건 불가능했다. 모든 교차로가 다 막힌 데다 차량 사이로 노인들이 마치 흘러가는 물줄기처럼 끊임없이 광장을 향해 가고 있었기 때문이다. 내가 말했다. 날이 더우니 서두르지 말고. 한 바퀴 돌아 주쇼. 원래 길로 돌아갑시다. 그는 말없이 광장 환상 교차로 안쪽을 향해 차를 몰았다. 차창 밖으로 훙치 광장의 주석상을 에워싸고 빽빽하게 사람들이 앉아 있는 모습이 보였다. 공사 기중기와 지게차가 한쪽에 세워져 있고, 경찰 몇 명이 커다란 스피커를 잡고는 있었지만 고함을 지르는 대신 그냥 물을 마시고 있었다. 노인들이 태양 아래 앉아 있었다. 사람들의 백발에서 차가운 빛이 번뜩였다. 대략 일흔 정도 돼 보이는 노인이 작은 나무 막대기를 들고 주석 옷자락 아래 서서 노인들의 노래를 지휘했다. 그의 오른쪽으로 다른 노인이 휴대용 간이의자에 앉아서 손풍금을 켰다. 입에 궐련을 물고 있었는데 때로 한쪽 입가를 치켜올리며 숨을 내뱉었다. "베이징의 금산 그 빛이 사방을 비추네. 마오 주석은 바로 그 금빛 태양이니, 얼마나 따스하고, 얼마나 자상한가. 농노를 해방시킨 그 마음을 환하게 비추네. 우리는 성큼성큼 사회주의 행복의 대도를 향해 나아가네, 바자헤이![39]"

주석의 목에 걸린 밧줄이 모서리 네 곳을 따라 바닥까지 늘어져 바람결에 흔들렸다. 노동자 몇 사람이 동상 뒤 그림자 아래 앉아 이야기를 나눴다. 눈앞의 광경이 자기들과는 아무런 관계가 없다는 듯 이야기를 마친 후 손가락을 움직이자 주석 동상이 고꾸라졌다. 어릴 적 생각이 났다. 꼬마 친구들 몇 명과 그들 위치에 서서 마오 주석의 뒤통수를 바라봤다. 한 아이가 말했다. 주석 머리가 정말 저렇게 커? 또 다른 아이가 말했다. 헛소리! 저렇게 크면 괴물이게? 그의 형이 바로 그 애 뺨을 날렸다. 웃기시네. 너 주석 만난 적 있어? 멍청하긴. 그때 나는 만약 주석의 머리가 저렇게 크다면 그가 쓴 군모를 우리가 몇 명

---

39 티베트어. 마음에서 우러나는 기쁨의 표현을 담은 감탄사다.

이나 쓸 수 있을까, 그가 입은 군복 바지에는 우리가 몇 명이나 들어갈 수 있을까 생각했었다. 그러다가 아냐, 주석의 머리는 정상인의 머리와 별 차이가 없을 거야, 아마 크다고 해도 그렇게 큰 차이는 없을 거야, 주석이 홍위병을 접견할 때 보니 머리가 거의 비슷했거든, 머리가 정말 저렇게 크다면 천만 홍위병의 머리 역시 저렇게 크지 않겠어? 그게 가능하기나 해? 라고 생각하기도 했다. 우리 학교에 홍위병에 간 사람이 있었는데 나랑 머리 크기가 같았으니까.

차들이 서서히 앞으로 움직였다. 차에 타고 있는 기사와 승객들은 자가용, 화물차, 택시 할 것 없이 광장을 여유롭게 구경했다. 모두 고개를 틀어 노인들을 바라봤다. 이곳에 온 것은 꽤 오랜만이었다. 이사를 간 후 거의 와 본 적이 없었다. 동상이 마치 고향의 커다란 나무 같았다. 만약 내게 고향이 있다면 말이다. 동상 위에 새가 둥지를 틀었었다. 매일 밤 날아왔고, 내 머리에 똥을 싼 적도 있었다. 내가 아주 어렸을 때 할 일이 없는 저녁이면 이곳에 서서 서산으로 넘어가는 석양을 바라봤다. 그리고 지난 수년 동안 그 시절을 완전히 잊고 살았다. 마치 그런 일이 전혀 없었던 것처럼, 마치 한순간에 지금 나의 모습이 된 것처럼. "저 아래 몇 명이나 있는지 압니까?" 내가 말했다. "뭐요?" 이미 한 바퀴를 다 돈 것 같았다. 환상 교차로의 반쯤 왔을 때 택시의 속도가 다른 차보다 느리다는 느낌이 들었다. "아무것도 아뇨. 이제 어디로 갑니까?" 나는 광장을 바라봤다. 마치 그림처럼 고요했다. "방금 왔던 곳으로 돌아갑시다." 내가 말했다. 그가 기어를 변속해 속도를 올렸다. "저 사람들 왜 저렇게 앉아 있는 것 같습니까?" 잠시 후 그가 내게 물었다. 내가 말했다. "옛일을 회상하는 거겠죠." 그가 말했다. "아뇨, 현실이 자기들 생각 같지 않아서일 겁니다." "어, 그럴 수도 있겠군요. 이 일을 핑계로 개인적인 분풀이를 하고 있을 수도요." 그가 말했다. "저 사람들 보니까 돌고래가 생각납니다." 내가 말했다. "네?" 그가 말했다. "신문에서 읽은 적이 있는데, 바닷물이 오염되니 돌고래가 해안으로 떠밀려 와 자살을 한다고 합디다. 뻣뻣하게 그렇게 널브러져 죽어 버렸다고." 나는 아무 대꾸도 하지 않았다. 그가 말했다. "나약한 사람들도 모두 그래요. 사실 돌고래도 이가 있잖아요. 나이가 일흔이 넘었지만 칼 한 자루 들 힘은 있어요. 사람이란 게 꼭 죽을 때가 되어야 이번 생이 그래도 살 만했는지 아닌지 깨닫게 되죠, 안 그래요?" 내가 말했다. "그렇지 않을 수도요. 참고 살아야 희망이 있을 수도 있죠." 그가 말했다. "음, 그것도 옳은 말이네. 다만 희망이란 것도 제한적인 거예요. 당신네 같은 사람들이 다 차지해 버리니까." 점점 더 그가 나를 알고 있다는 느낌이 들었다. 그의 마스크를 벗겨 보고 싶었다. 그러나 그건 불가능했다. 나는 택시 뒷좌석에 앉아 기억을 떠올리려 애썼다. 그의 음성, 그의 체격 등. 그러나 딱히 한 사람을 떠올리기는 힘들었다. 누군가 닮은 것 같다가도 금세 그렇지 않았다.

목적지에 이르자 그가 미터기를 올리며 말했다. 29위안이오. 그 아래 몇 명이나 있는지 알아요? 나는 지갑을 꺼내며 말했다. 무슨 소리예요? 그가 말했다. 주석상 기단에 주석을 보위하는 전사들요. 내가 말했다. 세어 본 적이 있긴 한데 다 잊어버렸어요. 그는 말없이 돈만 받았다. 내가 차문을 열고 내리자 그가 차창으로 고개를 내밀었다. 서른여섯 명이오. 남자가 스물여덟 명, 여자가 여덟 명이죠. 난 돈을 받아 들며 아무 말도 하지 않았다. 완장을 찬 사람이 다섯 명, 군모를 쓴 사람이 아홉 명, 철모를 쓴 사람이 일곱 명, 자동 소총을 든 사람이 세 명, 큰 칼을 뒤에 차고 있는 사람이 두 명이죠. 이렇게 말한 후 그는 엑셀을 밟고 떠나 버렸다.

장수

아버지의 염원을 저버렸지만 아버지는 그래도 내게 조금은 도움을 줬다. 대신 아버지는 내 퇴로를 차단해 버렸다. 어머니가 영국 여행을 떠났을 때 나는 아버지와 협상을 했다. 처음 오 년은 일을 그만 둔다는 조건으로 아버지에게 돈을 탈 수 있었다. 사실 이건 간단한 협의였다. 그냥 아버지에게 의미만 있으면 그뿐이었다. 나는 원래부터 그렇게 생각했다. 내가 스스로에게 부여한 기한은 이것보다 훨씬 더 길었다. 나는 아버지와 어머니의 관계가 좀 특이하다는 것을 인정한다. 어려서부터 우리 어머니는 나와 가깝지 않았다. 어머니는 다른 아이와 보내는 시간이 더 길었다. 어릴 적 우리 옆집에 살던 애였다. 나는 책에 흥미에 없었기 때문에 엄마는 그 애를 가르치는

데 시간을 쏟았다. 어머니는 상자 안에 넣어 둔 것들을 모두 그 애를 가르치는 데 사용했다. 그 애가 열두 살 때 우리 집은 이사를 갔고 그 후로 소식이 끊어졌다. 그 애 일기를 훔쳐본 적이 있었다.(그 애는 일기를 꽁꽁 숨겨 놓진 않았다. 물론 자기는 그렇게 생각하지 않았을지 몰라도.) 여러 해 동안 어머니는 그 애 소식을 알기 위해 무진장 애를 썼지만 전혀 단서를 찾을 수가 없었다. 마치 처음부터 그 존재가 없었던 것처럼. 어머니와 그 애가 함께 온돌 위 작고 네모난 탁자에서 책을 읽던 세월을 누군가 손으로 훅 쳐서 공기 중으로 날려 보낸 것 같았다. 그 후 어머니는 여행과 수집에 빠졌다. 우리 집에는 그림, 도자기, 여행 기념품이 한가득이었다. 아버지는 이 물건들을 넣어 둘 수 있게 어머니에게 큰 방 하나를 만들어 줬다. 값비싼, 단 하나밖에 없는 예술품과 수없이 복제가 가능한 싸구려 관광지 기념품이 모두 함께 있었지만 그다지 불협화음이 느껴지지 않았다. 아버지는 담뱃갑 인쇄업으로 사업을 일으켰다. 한동안 능숙한 솜씨로 사업을 꾸린 덕분에 독점 생산을 하면서 아버지의 인쇄기는 돈 찍어 내는 기계나 다름없었다. 이어 다시 부동산, 요식업, 자동차 인테리어, 육아 용품 시장에도 뛰어들었다. 대학에 들어가 삼 년째 되던 해, 여자 친구와 영화를 보러 간 적이 있었다. 그녀와 막 키스를 하던 찰나 영화 제작자 명단에 아버지의 이름이 들어 있는 것을 본 적도 있다. 아버지는 평생 동안 깔끔하게 생활했다. 어머니의 말에 순종했으며, 담뱃갑을 만들 때부터 담배를 끊었다. 집에서는 사업상 친구나 경쟁자에 대한 이야기를 꺼내는 경우가 극히 드물었다. 아마도 아버지 마음속에서 이 사람들은 서로를 필요로 하면서 또한 서로를 피폐하게 만드는 사람들, 다 똑같은 사람들이었던 것 같다. 내가 기억하는 한 아버지는 아무리 엉망으로 취해도 항상 혼자 알아서 집에 돌아왔다. 이것은 모두 어머니 덕분이었다. 어머니는 집에서 아버지에게 방향을 알려 줬다. 그런 날이면 어머니는 아무 말 없이 아버지에게 국수를 끓여 줬다. 때로 아버지는 들어서자마자 그대로 고꾸라졌고, 어머니는 아버지를 끌어다 침상에 눕히고 문을 닫았다. 아버지는 자주 나에게 돌연변이라고 했고, 내가 부모를 전혀 닮지 않았다고 했다. 사실 나는 이 가정의 가장 전형적인, 또 다른 유형의 인물이다. 집요하고, 진지하고, 애써 고통을 감수하며, 집착이 강하다. 세월이 갈수록 그랬다. 다만 그들이 날 이해하지 못했을 뿐이다.

고등학교 때 패싸움을 한 적이 있다. 나는 패거리의 리더라 유치장에서 하룻밤을 지냈고 다른 친구들은 모두 훈방되었다. 사실 나도 가벼운 부상을 입긴 했다. 미골 부분이 약간 찢어졌다. 당직을 서던 경찰이 밴드를 가져다주면서 철창 밖에 앉아 나와 이야기를 나누었다. 껄렁거리며 산 결과가 어떤지 아나? 그가 말했다. 젊은 경찰이었던 걸로 기억한다. 수염이 나만큼 빽빽하지도 않았다. 나는 말없이 눈썹에 X자로 반창고를 붙였다. 그가 말했다. 상습범이 되든지 아니면 보통 사람보다도 더 평범한 사람이 되겠지. 내가 아무 말도 하지 않자 그가 말했다. 넌 네가 '쩐다'고 생각하지? 앞으로 뭘 할 수 있을 것 같아? 나는 계속 조용히 있었다. 그가 다리를 꼬고 앉아 손에 든 라이터를 계속 딸깍댔다. 그가 말했다. 매일 전국적으로 경찰이 얼마나 죽는지 알아? 나는 대답하지 않았다. 그가 말했다. 네 사건 파일 봤는데, 하루가 멀다 하고 유치장에 들락거리더군. 그것도 모두 다른 사람 대신 나서느라. 앞으로 뭘 할 수 있을 것 같아? 그 친구란 것들 여기서 나갈 때 누구 하나 네게 눈길 한번 준 줄 알아? 그저 후다닥 여길 벗어나느라 정신이 없었던 것 아냐고! 내가 말했다. 씨팔! 자신 있으면 안으로 혼자 들어와 한번 붙어 보든가. 그가 말했다. 혼자? 넌 총 한 발이면 쏴 죽일 수 있어. 난 총을 쏴도 법에 걸리지 않지만 넌 그럴 수 있어? 총은 어떻게 잡는지나 알아? 병신. 나는 철창 너머로 손을 뻗어 그의 옷을 잡았다. 그는 꼼짝도 하지 않았다. 내 손아귀에 잡혀 꼼짝달싹하지 못했다. 그가 말했다. 살살 해. 이거 경찰복이야. 어제 마약 사범이 하나 들어왔는데 자기 부모를 죽이고 600위안을 훔쳤어. 그자 애비가 죽기 전에 돈을 어디 숨겼는지 알려 주면서 빨리 도망가라고 했다더군. 빌어먹을 개자식, 넌 어떨 것 같아? 네깟 놈이 그런 사람 상대나 할 수 있겠어? 오늘 너 손봐 주고 내일 그놈 잡아 올 거야. 병신 같은 자식들. 그리고 그가 내 손목을 비틀었다. 나는 이를 악문 채 아무 소리도 내지 않고 경찰복을 거머쥔 손을 풀었다. 그는 나를 돌아보지 않았다. 문을 열고 나가는 소리가 들렸다. 그는 그렇게 떠나 버렸다.

나는 아직도 그의 얼굴, 그의 경찰 번호를 기억하고 있다.

그는 보조 경찰이었다. 정식으로 임명되지 않은 보조 경찰. 그 역시 총을 쏠 권한이 없다는 사실을 나중에 알았다. 대충 이 년이 지난 후 내 친구 중 하나가 상해 사건으로 체포되었다. 나는 아버지에게 부탁해 돈을 마련해 유치장에 갔다. 그때 내 나이 열아홉, 고등학교를 유급해 사 년째 다니고 있었다. 많은 경찰들이 내 얼굴을 알았다. 한 경찰이 말했다. 한동안 안 나타나더니, 아버지랑 사업해? 난 아니라고 대답한 후 경찰 번호와 인상착의를 대며 그때 그 경찰이 어디 있는지 물었다. 날 보여 주고 싶었다. 무슨 이유에서인지 그가 계속 생각났기 때문이다. 누군가 내게 싸움을 걸어올 때마다 몇 번이나 나는 그를 떠올렸다. 경찰이 말했다. 그 사람은 왜 찾아? 내가 말했다. 아무것도 아니에요. 그냥 물어본 거예요. 그가 말했다. 보복을 당했어. 나는 그를 빤히 바라보며 그가 계속 이야기해 주길 기다렸다. 말을 마치자 그는 내게서 돈을 받은 후 다른 방으로 들어갔다. 범인을 잡았는지 물어보고 싶었다. 그러나 입술을 달싹거렸을 뿐, 목구멍에 뭐가 걸린 듯 소리가 나오질 않았다. 그때 유치장에 갇혀 있던 친구가 나왔다. 그가 웃으며 다가오는 것을 보고 나는 뒤돌아 나와 버렸다.

경찰 학교에 합격했을 때부터 그곳을 졸업할 때까지 어머니는 내게 아무 말도 하지 않았다. 다만 응시 원서를 내기 전 어느 날, 갑자기 물었다. 정말 경찰이 되고 싶어? 나는 그렇다고 대답했다. 어머니가 말했다. 거들먹대지 말고. 난 그런 거 아니라고 말했다. 왜 경찰이 되고 싶은데? 어느 날 아침의 일이었다. 우리 둘은 식탁 옆에 앉아 우유를 마셨다. 어머니가 우유 한 모금을 마신 후 손가락으로 입가에 묻은 흰색 거품을 살짝 닦아 낸 후 고개를 들고 물었다. 내가 말했다. 사람은 언젠가는 죽죠? 응, 죽게 되어 있지. 다른 사람에게 의미가 있는 일, 나 자신에게도 의미가 있는 일을 하고 싶어요. 이런 일은 그리 많지 않아요. 어머니가 말했다. 아주 좋네. 그리고 더 이상 아무 말도 하지 않은 채 고개를 숙이고 계속 우유를 마셨다. 후에 아버지가 그러는데 엄마가 아버지에게 내가 합격을 하지 못하면 아버지가 연줄이라도 대서 날 경찰 학교에 보내라고 했다고 한다. 엄마가 무슨 마음으로 그랬는지는 모르겠다. 아마도 어머니 눈에는 내가 뭘 해도 상관없었을지 모른다. 뭘 해도 어머니가 원하는 유형의 사람이 아니었던 것 같다. 경찰 학교 사 년, 어머니는 단 한 번도 날 만나러 학교에 오지 않았다. 나는 우수 학생으로 졸업했다. 난생처음이었다. 그런데도 어머니는 나타나지 않았다. 아버지가 차를 몰고 학교에 와서 내 졸업식에 참석했고, 내게 서양 음식도 사 줬다. 아버지는 어머니가 남아프리카에 가서 연락이 안 된다고 했다. 대신 어머니는 선물을 보냈다. 그림이었다. 남자애가 돌 사이에 서서 문을 지키고 한 여자애가 발을 들어 올려 공을 차는 그림이었다. 그림은 단순했다. A4 종이에 연필로 그렸고 낙관도, 날짜도 없었다.

그날 식사를 하면서 아버지는 시 경찰국 내근직에 가도록 날 설득했다. 내가 거절하자 아버지는 서둘러 계산을 한 후 날 식탁 옆에 두고 나가 버렸다.

아버지와 가까스로 합의를 한 뒤 아버지와 어머니가 없는 틈에 집에 돌아가 짐을 좀 챙겨 경찰국에서 제공하는 숙소로 옮겼다. 내가 지원한 대로 나는 인턴 형사가 되었다. 처음 반년 동안은 상대적으로 가벼운 출동에 참가했다. 탈주범을 단속하기 위해 중견 경찰 몇 명을 따라 일고여덟 개의 성과 시를 돌았다. 마을, 작업장, 광산 작업 갱도에서 수년 혹은 십수 년 동안 도망 다니던 살인범을 잡았다. 전혀 위험하지 않았다. 그중 한 사람은 막 갱도에서 나오다 우리가 기다리는 것을 보고 말했다. 목욕 좀 할게요. 나이 든 경찰이 말했다. 시간 없어. 차가 대기 중이야. 그가 탈주범에게 다가가 수갑을 채웠다. 탈주범의 머리카락에 석탄 찌꺼기가 잔뜩 묻어 있었다. 내 어릴 적 친구 누굴 갖다 대도 아마 그보다 훨씬 인상이 사나울 것이다. 그가 말했다. 아내와 아이 한 번만 보고 오게 해 주세요. 나이 든 경찰이 말했다. 아내와 아이더러 보러 오라고 해. 비행장으로 가는 길에 그가 한 말은 딱 한 마디였다. 좀 일찍 오지 그랬어요. 내가 그 둘을 묻었거든요.

2007년 9월, 나는 정식 형사가 되었다. 출동할 때 총을 지급해 달라고 신청할 수 있었고, 중요한 사건에는 언제나 총을 소지했다. 9월 4일 밤, 허핑구 행정법 집행 대대의 한 도시 관리원이 술을 마신 뒤 공원을 가로질러 집으로 돌아가던 길에 총에 맞았다. 시신이 공원 인공 호수로 떠내려왔다. 시 경찰국의 형사들이 회의를 열었고 상급자들 또한 별도로 모여 사건을 분석했다. 이번 달 들어 두 번째 습격이었다. 첫 번째 피해자는 둔기로 뒤통수를 맞아 자기 집 입구에 쓰러진 채 발견되었다. 다시는 일어나지 못했다. 나는 졸업 성적도 우수하고 실습 성적도 무난해서 분석 회의가 열렸을 때 방청을 허가받았다. 총도 경찰용 권총, 실탄도 경찰용 실탄을 받았다. 64식 7. 62밀리미터 소총이었다. 총격을 당한 관리원 역시 먼저 둔기로 뒤통수를 맞은 것으로 나타났다. 법의학 감정과 현장 감식 결과 둔기에 의한 가격은 치명상을 입힐 정도는 아니었으며(둔기는 망치나 렌치 종류로 예상되었다.) 관리원이 부상을 입고 도망가자 피의자가 이를 쫓아가 총격을 가한 것으로 추정됐다. 그 도시 관리원은 내가 아는 사람도 아니었고, 우리 기관 소속도 아니었지만 그래도 장례식에 참석했다. 상부의 요구에 따라 장례식은 간단하게 치러졌는데 영정은 제복 대신 운동복 차림의 사진이 올라갔다. 가뿐한 느낌이 들었다. 범행에 사용된 권총에 대해 기록을 찾아본 결과 십이 년 전 '장부판'이라는 경찰에게 배정된 것이었다. 당시 실패로 끝난 함정 수사 과정에서 흉악범은 도주하고 그는 식물인간 신세가 되었다.(불행인지 다행인지 모를 일이다. 그는 차 유리창에 머리를 부딪친 후 다시 둔기에 맞았다.) 산재로 처리되어 모든 비용은 시 경찰국에서 부담했다. 사건 당시 그는 미혼(이미 서른일곱 살이었지만)이었고, 사망 전까지 부모가 돌봤으며, 1998년 병상에서 숨을 거두었다. 그사이 한 번도 의식이 돌아오지 않았기 때문에 아무런 유언도 남기지 못했다. 출동하면서 휴대했던 64식 경찰 소총과 탄창 두 개, 열네 개의 실탄이 분실되었다.

이 사건은 택시 기사 연쇄 살인 사건으로, 장부판이 출동하여 사고가 난 뒤 미해결 상태로 수사가 중지되었다. 한데 이번 도시 관리원들의 사망 사건 역시 서로 연관이 있다는 판단이 내려졌다. 두 사람 모두 유명 인사였기 때문이다. 그들은 지난 달 행정 단속 과정에서 한 여자가 옥수수를 삶고 있던 솥을 몰수했다. 그런데 실랑이를 벌이다 여자의 열두 살 난 딸이 난로에 넘어져 얼굴에 큰 흉터가 남을 정도로 심한 상처를 입었다. 이로 인해 두 사람의 이름이 신문과 온라인 등 각종 매체에 올랐다. 하지만 관련 부처는 아이는 자신의 실수로 미끄러졌고, 주요한 책임은 아이의 엄마에게 있으며 두 관리원은 중대한 과실이 없다고 판단해 내부 경고만 내린 채 계속 지위를 유지한다는 방침을 내렸던 사건이었다.

두 번째 분석 회의가 열렸다. 회의실에 담배 연기가 자욱했다. 이 사건 수사를 책임진 팀장 자오샤오둥은 과거 함정 수사에도 참여했었다. 그의 아내가 출산을 앞두고 있었는데 그때 태어난 아들이 벌써 열세 살로, 중학교 1학년이다. 한데 그와 같은 팀이었던 장부판은 자식이 없이 죽은 지 십 년이 되어 간다. 장부판의 아버지는 사망하고 노모는 딸 집에 머물고 있다. 그는 매년 경찰청에서 배급하는 물건 중 약간의 선물을 챙겨 장부판의 노모를 방문했다. 그는 당시 사건이 또다시 이런 식으로 수면 위에 등장하리라고는 생각하지 못했다고 말했다. 퇴직하기 전까지 이 사건을 해결하지 못하면 퇴직 후 혼자서라도 사건을 조사할 것이고, 죽기 전에 해결이 안 되면 아들을 경찰

을 만들어서라도 그의 뒤를 이어 사건을 해결하도록 돕겠다고
했다. 회의실에 적막감이 감돌았다. 나는 아마도 대부분의 사
람들이 이 사건이 왜 이렇게 해결하기 어려운지 생각하고 있을
거라고 확신했다. 도처에 CCTV가 깔려 있는데도 불구하고 이
번 사건에는 무용지물이었다. 또한 사람들은 두 개의 총, 그리
고 적잖은 실탄의 존재를 떠올리고 있을 것이 분명했다.

　　나는 수사에 동참한 후 처음으로 자리에서 일어나 말했다.
링다오 그리고 참석자 여러분, 신참이지만 무례하게 몇 말씀
올리겠습니다. 틀린 점이 있다면 지적해 주십시오. 단도직입적
으로 말하겠습니다. 당시 기록과 기록에 남아 있는 현장 사진
을 봤습니다. 사건 현장에도 가 봤습니다. 자오 팀장이 내 말을
끊었다. 언제 가 봤나? 그저께요. 도시 관리원 장례식에 다녀오
던 길에 버스를 타고 갔습니다. 자오 팀장이 말했다. 누가 가라
고 했나? 내가 말했다. 그냥 제가 가 보고 싶었습니다. 자오 팀
장이 말했다. 계속 말해 보게. 내가 말했다. 당시 수수밭 현장
에 지금은 건물이 들어섰습니다. 한 평에 7000위안에 팔렸다
고 하더군요. 또한 당시 흙길이었던 그곳에 지금은 4차선 아스
팔트가 깔렸습니다. 장부판의 시신을 발견했던 곳은 지금 월
마트가 들어왔고요. 사진 속 지형을 전혀 알아볼 수 없었습니
다. 자오 팀장이 말했다. 제기랄, 지금 부동산 중개업이라도 하
겠다는 거야, 뭐야? 내가 말했다. 그런 뜻이 아니라 당시 신문
을 보고 주변 사람들에게 물어보다가 발견한 건데요, 사건 발
생 지역에서 동쪽으로 두 정거장 간 곳에 개인 진료소 한 곳이

있습니다. 한의원이에요. 십이 년 전에도 있던 곳인데, 아직도 그 자리에 있습니다. 진료소 입구에서 한참을 기다리다가 안에서 나온 나이 든 환자에게 물었습니다. 그랬더니 원래 그곳 의사 이름이 쑨위신이라고 노동자 출신인데 농촌으로 내려왔을 때 떠돌이 한의사를 따라다니며 약간의 의술을 배웠다고 합니다. 1994년 국유 기업들이 몰락하며 실업자가 되자 이듬해 개인 진료소를 열어 지금까지 이어 오고 있습니다. 좀 뜻밖이죠. 쑨위신은 2006년 봄에 췌장암으로 세상을 떠났고 지금은 그의 아들 쑨톈보가 진료를 하고 있습니다.

사람들의 시선이 일제히 나에게로 쏠렸다. 자오 팀장이 재떨이에 담배를 눌러 끄고 나를 바라보며 계속하라고 일렀다. 당시 그 사건으로 사망자 한 명, 부상자 한 명이 발생했습니다. 사망자는 장부판이고, 부상자는 트럭 기사 류레이입니다. 류레이는 사고 당시 앞이마를 핸들에 박아 출혈이 심했습니다. 기절해서 아무것도 보지 못했고, 기억하는 것이라고는 갑자기 빨간 차 후미를 봤다고 진술했을 뿐입니다. 차 사고가 나기 전 피곤에 절어 운전을 하고 있었는데 눈앞이 온통 컴컴했다고 하니 목격자 축에도 못 끼는 셈입니다. 택시 안에 혈흔이 있었는데 당시 조사 결과 장부판의 것은 아니었습니다. 이에 피의자의 것으로 추정이 되고요. 하지만 장부판이 차 파편에 찔린 건 차 밖이었습니다. 그럼 피의자와 장부판 외에 택시에 또 한 사람이 있었다고 추측할 수 있습니다. 자오 팀장이 말했다. 자네 이름이 뭔가? 나는 창수라고 대답했다. 그가 말했다. 창 군, 오늘부터 이 사건에 합류하게. 집에 말하고. 계속해 보게. 내가 말했다. 그자는 장부판과 피의자가 차에서 내린 후 계속 차의 운전자 보조석에 앉아 있었고 트럭이 차를 받고 차가 도로 옆으로 뒤집히면서 중상을 입었을 겁니다. 장부판이 쓰러진 후 범인은 장부판의 권총을 꺼낸 뒤 그자를 차에서 구해 현장을 떠났을 거고요. 그래야만 장부판이 차에 숨겨 둔 권총을 가져간 이유, 권총을 발견할 수 있었던 정황이 이해가 된다고 생각합니다. 차에 누군가가 있었다는 거지. 자오 팀장이 자리에서 일어나 말했다. 자네 말은 그들이 그 진료소에 갔다는 말인가? 내가 말했다. 그냥 추측일 뿐입니다. 괜히 들쑤셨다가 수사가 엉망이 될까 봐 진료소에 들어가 조사하진 못했습니다. 하지만 그럴 가능성이 있다고 생각합니다.

쑨톈보

아버지가 세상을 떠난 후에도 그를 두 번 본 적이 있다. 한 번은 리페이 책을 빌리러 시립 도서관에서 갔을 때였다. 내게 도서관 카드가 있었다. 가장 비싼 거라 한 번에 열 권을 빌릴 수 있는 카드였다. 도서관 구조도 잘 알고 있었다. 신축 건물이고, 밖에는 잔디가 깔려 있었다. 멀리서 봐도 도서관은 상당히 아름다웠다. 정문 앞에 긴 돌계단이 있어서 책을 보러 오는 사람들은 모두 계단을 따라 한참을 올라가야 했다. 그럴 때면 마치 사찰에 예배를 보러 올라가는 것 같은 기분이 들었다. 관리자가 퇴근하기 전에 황혼이 깃들기 시작하면 열람실에서 발아래로 드넓은 거리를 굽어볼 수 있었다. 가로등 불빛 아래로 검은 차들이 끝없는 행렬을 이루었다. 하지만 시설은 상대적으로 좀 초라했다. 문학, 사학 분야는 한 층에 모두 모여 있었다. 채 1000제곱미터도 안 되는 공간이었다. 2층부터는 멀티미디어 자료실인데 구체적으로 뭘 열람하는 곳인지 알 수 없었다. 리페이가 대출하려고 하는 책들은 위층으로 올라가 찾을 필요가 없었기 때문이다. 매번 리페이 대신 책을 빌리러 갈 때마다 나는 그날 하루 병원 문을 닫았다. 오전에 그녀가 말한 책을 찾아 열람실에 앉은 뒤 각 책의 머리말과 후기를 한 번 훑어보고 관심이 생기면 수십 페이지를 읽었다. 그러다 관리자가 흰 장갑을 끼고 내 옆을 지나치며 다른 사람들이 탁자와 의자에 놓고 간 책을 거둬 갈 때가 되면 이제 도서관을 나가야 하는 시간이었다.

그날 빌린 열 권은 『모세 오경』, 다니카와 슌타로의 『하늘에서 새가 사라진 날』, 베릴 마컴의 『이 밤과 서쪽으로』, 블라디미르 나보코프의 『말하라, 기억이여』, 카슨 매컬러스의 『슬픈 카페의 노래』, 하루키의 『세계의 끝과 하드보일드 원더랜드』, 버트런드 러셀의 『철학의 문제들』, 윌리엄 포크너의 『내가 죽어 누워 있을 때』, 레이먼드 챈들러의 『빅 슬립』, 조너선 프랜즌의 『인생수정』 등이다. 나는 오후 내내 『철학의 문제들』 수십 쪽을 읽었다. 주로 탁자에 대한 이야기로 주절주절 끊임없이 내용이 이어졌다. 하지만 따분한 느낌은 들지 않았다. "세상에 그 어떤 이성적인 사람들도 회의를 품지 않을, 이처럼 확실한 지식이 있을까? 이는 언뜻 어려운 문제가 아닌 것처럼 보이지만 확실히 사람들이 제기할 수 있는 가장 어려운 문제 중하나이다." 언뜻 일리가 있는 것처럼 보이지만 확실히 맞다고 하기도 어렵다.

도서관에서 나와 큰 봉투 두 개에 책을 나눠 담고 집에 가려고 택시를 기다렸다. 그때 아버지가 옆 국수집에서 나와 내 옆에 섰다. 내가 하나 들어 주마. 아버지가 말했다. 아버지 입에서 마늘 냄새가 났다. 그는 암 예방에 좋다며 평생 마늘을 즐겨 먹었다. 내가 말했다. 괜찮아요, 들 만해요. 그가 말했다. 하나 줘. 힘들어 보이네. 나는 그냥 봉투 두 개를 다 들고 택시 문을 열었다. 아버지에게 안으로 들어가라고 한 다음, 뒷좌석에 나란히 앉았다. 아버지가 말했다. 요즘 피곤한가 보구나. 맥 좀 짚어 보자. 내가 말했다. 괜찮아요. 늦게 자서 그래요. 아버지가 말했다. 요즘 근처 분위기가 심상치 않아. 내가 말했다. 알아요. 아버지가 말했다. 내가 리 아저씨 이야기해 준 적 있었지. 내가 대답했다. 네. 아버지가 말했다. 다시 한번 해 주마. 내가 말했다. 그러세요. 아버지가 말했다. 시골에 내려간 지 얼마 안 돼 보안대에 들어가 돼지를 잡았어. 아저씨 솜씨가 좀 나았지. 우린 어릴 적부터 알고 지냈어. 아저씨네 형제들은 별명이 '호랑이 세 마리'였지. 아버지가 아저씨랑 가까웠어. 아저씨보다 내 나이가 많았지만 아저씨랑 같이 다니고 싶었어. 주로 아저씨가 말하면 내가 들었고. 시골로 내려간 후 우린 한 울타리에 살

왔단다. 아저씨는 내게 돼지를 잡아 '점수'[40]을 얻자고 했었어. 한번은 리 아저씨와 창문 쪽으로 걸어가다가 창문에서 뛰어내려 도망을 치려고 하는 놈 하나를 발견했지. 내가 손을 뻗어 잡아당기니까 그놈이 날 찔렀어. 리 아저씨가 냅다 날 업고 옛 부둣가 쪽으로 갔는데, 거기서 한 노인이 침과 뜸으로 맥을 차단해 지혈을 한 덕택에 목숨을 건졌어. 그러고는 아저씨가 그놈을 찾아내 다리 힘줄을 잘라 버렸단다. 내가 하려던 이야기는 다 했다. 아버지가 말했다. 아저씨 끌려 들어가게 하지 마라. 아저씨가 곤란해지면 리페이는 고아가 돼. 내가 말했다. 다 생각이 있어요. 아버지가 말했다. 너랑 리페이 일은 서두르지 말고. 그 애 성격이 괴상해서 사람도 별로 안 만나려 하고, 혼자 글만 쓰고 있잖아. 내가 말했다. 서두르지 않아요. 저도 별생각 없고요. 아버지가 말했다. 일이 성가시게 되었구나. 내 일을 이었으니. 나도 안다. 하지만 때로 사람 사는 게 이렇단다. 그날 리 아저씨와 내가 은밀한 이야기를 나눈 것도 그런 거지. 우린 같은 세대 사람이야. 내가 말했다. 아버지와는 관계없어요. 아버지가 리 아저씨와 친구이듯이 나와 리페이도 친구잖아요. 아버지가 말했다. 요즘 리페이가 다시 오던데, 뒷문으로 드나들더라. 눈치가 보이면 잠시 발길을 끊으라고 해. 너도 그 애 집에 가지말고. 내가 말했다. 걱정 마세요. 이제 쉬셔야죠. 평생 애쓰셨는

---

40   공분(工分)을 말한다. 노동에 대한 대가로 주어지던 점수로, 노동량과 임금의 계산 단위가 되었다.

데. 아버지가 내 손을 톡톡 치고 자리를 떴다.

두 번째로 아버지를 만난 건 경찰 두 사람이 다녀간 후였다. 밤에 아버지가 나를 흔들어 깨우며 말했다. 아들, 연루되지 말고. 내가 말했다. 아버지 변했네요, 나이가 드셨나봐요. 아버지가 말했다. 정말 안 되겠다 싶으면 발을 빼. 리 아저씨도 널 보호해 줄 수 있어. 앞으로 리페이를 잘 돌봐 주면 돼. 내가 말했다. 아버지, 아버지와는 상관없는 일이에요. 이어 나는 눈을 감고 잠이 들었다.

푸둥신

이사를 앞둔 어느 저녁, 남편이 귀가하기 전이었다. 나는 리 씨를 찾아가 이야기를 나눠 볼 생각이었다. 앞으로 리페이의 교육에 관한 이야기 하나, 그리고 또 하나는 과거 이야기였다. 그의 집 입구에 이르니 온돌방에서 괘종시계를 수리하는 그가 보였다. 리페이는 집에 없었다. 학교에서 행사가 있는 날이었다. 1995년 초가을 밤, 시내에서도 별이 보이던 시절이었다. 나는 그의 집 마당에 서서, 그가 괘종시계를 해체한 후 작은 못으로 무브먼트를 빼내 닦고 다시 작은 드라이버로 부속을 끼우는 모습을 구경했다. 하늘에 뜬 오리온자리가 허리띠를 두르고 한껏 자세를 뽐냈다. 마당에는 가죽 가방, 궤짝, 구두, 솥, 커다란 국자 등 옛날 물건이 잔뜩 쌓여 있었다. 팔 것들이었다. 이사 갈 때 이 많은 물건을 다 가져갈 수는 없어서였다. 괘종시계도

팔기 위해 수리를 하는 것 같았다. 나는 문을 두드렸다. 그가 온돌에서 고개를 들며 말했다. 푸 선생님 오셨어요? 내가 말했다. 리페이가 그렇게 부른다고 페이 아버지까지 그렇게 부르진 마세요. 몇 번이나 말씀드렸는데. 그가 괘종시계 부품을 모두 정리한 후 온돌에서 내려와 땅 위에 서서 말했다. 푸 선생님, 앉으세요. 나는 자리에 앉았다. 그가 비누로 손을 씻은 후 마당으로 와서 바닥에 놓인 궤짝을 열더니 안에서 철통 하나를 꺼내 내게 차를 타 줬다. 내가 말했다. 페이 아버지도 앉으세요. 리페이 이야기를 좀 할까 해서요. 그가 말했다. 한참을 앉아 있었더니 좀 서 있었으면 해서요. 내가 말했다. 리페이 지난번 모의고사 성적을 봤어요. 제일 좋은 중학교 커트라인보다 30점이 높았어요. 그가 말했다. 푸 선생님이 잘 가르쳐 주신 덕이죠. 내가 말했다. 전 시험에 관한 건 안 가르쳤어요. 아이가 열심히 한 거죠. 그가 말했다. 딸애가 끈기가 좀 있어요. 내가 말했다. 학교 등록비는 너무 개의치 마세요. 저희한테 여분의 돈이 좀 있어요. 그가 말했다. 신경 쓰지 마세요. 딸애 학비는 제가 댈 수 있습니다. 푸 선생님의 마음만 받겠습니다. 내가 말했다. 옛날에는 제자가 학업을 이루고 산을 내려갈 때 사부가 검이나 노잣돈을 줬잖아요. 너무 예의 차리실 필요 없어요. 그래도 신경이 쓰이시면 나중에 돌려주세요. 제가 빌려드린 셈 치고요. 그는 온돌 탁자 위 내 찻잔을 들어 물을 버리고 다시 뜨거운 물을 따랐다. 뜨거운 것 좀 드세요. 차가운 차는 위를 상하게 합니다. 그가 말했다. 저도 도제가 있어요. 다 가르치고 나니 날 치받더라고요. 하지만 별로 신경 안 썼습니다. 그들이 광장으로 나가 시위를 하는데 전 집에서 쉬었어요. 체면이 깎이는 일도 아니고, 그렇다고 거지도 아니니까요. 나는 바지 주머니에 손을 넣어 준비해 둔 종이봉투를 꺼냈다. 그가 내 팔을 누르며 말했다. 푸 선생님, 이러지 마세요. 말씀하신 것으로 족합니다. 돈을 꺼내시면 쫓아낼 겁니다. 그의 눈이 정말 컸다. 공장에서 오래 있었던 사람처럼 탁하지 않고 거울처럼 빛이 났다. 나는 봉투를 놓고 그냥 손만 주머니에서 뺐냈다. 알겠어요. 어쨌거나 아버님이랑 리페이 일은 제게 기대셔도 돼요. 그렇게 해 주시겠어요? 그가 말했다. 기대다니요. 사람은 각자 갈 길이 따로 있습니다. 전 드릴 말씀 다 드렸습니다. 마음만 받겠습니다.

잠시 두 사람 다 입을 열지 않았다. 탁자 위에 빼 놓은 무브먼트가 째깍째깍 소리를 내며 돌아갔다. 내가 말했다. 아직 할 이야기가 남았어요. 저 내일 이사 가요. 그가 말했다. 말씀하세요. 내가 말했다. 앉으시면 안 돼요? 이렇게 서 계시니까 제가 훈화를 하는 것 같잖아요. 9월 밤이었다. 그는 흰색 러닝셔츠 차림이라 팔이 거의 다 드러나 보였는데 나뭇가지처럼 힘줄이 불끈 솟아 있었다. 손목에는 하이어우[41] 시계를 차고 있었다. 바로 전까지 일을 했는데 땀도 흘리지 않고 깔끔했다. 그가 시곗줄을 만지작거리며 내 맞은편에 앉았다. 비스듬히 앉아 발이 허공에 떴다. 내가 말했다. 전에 저 아셨나요? 아뇨. 여

---

41 1955년에 설립된 중국의 대표적인 시계 제조 회사.

기로 이사 온 다음에 알았죠. 푸 선생님이 학식이 높은 것도 알 았고요. 내가 말했다. 난 전부터 알았는데. 그가 말했다. 그래 요? 내가 말했다. 1968년에 우리 아버지가 사람들에게 맞고 있을 때였어요. 그곳을 지나가던 리페이 아버님께서 아버지 를 구해 주셨어요. 제가요? 기억이 안 나는데. 지금은 어떠세 요? 내가 말했다. 정신이 온전치 않으세요. 귀도 어둡고. 하지 만 몸은 그런대로 건강하세요. 그가 말했다. 그럼 좋죠. 걱정할 일도 줄고. 잠시 뜸을 들이다가 그가 말했다. 그 시절에는 누구 나 그랬어요. 나도 사람을 때린 적이 있죠. 다만 푸 선생님이 보지 못했을 뿐입니다. 나는 찻잔을 들고 차 한 모금을 마셨다. 따뜻했다. 우리 아버지에게 동료가 있었어요. 문학 대학 교수 님이셨죠. 미국에서 귀국했어요. 내가 어릴 때 두 분이 항상 함 께 월트 휘트먼[42]의 시를 낭송하고, 음반을 들었어요. 그가 말 했다. 아. 내가 말했다. 문화 혁명 때 홍위병에게 맞아 돌아가 셨어요. 못이 박힌 나무판에 맞았는데 못이 머리를 관통했어 요. 그가 말했다. 모두 과거의 일입니다. 지금과는 달랐죠. 내 가 말했다. 그때 그 홍위병들이 홍치 광장에 모여 노래를 부르 다 두 갈래로 나뉘어 한 갈래는 우리 집에 오고, 다른 한 갈래 는 그 교수님 집으로 갔어요. 우리 집에 온 홍위병들은 우리 아 버지를 구타해 귀를 멀게 하고, 닥치는 대로 책을 가져갔어요. 그 교수님 댁에 간 자들은 그분을 때려죽였고요. 사람이 죽자

---

42   Walt Whitman(1819~1892). 미국의 시인이자 저널리스트.

집은 놔두고 그냥 가 버렸다더군요. 그가 말했다. 네. 이런 일은 딱히 기준이 없죠. 내가 말했다. 그것도 나중에 알게 된 거예요. 결혼하고 쫭수를 낳고 나서요. 그가 말했다. 아. 내가 말했다. 그 교수님을 때려죽인 사람이 쫭더쩡이에요. 그는 순간 아무 말도 하지 않고 다시 자리에서 일어나 말했다. 푸 선생님 말씀에 제가 뭐라 하기가 그래요. 내가 말했다. 드리려던 말씀은 다 드렸어요. 그가 말했다. 지나간 일은 지나간 일이에요. 사람은 변하죠. 먹고, 마시고, 싸고, 자고, 신진대사를 통해 그 사람은 이미 변했어요. 좋은 점을 보세요. 쫭수 아빤 지금 흠잡을 데가 없어요. 내가 말했다. 알아요, 그건 알아요. 좀 앉아 보실래요? 그가 말했다. 안 돼요, 리페이 데리러 가야 해요. 쫭수에게 좀 잘 대해 주세요. 자기 삶은 결국 자기가 끌어가는 거예요. 내가 말했다. 잠깐 앉을 수 없어요? 그렇게 왔다 갔다 하니까 속이 울렁거려요. 그가 말했다. 안 돼요, 시간이 빠듯해요. 어쨌거나 저도 딸애도 평생 푸 선생님을 잊지 못할 겁니다. 잊지 못할 거예요. 하지만 앞으로는 각자의 길을 가야 합니다. 무엇보다 자기 삶을 잘 꾸려 가야 하니까요. 사람은 앞을 보고 가야 합니다. 자꾸만 뒤를 돌아보면 너무 지쳐요, 불필요한 일이에요. 뒤통수에는 눈이 없는 게 좋다는 말도 있잖아요. 뒤통수에 눈이 있으면 갈 길을 갈 수가 없지요.

하루하루가 타닥타닥, 소리를 내며 앞을 향해 나아갔다. 나는 그 자리에 남았다. 앞을 향해 가는 모든 것을 지켜봤다. 더 이상 리 씨와 리페이를 만나지 못했다. 그들도 모두 떠나 버렸다.

리페이

창가에 앉아 미루나무 잎사귀를 비추는 햇살을 바라봤다.
전날 이 시간에는 다른 잎에 햇살이 비쳤는데. 두 잎이 거의 붙
어 있어 서로를 가리다가 바람이 불면 부딪치기도 했다. 하나
는 넓고 하나는 좁은 잎으로 땅바닥 뿌리 근처에 빛 그림자가
어른거렸다. 가을이다. 잎이 점점 줄어들었다. 나뭇잎을 그리
고 싶었지만 내 솜씨로는 전혀 다른 그림이 나올지도 모른다는
생각에 그냥 눈에 보이는 모습을 즐기기로 했다. 함께한 시간
이 많았던 나무다. 매번 다리를 치료하러 왔다가 치료가 끝나
면 이곳에 앉아 저 나무를, 저 나무가 조금씩 자라 아름드리나
무가 되는 모습을, 한껏 풍성한 모습으로 뽐내는 모습을, 잎이
다 떨어져 나신이 된 모습을 바라봤다. 나무, 나무, 움직일 수
없는 나무, 고립무원의 나무.

처음 이사했을 때 생각이 났다. 그 후 다시 또 이사를 하
긴 했지만 원래 첫 번째 일이 가장 기억에 남는 법이다. 이사를
가면서 가구를 거의 다 없애 버렸다. 이사 간 집은 전보다 반이
나 좁았다. 이사 간 첫날, 아궁이에 불이 없었다. 아버지가 난로
를 피우자 펑 하는 굉음과 함께 온돌에 앉아 있던 나는 위로 솟
구쳤다. 그런 다음 바닥에 그대로 내동댕이쳐져 얼굴에 상처가
났다. 온돌에 커다란 구멍이 생겼다. 안에 너무 오랫동안 가스
가 가득 차 있다가 갑자기 불을 피우자 그대로 터져 버린 것이
었다. 학교가 끝나고 집에 돌아와 낯선 온돌 가장자리에 앉으

면 가장 많이 떠오르는 것은 챵수의 집이었다. 항상 들락거리던 마당, 챵수가 나뭇가지로 송충이를 두 동강 내던 모습, 내가 얼굴을 돌리면 챵수는 언제나 "왜 그래?" 하고 물었고, 그럴 때마다 나는 아무것도 아니라고 대답했다. 챵수가 말했다. 너 알아? 얘들이 잎을 먹어 버려. 내가 말했다. 그게 송충이들 잘못도 아니잖아. 그 골목에서 이사를 하기 전에 나는 챵수에게 말했다. 챵수야, 이제 곧 크리스마스야. 챵수가 말했다. 뜬금없이 크리스마스는 무슨. 아직 석 달이나 남았어. 내가 말했다. 크리스마스가 되면 우린 이웃이 아니야. 챵수가 말했다. 그게 뭐? 그럼 그런 거지. 챵수네 집은 크리스마스를 지냈다. 매년 크리스마스이브가 되면 푸 선생님이 선물을 포장했다. 언젠가 내게 노트 한 권을 주셨는데 속표지에 "누구도 영원히 존재할 수는 없지만 영원히 함께할 수는 있다."라는 말이 적혀 있었다. 무슨 뜻인지 정확하게 이해가 안 갔지만 남자 글씨체처럼 힘찬 푸 선생님의 글씨체가 좋았다. 내가 말했다. 넌 뭐 갖고 싶어? 챵수가 말했다. 살 돈이나 있어? 필요 없어. 우리 엄마한테 또 욕 먹으라고? 내가 말했다. 만들어 줄 수 있어. 챵수가 말했다. 뭘? 내가 말했다. 폭죽 어때? 챵수가 말했다. 네가 그 성냥갑 불 붙였던 것처럼? 내가 말했다. 아직도 기억해? 챵수가 말했다. 그건 너무 작아, 재미없어. 내가 말했다. 얼마나 큰 걸 갖고 싶어? 챵수가 말했다. 클수록 좋지. 챵수가 한껏 두 팔을 벌렸다. 우리 엄만 설에도 폭죽을 안 사 줘. 내가 폭죽 터뜨리다가 사람들 다치게 할까 봐. 난 잠시 생각하다 말했다. 내가 아는 곳이 있어,

동쪽 끝 수수밭. 우리 아빠가 삼촌 집에 갈 때 거길 지나갔었어. 겨울이면 베지 않은 수숫대가 있어. 바짝 말라서 불이 잘 붙어. 크리스마스트리 같을 거야. 쾅수가 말했다. 겁 안 나? 내가 말했다. 넓게 태우면 크리스마스트리 같을지도 몰라. 쾅수가 손뼉을 쳤다. 정말 할 거야? 내가 말했다. 보러 갈래? 매전사영[43]을 지나다 보면 보일 거야. 쾅수가 말했다. 네가 간다면 나도 갈래. 내가 말했다. 내가 어디 있는지? 쾅수가 말했다. 네가 어디 있는지. 내가 말했다. 푸 선생님이 못 가게 하면? 쾅수가 말했다. 그건 네가 신경 쓸 필요 없어. 나한테 다 방법이 있어. 내가 말했다. 몇 시? 쾅수가 말했다. 너무 이르면 사람들에게 들킬 거야. 11시? 내가 말했다. 11시, 잊지 마. 쾅수가 말했다. 난 기억력 좋아. 그게 기억하고 싶은 건지 아닌지에 따라 다를 뿐이지. 정확히 그 시간에 갈 거야.

쑨톈보가 다가와 내게 말했다. 다리에 대해 말하는 것 같았다. 다리가 어떠냐고. 나는 정확히 듣지 못했다. 아득한 먼 옛날 생각을 또 하나 떠올렸기 때문이다. 오래전 푸 선생님이 담뱃갑에 그림을 그릴 때 나는 그 옆에 무릎을 꿇고 앉아 구경을 하고 있었다. 겨울이었다. 온돌이 뜨끈뜨끈했다. 나는 아버지가 짜 준 스웨터를 입고, 양말은 신고 있지 않았다. 푸 선생님이 고개를 갸우뚱 기울인 채 나를 바라보며 웃었다. 아빠가 스웨터를 정말 잘 짜 주셨네. 나도 덩달아 웃으며 아버지가 서툴

---

43   煤電四營. 화력 발전을 위해 석탄을 쌓아 두던 장소.

게 스웨터 짜는 모습을 떠올렸다. 아버지 옆에서 털실을 감아
주다가 털실을 아버지 목에 칭칭 감았었는데. 푸 선생님이 말
했다. 그대로 있어, 움직이지 말고. 너 그려 줄게. 내가 말했다.
절 담뱃갑에 그린다고요? 푸 선생님이 말했다. 한번 그려 보게.
너랑 네 스웨터랑 전부. 내가 말했다. 안 예쁠 거예요. 푸 선생
님이 말했다. 예쁠 거야. 내가 말했다. 그럼 양말 신고 올게요.
푸 선생님이 말했다. 움직이지 마. 벌써 그리기 시작했어. 밑그
림이 끝난 것 같아 기어가 보니 그림 속에 내가 맨발로 스웨터
를 입고 온돌에 앉아 있었다. 그냥 멍하니 있는 게 아니라 가라
하[44]를 하고 있었다. 가라하 세 개가 허공에 흩어져 있는 모습
이 마치 별 같았다. 그런 걸 보고 상상이라고 한다는 걸 알았다.
푸 선생님이 말했다. 뭐라고 부를까? 이 성냥갑. 난 그림 속 내
모습을 바라봤다. 적당한 이름이 생각나지 않았다. 푸 선생님
이 말했다. 그래, 평원이라고 하자. 나도 맘에 들었다. 가라하를
하고 있는 내가 평원과 무슨 관계가 있는지 알 순 없지만 그냥
그 이름이 어울린다는 느낌을 받았다.

　또 생각나는 일이 있다. 여러 해 전 또 다른 밤, 지금 살고
있는 이곳 침대에서 눈을 떴는데 처음 눈에 들어온 사람이 쏜
텐보였다. 전에도 만난 적 있었지만 말을 나누진 않았다. 우

44　1960~1970년대에 유행했던 여자아이들의 놀이. 돼지나 양의 뼈 네 개, 모
　　래주머니가 놀이 도구다. 모래주머니를 공중에 던진 후 주머니가 바닥에 떨
　　어지기 전에 뼈를 규칙에 따라 정렬하고 마지막 정해진 횟수에 다시 한군데
　　로 모아 잡으면 이긴다.

리 두 사람 모두 참으로 따분한 사람이다. 쏜텐보가 침대 가장
자리에 앉아 시트 위에 마치 긴 용처럼 카드를 K에서 A까지
늘어놓았다. 시트 가장자리까지 다 차자 방향을 틀어 카드를
늘어놨다. 나는 정신이 혼미하고 허리가 심하게 아팠다. 허리
아래 감각이 없었다. 내가 말했다. 우리 아빠는요? 텐보가 말했
다. 깨어났네. 이제 안심이야. 아버지도 괜찮으셔. 우리 아버지
랑 밖에서 담배 피우고 있어, 카드 할래? 냥냥[45] 할까? 내가 말
했다. 내 책가방은요? 텐보가 손가락으로 가리켰다. 피 묻은 내
옷가지와 함께 다른 침대 위에 놓여 있었다. 내가 말했다. 아빠
눈에 띄지 않게 버려 줘요.

이번에는 텐보의 말이 분명하게 들렸다. 그가 말했다. 오
늘은 네 왼쪽 다리가 뚱뚱해진 것 같이 보이네. 내가 말했다.
부은 거예요. 그가 말했다. 아니, 살이 찐 거야. 내가 침을 놓을
때 보니까 경락이 좀 살아난 것 같던데, 발가락 한번 움직여 봐.
나는 발가락을 움직여 보려고 했지만 움직여지지가 않았다. 아
저씨가 틀렸네요. 그가 말했다. 발뒤축이 뜨끈하지 않아? 내가
말했다. 조금요. 그가 말했다. 좋은 현상이야. 그러더니 다시 날
살펴봤다. 내가 말했다. 아저씨는 항상 긍정적인 것 같은데 그
건 좋지 않아요. 그가 말했다. 다 근거가 있는 말이야. 몇 해 동
안은 정말 별로 희망이 보이질 않았어. 하지만 지난달부터 변
화가 느껴져. 넌 척추를 다친 거라 일반적으로 치료가 쉽지 않

---

45 다롄 지역에서 즐기던 카드 게임의 하나.

은데 요즘 들어 척추가 조금 회복이 되고 있는 것 같아. 전에 보이지 않던 반응들이 나타나. 이상하지. 만물은 다 자기만의 순리가 있어. 우리 다시 살펴보자. 내가 말했다. 밖에 햇살이 너무 좋아요. 좀 밀어 주세요. 밖에 나가고 싶어요. 그가 말했다. 네게 할 말이 있어. 어제 경찰 둘이 왔었어. 내가 말했다. 우리 아빠에게 말했어요? 그가 말했다. 응. 아버지는 괜찮다고 하셨어. 아, 그리고 어제 길에서 담뱃갑 하나를 주웠어. 네게 없는 걸 거야. 쑨텐보는 흰 가운 오른쪽 주머니에서 납작하게 눌린, 쓰고 버린 담뱃갑을 꺼냈다. 담뱃갑을 받아 보니 정말 내게 없는 종류였다. 이 아가씨 그림 좀 봐, 정말 잘 그렸어. 그가 말했다. 나는 담뱃갑을 곁에 있는 책에 끼워 넣고 말했다. 어제 온 경찰들이 뭐 물어봤어요? 그가 말했다. 마흔 정도로 보이는 경찰 하나와 스물 일고여덟 살쯤으로 보이는 경찰이 왔는데 내게 십이 년 전에 이 부근에서 벌어진 차 사고 이야기를 꺼냈어. 경찰 하나가 불구가 됐다고. 모른다고 했지. 그땐 어렸을 때라 일찍 잠이 들었었다고. 그랬더니 경찰들이 아버지로부터 뭐 들은 이야기 없냐고 하더라고. 예를 들어 그날 밤 누가 여길 오지 않았는지 같은 것 말이야. 난 들은 적이 없다고 했어. 아버지도 일찍 자고 일찍 일어나는 분이라고 했어. 그랬더니 다시 환자 진료 기록부가 없는지 물어서 있다고 했지. 보여 달라고 하더군. 경찰들이 진료 기록부를 다 살펴본 뒤 우리 어머니랑 이야기를 좀 나눠 보고 싶다고 했어. 그래서 아버지가 일을 그만 두신 후 부모님이 이혼해서 지금은 어머니가 뭘 하고 사는지도 모른다고 했어. 그랬더니 그냥 가더라고. 내가 말했다. 안 무서워요? 그가 말했다. 난 의사잖아……. 당분간 여기 오지 마, 전화도 하지 말고. 상황이 좀 정리되면 다시 보자. 약은 삼 개월 분 준비해 줄게. 직접 마사지도 하고. 내가 가르쳐 줄게. 내가 말했다. 네. 그가 말했다. 요즘 소설 써? 내가 말했다. 썼어요, 아직 다 끝내진 않았고요. 다 쓰면 보여 줄게요. 그가 말했다. 쉬고 있어. 나가서 환자 좀 보고. 온찜질을 삼십 분이나 했어, 익어 버릴 것 같아.

장수

나와 자오샤오둥 팀장은 논의 끝에 장부판의 어머니를 찾아가 보기로 결정했다. 별로 나올 게 없어 보이긴 했지만 그래도 한 번 더 훑어보기로 했다. 화상을 입은 모녀도 조사해 봤지만 의심스러운 부분이 없었다. 남편 없이 딸을 키우고 있었고, 딸은 성적이 좋았다. 두 사람은 후원금을 많이 받았고, 딸은 예상보다 빨리 회복됐다. 두 사람은 사건을 낼 만한 능력도, 범죄를 저지를 동기도 없었으며, 과거 사건과도 아무런 관련이 없었다. 쑨톈보 쪽은 나름대로 성과가 있었다. 자오샤오둥은 기운이 나는 듯 보였다. 성과가 없다는 것이 성과였다. 쑨톈보의 진료소는 매우 정갈했다. 아무런 오점도 없었다. 진료 기록부, 영업 허가증, 페넌트, 침, 뜸, 약재, 병상 모두 제자리에 있고, 사람 키 높이만 한 아프리카재스민 화분 두 개가 있었다. 10여 권에

달하는 진료 기록부는 두 사람의 필적으로 정리되어 있었다. 앞부분은 좀 지저분했지만 뒷부분은 필적이 깔끔하고 가지런했다. 진료 사항도 자세히 기록되었다. 진료소에서 나와 차로 돌아온 후 자오 팀장이 말했다. 흥미롭군. 쑨 선생이라는 사람, 흠이 하나도 없어. 내가 말했다. 그러네요, 지나치게 깔끔하네요. 그가 말했다. 자네 생각을 말해 봐. 내가 말했다. 이 사람 어머니를 찾아가 봐야겠어요. 자오 팀장이 말했다. 그래. 찾아가 보지. 우리 둘 다 갈 필요는 없고. 경찰국에 조회를 해 보자고. 내가 전화를 돌려 그에게 건넸다. 그가 전화를 끊은 후 우리는 차에서 담배를 피웠다. 내가 말했다. 장부판이 남긴 물건이 있습니까? 그가 말했다. 응. 당시 입었던 옷을 장부판의 어머니가 가지고 있어. 위에 혈흔이 남아 있지. 빨지 않아 그때 상태 그대로야. 장부판의 어머니가 자기 아들 피니까 더럽지 않다고 했어. 몇 번씩 이사를 하면서도 없애지 않았더라고. 내가 말했다. 자오 팀장님, 한번 보고 싶어요. 그가 말했다. 가 보지.

　장부판의 어머니는 큰딸과 함께 살았다. 시 서쪽에 있는 사산이라는 지역으로 세 행정구의 경계 지역에 위치해 발전이 더뎠다. 세 행정구 모두 제 구역으로 관할하고 싶어 하는 바람에 결국 어느 곳으로부터도 관리를 받지 못한 것이다. 개발 계획에 들어 있는 땅이 있어 단층 건물을 모두 밀어 버린 결과, 큰 구덩이만 남긴 채 오랫동안 아무것도 올리지 못한 상태였다. 십 년이 지났는데도 여전히 구덩이만 덩그러니 남아 있어 사람들은 그곳을 사산 구덩이라 불렀다. 그녀의 큰딸은 그 커다란 구덩이 가장자리에 마작장을 열었다. 크진 않았다. 탁자가 여섯 개에 작은 주방이 하나 있었다. 마작 하는 사람들이 음식을 시켜 먹을 수 있었다. 음식은 볶음밥과 볶음면 두 가지였다. 우리가 갔을 때 그녀의 큰딸은 아이를 데리러 가고 장부판의 어머니가 남아 가게를 보고 있었다. 그녀는 탁자 옆에 앉아 해바라기 씨를 까먹으며 한 노인네와 이야기를 나눴다. 노인이 말했다. 올해 퇴직금이 150위안이나 올랐어. 잘됐어. 죽으면 잠방이 하나는 더 껴입을 수 있겠네. 자오 팀장이 말했다. 아주머니, 마작은 안 두세요? 그녀가 고개를 돌렸다. 샤오둥 왔네? 나는 사 가지고 간 과일을 건넸다. 그녀가 말했다. 늙어서 얼마 먹지도 못하니 다음번에는 이런 것 사 가지고 다니지 말게. 자오 팀장이 말했다. 여긴 쾅수라고 합니다. 우리 뒤에 가서 이야기 좀 해요. 그녀가 말했다. 왜? 범인 잡았어? 탁자에 둘러앉아 있던 네 사람이 일제히 머리를 들며 우리를 바라봤다. 자오 팀장이 말했다. 아뇨. 그냥 이런저런 이야기 좀 하려고요. 한동안 오지 못했잖아요. 영감님, 대충 비긴 걸로 끝내요. 너무 큰 것 바라지 말고. 상대도 오만[46]을 가지고 있으니 어차피 둘 다 죽어요. 노인들 몇 명이 웃으며 계속 마작을 했다.

　과연 장부판의 옷이 남아 있었다. 갈색 재킷 하나, 파란색 스웨터 하나, 회색 셔츠 하나, 흰색 조끼 하나, 검은색 양복바지

46　五萬. 마작의 패 중 하나.

하나, 진한 청색 털 바지 하나, 회색 속바지 하나, 회색 삼각팬
티 하나였다. 장부판의 어머니는 보자기 하나로 이 옷들을 모
두 싸 놓았다. 마치 점심 도시락 같았다. 자오 팀장이 말했다.
살펴봐. 장부판의 어머니가 말했다. 점점 몸이 안 좋아지니까
드는 생각이 있어. 올해 부판이 기일에 이걸 다 태워 버리려고.
이러다 내가 죽으면 누가 다 버릴지도 모르잖아. 자오 팀장이
말했다. 네. 저희가 다시 한번 살펴볼게요. 나는 옷을 샅샅이 뒤
졌다. 아무것도 없었다. 혈흔은 이미 까맣게 변한 상태였고, 주
머니에 있던 물건은 벌써 나 조사하고 치워 버렸을 게 분명했
다. 내가 말했다. 제가 다시 한번 볼게요. 자오 팀장이 말했다.
초조해할 것 없어. 다 살펴봤어. 두 번째로 옷을 살피다 나는
바지 오른쪽 주머니가 터져 있는 것을 발견했다. 터진 구멍을
따라 더듬다 보니 바짓단까지 손이 닿았다. 뭔가가 손에 잡혔
다. 바짓단을 눌러 보니 두 층이었다. 가위를 가져와 바짓단을
벌리자 담배꽁초가 나왔다. 꺼내 보니 필터 부분에 '평원'이란
글자가 보였다. 내가 말했다. 아주머니, 장 형이 무슨 담배 피웠
는지 기억하세요? 그녀가 말했다. '대생산' 피웠었지. 내가 사
줬어. 하루에 두 갑. 나중에 그 담배가 없어지자 '홍탑산'으로
바꿨다가 다시 '이군'으로 바꿨어. 나는 담배꽁초를 그에게 주
며 말했다. 그럼 이 담배꽁초 주인은 누구예요? 경찰국으로 돌
아오는 중간에 차를 멈추고 담뱃가게에 들어가 새로 나온 '평
원' 한 갑을 사서 둘이 한 대씩 피웠다. 담뱃갑을 살펴봤다. 신
기했다. 담뱃갑에 가라하 놀이를 하는 여자아이 그림이 그려져

있었다. 그림이 작아 이목구비를 또렷하게 볼 순 없었지만 느낌이 포근했다. 담뱃갑에 적힌 상표를 보니 솜씨가 좋았다. 자오 팀장이 말했다. 담배 괜찮네. 그때도 이 담배가 있었지만 피우기가 쉽지 않았어. 그 뒤로 사라졌었고. 내가 말했다. 피우기가 쉽지 않았다고요? 그가 말했다. 응, 비싸기도 했고, 그래서 피우는 사람들이 극소수였지. 한번 조사해 봐야겠네. 1995년이면 출시된 지 얼마 안 됐을 때라 피우는 사람이 더 적었을 거야. 내가 말했다. 알겠어요. 그가 말했다. 음, 장 형은 역시. 이제껏 주머니 속에 꽁초가 들어 있었던 걸 몰랐네, 안타깝군. 내가 말했다. 팀장님 탓이 아니에요. 주머니가 터져 있었으니까요. 장 형사님이 차에서 범인에게 담배 한 개비를 빌렸을 테고 이 담배를 피우는 사람이 많지 않다는 걸 알고 다 피운 후에 꽁초를 주머니에 넣었겠죠. 그가 말했다. 어머님이 옷을 태우지 않아서 다행이네. 안 그랬으면 장 형 죽음이 억울할 뻔했어. 내가 말했다. 아뇨, 억울한 죽음이란 있을 수 없어요.

다음 날 자오 팀장은 회의를 소집했다. 담배꽁초에 대해서는 보고하지 않았다. 이전의 과실에 관한 건이니 결과가 나온 뒤에 보고해도 늦지 않기 때문이다. 그는 주로 두 가지 일에 대해 언급했다. 첫째, 쑨 씨네 한방 진료소에 대한 스물네 시간 밀착 감시, 둘째, 가능한 한 빨리 쑨톈보 어머니의 행방을 조사한다는 것이었다. 꼬박 일주일을 지켜봤지만 진료소 쪽은 전혀 움직임이 없었다. 의심스러운 환자도 없었고, 쑨톈보 역시 도주의 조짐이 보이지 않았다. 쑨톈보의 어머니 행방은 바로 찾았다. 이름은 류줘메이, 현재 베이징 차오양구 동쪽 사환 구역에 쓰촨 음식점을 열고 몐피,[47] 마라촨두,[48] 마라반[49] 등을 팔았다. 사장은 쓰촨 사람인데, 당시 2제곱미터 정도의 작은 수레를 밀고 이곳저곳을 떠돌며 장사했다. 사면에 비닐을 두르고 안에 양귀비가 둥둥 떠 있는 탕을 끓였다. 쑨톈보의 어머니는 자주 그의 수레에 마라탕을 먹으러 다녔다. 이후 남편인 쑨위신이 일을 그만두자 쓰촨 사람을 따라 수레를 끌고 도망쳐버렸다. 나는 자오 팀장과 그길로 밤에 베이징으로 날아갔다. 베이징은 올림픽 개최를 준비 중이라 엄청나게 번잡했다. 외지 경찰인 우리는 계속 검문에 걸렸다. 그 가게에 도착했을 때는 이미 밤 10시가 넘은 시각이었다. 가게에는 손님이 별로 없었고, 종업원 몇 명이 냄비 주위에 둘러앉아 면을 먹으며 벽 구석에 달린 작은 텔레비전을 보고 있었다. 텔레비전에서는 반쯤 건설된 냐오차오[50]가 나오고 있었다. 혼잡하고 너저분한 모습이 마치 반쯤 허물어진 것 같았다. 우리는 사진을 대조했다. 류줘메이가 안쪽 테이블에 앉아 왼손에 담배를 든 채 결산을 하고 있었다. 종이를 한 장 넘길 때마다 담배를 든 손에 침을 묻혔다. 머리는 온통 백발이었다. 염색을 하긴 했지만 삼베 색 중간중간 뭉텅이로 흰머리가 보였다. 우리는 방문한 이유를

47 국수의 한 종류.
48 쓰촨 식 매운 소 천엽 요리.
49 쓰촨 식 고추기름 무침 요리.
50 베이징 올림픽 주 경기장. 새 둥지 모양으로 건설되었다.

134

설명했다. 그녀는 전혀 당황하는 기색 없이 종업원들을 일찍 퇴근시키고 이야기를 나누기 시작했다. 그녀가 말했다. 고향 사람인데. 이젠 말투가 이도 저도 아니지만 고향은 고향이지. 그녀의 남편이 주방에서 나왔다. 키가 크지 않은 중년 남자로 안타[51] 운동화를 신고 있었다. 운동화는 낡아서 다 터진 채였다. 그는 우리에게 차를 한 주전자 타 줬다. 그녀가 말했다. 남편은 먼저 집에 가도 되죠? 자오 팀장이 말했다. 네. 주로 아주머님께 물어볼 거예요. 그녀가 말했다. 먼저 가세요. 남자는 문을 나갔지만 집으로 돌아가는 대신 길가에 쭈그리고 앉아 우리를 등지고 담배를 피웠다. 자오 팀장이 말했다. 언제 떠나신 거죠? 그녀가 말했다. 1994년 10월 8일이죠. 자오 팀장이 말했다. 떠날 때 상황을 좀 말해 주십시오. 그녀가 말했다. 전남편이 실업자가 됐어요. 첫 번째로 감원되었죠. 예전에 트랙터 공장에서 목공 일을 했어요. 자리에서 밀려난 후 진료소를 차리고 싶어 했어요. 명예 퇴직금[52]을 받았거든요. 난 반대를 했죠. 집세 내고, 물건을 들이자면 돈이 너무 많이 들어가니까요. 게다가 그이 솜씨가 좋긴 했지만 진료소를 열면 언제 폐쇄 조치를 당할지 모르잖아요. 그이가 하지 않겠다고 해서 돈을 주지 않았어요. 우리 집 통장은 내가 가지고 있었으니까. 그러자

51 중국의 스포츠 용품 브랜드.
52 매단공령(買斷工齡)을 말한다. 중국의 개혁 개방 초기 일부 국유 기업에서 퇴사할 때 주던 돈.

그이가 날 때렸어요. 난 그이와 계속 사이가 안 좋았어요. 자주 날 때렸죠, 그것도 세게. 그때 지금 남편을 알게 됐어요. 이이에게 물었어요. 날 데리고 도망쳐 줄 수 있냐고요. 내게 돈이 조금 있다고 말했어요. 이이가 말했어요. 돈이 없어도 같이 떠나자고. 10월 8일 오전, 쉬는 날이었어요. 그 사람이 없는 틈에 아들에게 밥을 해 줬어요. 애가 밥을 다 먹었을 때 만약 엄마가 더 이상 아빠랑 살고 싶지 않다면 누구랑 같이 살겠는지 물었어요. 아이가 아빠랑 같이 살겠다고 하더라고요. 오후에 통장을 가지고 도망쳤어요. 자오 팀장이 말했다. 정확하게 기억하시는군요. 그럼 1995년 12월 24일에는 이미 그곳에 계시지 않았다는 거네요. 그녀가 말했다. 95년요? 그때 우린 선전 지역에서 일하고 있었어요. 자오 팀장이 나를 힐끗 보고 말했다. 지금 진료소가 잘돼요. 아드님이 진료소를 물려받았어요. 전남편분은 돌아가셨고요. 그녀의 표정엔 변화가 없었다. 그곳을 떠난 날부터 그 두 사람과 남남이에요. 텐보는 어려서부터 속이 깊은 아이였어요. 그녀가 잠시 멈췄다가 말을 이었다. 결혼은 했어요? 자오 팀장이 말했다. 아뇨. 그녀가 말했다. 아, 네. 그때 내가 말했다. 당시 집에 있던 돈을 모두 가지고 나오셨어요? 그녀가 말했다. 네. 그이 퇴직금까지 다요. 아들 호주머니에 10위안만 쑤셔 넣어 줬어요. 내가 말했다. 그럼 무슨 돈으로 진료소를 차렸죠? 부모님이 줄 수 있었나요? 그녀가 말했다. 아뇨. 부모님은 예전에 돌아가셨어요. 형제자매는 그이보다 더 가난하고요. 내가 말했다. 그럼 어디서 돈이 났을까요? 그녀가 말했다. 그걸 내가 어떻게 알겠어요. 내가 말했다. 다시 잘 생각해 보세요. 그녀가 잠시 생각한 후 말했다. 친구가 하나 있었어요. 줄곧 사이가 좋았죠. 만약 돈을 빌렸다면 그 친구에게 빌렸을 거예요. 어릴 적부터 알던 사이예요. 시골에 내려갔다가 다시 도시로 오고, 공장에 들어갈 때까지 계속 함께했어요. 사람도 괜찮아요. 아주 참한 사람이죠. 지금은 어디서 뭘 하고 있는지 모르겠네. 내가 말했다. 이름이 뭐였는지 기억나세요? 그녀가 말했다. 성이 리, 이름이 뭐였더라? 딸이 하나 있었는데. 아내는 죽었고요. 혼자 딸을 키웠어요. 내가 말했다. 다시 한번 이름을 잘 생각해 보세요. 그녀가 말했다. 성은 '리' 같은데 이름은 정말 생각이 안 나요. 여자애가 정말 영특했어요. 당시(唐詩)와 송사(宋詞)를 곧잘 외웠죠. 이웃 사람이 가르쳐 줬다고 했어요. 어릴 적에 본 적이 있어요. 아이를 '리페이'라고 불렀었는데.

자오샤오둥

쑨톈보란 사람, 정말 흥미로운 사람이었다. 그는 아무것도 말하지 않았다. 나는 경험 많은 요원을 몇 명 불러 심문하게 했지만 그것도 허사였다. 그는 입을 꾹 다물었다. 잠을 자지 못하게 하면 잠을 자지 않고, 장기전에 들어가려고 하니 오히려 우리는 나가떨어지는데도 그는 꿋꿋하게 버텼다. 내가 말했다. 모르면 모른다고 말하면 돼요. 우리가 그렇게 조서를 꾸미면

됩니다. 그는 모른다는 말조차 하지 않았으며 그저 가끔 자기 뒷목을 주무를 뿐이었다.

우리는 진료소를 열어 두고 다른 곳에서 한의사 한 명을 데려와 진료를 보게 했다. 진료소 안을 샅샅이 뒤져 봤지만 아무것도 발견되지 않았다. 수색을 맡은 이들 중 하나가 이렇게 말끔한 곳은 처음 본다고 했다. 마치 사람이 살지 않는 것 같다고 했다. 나는 좡수에게 이제 어떻게 하면 좋을지 물었다. 베이징에서 돌아온 좡수는 조금 맥이 풀린 상태였다. 기내에서 흡연을 참느라 쑤시고 돌아다니다가 비행기에서 내려 경찰국으로 가는 길에 평원 담배 반 갑을 피웠다.

우리 시에 사는 리페이라는 여자의 기록을 모두 뒤졌다. 우리가 찾는 사람과 여러 가지 상황이 들어맞는 여성 하나를 발견했다. 1982년생, 아버지 이름은 리서우렌, 아버지 출생 연도는 1954년, 1미터 76센티미터의 키에 트랙터 공장 노동자로 기계 조립공이었으며, 경운기도, 차도 운전이 가능했다. 정리 해고된 직후 사회에서 증발해 버렸다. 리페이는 초등학교 학생 기록부는 있는데 초등학교 졸업 후로는 어떤 기록도 찾을 수 없었다. 이 두 일이 모두 1995년에 벌어졌다. 우리가 파악한 모든 정황을 종합해 보면, 리서우렌은 1995년 택시 기사 경찰 연쇄 살인, 2007년 도시 관리원 연쇄 살인 사건의 유력한 피의자였다. 리페이가 공범은 아니라 해도 중요한 증인은 될 수 있었다. 사람이 살아 있으면 기록이 존재해야 한다. 리페이가 아직 살아 있는지 확인할 방법이 없었다. 그러나 리서우렌은 분명히 살아 있을 것이다. 중간에 한 차례 신분증 갱신이 있었을 때[53] 새로운 이름과 신분을 얻은 게 분명했다.

창수가 말했다. 분명히 그럴 거예요. 그해 리 씨 집에 몇 가지 일이 있었어요. 리 씨는 실직하고, 페이는 진학하고, 친구 쑨위신은 진료소를 개업하며 돈을 빌렸을 테고요. 리서우롄은 의리를 중요하게 생각하는 사람이에요. 쑨위신에게 돈을 빌려 줬는데 리페이가 진학을 하게 돼서 돈이 필요했겠죠. 내가 말했다. 난 이해가 잘 안 가는데. 그가 말했다. 제 나이가 비슷해서 그때 일을 잘 알아요. 중학교 입학할 때 설령 시 전체에서 일등을 해도 9000위안이 필요했어요. 리페이가 합격했는데 리서우롄의 돈이 진료소에 묶여 있었다면 택시 기사를 상대로 절도를 했을 가능성이 있어요. 내가 말했다. 그럴 수도 있겠네. 논리적으로 말이 되긴 하는군. 그가 말했다. 첫 번째 사건 기억하세요? 그 택시 기사의 차내 사물함에 칼이 있었어요. 기사는 군인 출신으로 현역에서 예비역으로 편입한 사람이었고요. 밤 근무라 호신용으로 들고 다닌 거예요. 아마도 첫 번째 사건은 과실 치사였을 거예요. 원래 돈만 챙겨 가려고 했을 거라고요. 한 번 살인을 하고 난 후론 아예 강도 살인을 저지르고 다녔을 거예요. 내가 말했다. 그럴 가능성도 있지. 하지만 그런 건 이제 중요하지 않아. 첫 번째 사건 경위가 중요한가? 그가 말했

53 1980년 신분증 갱신이 이루어졌는데, 그 후 발급된 신분증을 '2세대 신분증'이라고 한다.

다. 이후 경찰 습격 사건은 전에 제가 추정한 것과 거의 비슷해요. 그날 리페이가 차에 있었을 거예요. 절도를 하려던 게 아니고 일을 보러 나갔을 겁니다. 아마 쑨 씨를 만나러 진료소에 갔거나 아니면 그냥 치료차 방문을 했을 수도 있고요. 그때 장부판이 몰던 택시를 타게 됐는데 장 형이 리서우뤤을 의심한 거죠. 도중에 두 사람이 차에서 내렸고 그 뒤에 벌어진 일에 대해서는 제가 추정해 본 적이 있습니다. 내가 말했다. 리페이도 함께 절도를 했을 가능성이 있겠군. 좡수가 말했다. 뭐, 그럴 수도 있겠죠. 하지만 그럴 가능성이 크진 않습니다. 내가 말했다. 왜? 그가 말했다. 인간이라면 아버지란 사람이 딸 앞에서 그런 일을 해선 안 되죠. 내가 말했다. 빌어먹을, 지금 인간이라고 했나? 그는 아무 말도 하지 않았다. 다음 날 다시 사람을 데리고 쑨톈보 집을 수색했다. 확실히 깔끔하게 정리되어 있었다. 언젠가 자신을 잡으러 올 날을 대비하고 있었음이 분명했다. 사람을 시켜 나무 바닥을 들춰 보게 했다. 아무것도 발견되지 않았다. 이왕지사 이렇게 된 것, 아예 전부 뜯어 보리라 마음먹었다. 물건을 감출 수 있는 곳은 죄다 뜯었다. 마침내 불면증 치료용 베개 안에서 증거품을 발견했다. 베개 안에 치료용 돌이 들어 있었는데 그 아래 피 묻은 초등학교 국어 교과서와 70여 쪽의 원고가 들어 있었다. 물건들을 쑨톈보 앞에 내밀었지만 그는 아무것도 못 본 사람처럼 계속해서 침묵하더니 눈을 감고 자신의 태양혈을 지그시 눌렀다. 나는 원고를 살펴봤다. 소설인 듯했다. 모두 이웃의 이야기, 어린아이들, 어른들 사이의 일들이 적혀 있었다. 송충이를 가지고 놀던 이야기, 구슬치기, 딱지치기 등. 내용을 보니 분명히 글쓴이의 어린 시절 이야기 같았다. 창수는 물건들을 살핀 후 이렇다 할 논리를 펼치는 대신 내게 며칠 휴가를 신청했다. 더 이상 버틸 수가 없다고, 몸 상태가 엉망이라고 했다. 나는 그에게 휴가를 내줬다. 젊은 사람이 처음 이런 사건을 접했으니 좀 쉬는 편이 나을 듯했다. 그에게 먼저 쑨톈보를 좀 만나 보라고 제안했다. 어쨌거나 사건 해결을 위한 유일한 단서였다. 그는 만나지 않겠다고 했다. 너무 피곤하다고 했다. 며칠 동안 생각을 정리한 뒤 만나도 늦지 않을 거라고 덧붙였다.

휴가 시작 후 사흘째 되는 날 오후, 새로운 상황이 전개됐다. 누구도 예상치 못한 상황이었다. 연초에 우리는 한차례 도주범 검거에 나선 적이 있었다. 결과는 인력과 재원의 낭비였다. 체포한 사람 중에는 살인 사건 범인도 있었지만 대부분 이미 폐물이 된 자들이었다. 나이도 얼마 안 됐는데 늙수그레하거나 꿔다 놓은 보릿자루처럼 덜떨어진 인간이거나 술주정뱅이 폐인이 대부분이었다. 그중 올해 쉰하나로 1996년 치산로 건설 은행을 절도하려다 미수에 그치자 자체 제작한 단발 엽총으로 경비원 한 명을 살해하고 도주한 사람이 있었다. 올해 초 그를 허난성 우양현에서 검거했을 때 그는 자신의 절도 살인 행각을 인정하면서 수년간 보지 못한 아내를 보고 싶다고 했다. 나는 그의 말에 귀를 기울이지 않았다. 허구한 날 그들의 희망 사항을 들어주다가는 다른 일을 할 수 없지 않겠는가. 창수가 그자의 아내를 찾아냈다. 그녀는 이미 쉰이 넘은 나이로 재가하여 아들을 낳고 제법 안정된 생활을 하고 있었다. 지금은 은퇴 후 집에서 손자를 돌보고 있었다. 전남편을 만나고 싶어 하지 않았다. 창수는 그녀의 동의를 얻어 상반신 사진을 찍은 후 범인에게 보여 주며 그녀의 근황을 있는 그대로 전했다. 그는 사진을 받은 후 아무 말도 하지 않았다. 그런데 최근 그자가 갑자기 긴히 할 말이 있다고 해서 그를 만나러 갔다. 그는 창수를 만나고 싶어 했다. 나는 창수가 몸이 불편해 휴가 중이며 내가 창수의 상급자이니 그 대신 이야기를 들어도 된다고 했다. 그는 내 신분에 대해 들은 후 이야기를 털어놨다. 그의 이야기가 끝나자 나는 그것을 글로 작성하게 한 뒤, 전담반을 소집해 다시 한 번 그가 그대로 진술을 반복하게 했다. 그자는 기억력이 매우 좋았다. 서면으로 작성한 기록과 두 번에 걸친 자백 모두 다른 부분이 전혀 없었다. 게다가 십수 년 전 상세한 부분까지 많은 일들을 기억하고 있었다. 자오칭거라는 자였다. 무직에 술과 도박에 빠져 지내는 인간이었다. 마작 판만 벌어지면 달려갔다. 판을 슬쩍 한번 훑어보고는 조물거리며 마작 패를 쌓아 올렸는데, 기본적으로 모든 패의 위치를 마음속으로 그리고 있었다. 하지만 그렇다 해도 언제나 결과는 무참해서 적잖은 빚을 졌고 본전을 찾기 위해 택시 기사를 상대로 절도를 하기로 마음먹었다. 그는 키가 1미터 75센티미터에 손아귀 힘이 셌다. 본인 말에 따르면, 젊었을 때는 호두도 손으로 으스러뜨렸다고 했다. 그는 나일론 로프와 디젤유를 가지고 택시에 오른 후, 기사 바로 뒷자리에 앉았다. 택시가 후미진 곳에 이르면 기사를 살해하고 돈을 훔친 후 차에 불을 붙이고 도주했다. 모두 다섯 건의 범행을 저질렀으며 그 시간과 장소, 인물, 기사의 대략적인 생김새, 나이 심지어 어떤 사건은 피해자의 말투까지 생생히 기억했다. 그중 한 기사는 주머니에 빗을 넣고 다니다가 운전하며 머리를 빗었다고 했다. 기사가 그를 내려 준 뒤 애인과 만나기로 했던 것, 그 애인은 서른두 살로 남편이 일 년 내내 거의 출장을 간다고 말했던 것까지 기억해 냈다. 그는 기사를 목 졸라 살해하고 빗도 훔쳤는데 지금까지 그 빗을 사용하고 있다고 했다.

그러나 1995년 12월 24일, 장부판이 몰던 택시는 탄 적이 없다고 했다. 그는 광저우에 총을 사러 갔으며(결과적으로 총을 사진 않았다.) 그때까지 저지른 다섯 번의 범죄를 모두 성공함으로써 그다음엔 은행을 털 계획을 세우고 있었다. 나는 리서우렌과 리페이의 사진을 보여 줬다. 그는 본 적이 없다고 말했다.

나는 빗을 살펴본 후 창수에게 전화를 걸었다. 전화가 꺼져 있었다. 사실 급할 것도 없었다. 사건들의 연결 고리가 끊어졌을 뿐, 우리가 해야 할 일에는 별로 큰 변화가 없었다.

리페이

신문을 본 그날 나는 잠을 이룰 수 없었다. 신문을 베개 옆에 두고 밤새 몇 번이나 일어나 신문을 읽고 또 읽었다. 이틀 전 아버지가 내게 말했다. 쑨톈보에게 문제가 생겼다고, 아프리카재스민이 창가에 보이지 않는다고 했다. 많은 일들이 줄줄이 이어질 것이다. 하지만 첫 등장인물이 짱수라니, 전혀 뜻밖이었다. 다음 날 아침 일찍, 나는 아버지를 불러 신문을 보여줬다.

신문을 읽은 아버지가 말했다. 일이 묘하게 됐네. 나는 아무 말도 하지 않았다. 아버지가 말했다. 네가 무슨 생각을 하는지 안다. 내가 말했다. 내가 무슨 생각을 하는데요? 아버지가 말했다. 넌 아마 별일 없을 거라고 생각하겠지. 나는 고개를 끄덕였다. 아버지가 말했다. 톈보는 말하지 않을 거야. 그 사람을 잘 알아. 게다가 그가 말한다고 해도 '사람을 찾습니다' 같은 광고를 내고 우릴 찾을 필요도 없고. 나는 고개를 끄덕였다. 아버지가 말했다. 하지만 어쨌거나 묘하게 됐어. 내가 말했다. 아빠, 내게 말 안 한 것 있어요? 아버지가 말했다. 우선 일을 나가야겠다. 생각 좀 해 보자.

아버지는 지금 택시를 몬다.

밤에 아버지가 돌아왔다. 나는 휠체어에 앉아 여전히 그 신문을 읽고 있었다.

사람을 찾습니다. 어린 시절 친구, 오랜 세월 헤어졌던 친구이자 가족인 샤오페이(리페이)를 찾습니다. 일주일 후 이민을 갑니다. 빠른 시간 내에 연락 주십시오. 우리가 벌써 이렇게 컸다니 믿어지지가 않습니다. 다음은 제 전화번호입니다.

전화번호 아래에 그림도 한 장 있었다. 한 남자애가 돌덩이 두 개 사이에 서 있고, 여자애가 발을 들어 올려 공을 차는 그림이었다.

아버지가 마스크를 벗고 장 봐 온 물건을 가지고 주방으로 들어갔다. 식사를 할 때 아버지가 말했다. 광장의 태양조가 철거됐어. 내가 말했다. 어? 거기 뭘 세우려고요? 아버지가 말했다. 모르겠어, 감이 안 잡히더라고. 아무도 예상하지 못했지. 그런데 나중에 보니 다른 게 아니라 원래 있던 마오 주석상을 다시 가져왔더라고. 주석 동상을 철거하고도 없애지 않고 계속 보관했었나 봐. 그걸 다시 가져온 거야. 다만 그때 아래 있던 전사들은 부숴 버렸기 때문에 다시 제작을 했대. 전사들 숫자가 예전 그대로인지는 잘 모르겠어. 내가 말했다. 네. 아버지가 말했다. 생각해 봤어. 내가 말했다. 네. 아버지가 말했다. 가서 만나 봐. 먼저 창수를 조사해 볼까 생각했지만 오히려 성가신 문제가 생기지나 않을까 걱정스럽더라. 그냥 속 시원히 만나 봐. 나는 휠체어에서 앞쪽으로 고꾸라지며 그릇을 바닥에 떨어뜨렸다. 밥알이 바닥 가득 흩어졌다. 아버지가 나를 안아 휠체어 위에 앉혔다. 내가 말했다. 아빠, 아빠가 데려다줘요. 나 혼자 만날게요. 아버지가 말했다. 그럼 장소를 생각해 보자. 네 다리가 불편하니, 아니다 싶으면 그냥 떠날 수 있는 곳으로. 내가 말했다. 배가 좋겠어요. 아버지가 말했다. 배, 그거 좋구나. 각자 배에 탄 채로 배를 맞대고 이야기하는 거야. 내가 말했다. 내 다리에 문제가 있다는 걸 모르게요. 아버지가 허리에서 총을 빼 식탁 위에 두며 말했다. 가져가. 가방에 둬라. 정말 부득

이한 경우가 아니면 사용하지 말고. 하지만 총을 쏠 상황이 생기면 인정사정 보면 안 돼. 나는 총을 바라봤다. 아버지가 뒤춤에서 다시 총 한 자루를 꺼내며 말했다. 우리 둘이 한 자루씩 가지고 있는 거야. 네 총에는 총알이 일곱 발 들어 있어. 집에 있어. 가서 네 전화 카드 사 올게.

나는 새로 사 온 전화 카드로 쾅수에게 문자를 보냈다. 다음 날 낮 12시에 베이링 공원 인공 호수 한가운데서 만나기로 했다. 문자를 보낸 후 아버지는 전화 카드를 가스에 올려 태워 버렸다. 아버지가 말했다. 내일 낮에 그 애가 오면 오는 거고, 안 나타나면 이 일은 그냥 이렇게 마무리되는 거야. 그 애가 나타나 서로 만나도 역시 그것으로 끝이야. 우리는 그냥 이렇게 할 수밖에 없어. 아빠에게 약속해. 내가 말했다. 알겠어요, 아빠. 내가 아빠에게 너무 많은 빚을 졌어요. 아버지가 말했다. 그런 말 하지 마라. 너희 둘은 결국 한 번은 만나야 돼. 그것 말고 변하는 건 없어.

쾅수

배에 오르자 호수 한가운데 떠 있는 작은 배가 하나 보였다. 호수 중심으로 노를 저었다. 공휴일이 아니라 호수에는 우리 배 둘뿐이었다. 서늘한 가을바람에 호수에 촘촘하게 잔잔한 물결이 일었다. 마치 호수 한가운데에 뭔가가 살며시 진동을 일으키는 것 같았다. 가까이 다가가자 리페이가 눈에 들어왔다. 빨간색 패딩에 검은색 스카프, 청바지, 갈색 구두를 신고 머리는 말총 모양으로 묶은 모습이었다. 발아래 검은색 숄더백, 그 위에 장갑이 놓여 있었다. 그녀 쪽으로 배를 젓는 동안 그녀는 내내 날 바라봤다. 열두 살 때 모습을 많이 간직하고 있어 알아보기가 쉬웠다. 다만 두 치수 정도 몸이 불었고 머리가 하얗게 변했을 뿐이다. 버들개지가 잔뜩 붙은 것 같은 모습이었지만 늙어 보이진 않았다. 그래도 눈은 어릴 때처럼 사람을 쳐다볼 때 깜빡이지 않았다. 멍해 보여도 사실 모든 것을 담고 있는 눈이었다. 내가 말했다. 오래 기다렸지. 그녀가 말했다. 아니, 노 젓느라 시간이 좀 걸렸어. 나는 빙긋 웃었다. 넌 안 변했네. 그녀가 말했다. 너도, 그냥 수염만 생겼네. 옛 친구 만나러 오면서 수염도 안 깎고. 내가 말했다. 지금은 뭐 해? 그녀가 말했다. 어떻게 보자마자 질문이야? 넌? 난 잠시 생각 후 말했다. 사실대로 말해? 그녀가 말했다. 사실대로 말해야지. 내가 말했다. 난 지금 경찰이야. 그녀의 얼굴에서 웃음기가 사라지면서 입을 꼭 다문 채 날 바라보며 말했다. 잘됐네. 공무원이잖아. 내가 말했다. 내가 어릴 때는 좀 엉망이었지? 그녀가 잠시 침묵하더니 말했다. 응. 내가 말했다. 이젠 이렇게 커서 남을 보호해 줄 수 있게 됐어. 그녀는 한참 동안 말을 하지 않은 채 스카프를 고쳐 맸다. 그리고 잠시 후 다시 입을 열었다. 푸 선생님은 잘 계셔? 내가 말했다. 응. 지구를 거의 다 돌았을 거야. 그녀가 말했다. 그럼 좋은 거야? 내가 말했다. 사실 나도 잘 모르겠어. 엄마는 계속 널 찾았어. 그녀가 말했다. 찾지 마시라고 해.

난 아무것도 아니야. 내가 말했다. 난 그렇게 생각 안 해. 너만 시간이 된다면 여러 해 동안 내가 뭘 했는지 말해 줄게. 그녀가 말했다. 그래. 나는 이야기를 시작했다. 내가 경찰 학교에서 사귄 여자 친구, 그녀와 헤어진 후 괴로워하다가 술을 엄청나게 마시고 운동장을 미친 듯이 내달렸던 일 그리고 경찰이 되겠다고 해서 아버지와 대립했던 일, 그리고 지금까지의 나에 대해 말했다. 그녀는 열심히 들었다. 이따금 중간에 이런 말을 하기도 했다. 그 여자 친구는 재미있어? 잘 이해가 안 가. 난 대학을 다닌 적이 없거든. 다시 한번 이야기해 줘. 참으로 보기 드물게 말을 잘 들어주었다. 말을 마치고 나니 마치 샤워를 한 것 같은 기분이었다. 내가 말했다. 따분했지? 수년 동안의 일을 이렇게 순식간에 다 털어놨으니. 그녀가 말했다. 따분하지 않았어. 나에게 말하라고 했다면 아마 한마디로 끝났을 거야. 내가 말했다. 이따가 혼자 돌아갈 거야, 아니면 아저씨가 데리러 와? 혹시 지금 근처에서 보고 있는 거 아냐? 그녀는 대답하지 않았다. 내가 말했다. 아저씨는 지금 뭐 하느라 바빠셔? 그녀는 여전히 말이 없었다. 내가 말했다. 아저씨가 십이 년 전에 택시 기사 다섯 명을 죽였고 얼마 전에는 도시 관리원 두 명을 죽였어. 한 명은 망치나 스패너로, 또 한 명은 총으로. 그녀는 말이 없었다. 내가 말했다. 네게 도움을 달라는 건 아니야. 이 일 자체를 좀 생각해 보라는 거야. 그녀가 말했다. 그럴 필요 없어. 그런 식으로 환기시킬 필요 없다고. 내가 말했다. 어디 가면 아저씨를 찾을 수 있는지 말해 줘. 내 배로 와. 호숫가까지 가서 함께 엄마에게 가자. 그녀가 말했다. 이런 일이 없었다면 네가 날 찾아왔을까? 내가 말했다. 아마 찾지 않았겠지. 하지만 오늘은 나 혼자 왔어. 내가 여기 온 걸 아는 사람은 없어. 하지만 사건은 이미 일어났고, 난 널 이렇게 찾아냈어. 이 모든 건 바뀔 수 없는 현실이야.

그녀가 노를 쥐고 배를 뒤쪽으로 살살 움직여 나와 거리를 벌리며 말했다. 네가 무슨 말을 하는지 모르겠다고 말할 수도 있어. 하지만 네가 사실대로 말했으니 나도 사실대로 말할게. 서로 빚진 게 없는 편이 제일 좋잖아. 그러고 보니 이것도 맞는 말이 아니네. 내가 너희 집에 빚이 있다고 말해야 옳지. 아주 조금 갚을 수 있어, 아주 조금. 내가 말했다. 아냐. 이 일은 너와 나…… 그녀가 손을 뻗었다. 내가 말할 필요가 없다는 뜻이었다. 그 순간 문득, 여러 해 동안 보지 못한 사이 그녀가 진짜 어느 부분만큼은 적잖은 변화를 겪었으리라는 생각이 들었다. 그녀가 말했다. 1995년 그 몇 번의 택시 강도 사건은 우리 아버지와 상관없어. 믿든 말든 그건 네 자유야. 우리 아버지가 쑨 씨 아저씨에게 돈을 좀 빌려줬고 그 후 아버지는 어릴 적 모았던 문화 혁명 기념우표를 모두 내다팔았어. 내 학비는 있었어. 하지만 12월 24일 사건이 일어난 그날, 확실히 나랑 우리 아버지는 그곳에 있었어. 그자가 우리 아버지를 향해 총을 발사해서 아버지의 왼쪽 뺨을 관통했지. 내가 말했다. 어. 그녀가 말했다. 트럭 한 대가 내가 타고 있던 차를 들이받아 차가 뒤집혔어. 너 알지? 내가 말했다. 알아. 그녀가 말했다. 그러고 나서 그 사람은 쓰러졌고, 우리 아버지는 얼굴이 온통 피범벅이 된 채 날 차에서 끌어 내렸어. 그때 난 기절은 하지 않았지만 다리 아래에 감각이 없었어. 정신은 말짱했어. 아버지가 내 다리를 보더니 나를 길가에 내려놓고 달려가 벽돌로 그 경찰 머리를 후려쳤어. 내가 말했다. 응, 그 순서대로야. 그녀가 말했다. 그 후 내가 아버지에게 말했어. 쾅수가 날 기다려. 그렇게 말하고 기절해 버렸어.

이번에는 내가 침묵할 차례였다. 나는 그녀의 눈을 바라봤다. 그녀가 눈 한번 깜빡이지 않고 날 바라봤다. 아니, 사실은 날 바라보지 않았다고 할 수도 있다.

다시 그녀가 말했다. 우리 아버지는 아무것도 몰랐어. 내가 정말 배가 아픈 줄 알았어. 그때 내 책가방에는 휘발유 한 병이 들어 있었어. 우리 아버지가 전에 공장에서 가져와 유리 닦을 때 사용하던 거야. 경찰이 분명히 그 냄새를 맡았을 거야. 그날 저녁이 크리스마스이브였어. 낮에 난 계속 갈지 말지 고민했어. 네가 오지 않을 거라는 예감이 들었거든. 그래도 밤이 되자 난 가기로 결정했어. 그런데 정말 방법이 생각나지 않았어. 넌 반드시 방법이 있을 거라고 말했지만 난 생각해 낼 수가 없었지. 쑨 씨 아저씨 진료소가 그 수수밭에서 가까웠어. 나는 차에서 내릴 방법을 생각했지. 수수밭으로 달려가 휘발유로 불꽃을 피워 커다란 크리스마스 트리를 만들어 줄 수 있도록 말이야, 너에게 약속했으니까.

내가 말했다. 지금 그곳엔 수수밭이 없어. .

그녀가 말했다. 그날 너 갔었어?

내가 말했다. 아니.

그녀가 말했다. 푸 선생님이 못 가게 했어?

내가 말했다. 아니, 잊어버렸어.

그녀가 말했다. 그럼 뭐 하고 있었는데?

나는 잠시 생각한 후 말했다. 그것도 생각이 잘 안 나.

그녀가 고개를 끄덕였다.

내가 말했다. 그땐 우리 둘 다 어렸어. 지금은 모두 이만큼 자랐지, 그치.

그녀가 말했다. 넌 자랐어. 아주 잘.

그때 그녀가 숄더백을 가리켰다. 이 안에 권총 한 자루가 있어. 내가 이걸 쓸 수 있는지 없는지 나도 몰라. 내가 말했다. 내가 가르쳐 줄 거라고 생각하지 마. 그녀가 말했다. 어릴 때 푸 선생님이 내게 해 준 이야기가 있어. 만약 누군가 마음이 간절하면 바닷물이 네 눈앞에서 갈라지며 네가 건너갈 수 있도록 길을 내 준다고. 바닷물은 필요 없어. 만약 내가 이 호수를 갈라 네가 내 배로 올 수 있다면 너랑 갈 거야.

내가 말했다. 그럴 수 있는 사람은 없어.

그녀가 말했다. 난 이 호수를 가를 거야.

난 잠시 생각 후 말했다. 나는 호수를 가를 수 없지만 이곳을 평원으로 만들어 널 건너가게 할 수 있어.

그녀가 말했다. 그건 불가능해.

내가 말했다. 만약에 가능하다면?

그녀가 말했다. 네가 건너와.

내가 말했다. 너 준비됐어?

그녀가 말했다. 난 준비됐어.

나는 품 안에 손을 넣었다. 권총을 스치고 지나 담배를 꺼
냈다. 우리의 평원이었다. 그 위에 그려진 그녀, 양말도 신지 않
은 열한두 살의 그녀가 웃으며 허공을 바라보고 있었다. 담뱃
갑이 물 위에 둥둥 떴다. 담뱃갑 비닐이 햇살 아래 반짝거렸다.
북방의 오후, 미풍이 그녀를 향해 살랑살랑 언덕을 향해 나아
갔다.

대사(大師)

나는 열다섯이었다. 나이는 어렸지만 키가 컸다. 바짝 마른 체구라 학교에서 나눠 준 교복은 길이만 맞고 품이 너무 컸다. 단추를 다 잠그고 지퍼를 끝까지 올려도 여기저기 바람이 송송 들어왔다. 바람이 불 때 거리를 걸어가면 몸이 마치 풍선처럼 부풀었다. 보는 사람마다 내가 아버지를 닮았다고 했다. 허, 이 녀석 제 아비랑 붕어빵이네. 이것 좀 보게, 사마귀까지 똑같아. 특히 옛날 이웃들은 날 가리키며 이렇게 말하곤 했다. 녀석, 자기 아버지 어릴 때랑 판박이야. 걸상 걸쳐 멘 모습까지 똑같아. 정말 그랬다. 나는 아버지와 똑같이 눈썹 꼬리 부분에 사마귀가 있다. 사마귀 위에 검은 털 하나가 난 것까지 똑같다. 아버지 역시 마른 체구에다 피부가 거무튀튀했다. 주름살만 빼면 나랑 똑같았다. 우리 둘에겐 '깜장 털'이라는 별명이 생겼다. 다른 점이 있다면, 아버지는 청년 때 이런 별명이 붙은 데 비해 나는 거리곳곳에서 날 알지도 못하는 사람들 사이에 먼저 소문이 돌았다는 것이다.

아버지는 나와 체구가 비슷해서 내 옷도 입을 수 있었다.

어머니는 내가 열 살 때 우리 곁을 떠났다. 어디로 갔는지 알 수가 없었다. 그냥 갑자기 집을 나갔다. 아버지 마음속에 이런 어머니가 어느 정도의 자리를 차지하고 있는지, 아버지는 별말이 없었다. 나 역시 어머니 때문에 울거나 어머니가 어디로 갔는지 아버지에게 물어본 적도 없다. 언젠가 술에 취한 아버지가 나를 불러 앉히고 술 한 잔을 따라 주며 말했다. 좀 마셔 볼래? 내가 말했다. 조금만요. 아버지는 주머니에서 피우다 만 담배 반 개비를 꺼내 내게 건넸다. 나는 담배를 사양한 후, 그냥 술만 한 모금 넘기고 나서 두부 한 점을 집어 천천히 씹었다. 사실 두부가 씹을 거리나 있겠는가, 두부가 입안에서 금세 뭉개져 버려 할 수 없이 그냥 삼켜 버렸다고 말하는 편이 옳을 것이다. 나는 젓가락을 든 채 술을 마셨다. 안주가 너무 적어 다시 젓가락질을 하기가 좀 무색했다. 그렇게 한밤중까지 별말도 없이 아버지와 함께 술자리를 하는 중에 아버지가 불쑥 입을 열었다. 네 엄마 집 나갈 때 집 정리도 안 하고 갔어. 내가 말했다. 네? 아버지가 말했다. 아침 먹은 상도 내버려 둬서 음식이 다 꼬들꼬들 말라 버렸더라. 넌 어떻게 생각해? 내가 말했다. 잘 모르겠어요. 아버지가 고개를 끄덕인 후 젓가락을 탁자에 올려 두고 날 바라보며 말했다. 사용한 물건은 그냥 아무 데나 내버려 두면 안 돼. 그건 마치 오줌 다 누고 바지 앞자락을 열어 둔 거나 마찬가지야. 장기를 두고 난 장기판도 다른 사람을 위해 정리해야지. 학력 따윈 문제가 아냐. 사람이란 모름지기 이 정도 이치는 항상 마음에 새기고 다녀야 돼, 안 그러냐? 내가 말했다. 네. 나는 머리가 어찔어찔한 상태였다. 아버지 눈썹에 난 검은 털이 어른거렸다. 자칫 트림이 나오면 두부랑 술을 그대로 탁자에 토할 것 같아 되도록 말을 짧게 한 후 재빨리 입을 다물었다. 아버지가 말했다. 아들, 가서 자라. 탁자는 아빠가 정리할게. 나는 탁자를 짚고 일어나 방에 가 누웠다. 아버지는 한참 동안 방에 들어오지 않았다. 아버지의 라이터 켜는 소리밖에 들리지 않았다. 마치 손가락 관절을 꺾는 소리 같았다. 그러다가 어느새 잠이 들었다.

아버지는 트랙터 공장의 노동자로 창고 관리를 책임졌다. 노동자라고는 하지만 생산 라인 일이 아니라, 매일 각종 트랙터 부품과 창고를 지켰다. 창고 관리원은 임금도 다른 사람보다 적고 동료도 없는 자리라 지원자가 없어서 아버지에게 일자리가 떨어졌다. 공장 측에서는 아버지가 일에 대해 이러쿵저러쿵 불평하지 않는 사람이라는 걸 잘 알고 있었다. 까놓고 말해 창고 관리원이란 자물쇠나 마찬가지인 존재다. 진짜 자물쇠와 다른 점이 있다면, 아버지는 움직일 수 있다는 것, 또한 들고 나는 부품을 장부에 모두 기록한다는 것이다. 아버지는 퇴근할 때 큰 자물쇠로 창고를 잠근 후 자전거를 타고 귀가했다. 공장은 도시의 남쪽, 강변에 위치했다. 어느 해인가 물이 불어 공장 문 앞까지 물이 들어찼다. 노동자들이 마대를 들쳐 메고 공

장에서 뛰어나가 보니 물은 벌써 빠지고 군데군데 진흙 덩이만
남아 있었다. 누군가 미처 강으로 돌아가지 못한 물고기 한 마
리를 잡았다. 그리고 저녁에 사람들이 모여 카드놀이를 할 때
그 물고기로 탕을 끓여 먹었다. 아버지가 지키는 창고는 도시
북쪽에 있었다. 공장이 도시 남쪽에 있었기 때문에 제팡 트럭[54]
이 공장과 창고 사이를 오갔다. 창고는 교도소 바로 옆에 있었
다. 길가에 위치한 창고의 커다란 철문에 항상 자물쇠가 채워
져 있었다. 아버지가 그곳 창고 관리원으로 십여 년을 보내는
동안, 친척을 면회하러 교도소에 오는 사람들이 자주 창고 문
을 두드렸다. 여기가 교도소예요? 아버지가 말했다. 여긴 창고
고, 교도소는 옆입니다. 이렇게 물어보는 사람이 많아지자 아
버지는 아예 '창고'라는 팻말을 문 앞에 세워 뒀다. 그래도 사람
들이 계속 문을 두드리자 다시 팻말 옆에 '교도소는 옆에 있습
니다. 북쪽으로 500미터 가십시오.'라고 적었다.

그 후에도 누가 잘못 찾아오면 아버지는 팻말을 가리켰다.

감옥에 수감되었던 사람들 중 형기가 끝나 가는 사람들
은 밖으로 나와 노동을 했다. 어느 날 아침 한 무더기 죄수들이
우르르 몰려나와 교도소 정문의 앞길을 깔았다. 사오십 명 되
는 까까머리들이 번호가 새겨진 조끼를 입고 곡괭이로 길을 파
헤쳤다. 이어 아스팔트를 살포하고 롤러로 압축한 후, 다시 대
빗자루를 휘두르며 깔끔하게 길을 청소했다. 꼬박 하루가 걸

---

54 중국 최초의 트럭 브랜드.

렸다. 뜨거운 여름, 땀이 죄수들의 목에서 얼굴로, 다시 턱으로 이어지며 한 방울, 한 방울 땅에 떨어졌다. 그들이 곡괭이를 힘껏 내리칠 때마다 땅바닥에 길게 곡괭이 그림자가 호선을 그렸다. 황혼이 깃들면서 작업도 끝이 났다. 죄수들이 아버지 창고 앞에 앉아 휴식을 취하고, 교도관이 물이 가득 든 커다란 철통 두 개를 가져다 죄수들에게 줬다. 앞의 죄수가 물을 마시고 나서 지저분한 손으로 입가를 훔친 후, 바가지를 뒷사람에게 건네고 바닥에 앉았다. 물을 마신 뒤 교도관들이 담배를 피우기 시작했다. 죄수들이 일렬로 앉아 작은 소리로 이야기를 나누며 눈앞에서 서서히 기우는 석양을 바라봤다. 후에 아버지가 내게 몇몇 죄수들은 정말 눈 한번 깜빡하지 않고 석양을 바라봤다고 말해 줬다. 그때 죄수 하나가 품에서 장기 알과 플라스틱 장기판을 꺼내며 교도관에게 말했다. 교도관 나리! 장기 좀 둬도 돼요? 교도관이 잠시 생각하더니 말했다. 그래. 둬. 하지만 소란 피우면 가만두지 않을 거야. 죄수가 말했다. 그럼요. 그냥 재미로 두는걸요. 잘 두지도 못해요, 전부 다요. 이렇게 말하며 장기판을 바닥에 펼치고 장기알을 올렸다. 장기를 가져온 죄수가 빨간색을 집자 그 옆에 앉아 있던 죄수가 몸에 손을 쓱쓱 닦고 검은색을 집었다. "먼저 둬." "자네 먼저 둬." 결국 빨간색이 먼저 수를 두면서 한판이 시작됐다.

중반에 이르자 죄수들이 그들을 에워쌌다. 모두 숨을 죽인 채 구경만 했고, 이따금 누군가 다음과 같은 말을 툭 던질 뿐이었다. 저 먹통이 장기도 둘 줄 알아? 사람들이 낄낄거리며 계속 장기를 구경했다. 빨간 쪽이 노련하게 일부러 틈을 보이며 검은 차를 자기 궁성으로 끌어들이고, 강가로 포를 이동해[33] 상대방의 차를 가두고 이를 먹으려고 했다. 검은 쪽은 달리 방법이 없자 상(象)을 날려 목숨을 보존하는 수밖에 없었다. 차가 빨간 쪽에 먹히자 검은 측의 패색이 완연해졌다. 차하나로, 차 두 개를 상대하니 일고여덟 보 후에 검은 쪽이 기물을 던지며 패배를 인정했다. 진 사람이 자리에서 일어나며 말했다. 이 새끼, 사기도 정도껏 쳐야지. 빨간 쪽이 말했다. 말해 뭘 해? 내가 사기꾼인데. 사람들이 와르르 웃음을 터뜨리는 사이 다른 사람이 자리에 앉아 검은 기물을 잡았다. 교도관두세 명도 그들을 에워싸고 죄수들과 어울려 대국을 구경했다. 죄수들이 조금씩 제일 좋은 자리를 내주었다. 대국이 최고조에 이르렀을 때였다. 한 교도관이 소리를 질렀다. 이런! 말이 왜 사지를 향해 뛰어가? 이렇게 말하며 손을 뻗어 검은 쪽이 둔 마(馬)를 원래 위치로 되돌리며 한 곳을 가리켰다. 자, 이쪽으로 뛰어. 장을 궁 모서리에서 꼼짝달싹할 수 없게 가두는 위치가 바로 여기야. 마를 여기 둬야지. 검은 쪽이 이에 시키는 대로 기물을 두자, 빨간 쪽 후방이 곧 위기에 처했다. 검은 마가 마치 다모클레스의 검처럼 위쪽에 위치하자 빨간 쪽의 전열이 흐트러지면서 백방으로 저항했지만 결국은 한껏 검

<hr>

55 중국 장기판은 한국 장기판과 달리 가운데 하계(河界)라 부르는 강이 있다.

은 마에 장이 먹히고 말았다. 사람들 사이에 박수 소리가 울려 퍼졌다. 누군가 이렇게 말했다. 교도관 나리가 장기를 이렇게 잘 두는 줄은 몰랐네요. 한판 두시죠. 사람들이 모두 좋은 생각이라고 말했다. 길도 다 닦았는데 아직 날이 환하니 장기 한 판 정도는 두고 돌아가도 좋을 것 같다는 의견이었다. 교도관이 소매를 걷고 빨간 기물 쪽에 앉아 말했다. 두긴 두겠는데 입들은 다물어. 말하자면 내게, 그러니까 내게 자꾸 암시를 주는 식으로 훈수 두지 말라는 소리야. 그의 말에 감히 대적을 하고 나서는 이는 없었다. 사람들이 자꾸만 옆 사람을 밀었다. 히득거리며 장난을 치는 것처럼 보였지만 사실 사람들은 조금 당황하고 있었다. 교도관을 부추겼던 죄수는 일찌감치 맨 뒤로 숨어 버린 후였다.

그때 절름발이 죄수 하나가 걸어 나와 교도관 맞은편에 서서 말했다. 교도관 나리, 이 절뚝이가 한 수 배우고 싶습니다. 절름발이라고는 하지만 다리를 심하게 저는 게 아니라 두 다리의 길이가 약간 다른 정도였다. 걸을 때 보면 한쪽 발이 정상적으로 발걸음을 내디뎌 땅에 닿는 순간 약간 흔들린다 싶을 때 다른 쪽 발이 급박하게 그 뒤를 따라붙었다. 마치 발로 뭔가 측량을 하는 모습 같았다. 교도관이 말했다. 좋아. 앉게. 출소가 얼마나 남았나, 절뚝이? 절름발이가 말했다. 팔십 일입니다. 교도관이 말했다. 거의 다 됐군. 나가면 다시는 들어오지 말게. 절름발이가 말했다. 알겠습니다, 교도관 나리. 먼저 두시죠. 교도관이 자기 손 옆에 있는 빨간 포를 가져다 정중앙에 두

며 말했다. 자, 가마포,[56] 받으시지. 절름발이 역시 포를 가져
다 정중앙에 두며 말했다. 가마포 위용이 대단하죠. 이어 입을
다물고 그저 장기판만 노려보는가 싶더니 결국 그 역시 가마
포로 기물을 배치했다. 교도관이 말했다. "어? 후수도 가마포
네." 절름발이는 대꾸하지 않고 차분히 하나씩 뒤를 이어 이십
여 수를 뒀다. 교도관의 기물이 모두 후수에 밀렸다. 졸 하나를
빼고 단 하나도 강을 건너지 못했다. 절름발이 군단의 대군은
이미 빨간 쪽의 궁성을 겹겹이 에워쌌지만 조급하게 말을 두
지 않고 그저 상대방을 단단히 얽어매 꼼짝달싹할 수 없게 만
들었다. 그때 옆에 서서 이 상황을 계속 지켜보던 아버지는 패
배가 거의 기정사실임을 알았다. 절름발이는 일찌감치 패색이
완연한 교도관을 놀리고 있었다. 교도관은 달리 방법이 없자
병을 들어 앞으로 향했고, 그러자 절름발이도 졸을 집어 한 걸
음 나아갔다. 하지만 그는 고개를 숙인 채 잔뜩 인상을 쓰고 있
었다. 긴장이 감돌았다.

　구경하던 죄수들 모두 마치 고양이처럼 숨을 죽였다. 설사
장기에 대해 일자무식이라 해도 색맹만 아니라면 빨간 쪽이 졌
다는 것을 알 수 있었다. 장기였지만 분위기는 바둑을 두는 느
낌이었다. 교도관은 기물을 두지 않고 힐끗힐끗 절름발이의 눈
빛을 살폈고, 절름발이는 상대방을 재촉하지 않은 채 고개만
숙인 모습이 다음 수를 궁리 중인 듯했다. 날이 어둑해졌다. 갑

56　포 앞에 마를 배치하는 상태.

자기 죄수들 중 누군가 입을 열었다. 비긴 걸로 하죠, 빅장![57] 그러자 누군가 바로 말을 받았다. 둘 다 막상막하네, 빅장이야, 못 믿겠으면 한번 살펴볼까요? 절뚝이, 그래, 안 그래? 절름발이는 아무 대꾸도 하지 않고 그저 교도관이 털고 일어나기만을 기다렸다. 이때 아버지가 옆에서 말했다. 이봐요, 5선의 포를 평행으로 8선에 둬요. 우선 대충 그렇게 가 봐요. 교도관이 고개를 들었다. 평소 별로 이야기도 나누지 않던 창고 관리원이었다. 어차피 질 것, 그냥 아버지 말대로 한 수를 두고 나니 절름발이가 곧바로 차를 들어 포를 먹어 손에 쥐었다. 아버지가 말했다. 3선 마를 2선으로, 마 버리고. 교도관이 고개를 들었다. 형씨, 마도 버리라고? 아버지가 말했다. 버려야 돼요. 교도관이 마를 검은 쪽 상의 이동 자리에 두자, 절름발이가 상으로 마를 먹어 버리고 포와 함께 뒀다. 아버지가 말했다. "포를 움직여 장군 부르시죠." 절름발이가 상을 포 옆으로 이동했다. 아버지가 말했다. "8선의 차를 옆 5선으로 이동하면 좋아요." 절름발이가 다시 응수했다. 상황이 변하자 다시 두고, 다시 응수하고 그렇게 네다섯 차례 대국이 펼쳐졌다. 빨간 쪽 기물이 적긴 했지만 장이 말 하나를 이끌고 있는 형국으로, 가까스로 빅장 상태를 만들었다. 규칙 위반은 아니었다. 교도관이 웃으며 입을 열었다. 진 줄 알았는데, 빅장이네. 절뚝이, 이 장기라는 게 변화가 정말 무궁무진하군. 갑자기 절름발이가 일어나 아버지를

---

57   장기에서, 대궁이 된 경우나 비김수로 장군을 불러서 비기게 되는 장군.

노려보며 말했다. 우리 둘이 둡시다. 아버지가 뭐라고 대답을 하기도 전에 교도관이 말했다. 이놈이 미쳤나? 수갑이라도 차고 싶어? 절름발이가 고개를 숙이며 말했다. 교도관 나리, 오해마십시오. 그냥 재미 아닙니까. 교도관이 말했다. 재미라고? 웃기고 있네. 다리몽둥이 부러지고 싶어? 빌어먹을. 죄수들이 교도관을 말렸다. 절름발이잖아요. 안 그럼, 왜 절름발이겠어요? 내버려 둬요. 아버지는 그 틈에 슬그머니 창고로 돌아와 앉아 있다가 밤이 깊어서야 집으로 돌아왔다. 칠흑처럼 어두운 밤, 사람은 단 하나도 보이지 않았다.

이후 교도관이 자전거를 타고 새로 깔린 길을 따라 창고 앞을 지나갔다. 그가 아버지를 발견하고 손짓을 했다. 어이, 고수, 바쁜가? 아버지가 말했다. 아뇨, 안 바빠요. 그냥 멍하니 있죠. 교도관이 고개를 끄덕이며 아버지를 지나쳐 갔다. 당시 아버지의 나이 서른다섯. 어머니가 막 집을 나갔을 때였고, 할아버지도 그로부터 반년 뒤 숨을 거뒀다.

한 달 뒤 아버지는 실업자가 되었다. 창고 관리원 자리에는 누군가 다른 사람이 왔다. 시절이 바뀌다 보니 창고 관리원도 꿀 같은 자리가 되어 경쟁을 하지 않으면 차지할 수가 없었다. 돌아가신 할아버지는 실업자가 단 한 사람만 나온다 해도 그건 아버지가 될 거라고 했었다. 그런데 이렇게 많은 이들이 실직을 했으니, 함께 실직당한 사람이 있다는 것만 해도 밑진 건 아닌 셈이다.

아버지는 십 대 때부터 장기를 좋아했다. 한시라도 장기를 두지 않으면 못 배길 정도였다. 할아버지가 살아 계실 때 내게 말했다. 하나밖에 없는 아들이 저 모양 저 꼴일 줄 알았다면 날 때부터 차라리 바보인 게 나았을 거라고. 아버지는 시골로 내려오기 전에 언제나 골목 입구 가로등 등불 아래서 밤새도록 장기를 뒀다. 근처에 사는 아이들 가운데 장기를 둘 줄 아는 아이들은 모두 나와 아버지 중 한 사람을 상대로 돌아가며 공격을 했다. 아버지는 다음 날 아침 집에 돌아올 때까지 밤새도록 꼬박 먹지도, 마시지도 않았다. 그런데 어찌 된 일인지 그렇게 날밤을 새고 집에 돌아온 아버지는 연신 딸꾹질을 해 대며 환하게 광채가 오른 낯빛으로 멍하니 할아버지를 바라보면서 바보처럼 웃었다. 할아버지가 말했다. 새끼, 뭘 웃어? 빌어먹을 장기 두고 와서 뭘 잘했다고! 아버지가 말했다. 재미있어요. 이렇게 말한 후 아버지는 그대로 고꾸라져 잠이 들었다. 아버지가 시골로 내려갔다. 눈앞에 안 보이면 걱정도 사라진다고 했던가. 할아버지는 시골에서도 아버지가 장기를 둘 거라 생각했지만 눈앞에 안 보이니 신경 쓰지 않았다. 어쨌거나 굶어 죽지 않고, 힘들어 죽지 않으면 되지. 아버지가 어쩌다 털어놓는 간단한 한두 마디 말을 통해 확실히 할아버지 말대로 아버지는 농촌에서도 사 년 내내 장기만 뒀을 뿐, 편지 한 통도 쓴 적이 없다는 걸 알 수 있었다. 나중에는 같이 장기를 둘 사람이 없어져서 예전에 펼쳤던 대국 가운데 오묘했던 기보를 작성하고 하나씩 허점을 골똘히 연구했다. 도시로 돌아온 아버지는 공장에 배치되었다. 당시 사회가 그다지 평온하진 않았지만, 공장이 있으니 노동자들은 '철밥통'을 쥐고 있는 셈이었다. 공장에 들어간 지 얼마 지나지 않아 장기 시합이 열렸다. 아버지는 1등을 해서 "바다 항해는 조타수가 으뜸"이라 인쇄된 이불 커버를 상으로 받았다. 어머니는 다른 작업장의 페인트공이었다. 아버지가 단상에 올라가 상을 받는 모습을 보고 함박웃음을 지었다. 말은 안 했지만 어머니는 그 순간 문득 아버지가 사랑스럽고 영특하다고 느꼈을 것이다. 눈썹에 난 검은 털조차 이런 사랑과 지혜의 축소판 같았다. 어머니는 사람들의 소개를 받아 대담하게 아버지와 연애를 시작했다. 할아버지는 며느리감을 맞이하자 그 즉시 저금을 꺼내 어머니에게 융주[58] 자전거를 선물했다. 검은 칠을 한 몸체에 철 손잡이, 튜브, 안장 아래 매끄럽고 단단한 스프링까지, 자전거에 오르면 옆 사람보다 머리하나는 더 높았다. 무척이나 긍정적인 사람이었던 어머니에게는 이 가족이 모두 사랑스럽게 느껴졌다. 일요일만 되면 아버지 집에 가서 집안일을 했다. 이불을 말리고, 창을 닦고, 청소하고, 밥을 했다. 밥을 다 한 후에는 사람들에게 부탁해 백화점에서 산 해바라기 씨와 차를 꺼내 차도 끓이고 씨도 까먹으며 할아버지와 이야기를 나눴다.

언젠가 아버지가 자리에서 일어나며 말했다. 이야기들 나눠요. 난 밖에 나가 좀 돌아볼게요. 할아버지가 말했다. 안 돼, 거기 앉아. 어머니가 말했다. 내버려 두세요. 전 아버님하고 이

---

58 1940년 설립된 최초의 자전거 브랜드. 중국의 국민 자전거라 할 수 있다.

야기하면 돼요. 할아버지가 말했다. 저번에 거리에 난리가 났었어. 총이며 대포가 전부 동원되고, 학생들은 입에 칼을 물고 마구 휘젓고 다니고. 지금은 좀 진정이 됐지만 그래도 드문드문 총소리가 들려. 앞에 사는 쉬광이 지난주 유탄에 맞아 죽었어. 어머니가 고개를 끄덕이며 아버지에게 말했다. 그럼 좀 앉아 봐요. 이따가 자전거로 나 좀 데려다줘요. 아버지가 말했다. 아버지, 쉬광이 유탄에 맞아 죽을 때 난 장기 구경하고 있었어요. 거리를 날아가는 유탄에 맞는 건 운이 나빠서예요. 난 아무일 없었다고요. 할아버지 얼굴이 새파래지며 아버지에게 말했다. 죽고 싶으면 장가가서 아이 낳아 놓고 죽어라. 어머니가 재빨리 말을 가로챘다. 아버님, 화내지 마세요. 시간이 늦었네요. 저 데려다주라고 하세요. 제가 올 때는 거리가 조용했어요. 대낮이니 아무 일 없을 거예요. 아버지가 어머니를 자전거에 태웠다. 어머니가 뒷좌석에 앉아 아버지를 꼬집었다. 당신은, 이렇게 혼란스러운 때 뭐 하러 거리에 나가려고 해요? 노인네 걱정하시게요. 아버지가 말했다. 아냐, 그냥 장기가 두고 싶어서. 어머니가 말했다. 거리에 누가 있다고 그래요? 아무도 없는데누가 당신이랑 장기를 둬요? 그러지 말고 날 가르쳐 주고 다음부터 나랑 둬요. 아버지가 말했다. 장기를 가르쳐 달라고? 장기는 깨달음이 있어야 돼. 가르친다고 배울 수 있는 게 아냐. 어머니가 웃었다. 바보. 그걸 진짜로 알아들어요? 무시하는 건 그렇다 치고, 당신한테 장기 배울 시간 있으면 차라리 대화를 나누겠어요. 그 순간 아버지는 길가 커다란 나무 아래서 노인네

둘이 장기 두는 모습을 보았다. 아버지가 그 즉시 한쪽 발을 내려 자전거를 멈췄다. 조금만 보고. 어머니는 아버지를 잡으려고 손을 뻗었지만 아버지를 잡진 못했다. 그럼 난 어떡하고요? 아버지는 고개도 돌리지 않고 말했다. 잠깐만 기다려. 아버지가 나무 그늘에 쪼그리고 앉자마자 총알 한 발이 어머니 발밑을 스치고 지나가 자전거 체인을 끊어 버렸다.

그래도 한 달이 지난 후, 아버지와 어머니는 결혼했다.

하지만 이제 아버지는 실업자가 된 데다 어머니도 집을 나가고 없자 생활이 궁핍해졌다. 그래도 계속 예전 집에 살았기 때문에 동네 이웃들이 이것저것 도움을 주어 더 비참해지지는 않았다. 선생님 역시 내가 그런대로 머리가 있다고 생각하고 이따금 교과서 값을 대 줬다. 그렇게 중학교 공부를 마칠 수 있었다. "깜장 털. 책 가져가라. 학교에서 주는 거다." 선생님은 늘 그런 식으로 말했지만 나는 선생님이 자기 돈을 주고 샀다는 걸 알았다. 아버지는 예전보다 술을 더 많이 마셨다. 밥은 안 먹어도 술은 마셨다. 싼 술을 골라 가며 마셨다. 담배는 바닥에서 꽁초를 주워 피웠다. 장기를 두다가 상대방이 건네는 담배 한 개비를 받아 피우기도 했다. 낡아 빠진 옷은 여기저기 기워서 입었다. 이웃들이 준 헌옷은 그냥 걸쳤다. 품이 크건 작건 상관하지 않았다. 여름 방학이나 겨울 방학이 찾아와 교복을 입지 않을 때면 나는 아버지에게 교복을 드렸다. 교복은 조심해서 입었기 때문에 기운 데가 없었다. 아버지는 교복을 받아 여기저기를 살펴보고 입었다. 크기가 딱 좋았다. 다만 얼굴과 교복이 어울리지 않을 뿐이었다. 마치 괴인 같았다. 가자. 아버지가 말했다. 그 작은 걸상 들고.

아직 어머니가 계실 때 아버지를 따라 장기를 두러 간 적이 있었다. 아버지가 앞장을 서고 나는 걸상을 둘러 멘 채 그 뒤를 따랐다. 어머니는 자주 이렇게 말하셨다. 아들, 넌 장기 안 배우면 좋겠어. 엄마는 어떻게 살라고. 내가 말했다. 엄마, 그냥 할 일 없을 때 하는 거예요. 숙제도 다 했어요. 그냥 어른들 노는 것 보러 가는 거지, 아무것도 아녜요. 걱정 말고 계세요. 그렇게 말한 후 나는 걸상을 걸치고 아버지 뒤를 따랐다. 아버지는 적극적으로 날 데려가려고 하지도 않았고, 그렇다고 쫓아내지도 않았다. 내가 원하면 같이 가고, 따라가지 않으면 기다리지 않았다. 아버지 혼자 걸상을 자전거 뒷좌석에 걸치고 자전거를 타고 가 버렸다. 오래 보다 보니 대충 장기란 걸 이해할 수 있었다. 행마법도 파악하고, 포진도 어떻게 해야 하는지 이해했다. 누군가 실수를 하게 되면 이렇게 훈수를 두기도 했다. 아저씨, 별로 안 좋은데요. 그러다가 마 잃겠어요. 그저 그렇게 한 이 년, 구경만 한 것으로는 아버지의 장기 기술을 파악할 수 없었다. 아버지는 커다란 나무 아래 자전거포, 수박 노점, 공원 등에서 대부분 승리를 거두었다. 때로 질 때도 있었지만 언제나 일단 이긴 후에 졌다. 대개 마지막 판에 졌다. 그러던 어느 날, 장기에 대해 뭔가 조금 감이 올 것 같은 느낌이 들었다. 집에 돌아오는 길에 눈이 내렸다. 나는 작은 걸상을 품에 안고 어깨를 아버지 등에 댔다. 아버지 앞쪽으로 씽씽 차가운 바람 소리가 들렸다. 아버지 가슴이 바람을 막아 주고 있어 그렇게 춥지 않았다. 내가 말했다. 아빠, 마지막 판에 아빠가 둔 사(仕)는 조금 문제가 있어 보이던데. 아버지는 아무 말 없이 눈앞만 주시한 채 폭풍설을 뚫고 힘껏 페달을 밟았다. 나는 계속해서 말했다. 방향에 문제가 있는 것 같아요. 사를 오른쪽에 둬야지, 왼쪽은 아닌 것 같아요.

집에 도착해 자전거 자물쇠를 채우고 안으로 들어갔다. 어머니는 아직 퇴근 전이었다. 집이 바깥보다 더 추웠다. 아버지는 외투를 벗고 서랍에서 장기를 꺼내 구들에 펼쳤다. 우리 둘이 세 판 두자. 물리기 없기, 오래 생각하기 없기, 어길 경우 거기서 끝낼 거다. 나는 약간 흥분이 됐다. 바로 온돌에 엎드려 빨간 기물을 펼쳤다. 아버지가 손을 내밀며 말했다. 먼저 검은 기물을 놓아야지. 빨간 기물이 선수인 것 몰라? 나는 장기판을 돌려 검은 기물을 놓고 시합을 시작했다. 화끈하게 졌다. 모든 판이 십오 분을 넘지 않았다. 내가 생각하는 수를 아버지에게 모두 들킨 것 같았다. 아버지는 보기에 무심하게 대충 두는 것 같아도 뒤에 이어질 수를 모두 염두에 뒀다. 마치 기물 바닥에 자객이 숨어 있어 자칫 잘못하면 그대로 숨줄을 끊어 놓을 것만 같았다. 세 판을 모두 진 후, 나는 울상이 되었다. 장기는 두는 것과 보는 것이 완전 딴판이었다. 보는 눈은 있어도 실제 장기 솜씨는 엉망이었다. 전체 장기판의 상황을 모두 동시에 생각할 수 없었다. 장기를 둔 후 아버지는 아궁이에 불을 때러 갔다. 잠시 후 금세 온돌이 달궈지기 시작했다. 아버지가 돌아와 온돌 위에 양반다리를 하고 앉아 말했다. 주변 사람들 중에 널 이길 사람이 없겠구나. 하지만 넌 아직 풋내기야, 많이 모자라. 오늘은 사(仕)의 사용법을 알려 주지. 장기 두는 사람들은 차, 마, 포를 가지고 겨루길 좋아하지만 사실 사, 상이 진짜배기인 걸 몰라. 왼쪽, 오른쪽 돌아가며 들었다 놨다 놓는 말이 간단해 보이지만 사실 장기의 행마는 변화가 이어져. 마치 한 사람이 집을 나와 좌로 가느냐, 우로 가느냐처럼 차이가 커. 좌로 가면 직접 강으로 가는데, 우로 가면 친구를 만나 술대접을 받으러 가는 것과 같지. 이건 '사'의 큰 차이지. 이제 시작 단계에서 흔히 볼 수 있는 십여 가지 경우의 수를 말해 줄게. 즉 '사'의 방향이야. 이렇게 말하며 아버지가 먼저 '사'에 대해 한 시간 동안 설명을 늘어놓았다. 어머니가 아직 돌아오지 않은 시간, '상(象)'에 대해 이야기를 시작하면서 여러 가지 곁가지가 등장했다. 조선 장기에 대한 말과 함께 중국의 역사와 고려의 역사에 대한 이야기까지 이어졌다. 다시 말해 조정에서 재상의 기능이 다르다는 뜻이었다. 일본의 쇼기에 대해서도 알려 줬다. '본장기'라고도 하는데 체스와 조금 비슷하다고 했다. 병졸이 용맹한 모습으로 앞을 향해 진격하여 한쪽의 패권을 혼자 장악하는 왕후가 될 수 있는데, 이는 일본 막부 시대의 역사와 관련이 있다고 했다. 이렇게 이야기가 이어지다 보니 날이 저물었다. 좀 어리둥절했다. 평소 어머니의 태도로 볼 때 아버지가 이런 지식을 가지고 있다는 사실을 어머니는 모르는 것 같았다. 내가 말했다. 아빠, 그런 걸 어떻게 알았어요? 아버지가 말했다. 그냥 조금 알아. 내가 다시 물었다. 그럼 왜 오늘 '사'의 방향을 틀리게 했어요? 아버지가 잠시 생각하더니 말했다. 때로 이기는 건 매우 간단해. 바깥세상은 사람도 많고 혼란스러워. 사람들의 얼굴은 파악하기 쉽지만 마음은 알기 힘들지. 평생 누군가와 장기를 둔다는 건 그리 간단한 일이 아니야. 거기까지 말했을 때 끼익 대문 소리가 들렸다. 아버지가 말했다. 큰일이다, 밥 안 했는데. 어머니가 들어왔다. 눈썹 위에 눈이 가득 붙어 있었다. 우리가 온돌에 앉아 있는 것을 보고 어머니는 장갑을 낀 채 눈도 털지 않고 한동안 얼이 나간 표정이었다.

지금 생각해 보면 그날 밤은 유난히 길었다.

그날 이후 외출을 할 때마다 걸상 두 개를 걸쳐 멨다. 내가 열한 살 때 신민 지역[59]에서 어떤 사람이 아버지를 찾아와 장기를 뒀다. 그는 두 시간 시외버스를 타고 아버지가 자주 가는 커다란 나무 아래까지 아버지를 찾아왔다. "깜장 털 형님, 신민에서 형님 소문을 듣고 한 수 배우러 왔습니다." 그자는 안경을 끼고 있었다. 서른도 안 돼 보였다. 아직 학생인 듯했다. 흰색 셔츠 차림이었는데 땀이 스며들어 목깃이 누랬다. 그가 쉬지 않고 손수건으로 땀을 닦았다. '안경'이 처음은 아니었다. 내 기억에 아버지와 장기를 두러 여러 지역에서 사람들이 몰려들었다. 키가 큰 사람, 작은 사람, 뚱보, 홀쭉이, 백발, 검은 머리, 양복 차림, "바퀴벌레가 죽지 않으면 내가 죽는다."라는 글귀

59　랴오닝성 선양 시에 있는 지역.

가 쓰인 바퀴벌레 약을 가지고 온 사람 등 별의별 사람이 다 있었다. 장기판이 벌어진 곳으로 찾아오는 사람이 있는가 하면, 직접 집으로 찾아오는 이들도 있었다. 집에 찾아올 경우 아버지는 문틈 새로 이렇게 말했다. 수고스럽게 여기까지 찾아왔어요? 우리 밖에서 해요. 이어 옷을 갈아입고 밖으로 나갔다. 대개는 세 판을 두는데 언제나 2승 1패로 마지막 판을 졌다. 어떤 이들은 판이 끝나면 자리에서 일어나 말했다. 알겠습니다. 아직 삼십 년은 더 둬야겠네요. 이어 아버지와 악수를 한 후 자리를 떴다. 그런가 하면 그 판에서 한 순간만 잘 뒀으면 진 건 당신일 거요. 우리 다시 합시다, 라고 말하는 이도 있었다. 아버지는 손을 내저었다. 세 판 두기로 했죠. 수고하셨어요. 더 이상은 못 둡니다. 안 돼요. 상대방이 말했다. 우리 뭐 걸고 합시다. 물건을 걸고 하는 건 도박이었다. 장기를 두는 사람들은 실력에 관계없이 모두 내기를 좋아한다. 작게는 담배나 술, 몸에 지니고 있던 현금부터 집, 금, 통장 잔고까지 그냥 말로 약속을 하는 사람도 있고 증인을 불러와 서명을 받는 경우도 있었다. 아버지가 말했다. 친구, 멀리서 왔으니 괜히 군소리는 하지 않겠습니다. 난 장기로 내기를 하진 않습니다. 그렇게 말하시니 앞으로 우린 더 이상 장기를 둘 수 없겠네요. 조금 전 세 판은 당신이 이긴 걸로 하죠. 가서 '깜장 털'을 이겼다고 하세요. 이렇게 말하고 아버지는 일어나 자리를 떴다. 그런가 하면 대결이 끝난 후에도 가지 않고 한사코 아버지를 사부로 모시겠다는 이도 있었다. 다음 날 그가 물고기를 들고 나타나자 아버지는 선물은 받지 않으며, 장기는 둘 수 있지만 가르칠 수는 없다고 했다. 날 그렇게 대접해 주니 앞으로 친구는 되겠지만 사제 관계가 되는 건 있을 수 없는 일입니다.

　　그날은 '안경'이 아버지를 기다리고 있었다. 손수건으로 땀을 닦으며 장기를 두겠다고 하자 옆 사람들이 점차 그를 에워쌌다. 안에서 소리가 흘러나왔다. 또 깜장 털하고 장기를 두러 왔다고? 사람들이 모두 말했다. 그렇다네. 신민에서 사람이 왔어. 아버지는 걸상에 앉아 있었다. 사락사락 나뭇잎 소리가 났다. 아버지가 자기 머리를 가리키며 말했다. 늙었어. 술 때문에 머리가 맛이 가기도 했고. 더 이상은 못 두겠어. 그때 아버지 나이 마흔이었다. 내 교복을 걸치고, 수염은 덥수룩하고, 몸은 전보다 더 홀쭉했다. 같은 시기에 실업자가 된 사람들 중에 장사로 크게 성공한 이들도 있었지만 아버지는 매일 두 끼는 백주를 받아다 먹고, 바닥에서 담배꽁초를 주워 피우는 사람이 되어 있었다. 전보다 말수는 더 줄었으며 그저 하루 종일 장기판에 죽치고 앉아 있을 뿐이었다. 확실히 아버지가 말한 대로, 아버지는 반년 동안 그냥 걸상에 앉아서 보기만 할 뿐, 아무 말도 하지 않았고, 더더욱 직접 나서서 장기를 두는 일은 없었다. 안경이 단추 하나를 풀며 말했다. 장기를 안 둔다고요? 반년 전만 해도 뒀다고 들었는데. 아버지가 말했다. 그렇죠, 요즘은 안 둡니다. 안경이 말했다. 학생도 내팽개치고 차를 두 시간이나 타고 와서 이 사람 저 사람에게 물어 한참을 걸어왔는데, 장기를 안 두겠다니요. 아버지가 말했다. 그래요. 머리가 폐물이 됐어요. 뭐 봤자 별 볼 일 없습니다. 안경이 계속 손수건으로 땀을 닦으며 주위 사람들을 향해 웃었다. 신민에 나랑 장기 둘 사람이 있었으면 여기까지 오지도 않았을 겁니다. 아버지가 잠시 생각하더니 나를 가리키며 말했다. 이봐요, 허탕을 쳤다 생각되면 저 애랑 둬도 됩니다. 안경이 날, 내 눈썹 위의 사마귀를 보더니 말했다. 아들이오? 아버지가 말했다. 그렇소. 안경은 눈을 깜빡거리며 말했다. 무슨 뜻이오? 아버지가 말했다. 저 애 장기를 내가 가르쳤으니, 그 애하고 두면 대충 내 행마법을 알거요. 다른 뜻은 없습니다. 돌아가도 좋소. 난 안 둡니다. 이렇게 말하며 다시 자기 머리를 가리키면서 말했다. 머리가 완전히 망가졌어요, 누구라도 날 이길 거요. 안경이 다시 날 쳐다보더니 손으로 내 머리를 어루만지며 말했다. 몇 살이야? 내가 말했다. 열한 살요. 그가 말했다. 아버지가 장기 가르쳐 줬어? 내가 말했다. 한 번요, '사'의 기능에 대해서요. 사람들이 웃었다. 안경도 웃으며 말했다. 그래. 내 '마' 하나 빼고 하지. 내가 말했다. 아뇨. 똑같이 해야 시합이죠. 사람들이 다시 와르르 웃었다. 정말 재미있었나 보다. 안경이 쪼그리고 앉았다. 나는 걸상을 끌어와 검은 기물을 펼친 후 한참 동안 말을 나눴다. 그리고 내가 나이가 어리니 선수를 두기로 했다. 거의 막바지에 이르렀을 때 나는 차 하나, 병 두 개가 남았고, 상대편은 마, 포, 병 하나가 남아 결국 내가 승리를 거두었다.[60]

60 중국 장기에서 병은 아군 진영에서는 옆으로 이동이 불가능하지만 상대의

안경이 일어나며 주머니에서 만년필 한 자루를 꺼내 내 손에 쥐어 주며 말했다. 가져. 잉크 사, 기록도 하고. 아버지가 말했다. 만년필 가져가죠. 그 애 펜 있습니다. 우린 그냥 장기만 두면 됩니다. 안경이 아버지를 바라보더니 만년필을 다시 주머니에 넣고 자리를 떴다.

집에 가는 길에 뒷좌석에 타고 가던 나는 아까 그 만년필이 생각나 아버지에게 물었다. 아빠, 정말 장기 안 둘 거예요? 아버지가 말했다. 응. 그냥 말한 게 아냐. 아버지가 다시 말을 이었다. 넌 장기를 너무 여유 있게 두더라. 승부를 빨리 내야지. 하지만 그렇게 하는 것도 나쁘진 않아. 학교에서는 장기 두지 마라. 장소를 구분할 줄 알아야겠지? 내가 말했다. 그럼요, 그냥 재미로 두는 건데요. 아버지는 아무 말 없이 계속 자전거를 몰았다.

이제 그때 이야기를 하려고 한다.

당시 나는 열다섯이었다. 성기 주변 털이 두꺼워지고, 학교에서도 좋아하는 여학생이 생겼다. 남자처럼 생긴 여학생이었다. 머리는 짧고, 엉덩이가 약간 치켜올라갔으며, 웃을 때면 마치 입에 햇살을 머금고 있는 것처럼 보였다. 난 이따금 싸움도 했다. 때릴 때도 있고, 맞을 때도 있었다. 하지만 어쨌거나 마지막에는 결국 내가 때리는 쪽이었다. 내 마음속에 아마도 그렇게 하는 게 원칙이었던 것 같다. 아버지는 벌써 학부모 회

영역으로 들어가면 옆으로 이동이 가능해 유능한 기물이 된다.

의에 삼 년이나 오지 않았다. 고등학교 1학년 학부모 회의 때
는 초등학교 선생님이 아버지 대신 참가했다. 그 여자 선생님
은 초등학교 때보다 약간 늙어 보였지만 다시 보니 또 별로 변
한 게 없기도 했다. 마치 영원히 그 모습 그대로일 것 같았다.
그 은혜로운 마음은 영원히 보답할 길이 없을 것이다. 선생님
도 그런 걸 기대하지는 않았다. 아버지는 두 번이나 겨울 길바
닥에서 잠을 잔 일이 있었다. 도시를 반 정도나 헤매고 나서야
아버지를 찾았다. 손과 발이 굳어 구부릴 수가 없었고 수염이
얼어 얼음 알갱이가 붙어 있었다. 그 후로 나는 아버지 목에 우
리 집 주소가 적힌 팻말을 달아 줬다. 하지만 장기 구경을 나가
지 못하게 할 방법은 없었다. 그러니 그저 어느 순간 아버지가
길을 잃으면 마음씨 좋은 사람이 집에 바래다주길 바랄 뿐이었
다. 아버지는 여전히 내 교복을 입고 다녔다. 어쩌나 많이 빨았
던지 하얗게 바랜 내 교복은 짙은 파란색 줄무늬가 하늘색으로
변해 있었다. 그런데도 아버지는 계속해서 내 교복을 입겠다고
고집했다. 마치 처음 입은 것처럼 거울 앞에서 서툴게 옷깃을
가다듬었다.

중학교 선생님을 포함하여 내가 장기를 둔다는 사실을 아
는 사람은 없었다. 열다섯 살이 된 나를 아이로 생각하는 사람
도 없었다. 당시 우리 시에서 장기깨나 두는 사람들이 '깜장 털'
이라고 하면 그건 나를 가리키는 말이었다. 바보가 되어 버린
아버지를 입에 올리는 사람은 거의 없었다.

어느 토요일 정오, 친구들이 모두 선생님 댁에 보충 수업

을 받으러 갔다. 오전에는 수학, 오후에는 영어였다. 나는 걸상을 어깨에 걸치고 외출 준비를 했다. 아버지에게 가지 않겠느냐고 물었지만 아버지는 안 가겠다고 했다. 아버지의 말은 어눌해서 알아듣기가 힘들었다. 아버지가 가지 않겠다고 한 이유는 여전히 잠에 취해 이불 속에 있었기 때문이다. 북방의 7월이었다. 밤에 폭우가 쏟아지다가 아침이 되자 날씨가 갰다. 강한 햇살에 빗물이 바짝 말랐지만 공기는 조금 촉촉했다. 길에 나온 사람들이 모두 가뿐한 반팔 차림으로 내리쬐는 태양 아래를 걸어갔다. 아래층 슈퍼 앞에 사람들이 빙 둘러 있었다. 슈퍼 주인은 장기 애호가라 입구에 항상 커다란 고무 장기판을 놓고 누구나 장기를 둘 수 있게 했다. 그는 옆에서 자전거를 닦으며 틈날 때마다 힐끗거리면서 몇 수씩 훈수를 두기도 했다. 나중에 높은 다리에서 떨어져 이 도시의 가장 깊은 강물에 투신자살을 했는데, 폐암 진단을 받고 그랬다는 사람도 있고, 또 다른 이유가 있다고 말하는 사람도 있었다. 어쨌든 수년이 흐른 뒤의 일이다. 주인은 나랑 친했다. 사람이 없으면 그와 장기를 두기도 했다. 그에게 마 하나, 포 하나 양보를 하면 그는 언제나 신바람이 났다. 일이 없을 때면 백주를 한 자루 담아 주며 아버지께 가져다드리라고 했다. 그날은 원래 시의 다른 쪽에서 벌어지는 장기판에 갈 생각이었다. 그곳은 물이 좋아 머리를 좀 써야 했다. 그런데 아래층 장기판 앞에 사람들이 많이 몰려 있는 것을 보고 잠깐 서서 고개를 내밀어 아래를 살폈다. 한쪽에 주인이 인상을 찌푸린 채 담배를 피우며 앉아 있었고, 장기판 옆에 백사 담배[61] 한 보루와 '라오롱커우' 한 병이 놓여 있었다. 내기 장기를 두시는군. 상대편에 다리가 없는 까까머리 스님이 앉아 있었다. 노란색 면으로 된 승복을 입고 검은색 포대를 겨드랑이에 끼고 있었다. 다리가 없으니 신발도 없었다. 지팡이 두 개와 쇠 바리때 하나가 바닥에 놓여 있었는데 바리때 안에는 물이 담겨 있었다. 다리가 없다고는 하나 전혀 없는 것은 아니고 무릎 아래가 없었다. 아마도 다리가 빠져나오지 않게 승복 바지를 무릎 부분에서 홀맺은 듯했다.

주인이 담배를 바닥에 버리며 가래침을 큭, 뱉었다. 물건 가져가죠. 스님이 손에 들고 있던 말을 장기판에 놓고 물건을 포대에 집어넣으며 말했다. 또 할 거요? 주인이 말했다. 아뇨, 가게를 비워 둘 수 없어요. 물건 잃어버려요. 이렇게 말하며 자리에서 일어나 내 쪽으로 고개를 돌리더니 나를 잡아끌었다. 깜장 털, 뭐 하러 가? 나는 깜짝 놀랐다. 그가 꼬집는 바람에 팔이 아팠다. 한판 둬. 물건은 내가 내지. 주인이 나를 의자에 눌러앉혔다. 장기판에 널린 대국 상황을 보니 심장이 간질간질했다. 아저씨, 장기 두는 건 괜찮은데 내기는 안 해요. 스님이 날 바라보며 바리때를 들어 물 한 모금을 마셨다. 여전히 눈을 전혀 깜빡이지 않은 채 뚫어져라 나를 바라봤다. 주인이 말했다. 네 게 아니라 내 물건 거는 거야. 네 규칙을 깨뜨리진 않아. 그냥 이 아저씨 도와주는 셈 쳐. 말을 마친 후 그가 뒤돌아 가게

61   후난 지역에서 생산되는 담배.

안으로 들어가 다시 백사 담배 한 보루와 라오롱커우 한 병을 가져다 장기판 옆에 뒀다. 스님은 바리때를 내려 두며 말했다. 다시 둬도 되지. 누구랑 둬도 난 상관없지만 물건은 바꿔야지. 주인이 말했다. 뭘로 바꿀까요? 스님이 말했다. 담배는 고급형 '인민 대회당'으로, 술은 '시펑'으로. 가게 주인이 그러죠, 라고 말하더니 안으로 들어와 물건을 내왔다. 사람들이 가득 에워쌌다. 자전거 창고지기 아주머니까지 창고 문을 잠그고 사람들 틈에 끼어들었다. 내가 말했다. 아저씨, 내기에서 지면 전 물어 드릴 돈이 없어요. 주인이 말했다. 그런 말은 왜 해? 오늘 이 가게 안의 물건은 모두 네 거야. 장기에나 신경 써. 스님이 말했다. 꼬마 친구, 일단 놓고 나면 물리기 없기네. 위아래 따지기 없기야. 잘 생각하고 해. 나는 가슴이 후끈 달아올랐다. 좋아요. 한 수 배워 보겠습니다.

장기판은 정오에서 태양이 서산으로 기울 때까지 이어졌다. 석양이 사람들 사이에서 모든 것을 비쳤다. 평소와 달랐다. 나는 연거푸 세 판을 졌다. 모두 막판에 한 수를 잘못 뒀다. 보강을 해야 하는데 다급하게 상대방을 죽일 생각만 하다가 간발의 차이로 패했다. 스님은 내기에서 얻은 담배와 술을 포대에다 담지 못해 원래 발이 있어야 할 공간에 뒀다. 마지막 한 판을 두다가 나는 갑자기 울기 시작했다. 요란한 울음소리가 구경꾼들 틈을 넘어 거리 곳곳까지 흩어졌다. 거리의 모든 소리가 들렸다. 울음소리가 커질수록 나는 세상에 내가 아는 사람이 하나도 없고, 세상도 나를 모르며 나를 그냥 아무렇게나 이곳에 버려둬 요괴들에게 에워싸여 있는 느낌이었다.

스님은 내가 우는 것을 잠시 바라보다 말했다. 네 아버지가 창고 관리원이었지? 나는 울음을 멈췄다. 그랬었죠. 스님이 말했다. 눈썹에 검은 털도 있지. 내가 말했다. 네. 스님이 말했다. 네 아버지 불러와. 십 년 전 네 아버지가 내게 장기 한 판을 빚졌지. 나는 문득 생각이 났다. 맞아요, 우리 아버지를 불러올게요. 우리 아버지요, 전에 장기 뒀던 사람요. 자리에서 벌떡 일어나 사람들을 헤치고 나가려던 나는, 갑자기 사람들 뒤에 서 있는 아버지를 발견했다. 내 교복을 입고 목에는 내가 써 준 주소 팻말을 걸고 옴짝달싹하지 않고 나를 바라보고 있었다. 아버지의 눈이 혼탁한 진흙탕 같았다. 나는 다시 울음을 터뜨렸다. 아빠! 아버지가 차분히 걸어와 자리에 앉아 스님에게 말했다. 그날 감옥 앞에서는 내가 괜한 입을 놀렸어요. 내가 잘못했소. 오늘 내 아이를 못살게 군 건 당신이 잘못한 거요. 내 말이 틀렸습니까, 절름발이? 스님이 말했다. 그것 때문에 온 건 아니오. 우연히 만난 거지. 게다가 내가 장기를 두라고 강요한 것도 아니고. 아버지가 말했다. 한 판이면 족하지, 세 판이나. 너무 많지 않소? 스님이 말했다. 그렇지 않아, 고작 물건 좀 얻은 것 아니오? 이렇게 말하며 자기 아래 있는 물건들을 꺼내며 주인에게 말했다. 주인장, 이 물건들 가져가시오. 조금 전 건 무효로 합시다. 주인이 말했다. 이렇게 많은 사람들이 지켜봤는데, 나를 욕할 거요. 이대로 당신을 보낼 순 없소. 스님이 말했다. 난 다리가 없어 기어갈 수밖에 없소. 이렇게 말한 후 지팡이를 짚었다. 높이가 별로 없어 옭아맨 바지를 바닥에 질질 끌며 물건을 하나씩 가게 안으로 옮겼다. 이어 자리에 앉아 아버지에게 말했다. 방금 전엔 애를 좀 놀려 준 거요. 이제 우리끼리 달리해 봅시다. 아버지가 손가락으로 자신을 가리켰다. 난 최근 십 년 동안, 아, 그만둡시다, 한참 동안 장기를 두지 않아서 머리가 안 돌아갑니다. 스님이 웃으며 말했다. 나도 그 십 년 동안 별 재미 없었소. 하긴 좋은 건 더 이상 다리를 절지 않게 된 거지. 아버지가 의자에 바르게 앉아 말했다. 장기 실력도 는 것 같군요. 스님이 말했다. 조금 늘었습니다. 놀아 볼까요? 내가 조금 전에 말했죠. 좀 다르게 하자고. 아버지가 말했다. 아버지가 말했다. 논다니요? 스님이 말했다. 물건 내기 합시다. 아버지가 말했다. 평생 장기를 뒀지만 내기 장기는 둬 본 적이 없소. 스님이 말했다. 내기 품목이 문제였겠죠. 이렇게 말하고 승복 품 안에서 천으로 싼 작은 물건을 꺼냈다. 안에 금색의 십자가가 들어 있었다. 십자가 위에 사람 하나가 조각되어 있었다. 두 팔을 벌리고 못에 박혀 있었으며, 머리에 가시관을 쓰고, 허리에 천을 두른 모습이었다. 물건은 작았지만 그 사람, 그 손, 그 천이 움직이는 느낌이었다. 스님이 말했다. 허난성에서 얻은 물건인데 오늘 이걸 걸겠소. 사람들 사이로 일시에 침묵이 번졌다. 모두 꼼짝 않고 스님의 손에 들린 물건을 바라봤다. 모두 그 물건에 빨려들어 자꾸만 보고 싶어 하는 것 같았다. 아버지가 스님 손을 바라보며 말했다. 내기에서 딴 겁니까? 스님이 말했다. 절에서 훔친 거요. 아버지가 말했다. 절에 이런 게 있습디까? 스님이 말했다. 옛날 물건이죠. 수백 년 전에 밖에서 들어온 거라고 하더군요. 조사해 보니 외국의 궁에 있던 물건이랍디다. 당신이 이기면 가져가쇼. 내가 당신을 위해 훔쳐 온 셈 치지. 아버지가 말했다. 내가 지면요? 스님이 고개를 들어 날 바라봤다. 당신 아들에게 장기를 가르쳤다고 했죠? 아버지가 말했다. 네. 스님이 말했다. 내 평생 장기를 뒀소. 가정 같은 건 없었지. 당신이 지면 당신 아들이 나한테 아빠라고 부르면 어떻겠소, 이후로도 날 보면 그렇게 부르고. 사람들이 꿈틀거렸다. 하지만 구시렁거리진 않았다. 아버지의 시선이 나를 향했다. 나는 아버지의 어깨에 손을 올렸다. 내가 아주 오래전에 기댔던 그 어깨 위에. 내가 말했다. 아빠, 두세요. 아버지가 말했다. 네 엄마가 여기 있었다면 뭐라고 했을까? 내가 말했다. 엄마는 두라고 했을 거예요. 아버지가 웃으며 스님에게 고개를 돌렸다. 자, 어디 한번 다시 둬 봅시다.

주인에게 동전을 빌려 두 사람이 함께 동전을 던졌다. 아버지가 검은색, 스님이 빨간색이었다. 빨간 쪽이 선수니 빅장이면 검은 측이 이기는 셈이다. 스님은 여전히 가마포를 뒀지만 아버지는 '마'를 운용했다. 해가 완전히 넘어가고 가로등 불빛이 들어왔는데도 자리를 뜨는 사람이 없었다. 길 가던 사람들까지 멈춰 서서 까치발을 들고 사람들 틈새로 시합을 들여다봤다. 자전거도 멈춰 섰다. 두 사람 모두 시간을 끌지 않고 짧게 생각한 후, 바로 기물을 잡았다. 마치 함께 장기를 둔 지 수십 년은 된 사람들처럼 보였다. 시합이 중반에 이르렀을 즈음,

나는 내가 두는 장기는 아무것도 아니란 걸 알게 되었다. 장기, 그리고 그 밖의 아주 많은 것들에 대해 나는 너무도 아는 게 없었다. 막판에 이르렀는데도 판세를 종잡을 수가 없었다. 두 사람 모두 홀쭉해진 것 같았다. 옷에 땀이 배고 스님의 까까머리에 송골송골 땀이 맺혔다. 아버지는 한 손으로는 목에 건 팻말을 받친 채 한 손으로 말을 옮겼다. 손의 정맥이 마치 푸른빛의 장기판 같았다. 마침내 마지막 순간, 양쪽 모두 상대방 진영에 졸 하나만을 남겨 두었다. 졸은 한 칸씩만 갈 수 있고, 되돌아올 수 없다. 색이 다른 두 졸이 한 걸음, 한 걸음 상대방의 심장을 향해 다가갔다. 모두 상, 사가 없이 외로운 장군만 궁성의 정중앙에 자리하여 자신을 향해 다가오는 적을 바라봤다. 그제야 나는 빅장 상태란 걸 알았다.

아버지가 이길 것이다.

아버지가 졸을 상대편 궁 위에 두자 스님이 웃었다. 하지만 패배를 인정하지 않고 계속 병을 앞으로 이동했다. 그런데 갑자기 아버지가 졸을 우측으로 한 보 이동했다. 스님이 잠시 멍하더니 궁을 들어 아버지의 졸을 먹었다. 아버지는 이제 둘말이 없었다. 아버지가 진 것이다.

아버지가 자리에서 일어나 비틀거리며 내게 말했다. 내가 졌다. 나는 아버지를 바라봤다. 아버지의 눈이 그 어느 때보다 환하게 빛났다. 아버지가 말했다. 어서 '아빠'라고 불러 드려. 나는 스님을, 스님은 날 바라봤다. 내가 말했다. 아빠. 스님이 말했다. 착한 아들. 그러더니 손을 뻗어 십자가를 들어 올리며 말했다. 이거 네게 줄게. 첫 인사 선물이다. 그의 크고 꼬질꼬질한 얼굴에 눈물이 주룩 흘러내려 가닥가닥 허옇게 눈물 자국이 생겼다. 내가 말했다. 넣어 두세요. 받을 수 없어요. 스님의 손이 허공에서 멈췄다. 그가 고개를 돌려 아버지를 바라보자 아버지가 말했다. 말씀대로 해라. 물건을 받아, 좋은 거야. 혼자 있을 때 꺼내 볼 수도 있고, 위에 사람도 있잖아. 스님이 십자가를 품 안에 넣으며 지팡이를 짚고 일어났다. 알았습니다. 장기든 장기가 아니든 당신이 나보다 가진 게 많군요. 십 년 뒤에 다시 찾아오면 우리 다시 장기 한판 둡시다. 그러더니 다시 내게 눈길을 돌려 손으로 눈물을 닦은 후, 허공에서 몸을 흔들거리며 자리를 떠났다.

십 년 후, 나는 일을 시작했다. 역사 선생님이 되었다. 수업하고 남은 시간이면 이따금 장기를 뒀다. 일이 바빠지면서 점차 장기를 두는 시간이 줄었고, 장기 솜씨도 그렇고 그런 수준이 되었다. 아버지가 세상을 떠난 지 이 년, 나는 아버지를 도시 남쪽에 묻었다. 강에서 멀지 않은 곳, 어릴 적 눈 오는 밤에 아버지가 내게 장기를 가르쳐 줄 때 썼던 기물을 아버지의 유골함 옆에 두고 함께 땅에 묻었다.

다리 없는 그 스님은 그 후 아직 우리를 찾아온 적이 없다. 하지만 언젠가는 다시 나타날 거라고 생각한다.

절뚝발이

지금부터 십칠 년 전, 내 나이는 지금의 반, 열일곱이었다. 당시 대부분의 사람들이 갖고 있던 문제 외에도 내게는 날 괴롭히는 문제가 두 가지 더 있었다. 하나는 우리 어머니가 덕망 높고(결코 많은 나이가 아니었음에도 불구하고) 쉽게 걱정에 휩싸이는 영어 선생님이었다는 것, 둘째는 내 여자 친구인 류이뒈가 정말 사랑스럽지만 청춘의 열병을 앓는 아름다운 여자애라는 것이었다. 후자에 대해 예를 하나 들기로 하자. 고3 겨울 방학이었던 어느 날 새벽, 나는 전기요를 켜고 이불 속에서 쿨쿨 잠을 자고 있었다. 몸에 스멀스멀 땀이 스미는 가운데 이상한 꿈을 꿨다. 내가 좁고 긴 트랙을 달리고 있었다. 하나하나 상대 선수를 제치고 막 결승점이 눈앞에 들어왔을 때 발을 접질렀다. 너무 심하게 접질리는 바람에 두 발이 갑자기 말을 안 들어 아무리 애를 써도 일어날 수가 없었다. 원래 패배를 맛보아야 했을 선수들이 하나씩 내 곁을 지나 달려가자 극도로 초조해졌지만 두 다리가 도무지 말을 듣지 않았다. 손으로 다리를 잡아 옮겨 놓으려 해도 꼼짝하지 않았다. 마치 트랙에 커다란 산 두 덩어리가 놓여 있는 것 같았다. 나는 결승선을 향해 두 손으로 기어가기 시작했다. 운동장 전체에 귀가 먹먹할 정도로 어른들의 비웃음 소리가 쩌렁쩌렁 울렸다. 나는 있는 대로 욕을 퍼부었다. 하지만 내 소리는 금세 그보다 더 큰 비웃음 소리에 묻혀 버렸다. 마치 침 한 방울이 바닷물에 떨어진 것처럼. 잠에서 깨어난 나는 류이둬가 실오라기 하나 걸치지 않고 내 옆에서 자고 있는 모습을 발견했다. 내가 외마디 비명을 지르자 그녀가 내 입을 막았다. 욕먹는 게 누군 줄 알아? 내가 말했다. 너 어떻게 들어왔어? 그녀가 창문을 가리켰다. 너희 집 창문은 꽁꽁 얼어붙지 않았던데. 나는 그제야 그녀가 엄동설한 겨울밤에 벽을 타고 2층으로 올라와 밖에서 창문을 열고 내 침대로 기어들었다는 사실을 깨달았다. 우리 아버지가 옆방에서 자고 있었다. 몸을 비틀어 그녀에게서 벗어나려는 순간 나는 내 두 발이 묶여 있는 걸 발견했다. 류이둬가 브래지어로 내 두 다리를 묶어 둔 것이었다. 그날 밤, 그녀는 다시 내 입술을 막고 내 몸 위에 올라탔다. 마치 고삐를 잡고 초원을 달리는 사람 같았다. 나중에야 그녀는 내 두 다리를 풀어 주고 브래지어를 찬 후 창문으로 빠져나갔다.

그 후 아무리 잠을 청해도 잠이 오지 않았다. 대체 꿈속에서 결승선까지 기어가긴 했는지 아닌지 생각이 나지 않았다.

우리 어머니의 모든 행동은 류이둬보다 훨씬 더 점잖고 우아했다. 당시 어머니는 마흔다섯 살이었다. 나이보다 조금 젊어 보였다. 어머니는 꾸미는 솜씨가 좋았다. 옷장에는 여러 색의 스카프가 셀 수 없이 많았다. 어머니가 가르쳤던 학생들은 어머니를 잊지 못했다. 그들은 어머니에게 '대령'이란 별명을 붙였다. 아마 그 앞에 독일 군관의 이름이 하나 더 붙어 있었던 걸로 알지만 세월이 지나면서 '대령' 두 글자만 남았다. 어머니가 몇 년 동안 성공을 거둔 비결은 언제나 학생을 자신이 거느린 부하가 아닌, 적으로 생각했기 때문이다. 어머니는 언제나 경각심을 가지고 학생 하나하나를 모두 주시했다. 언젠가 어머니의 작은 공책을 들여다본 적이 있다. 수년간 학생들 사이에 꽂아 둔 스파이의 번호가 적혀 있었다. 또한 그 번호 아래 각각의 활동에 대한 평가도 적혀 있었다. 그런데 불행하게도(물론이 역시 어머니 자신의 뜻이었다.) 난 어머니 반의 학생이었고, 이로 인해 어머니는 날 대할 때마다 어려움에 직면했다. 대학교 입학시험 전 어느 아침 식사 시간이었다. 난 어머니가 정성 들여 달인 두뇌 총명탕을 마시고 있었다. 갑자기 어머니가 물었다. 아들, 시험에 떨어지면 어떻게 할지 생각해 봤어? 내가 말했다. 떨어지면 KFC에서 종업원 할래요. 아버지가 날 힐끗 바라본 후 아무 말도 하지 않았다. 아버지의 눈빛은 분명히 이렇게 묻고 있었다. 왜 맥도날드가 아니고? 어머니가 고개를 끄덕였다. 괜찮지. 계획이 있으면 됐어. 네가 낙방하면 내가 어떻게 할지 알고 있니? 내가 말했다. 아뇨. 너무 힘들어하지 않으셔도 돼요. 어머니가 말했다. 난 죽을 거야. 그러더니 자리에서 일어나 항상 그랬던 것처럼 파란 스카프를 매고 수저를 정리한 후 천천히 교안을 끼고 집을 나섰다.

마지막 과목 시험이 있던 날 오후, 나와 류이뒈는 고사장 밖 운동장에 앉았다. 다른 수험생들이 우리 앞을 지나쳐 정문을 향해 걸어갔다. 두세 명씩 열심히 이야기를 나누는 아이들이 보였다. 마치 그렇게 말을 하면 이미 벌어진 상황을 바꿀 수 있기라도 한 것처럼. 그런가 하면 손등으로 눈물을 훔치며 혼자 천천히 걸어가는 아이도 있었고, 하늘을 향해 책을 던지고 교문 밖으로 미친 듯이 달려가는 아이들도 있었다. 운동장에 서서 멀찌감치 서로를 마주하고 있는 골대는 네트가 없는 모습이 영원히 만나지 못할 두 개의 입 같다는 생각이 들었다. 교문 밖에 가족들이 있다는 걸 안다. 우리가 나올 때까지 끝까지 기다리리라. 류이뒈가 내게 말했다. 어…… 네게 물어볼 게 있어. 내가 말했다. 말해. 그녀가 말했다. 도대체 날 다른 애들보다 조금이라도 좋아하긴 하는 거야? 아니면 다른 애를 더 좋아하는 거야? 내가 말했다. 다른 애라니? 그녀가 말했다. 다른 애가 다른 애지, 다른 사람 말이야. 내가 말했다. 그렇다면 조금이라도 더 좋아하는 사람이 너라고 말할 수 있지. 우리 따로따로 가자. 어쨌거나 나가긴 나가야지. 그래 봤자 일 년 더 하는 거지 뭐. 그녀가 말했다. 그리고 또. 세상에서 가장 큰 센트럴 광장이 어디에 있는지 알아? 내가 말했다. 더 이상 내게 질문하지 마. 시험 문제 푼 것만으로도 차고 넘쳐. 그녀가 책가방에서

1000위안과 차표 두 장을 꺼냈다. 우리 도망가자. 날이 한창 밝을 때였고, 운동장에는 사람이 하나도 없었다. 한여름 따스한 햇살이 류이뒈의 얼굴을 비쳤다. 눌러 짜서 아직 상처가 아물지 않은 여드름 몇 개, 욕망으로 가득한 얇은 입술, 냉정한 가운데도 따스한 정이 느껴지는 커다란 눈이 보였다. 햇빛이 온 대지를 비쳤다. 가슴에서 뜨거운 열기가 달아오르며 서서히 척추를 따라 꿈틀꿈틀 움직였다. 언젠가 다른 학교 아이들 몇 명이 우리 학교로 날 찾아왔다. 흠씬 패 주려고 찾아온 모양이었다. 일의 시작인즉, 그중 한 아이가 우리 학교에서 전학을 갔는데 그 애와 우리 어머니가 약간의 감정이 있었다. 나는 교실에서 한참을 기다린 후 학교 뒷문으로 도망칠 준비를 했다. 그런데 류이뒈가 벌써 앞문으로 가 못이 박힌 걸상 막대로 그들을 격퇴했다는 것이었다. 이유는 모르겠지만 나는 그때 일이 생각났다. 내가 말했다. 치마 입고 담 넘을 수 있어? 그녀는 몸소 실천해 보임으로써 그것이 쓸데없는 걱정이었음을 증명했다. 그녀는 치마를 벗어 입에 물고, 속바지 차림으로 학교 담을 넘었다. 나는 그 뒤를 바짝 따랐다. 담 꼭대기에서 뛰어내리는 순간 전에 없던 희열이 느껴졌다. 공중에서 한참 동안 떠 있다가 다이빙 선수처럼 몇 회전을 한 후 착지한 느낌이었다.

　기차역에 사람이 가득했다. 많은 사람들이 커다란 백팩을 메고 있었다. 백팩의 크기가 사람 등짝만 했다. 어떤 이들은 이런 가방에다 아기까지 안고 있기도 했다. 혼잡한 기차역에서 아기는 나침반 바늘처럼 작은 손을 휘두르며 목청껏 울어 댔다. 나와 류이뒤는 책가방을 메고 손을 잡고 사람들 틈에 끼었다. 문득 내 가벼운 행장이 부끄러웠다. 족히 여든은 돼 보이는 노인이 눈에 들어왔다. 그의 얼굴에는 흙먼지와 함께 딱지 앉은 흉터처럼 주름이 져 있었다. 민머리에는 빨간 종기가 하나 있었다. 그가 구부정한 허리로 우리 곁에 다가와 손에 든 알루미늄 도시락 통을 흔들었다. 안에 든 작은 동전 몇 개가 사정없이 서로 부딪쳤다. 부처님 은덕 받으세요, 부처님 은덕 받으세요. 그가 우리에게 말했다. 나는 다른 쪽으로 고개를 돌렸다. 류이뒤가 책가방에서 100위안을 꺼내 할아버지 도시락 통에 넣었다. 내가 말했다. 너 뭐 하는 거야. 장례식 지전이라도 태우는 줄 아는 거야? 그녀가 말했다. 부처님의 보살핌을 받으려고. 무탈하게 그 광장을 봐야지. 내가 말했다. 그러고 나서는? 그리고 돌아와? 그녀가 말했다. 돌아오고 싶어? 내가 말했다. 모르겠어. 그녀가 말했다. 너 그런 사람 될 수 있어? 돈 벌어서 가족 부양하는 그런 사람? 내가 말했다. 글쎄. 그녀가 말했다. 나 먹여 살려, 그럴래? 나는 고개를 쭉 빼고 그녀의 입술에 살짝 입맞춤을 했다.

마침내 우리는 북적이는 녹색 열차에 올랐다. 사람들 틈을 비집고 우리 좌석으로 이동했다. 전혀 힘들지 않았다. 등과 가슴을 다른 사람들에게 바짝 붙이고 제때 두 다리를 이동하면 되는 일이었다. 자리에 도착했을 땐 기차가 이미 플랫폼을 떠난 후였다. 집들이 줄줄이 시야를 벗어나자 창밖 풍경이 한적해지면서 넓은 들판이 드러나고, 드문드문 작은 집들이 보였다. 어떤 집엔 처마 아래 줄줄이 고추와 옥수수가 매달려 있었다. 누군가 천천히 흘러가는 좁은 강에 서서 강에 쳐 둔 어망을 거뒀다. 지는 해가 먼 산 가장자리를 물들이고, 석양이 사방 모든 경물들 위로 흩어지는 모습에 기분이 나른해졌다. 류이둬가 아무 말 없이 내 어깨에 기대 눈을 동그랗게 떴다. 기차 안이 유달리 후텁지근했다. 자리가 없는 사람들이 이리저리 기대 우리를 에워쌌다. 누군가 우리 좌석 밑으로 비집고 들어와 잠을 자려고 하자 내가 그를 밀어냈다. 류이둬가 치마를 입고 있지 않은가.

"덥지?" 맞은편에 앉아 있던 사람이 내게 물었다.

"네. 숨이 막혀요." 내가 말했다. 기차에 온갖 악취가 진동했다. 나는 별로 내키지 않는 표정으로 느낀 그대로 말했다. 그는 바로 내 맞은편에 앉아 있었다. 나이는 마흔 정도, 까맣게 그을린 피부에 검은색 티셔츠를 입고 두 손을 엇갈려 우리 앞 다탁 위에 올렸다. 손가락이 두툼하고 길었고 관절이 마치 호두 같았다. 혼탁하고 누런 눈으로 빤히 나를 바라봤다.

"창문 좀 열지."

우리 둘은 각자 한쪽 손잡이를 잡아 위로 올려 한껏 창문을 열었다. 바람이 '윙' 하고 날아들면서 동시에 기차 안의 냄새도 밖으로 흩어졌다. 그는 힘이 대단했다. 내가 힘을 쓰지 않고 그냥 손잡이에 손을 올려놓았을 때 창문은 이미 열린 상태였다. 류이둬가 한 손을 내 바짓가랑이에 올리고 창문 옆으로 코를 갖다 대 한껏 숨을 들이마셨다. 바람에 흩어진 그녀의 단발 머리가 금방이라도 밖을 향해 달려 나갈 것 같았다. 자칫 잘못 해 떨어지지나 않을까 그녀를 제자리로 잡아당겼다.

"어디까지 가나?" 중년 남자가 물었다.

"베이징요, 아저씨는요?" 류이둬가 자리로 돌아와 앉으며 말했다.

"집에. 전에 베이징에 가 본 적 있나? 베이징?"

"아뇨."

"나도야. 난 항상 톈안먼 광장에 가 보고 싶어."

"그러고는요?" 류이둬가 물었다.

"여러 도시를 돌아봤어. 스무 곳도 넘게. 그런데 베이징만 안 가 봤지, 베이징만. 재미있지 않나?" 그가 고리에 걸어 둔 자루에서 사과 두 개를 꺼내 우리에게 줬다.

"괜찮아요, 감사합니다." 류이둬가 그의 손을 바라보며 말했다.

그가 사과 두 개를 조심스레 다탁 위에 놓고 말했다. "두 사람 몇 살이나 됐지?"

"열일곱요." 내가 말했다.

"좋을 때네. 열일곱. 좋을 때야." 그 순간 나는 그가 힘은 세지만 한데 포개 놓은 두 손이 계속 떨리고 있음을 발견했다. 말을 한마디 마칠 때마다 매번 목이 꿈틀거렸다. 마치 아래턱 으로 목 뿌리를 긁고 싶은 사람처럼 보였다.

"어린 친구들. 열일곱이라, 좋을 때야." 그가 다시 한번 말한 후 갑자기 우리를 훑어보며 말했다. "뭐 좀 마실래? 조금?

내가 내지."

류이둬가 고개를 틀어 날 바라봤다. 나랑 그녀는 술을 마신 적이 있었다. 겨울이었다. 우리가 막 연애를 시작했고, 그녀의 부모가 막 헤어진 때였다. 술을 마신 후 시내 한가운데 있는 광장으로 달려가 연을 날렸다. 나는 연을 끌어당기며 미친 듯이 질주했고, 그녀는 내 곁에서 박수를 치며 웃었다. 차가운 바람에 연이 광장 중간에 서 있는 지도자 동상의 머리까지 날아가 실이 동상의 목을 감았다. 나와 류이둬는 누가 먼저 연을 내릴지 시합했다. 나는 하마터면 몇 번이나 동상 외투에서 미끄러질 뻔했다. 1미터 50센티미터의 동상이니 미끄러지면 떨어져 죽을 수도 있는 일이었다. 하지만 그때는 그런 생각을 하지 못했다. 류이둬가 먼저 동상의 어깨에 올라서서 하늘을 향해 연을 휘둘렀다. 그때 그녀의 모습을 나는 영원히 잊지 못할 것이다.

안 마시든지, 마시면 다 같이 마시든지. 오늘은 좀 마셔야겠어. 조금. 류이둬의 눈빛에 담긴 말이었다.

"조금 마실 수 있어요. 우리 둘 다 조금만요. 저희가 살게요." 나는 물건 파는 열차 직원을 부르려 했다.

"아니, 아니." 그가 두 손을 마주치며 말했다.

"나이가 많으니 술과 안주는 내가 가지고 다니지. 이거면 돼. 우리는 일곱 시간이나 가야 해. 일곱 시간." 그가 다시 고개를 비틀며 손가락으로 머리 위 짐칸을 가리켰다. "수고스럽겠지만 저 검은 트렁크 좀 내려 주게. 저 안에 있어."

나는 자리에서 일어나 트렁크를 내렸다. 트렁크는 제법 쓸 만했다. 잠금장치가 있는 좌물쇠가 채워져 있었다. 그는 우리를 등지고 비밀번호를 풀었다.

"내 물건 중에서 이 트렁크가 가장 비싸, 재미있지 않나?"

조금 문제가 있는 사람이 아닐까 의심이 들었다. 바보거나 아니면 바보에 가까운 상태일지도 몰랐다. 그러나 류이뒈는 전혀 개의치 않는 듯 그 사람이 건네는 술을 받아 단숨에 다 마셨다.

"직업이 뭐예요?" 그녀가 물었다.

"나," 그는 다시 사과를 우리에게 건넸다. "안주 먹어. 나 말이지. 아주 많은 일을 했지. 아주 많은 일을. 장사도 하고, 자전거 수리도 하고, 화장터에서 구멍도 파고. 유골함이란 것 알아?" 이렇게 말하며 그가 유골함의 크기를 손짓으로 만들어 보였다. "화장한 유골을 넣고 위에 석판을 덮어. 때로 구멍에 물이 스며들면 물을 퍼내, 흥미롭지 않나? 배가 가라앉으려고 하면 재빨리 물을 퍼내는 것처럼 말이야."

이렇게 말한 후 그가 맥주 캔을 땄다. 그리고 고리를 차창 밖으로 던지고 맥주를 몇 모금에 다 들이켠 후 다시 캔 하나를 땄다. 다시 또 고리를 내던졌다. 그가 술을 들고 우리를 바라봤다.

"조금 전 캔은 목이 말라서고, 이번 건 베이징에 가는 두 사람을 환영하기 위한 거야. 베이징 여행 말이야." 그가 이렇게 말하며 우리 캔에 자기 캔을 부딪치고 또다시 캔을 비웠다.

류이뒈 역시 캔 하나를 모두 비웠다. 그녀의 얼굴이 발그레해지며 두 눈이 촉촉해졌다. 그녀는 다시 내 바짓가랑이에 손을 올리더니 내게 귀엣말을 했다.

"이 아저씨 마음에 들어. 좀 있다가 나랑 같이 화장실에 가. 조금만 더 마시고."

나는 화장실을 좋아한다. 생각하면 마음이 즐거워진다. 재빨리 달려가는 기차 화장실.

"지금은 뭐 하세요?" 류이뒈가 물었다.

"아주 어렸을 때 집에서 나왔어. 너희보다 두 살 더 어릴 때. 아무것도 없이. 지금은 돈이 생겼지." 그가 트렁크를 가리켰다. "난 돈이 있어. 이 옷이 지금은 더럽지만 살 때는 아주 비쌌어. 못 믿겠으면 만져 봐, 옷감이 좋아. 지금은 청부 폭행 일을 해."

"청부 폭행요?" 내가 말했다.

"응, 청부 폭행." 그가 옷깃을 움켜쥐고 들어 올렸다. 앞가슴에 길게 칼자국이 있었다. 마치 평원 위에 펼쳐진 자홍빛 산맥 같았다. "내가 몽둥이, 쇠몽둥이, 이만큼 긴 몽둥이로 단번에 사람을 때려눕혔어. 흥미롭지 않아? 난 힘이 세. 못 믿겠으면 팔씨름을 한번 해 볼까, 학생? 난 팔씨름에서 져 본 적이 없어. 한번은 내기를 해서 200위안을 따기도 했어. 학생이 믿든 못 믿든 난 팔씨름으로 돈을 벌 수 있어."

그가 사과를 한 입 베어 먹은 후 다시 캔을 비웠다.

"우리 아버지와 싸움을 한 적이 있어. 지금은 왜 싸웠는

지 기억이 나지 않아. 학생, 충고하겠는데, 술은 조금만 마셔야
돼. 조금만. 그래, 한 모금, 한 모금씩, 그래, 그렇게 입술로 마
셔. 목구멍에 들이붓지 말고. 내가 아버지를 때려눕혔어. 우리
엄마가 내 허리를 잡고 매달리기에 내동댕이쳐 버렸어. 그리
고 장거리 버스를 타고 다른 지역으로 도망갔지. 다른 지역 말
이야. 어쨌거나 거긴 엄청 추웠어. 그곳에서 자전거 수리 일을
했지. 먼저 재킷을 팔아 20위안을 벌었어. 넝마주이 노인네에
게 팔았지. 그 후 자전거 펌프를 하나 사서 길에서 자전거 바람
을 넣어 줬어. 내 펌프로 손님이 직접 바람을 넣으면 20전이었
고, 내가 넣어 주면 50전이었어. 두 손이 모두 동상에 걸렸지만
스스로 벌어서 먹고 살았어. 그냥 그렇게 계속됐으면 좋았으련
만. 하지만 세상에는 학생이 생각하는 것과 다른 일이 정말 많
아. 그게 내 결론이야. 학생이 어찌 생각하든 세상일은 자네 생
각하고 달라."

그가 고개를 숙이고 자기의 두 손을 보면서 손을 펼쳤다.
손은 더 이상 떨리지 않았다. 그가 고개를 들어 우리를 쳐다
봤다.

"이건 누구 생각이지?" 그가 물었다.

"누구 생각이라뇨?" 내가 말했다.

"두 사람이 도망 나와 놀러가기로 한 것 말이네. 누구 생각
이야?"

"내 생각이에요." 류이뒈가 말했다. 이미 술이 과해서 그
런지 그녀의 말이 갑자기 소리를 내지른 것처럼 들렸다.

"책가방에는 뭐가 들어 있지?" 그는 계속해서 술을 마셨다. 남자는 술을 마시자 더 이상 목도 흔들지 않았다.

"별것 없어요. 전부 책이에요."

"보여 줘 봐."

"왜 그러는 거예요?"

그가 반 남은 사과를 창밖으로 던졌다. 마침 기차가 또 다른 기차와 엇갈려 지나갔다. 사과는 '턱' 하는 둔탁한 소리와 함께 맞은편 기차 창문에 맞았다.

"좀 보자니까."

"보여 줘. 우리 책가방에 뭐가 있는지." 류이둬가 다시 소리를 질렀다.

나는 고개를 돌려 주변 사람들을 봤다. 우리 쪽으로 시선을 보내는 사람도 있었지만 특별히 뭘 보고 있는 것 같진 않았다. 밤인 데다 아직 실내등이 켜진 상태도 아니었다. 중년 남자 옆에 앉아 있는 중년 여인은 두건으로 자기 얼굴을 돌돌 감은 채 한 손으로 가죽 가방을 잡고 잠이 들어 있었다. 사람들이 모두 몽롱하게 잠에 빠져들고 있었다.

그가 맥주 캔을 밀쳐 두고 우리 책가방 속 물건을 털어났다. 내 책가방에는 교과서 몇 권, 수험표와 시험에 필요한 문구류밖에 없었지만, 류이둬의 책가방에는 보다 많은 것들이 들어 있었다. 돈, 침대 시트, 침대보, 화장품, 콘돔 그리고 접이식 칼이었다.

그가 돈을 집어 셌다.

"900위안이네, 뭐에 쓸 거지?"

"베이징 생활비예요." 류이둬가 웃으며 말했다.

"생활, 생활비라고?" 그가 돈을 다탁 위에 다시 내려놓고 이번에는 접이식 칼을 들어 펼친 다음, 손에 칼날을 긋는 동작을 해 보였다.

"이건 어디에 쓰는 거지? 사과 껍질 깎을 건가? 어?"

"누가 괴롭히면 찔러 버리려고요." 류이둬가 이렇게 말하며 오른손으로 앞을 향해 찌르는 시늉을 했다.

그가 칼을 내 손에 놓으며 말했다. "자, 날 찔러 봐."

"전 그런 짓 안 해요." 내가 말했다.

"찔러 보라니까, 어?"

"안 한다니까요!" 나는 조금 화가 났다.

그가 칼을 낚아채 반으로 꺾은 후 다탁에다 던졌다.

"내 칼 물어내요, 아저씨!" 류이둬가 일어나 그의 머리카락을 잡으려고 손을 뻗었다.

그가 류이둬의 손목을 잡아 비틀자 류이둬가 비명을 지르며 내 위에 앉았다. 그녀가 다짜고짜 내 머리에 주먹을 휘둘렀다.

"저 아저씨 패 줘, 패 주란 말이야!"

나는 그녀에게 주먹질을 당하며 아무 말도 안 했다. 이게 대체 어떻게 된 일이지? 어느 순간에 상황이 이렇게 엉망진창이 된 거야?

창밖이 모두 컴컴하고 달이 높이 걸린 가운데 고요가 찾아들었다. 밤바람만 불고 있었다. 익숙한 냄새가 아니었다. 완전히 낯선 곳이었다.

류이뒤는 소동을 멈췄다. 그녀가 내 팔을 부둥켜안고 엉엉 울기 시작했다. 그가 이번에는 돈을 집어 잠시 돈을 들여다봤다. 마치 갑자기 돈을 줍는 바람에 그 돈을 어떻게 처리할지 고민하는 사람처럼 보였다. 마침내 그가 우리 물건을 모두 책가방에 다시 집어넣었다. 돈, 콘돔 등을 하나하나 돌려놨다. 그가 책가방 두 개를 내게 건넸다.

"우리 아버지가 죽었어, 흥미롭지 않아?"

"어?"

"우리 아버지가 집 온돌에서 죽었어. 죽기 전에 아무 소리도 안 했어. 말을 할 수 있었는데도 아무 소리도 안 했다고. 재밌지 않냐고."

그가 밖을 바라보며 다시 술을 마시기 시작했다. 이번에는 아주 천천히 한 모금씩 목구멍으로 술을 넘겼다.

"나는 다음 정거장에서 내려. 집에 다 왔어." 그가 가만히 말했다. 그가 입고 있는 옷 너머로 몸에 난 칼자국이 번뜩이는 것 같았다.

기차 안에 고요가 찾아왔다. 류이뒤는 울음을 그쳤다. 그녀는 내 품에서 잠이 들었다. 입가를 따라 흘러내린 침이 내 교복을 적셨다. 나와 그녀 모두 아무 말 없이 그렇게 얼굴을 마주한 채 앉아 있었다. 그 후 몇 시간 동안 그는 조용히 가지고 있던 맥주를 모두 해치운 뒤 빈 캔을 하나씩 창밖으로 던졌다. 아무 소리도 나지 않았다.

낯선 플랫폼, 전에 한 번도 들어 본 적 없는 곳이었다. 그는 고리에 걸려 있던 자루를 내리며 내게 말했다.

"이봐, 미안하지만 저 물건 좀 내려 주게." 나는 자리에서 일어나 짐칸 깊숙한 곳을 더듬었다. 나무로 만든 지팡이가 있었다. 그는 지팡이를 건네받아 겨드랑이 아래 끼고 어둠 속에서 일어섰다. 다리가 한쪽만 있는 사람 하나가 어둠 속에서 일어섰다. 그는 자루를 비스듬히 어깨에 메고 한 손에 가벼운 트렁크를 끌면서 우리에게 눈길 한번 안 주고 사람들 속으로 순식간에 멀어져 갔다.

류이뒈가 깨어났을 때는 이미 정오였다. 나는 그때까지도 잠이 들지 못하고 있었다. 그녀가 손으로 머리카락을 정리하며 고개를 흔들었다.

"그 사람은?"

"내렸어."

"우리 책가방은?"

"여기 있어."

"내가 소동 피웠지? 너 때리지 않았어?" 그녀가 내 옷이 더럽혀진 것을 보고 말했다.

"아니, 넌 계속 잤어."

그녀가 바짝 다가와 내 귀를 핥았다.

"우리 이제는 낯선 사람이랑 술 마시지 말자. 이제 얼마나 남았어?"

"아직 역 두 개가 남았어."

"나랑 화장실 갈까?"

나는 그녀를 바라봤다. 그녀는 진지했다.

"가자니까, 옷 닦아 줄게."

기차 화장실은 좁고 튼튼했다. 밀폐된 공간에서 그녀는 휴지로 내 옷을 깨끗하게 닦아 준 후 내 바지를 벗기고 쪼그려 앉았다.

"나랑 같이 나와 줘서 고마워. 사랑해, 너 알아?"

잠시 후 그녀가 바지를 벗고 몸을 돌렸다.

나는 어둠 속에서 허리를 굽혀 그녀의 바지를 올려 준 후 그녀를 안았다.

"우리 돌아가자."

그녀가 날 밀어냈다.

"무서워?"

"무서운 게 아냐. 우리 돌아가자."

"톈안먼 광장에 가서 연 날릴 거야. 톈안먼 광장에 가서 널 위해 연을 날릴 거라고."

"그곳에서는 연을 날릴 수 없어."

"상관없어. 그건 그 사람들 일이야."

"그곳에서는 연 못 날린다니까."

"마지막으로 다시 한번 물을게. 나랑 갈래, 안 갈래?"

"정말 돌아가야 해. 나랑 같이 돌아가자, 응?"

그녀가 나를 어루만졌다. 마치 자기 물건을 만지는 듯했다. 그러더니 내게 다가와 뺨에 키스를 한 후 문을 열고 나갔다.

나는 오줌을 누고 세수를 한 후, 꼬질꼬질한 거울을 통해 열일곱 내 얼굴을 바라봤다. 좁고 흰 얼굴, 그 순간만큼은 더도 덜도 아닌 꼭 열일곱 살자리 얼굴이었다.

내 자리로 돌아오니 류이뒤와 그녀의 책가방이 보이지 않았다. 그녀 자리에 삼십 대로 보이는 여자가 앉아 머리 위 작고 희미한 등불 아래 책을 읽고 있었다. 균형 잡힌 몸매에 흰색 원피스를 입고 뒤로 머리를 묶은 모습이 무척 아름다웠다. 나는 자리로 가서 창문을 닫았다. 창문이 정말 무거웠다. 거의 모든 체중을 손에 싣고서야 쫘당 하고 문이 닫혔다.

"고맙습니다." 그녀가 말했다.

기차가 다시 멈췄다. 그곳이 어디인지 정확하게 보지는 못했지만 나는 그냥 기차에서 내렸다. 그리고 기차역에서 하룻밤을 잔 후 다음 날 아침 일찍 공중전화를 찾았다. 집으로 돌아가니 이제껏 단 한 번도 느껴 보지 않은 피로가 몰려왔다. 침대에 기어 올라가 잠이 들었다. 깨어났을 때는 아버지가 우레처럼 코를 골며 내 곁에 누워 자고 있고, 어머니는 주방에서 아침을 준비 중이었다. 동작이 어찌나 사뿐한지 뭔가 깨지기 쉬운 물건을 들고 있는 듯했다.

보름 후, 어머니는 내게 재수를 하라고 했다. 어머니는 이미 완전히 마음을 가다듬고 과거 우리가 이야기하던 방식으로 돌아가 있었다.

"정신 좀 차릴래? 엄마 좀 살려 줄래?"

내 앞에 앉은 어머니는 단아한 모습이었다. 집에 있을 때도 어머니는 매우 단정한 차림을 유지했다.

그 후 다시는 류이둬를 만나지 못했다. 그녀를 찾는 사람은 없었다. 지금 나는 대부분의 시간을 베이징에서 생활하며 이따금 집에 돌아간다. 그 후 톈안먼 광장, 전국 각지에서 몰려드는 순례자의 무리 속에서도 그녀를 만나지 못했다.

누군가 그곳에서 연을 날리는 것도 본 적이 없다. 하지만 내가 살펴본 대로라면 깊은 밤, 사람이 없을 때 그곳은 확실히 연을 날리기 좋은 곳이었다.

긴 잠

나만 홀로 피한 고로 주인께 고하러 왔나이다.

—「욥기」1장 1절

라오샤오가 죽었다. 생각지도 못했던 일이다. 따지고 보면 내가 그보다 일찍 죽어야 마땅하다. 내가 그보다 두 살 더 많으니까. 나는 쥐띠고, 그는 호랑이띠다. 띠로 볼 때 그는 먹이 사슬의 상단에 있고, 나는 항상 쫓기는 신세를 면치 못하는 보잘 것없는 존재다. 나이로 봐도 우리 둘이 함께 살며 병에 걸리지 않는다고 가정하면, 먼저 죽어야 할 존재는 나다. 이런 식으로 말하다 보면 조금 어리둥절해지기도 한다. 병에 걸리지 않은 사람은 어떻게 죽어야 하지? 죽음이 아무리 갑작스레 닥친다 해도 병변의 과정은 겪어야 한다는 생각이 든다. 설사 30층에서 뛰어내려 죽음을 선택한다 해도, 머리가 시멘트 바닥에 닿는 순간, 먼저 조직이 분열, 파괴되는 과정을 거친 후 사망하는 법이다. 라오샤오는 전에 자기가 연구한 결과, 병과 죽음은 서로 다른 것이라고 내게 말한 적이 있다. 병은 이성적인 것, 다시 말하면 사실적인 것이며 이에 비해 죽음은 철학적인 것, 바꾸어 말하면 시(詩)적인 것이라고 했다. 그가 내게 그 말을 할 때만 해도 우리 둘은 친구였고, 그래서 나는 그의 말에 자못 일리가 있다고 생각하면서 이런 이론을 다른 이에게도 말한 적이 있다. 그에게 이 이론의 출처를 밝혔는지는 생각나지 않는다. 하지만 이후 우리 사이가 틀어지자 나는 라오샤오 그리고 그에 관련된 모든 것을 부정하고자 했다. 그러나 그건 어려운 일이었다. 어떤 이야기가 이를 언급한 사람과 분리되면 그 자체가 독립적인 운명을 지닌다. 때로 어떤 이야기는 그럼에도 불구하고 상당히 강력한 힘을 지닌다. 당신이 부정하려고 하면 할수록 그 안에 빠져들어서 부정하는 과정이 오히려 더욱 깊은 깨달음을 준다.

이제 라오샤오는 확실히 나보다 죽음에 한 걸음 먼저 내디뎠다. 어떤 향락주의자들이 말한 것처럼 아무리 풍부한 상상력과 조밀한 논리라고 해도 몸소 겪은 체험을 당할 수는 없다. 게다가 그의 죽음은 영원한 침묵의 권리도 갖게 되었으니 제아무리 그를 패배시킬 능력을 갖춘다 해도 결코 그를 패배시킬 방법이 없다. 그의 죽음을 내게 알린 건 샤오미였다. 당시 나는 회사에서 업무를 보고 있었다. 고객 맞춤형 자산 관리 계획을 세우던 중이었다. 이는 바꾸어 말하면, 고객을 설득해 내가 그의 저금을 사용할 수 있도록 설득하는 작업이다. 만약 제대로 활용하지도 못했는데 돈을 돌려줘야 할 날이 오면 다른 고객의 저금을 대신 그에게 돌려준다. 관찰 결과, 대부분의 사람은 자신에게 20위안 가치의 '태양열 손전등'을 선물했다는 이유로 평생 모은 저축을 누군가에게 맡긴다. 그러므로 나는 평소 사비를 털어 여러 가지 작은 물건들을 준비해 뒀다가 고객의 성향을 가늠한 후 적절한 선물을 준다. 그날 나는 사십 대 여성 고객에게 얼굴이 갸름해 보이는 거울을 선물하던 중이었다. 용위[62] 같은 얼굴도 미꾸라지처럼 날씬하게 보여 주는 거울이었다. 휴대폰이 울렸다. 모르는 전화번호였다. 전화를 받아 예의 바르게 인사했다. 나 역시 늘 광고성 전화를 하기 때문이다. 내가 거는 전화 중 반은 소리 없이 받았다가 소리 없이 끊어진다. 몇 마디 욕설을 듣는 것보다 더 기분이 언짢은 일이다. 마치 내가 역한 냄새라도 나는 사람처럼 느껴진다. 하지만 이번에는 정말 이상했다. 내가 인사를 해도 상대방이 아무 말도 하지 않았다. 그가 누구든지 간에 나는 고객을 위한 가장 친절한 자산 관리 매니저이며, 고객의 동전 한 닢, 한 닢이 내 생명과도 같다고 말할 준비가 되어 있었다. 나는 우리 집을 지키듯 이를 지켜야 한다고 믿고 있었다. 상대방이 다시 몇 초 동안 잠잠하더니 입을 열었다. 말로는 못하겠네. 문자 보낼게. 이렇게 말한 후 전화가 끊겼다. 목소리가 매우 귀에 익었다. 하지만 누군지 생

---

62   잉어과의 민물고기로 대두어라고도 한다.

각이 나지 않았다. 잠시 후 문자가 왔다. 랴오샤오가 죽었어. 부탁할 일이 있어. 샤오미야. 나는 문자를 몇 번 더 확인했다. 잘못 본 건 아니겠지. 나는 창구에 앉은 여성에게 말했다. 손님, 오늘 근무를 마쳐야겠어요. 거울은 선물입니다. 그녀가 말했다. 아직 돈을 맡길지 결정하지 않았는데요. 내가 말했다. 괜찮습니다. 거래 안 하셔도 그냥 선물입니다. 거래를 트면 또 다른 선물을 드리겠습니다. 제 전화번호 기억해 주세요. 제가 가장 친절한 자산 관리사라는 것도 기억해 주시고요. 손님의 자산이 곧 저의 생명입니다. 그녀가 말했다. 알겠어요. 마치 자기 가정을 지키듯 지켜 주시겠네요. 나는 자리에서 일어나 가방을 들고 회사를 나가 넓은 장소를 찾아 전화를 걸었다.

랴오샤오, 샤오미 그리고 나의 관계는 가장 간단하게 표현한다면 다음과 같이 말할 수 있다. 라오샤오는 시인, 나의 친구, 샤오미는 나의 전 애인으로 이후 라오샤오와 도주한 관계. 한때는 나 역시 시를 즐겼다. 대학 시절 시를 쓰는 사람은 많지 않았고, 시 동아리도 없었다. 1980년대에 등사기로 찍어 내던 간행물이 있었다고 하는데, 1980년대 말에 누군가 위험을 느끼고 동아리를 없앴다고 한다. 21세기 들어 동아리가 다시 문을 열었지만 리더의 복잡한 남녀 관계로 몇몇 여자애들이 서로 할퀴고 물어뜯다가 결국 사투를 벌이며 손목을 긋는 사태에 이르자 학교에도 영향이 미쳤다. 이렇게 해서 시 동아리는 다시 해체되었다. 나는 고등학교 시절부터 시를 쓰기 시작했다. 교과서 빈 공간에 시를 썼는데 단 한 번도 누구에게 보여 주거나 낭송을 한 적이 없다. 다른 시인을 알고 싶다는 생각도 하지 않았다. 그 나이 때 시를 쓴다는 건 내게 자위와 같은 행위였으니 당연히 이불 속에서 해야 하는 일이었고, 나불거릴 수 없는 쾌락의 경험이었다. 대학에서 맞은 첫 크리스마스의 밤, 하늘에서 펑펑 눈이 내렸다. 침실 온도가 영하 20도 아래로 내려갔다. 난방 시설은 완전히 무용지물이 되었고 스팀 파이프가 폭발해 얼음 부스러기가 흘러나왔다. 도시락에 든 면은 꽁꽁 얼어 마구 헝클어진 머리카락을 가진 사각 얼굴이 되었다. 이불이란 이불, 요란 요는 모두 종이 낱장처럼 얇게 느껴졌다. 룸메이트들은 참다 못해 모두 거리로 나가 여학생들과 짝을 지어 시내 교회로 향했다. 교회에 커다란 종이 있는데 일 년 중 크리스마스 밤에만 울린다고 했다. 일단 울리기 시작한 종소리는 도시 이곳저곳으로 넓게 흩어졌고 다음 날이면 한껏 신도가 불어났다. 나는 침실에 남아 책을 읽었다. 『모비 딕』. "다른 시인은 떨리는 음성으로 어린 양의 눈, 절대 땅에 내려 앉지 않는 새의 사랑스러운 깃털을 찬미한다. 나는 그렇게 우아하지 않다. 내가 찬송하는 것은 꼬리이다." 『모비 딕』은 내가 제일 좋아하는 책이다. 몇 번이나 시도했지만 언제나 끝까지 읽지 못했다. 힘차고 거대한 모비딕이 나중에 결국 어떻게 되었는지, 에이허브 선장과 그의 포경선 에식스호가 고향으로 돌아갔는지 알지 못한다. 하나 내가 그토록 그 책을 반복해서 읽는 이유는 결말을 알기 위함이 아니라 그저 그 책을 읽고 싶기 때문이다.

침실 문틈으로 쪽지 한 장이 들어왔다. 파란색 잉크로 다음과 같은 구절이 적혀 있었다. 자정 12시/ 운동장 한가운데/ 시/ 촛불/ 그리고 사그라들지 않는 눈. 문을 열어 봤다. 복도에는 아무도 없었고 센서 등만 외로이 켜져 있었다. 잠시 후 등도 꺼졌다.

자정이 가까워지자 나는 솜옷을 입고 모자와 장갑을 착용한 후 운동장으로 나갔다. 멀찌감치 운동장에 누군가 서 있었다. 한 손에 촛불을 들고, 다른 손으로는 촛불을 가리고 있었다. 굵은 눈발이 수북하게 쏟아졌다. 그는 내가 멀찌감치 멈춰 선 것을 보고 나를 향해 몸을 돌렸다. 나는 꼼짝하지 않았다. 바람이 촛불을 갈겼다. 불빛 아래 그의 앞머리와 빽빽한 수염이 보였다. 겉불꽃에 바짝 붙어 있어 불꽃과 함께 바람을 따라 흔들렸다.

"시 들으러 왔습니까?" 그가 고함을 질렀다.

"네. 다른 사람은 없습니까?"

"아직요. 이쪽으로 오십시오."

그에게 다가간 나는 그가 상당히 큰 키, 몹시 마른 몸매에다 오므리면 마치 종처럼 보일 정도로 커다란 손을 가졌다는 사실을 발견했다. 아마 이렇게 손바닥이 크지 않았다면 촛불은 벌써 꺼졌을 것이다. 그가 품에서 공책을 한 권 꺼내며 말했다. "지금 읽어도 되겠습니까?"

"네."

사과 강

겨울, 북방 노인의 뺨에서 시작해,
남방 여인의 다리에서 죽는다.
나는 사과 중간부터 깨물어,
사과가 문드러지는 순간까지 먹는다.

사과야
널 보낸다.
나는 멜대로 너의 씨를 메고,
널 흐르는 물가에 장사 지내,
주인 없는 부서진 배에게 너를 지키라 한다.
난 집에 가야 해,
네가 내일 서서히 강둑을 흘러 지나가는 날을 기다리며.

시를 다 읽고 나서 그는 커다란 손으로 시 원고를 옷 속에
집어넣었다.
　"다 읽었어요. 어때요?"
　"이해가 잘 안 돼요. 무슨 뜻이에요?"
　"시 써요?"
　나는 잠시 생각한 후 말했다.
　"쓸 때도 있어요. 읽어 줄 수 있어요?"
　"아뇨, 너무 추워요. 방금 어떻게 입이 벌어졌어요?"

그의 손에 들린 촛불이 반 정도 탔다. 촛농이 바닥의 눈에 떨어져 작은 구멍 하나가 생겼다. 그의 신발이 보이지 않았다.

"발에 감각이 없어요." 그가 말했다.

"나도요. 이만 가죠." 내가 말했다.

"내 침실에 가서 이야기 좀 나눠요. 나올 때 뜨거운 물을 끓여 놓았어요. 내 발이 망가질까요?"

"그렇지 않을 거예요. 눈엔 보온성이 있잖아요."

"망가져도 상관없어요. 모든 일에는 대가가 따르니까요."

그가 이렇게 말한 후 웃었다. 광대뼈가 움찔거렸다. 눈썹이 얼어 마치 성에 같았다. 우리 두 사람이 운동장을 빠져나올 때도 그는 촛불을 계속 들고 있었다. 초가 거의 다 타서 작은 덩어리만 남았다. 맞은편에서 한 여자가 걸어왔다. 옷을 많이 껴입고 몸을 동그랗게 말고 있었다. 그녀가 운동장 한가운데를 살피더니 우리를 바라봤다. "친구들, 내가 늦었나?"

이어 우리 셋은 그의 침실로 가서 날이 밝을 때까지 이야기를 나눴다. 여자 역시 자기가 쓴 시 한 수를 읽었다. 키 큰 친구가 종이를 찾아 몇 구절을 고쳤다. 나는 눈이 멈췄을 때 잠이 들었고, 그 시의 내용을 전부 잊어버렸다. 기억하는 거라곤 외투를 벗은 그 여자애 가슴이 납작하고, 몸은 무척 약하고 가녀렸지만 목소리는 침착하고 단호했다는 것뿐이었다. 교회 종소리를 듣지 못했다는 것도 기억한다.

전화벨이 한참 울리고 나서야 샤오미가 전화를 받았다. "라오샤오가 어쩌다 죽었어?" 전화 너머로 폭죽 터지는 소리가 들리는 듯했다. "정확하게는 몰라. 넌 지금 어때? 왜 문자 안 보내?" 그녀가 말했다. "난 잘 지내. 상품 팔지. 난 왜 찾는데?" "라오샤오가 죽기 직전에 너에게 부탁할 일이 있다고 연락하라고 했어. 네가 거절 안 할 거라고." "자기가 뭐나 되는 줄 아나? 뭘 믿고 내가 거절 안 할 거래?" "그이가 죽었으니까." 그녀가 말했다. "게다가 넌 그이 친구잖아." 다시 폭죽 소리가 들렸다. 그녀 바로 앞에서 터지는 듯했다. "지금 일이 너무 많아. 고객들이 모두 매달려 있어. 도와주고 싶어도 여력이 없어. 그리고 죽었는데 뭐, 모르는 사람이 죽어도 난 아무렇지도 않아. 세상에 사람 안 죽는 날 있어? 넌 지금 어디야?" "네가 묻어 주길 원했어. 화장은 싫대." 나는 전화를 끄고 회사로 돌아갔다.

클릭을 해야 하는데 자리에 앉아 마우스를 아무리 흔들어도 아이콘을 찾을 수 없었다. 졸업이 다가왔을 때 나와 라오샤오가 한번 붙은 적이 있었다. 나는 그의 머리카락을 거머쥐고 책상 모서리를 향해 내리쳤다. 그가 손으로 죽을힘을 다해 책상을 밀었다. 그에게 밀린 책상이 마치 맷돌처럼 르쭈팡[63]을 빙빙 돌았다. 샤오미는 침대에 앉아 알몸으로 우리를 쳐다봤다. 라오샤오는 바닥에 있던 콘돔을 밟고 미끄러졌다. 그에게 올라타 얼굴을 내리쳤다. 그는 손으로 얼굴을 움켜쥐려고 했으나 나는 한 손으로 그의 손을 벌리고 다른 한 손으로 그의 뺨을 갈

---

63   중국식 에어비앤비. 민박과 일반 숙박시설의 중간 형태로 24시간 단위로 임대한다.

겼다. 샤오미가 침대에서 내려와 커튼을 젖혔다. 밖은 그냥 평범한 밤이었다. 멀리 다른 건물의 불빛이 반짝였다. "이 사람이랑 떠날래." 그녀가 말했다. "같이 떠나기로 마음먹었어. 같이 돌아가기로 결정했다니까." 나는 휴대폰을 꺼내 문자 한 통을 보냈다. 주소 줘. 금세 샤오미로부터 답변이 왔다. 주소와 함께 환승할 때 주의할 사항이 여러 가지 자세하게 적혀 있었다. 상당히 외진 곳이었기 때문이다. 북쪽 농촌 지역으로 기차에서 내려 시외버스로 환승한 후 야간에 운행하는 불법 차량을 이용해야 했다. 라오샤오의 고향이었다. 그가 내게 말한 적이 있었다. 겨울에 오줌을 누면 바로 얼음이 된다고 했다. 마을 주위에 맑은 강이 흘렀다. 마을에는 공부하는 아이들이 많지 않았지만 그는 시 쓰는 법을 배웠다. 이 말을 할 때 득의양양하다기보다 좀 슬퍼 보였던 그를 기억한다.

오후에 회사에 휴가를 신청했다. 신장 결석 진단을 받았기 때문에 내일 병원에 가서 체외 충격파로 돌을 깨야 한다고 말했다. 상사가 휴가 신청서를 결재해 주며 민간 요법도 알려 줬다. 오줌 눌 때 펄쩍펄쩍 뛰어, 그래 그렇게. 그리고 두 손으로 뒤 허리를 쳐. 뒤 허리라는 게 신장을 치란 거야. 신장, 알겠나? 맞아, 거기. 뛰면서 때려, 그럼 작은 돌이 나올 거야. 큰 돌은요? 내가 물었다. 큰 돌은 안 나와. 요관이 그렇게 굵은 줄 알아? 탄력이 있는 것도 아니고. 중간 사이즈는요? 중간 사이즈라. 그가 잠시 생각하더니 막힐 거야, 라고 말했다. 병원에 가서 체외 충격파로 분쇄하는 게 낫겠네. 막히면 문제잖아. 나는 샤오미가 말한 대로 차표를 사서 작은 역에서 내렸다. 그 역에서 내린 승객은 나 하나뿐이었다. 열차 문이 바로 내 옆에서 닫혔다. 역사 안에도 사람이 별로 없었다. 대합실 의자가 거의 비어 있었다. 한 사람이 의자에 누워 드르렁 코를 골며 자고 있었다. 역 밖 좌판에 점쟁이, 양말 장수에다 기예를 부리는 이도 있었다. 거리에서 기예를 부리는 사람을 본 건 꽤 오랜만이었다. 사십 대 중년이었다. 십 대로 보이는 아이도 있었다. 아이가 계속해서 자기 이마로 벽돌을 깼다. 가루가 얼굴에 흘러내렸다. 중년 남자는 웃통을 벗고 횃불에 대고 불을 뿜어 대며 때때로 관중을 향해 까만 이를 드러냈다. 나는 그 마을로 가는 시외버스를 찾았다. 마을 이름이 기이했다. 보리청쯔. 나는 차에 오를 때 기사에게 물었다. 기사님, 보리청쯔까지 얼마나 걸려요? 차에는 다른 승객이 없었다. 많은 좌석들이 녹이 슨 채 고장 난 상태였다. 어떤 곳은 페인트가 벗겨져 살덩이 같은 양철이 드러나 있었다. 차문도 문제가 있었다. 한참 애를 써도 문이 잘 닫히지 않았다. 기사가 손으로 차문을 꼭 닫으며 말했다. 보리청쯔 간다고? 내가 말했다. 네. 꼭 가야 되나? 내가 말했다. 네. 어차피 갈 건데 뭘 물어? 그가 말했다. 나는 목이 막혔지만 다시 용기를 내어 물었다. 기사님, 왜 차에 아무도 없어요? 그가 말했다. 거기가 어딘지 모르나 보네? 나는 고개를 저으며 모른다고 했다. 거긴 왜 가? 친구가 세상을 떠났어요. 그가 운전사 조수석에서 흰 털이 달린 가죽 모자를 머리에 걸치며 말했다. 거긴 사는 사람이 거의 없어. 지금 다 허무는 중이거든. 내가 말했다. 허문다고요? 그가 핸드 브레이크를 잡아당겨 시동을 걸었다. 자, 내 옆에 앉아 나랑 이야기나 하지. 나는 좌석에 앉았다. 그가 말했다. 먼저 표를 사야지. 나는 얼만지 몰라 바지 주머니에서 동전을 꺼냈다. 그가 검은색 장갑을 낀 손가락을 뻗어 절레절레 흔들었다. 차 전체 요금을 내야지. 이렇게 큰 차를 혼자 쓰면서. 보아하니 사람이 괜찮은 것 같아 마을까지 데려다주는 거야. 불법 차량 부르는 돈도 절약하고. 이야기는 공짜야. 나는 100위안짜리 지폐를 꺼내 그에게 찔러 줬다. 그가 돈을 품에 넣으며 말했다. 잘 잡게나, 출발하네.

차가 갑자기 앞을 향해 돌진하며 금속이 마찰하는 것 같은 괴상한 소리를 냈다. 금방이라도 산산이 부서져 버릴 것 같았지만 속도는 상당했다. 길 옆 오래된 나무들이 순식간에 뒤로 물러났다. 앞에 가던 자동차들이 재빨리 옆으로 길을 비켰다. 어느 부분을 듣고 싶나? 앞에 반듯하고 넓은 흙길이 펼쳐졌다. 그는 두 손을 핸들에서 떼고 발 옆에 있던 찻물을 들고 마셨다. 내가 말했다. 허무는 이야기를 해 주세요. 그가 말했다. 좋아. 허무는 이야기. 솔직하게 말하지. 우리는 조상 대대로 보리청쯔에 살았어. 소생은 보리청쯔 본토박이시고, 어느 날 갑자기 눈이 먼다 해도 내게 막대 하나만 주고 거길 가라 하면 혼자 찾아갈 수 있어. 왜 마을 이름이 보리청쯔인가 마을 노인에게 물어보니 아는 사람이 없더라고. 백 살이 넘은 노인네가 한 분 있어. 광서제 시절 이야기까지 똑똑히 기억하는 양반이지. 그런 노인에도 왜 이곳을 보리청쯔라고 부르는지 몰라. 보리청쪽에는 원래 마을이 세 개 있었지. 보리허강이 마을을 돌아 흐르는데 여름이면 아이들이 이곳에 와서 놀았어. 강물이 정말 맑지. 바늘 하나가 떨어져도 다 보일 정도야. 겨울이면 강에 구멍을 뚫고 망태기를 넣어 두면 사람만큼 커다란 물고기를 잡을 수 있어. 내가 마흔 살 때 아이들 몇 명이 계속해서 강에 빠져 죽었어. 곳곳을 샅샅이 뒤지던 마을 사람들이 예전보다 강물이 많이 불어난 것을 알아차렸지. 그해 비도 별로 안 내렸는데 왜 강물이 그렇게 불어난 걸까. 그러다 강변에 있는 어느 집에서 갑자기 발밑으로 물이 차올랐어. 도망갈 겨를도 없이 집과 함께 네 가족이 모두 휩쓸려 가고 말았어. 그들을 건져 냈을 때는 이미 제각각 길이가 다른 얼음 몽둥이가 되어 있었지. 우린 그제야 강물이 불어난 게 아니라 마을이 물에 가라앉고 있다는 걸 알았어. 촌장이 총무를 데리고 영험하다는 절에 가서 점을 쳤어. 스님이 말하길, 보리청쯔 땅 속에 엄청나게 큰 얼음 덩어리가 1000년도 넘게 별 탈 없이 흘러왔다고 했어. 그런데 그해 무슨 일인지 얼음이 녹았다네. 달리 해결할 방도가 없었지. 그저 재빨리 이주를 하는 수밖에. 조금만 있으면 마을 전체가 얼음 녹은 물에 다 잠겨 버릴 판이니까. 그래서 나도 이사를 했고 이곳에 와서 시외버스를 몰게 됐어. 방금 역 밖에서 불 뿜는 사람 봤나? 내가 말했다. 봤어요. 그 사람이 우리 촌장이야. 벽돌 깨던 애는 그와 총무 사이에서 난 아들이고. 그가 말했다.

　　버스 앞 도로에 점차 눈이 왔던 흔적이 보이기 시작했다. 길가 고목 껍질이 쩍쩍 갈라져 있었고 조금 전 전혀 보이지 않던 새도 보였다. 까마귀 몇 마리가 우리 차에 놀라 파득거리며 나무 위로 올라가 앉았다. 기사는 계속 핸들에서 손을 놓고 있었다. 그는 다리 밑에서 어망을 들어 올려 구멍 하나를 잡은 후 바늘 두 개로 어망을 얽기 시작했다. 바늘이 춤을 추듯 재빨리 움직였다. 그의 눈은 전방을 향하고 있었다. 마치 낡은 재봉틀 같았다. 길 위에 눈이 두텁게 쌓여 있었다. 바퀴 자국도, 사람 발자국도 없었다. 길옆 고목 숲속, 다갈색 목재들처럼 껍질도 다 벗겨진 채 나무들이 묵묵히 서 있었다. 길에서인지 아니면 고목 숲에서인지 안개가 피어올라 차창을 뿌옇게 만들었다. 버스가 마치 뭔가에 받쳐 앞으로 밀려 날아가는 듯했다. 다 얽었어, 어때? 기사가 말했다. 내가 말했다. 좋은데요, 앞으로 얼마나 더 가요? 그가 말했다. 다 왔네. 소리가 들리기 시작하면 다 온 거야. 이 어망, 정말 쓸 만해. 삼십 년이나 썼는데 아직도 멀쩡해. 이렇게 말하고 그가 차창을 열고 어망을 밖으로 던진 후 백미러에 묶었다. 그리고 가죽 모자를 벗은 다음 자기 얼굴에 덮고 잠이 들었다. 나는 휴대폰을 꺼내 시간을 보려 했다. 한데 휴대폰이 어느 새 절로 꺼져 있었다. 뒤 커버를 열었다. 건전지에서 액체가 흘러나왔다. 창문을 열고 건전지를 버리려 했지만 꽁꽁 얼어붙어 열리지 않았다. 눈꽃 문양이 아름다웠다. 나는 휴대폰을 품에 넣고 의자 좌석을 뒤로 젖힌 채 잠이 들었다.

졸업 후 라오샤오, 샤오미와는 연락이 끊어졌다. 두 사람은 졸업장도 받지 않고 학교에서 사라졌다. 나는 학사 학위를 받긴 했지만 모든 것을 잃었다. 애인, 친구, 그리고 살던 도시에 대한 흥미까지. 몇 번이나 써 보려고 했다. 자산 관리 책의 빈 공간에 시를 끄적거려 보려 했지만 단 한 글자도 쓰지 못했다. 마치 낡은 행낭이나 된 것처럼 랴오샤오와 샤오미가 내 시를 등에 메고 떠나 버린 것만 같았다. 아마 샤오미가 나를 떠난 이유일 수도 있다. 나랑 비교하면 라오샤오는 진정한 시인이었다. 그는 천성이 칠칠맞고 게으르며 언제나 덥수룩하게 수염을 기르고 다니는, 땡전 한 푼 없는 빈털터리다. 애인이 없을 때는 늘 내게 돈을 빌려 사창가에 갔고 친구의 연인이랑 잠자리를 하기도 했다. 하지만 그는 시인이었다. 그는 내게 자신이 하는 모든 행동은 시와 관련이 있다고 했다. 샤오미 역시 나중에는 시를 쓰지 않았다. 라오샤오 곁에 있는 사람들은 시를 쓰는 능력을 상실하는 것 같았다. 그러나 샤오미는 라오샤오에 대한 사랑이 또 다른 시의 형식이라 여겼다. 그건 매우 유익한 일이었다. 나는 그녀가 그렇게 생각하고 있다고 믿는다. 그것은 그녀가 나를 떠날 때 조금도 미안해하지 않았던 이유이기도 하다.

나는 내가 태어난 도시로 돌아와 생계를 위해 수없이 많은 일을 했다. 생계를 위한 일은 결코 고달프지 않다. 어떤 식의 사고를 습관화하고 그 습관에 따라 생활해 가는 것, 그것뿐이다. 힘든 건 이런 생활 속에 형성되는 좌표다. 위든 아래든, 좌측이든 우측이든, 사방팔방을 둘러봐도 생활이 모두 똑같다. 그래서 조금 괴로웠지만 그렇다고 도저히 참을 수 없을 정도는 아니었다. 그저 계속 이렇게 생활하다가 어느 날 새로운 관점을 갖게 되면 미쳐 버릴지도 모른다고 생각했다. 미쳐 버린 나는 미쳤다는 것에 대해 인지하지 못할 것이다. 언젠가 이사를 할 때였다. 대학 때 쓰던 물건들을 정리했다. 대부분이 이미 쓸모가 없어진 물건들이라 버릴 수밖에 없었다. 나는 라오샤오가 내 공책 속지에 써 둔 시 한 편을 발견했다. 시간도 적혀 있었다. 내가 그와 샤오미의 관계를 알기 전의 일로, 아마 둘 사이에는 벌써 뭔가가 있을 때였을 것이다. 시 제목은 '돌아가다'였다.

> 소생은 이미 돌아갈 준비가 되었습니다,
> 각하는요?
> 물어봤자 소용없어,
> 소생과는 관련이 없으니.
>
> 나는 얼음 아래를 헤엄쳤고,
> 나뭇잎 속에서 헤엄쳤고,
> 여인의 몸 위에서 헤엄쳤지만,
> 이미 그곳에 있던 그물을 보지 못했다.
> 모비 딕도 한껏 크지 않고,
> 나는 정말 작아져야,
> 살아서 돌아갈 수 있다.
>
> 악수하자,
> 아니면 내 뺨을 날리든지,

소생과는 관련이 없으니.

나는 돌로 변하려 했는데,
그만 얼음이 되었다.
소생은 이미 준비가 되었습니다,
돌아갈 준비가.

　깨어나 보니 차가 이미 멈춰 있었다. 기사는 보이지 않았다. 차창 밖에서 소리가 들렸다. 누군가 북을 치는 소리 같았다. 나는 입가를 훔치고 가방을 든 후 차문을 밀어 열었다. 앞에 드넓은 강이 꽁꽁 얼어 있었다. 강 맞은편 굴뚝에서 밥 짓는 연기가 피어올랐다. 굴뚝이 작았다. 마치 향로에 꽂힌 향 같았다. 기사가 바닥에 쪼그리고 앉았다. 그물 안에 물고기가 가득했다. 큰 건 팔뚝만 하고, 작은 건 발만 했다. 모두 여섯 개의 지느러미가 자라 있었고, 어떤 건 발도 두 개 있었다. 그는 나무 막대기를 들고 물고기를 기절시키는 중이었다. 내리치는 솜씨가 매우 정확하고 강력했다. 몽둥이질 한 번이면 물고기는 움쩍달싹하지 못하고 그저 입가에 거품만 토해 냈다. 물고기 눈에 전혀 초점이 없었다. 나는 얼음이 언 강 쪽을 바라봤다. 구멍이 보이지 않았다. 너무 오래 자서 그새 구멍이 다시 얼어 버렸나 보다. "깼나?" 그가 말했다. 내가 말했다. "네, 다 온 건가요?" "안 보이나? 강 저쪽이 그 마을이야." 나는 고맙다는 인사를 하고 얼음 위를 걸어 맞은편 언덕을 향했다. 그때 그가 내 등 뒤에서 말했다. "자네 친구가 라오샤오지?" 나는 고개를 돌려 이미 차에 돌아가 앉아 있는 그를 바라봤다. 그가 창밖으로 고개를 내밀었다. 내가 말했다. "네, 그 친구 알아요?" 그가 말했다. "몰라." 이렇게 말한 후 그는 다시 차에 부릉부릉 시동을 걸고 후진했다.

강 너비는 내 상상을 초월했다. 얼마나 갔는지, 날이 저물고 있었다. 굴뚝은 더 이상 잘 안 보이는데 아직 언덕에는 닿지 않았다. 고개를 돌려 보니 내가 왔던 곳도 어렴풋이 잘 보이지 않았다. 차도 보이지 않았다. 한기가 엄습했다. 몸이 부르르 떨렸다. 순간 이 강이 정말 넓다면 나는 얼어 죽든지 아니면 굶어 죽을 거란 생각이 들었다. 얼굴과 귀에 감각이 없고 두 발은 마치 돌덩어리가 된 것 같았다. 배에서 꾸르륵 소리가 났다. 머플러를 풀어 라이터로 머플러에 불을 붙인 후 바닥에 던지고 두 손과 두 발에 불을 쬐었다. 머플러는 없어졌지만 적어도 잠시 동안 내 몸을 일으켜 살아서 목적지에 도착하게 해 줄 거란 희망은 가질 수 있었다. 그때 멀리서 나를 향해 다가오는 불빛 한 점이 눈에 들어왔다. 나는 더 이상 움직이지 않고 제자리에 서서 기다렸다. 머플러가 재가 됐고, 내 주위는 완전히 어둠에 휩싸였다. 불빛만 깜빡거리며 조금씩 내게 가까워졌다. 샤오미가 횃불을 들고 나를 찾아왔다. 확실히 많이 뚱뚱해져 있었다. 검은색 솜저고리에 솜바지를 입고 있었다. 가슴이 불룩해서 마치 커다란 고욤나무 열매 같았고, 촉촉한 두 눈은 절대 얼어붙지 않을 것 같았다. "따라 와. 오느라고 고생했어." 그녀가 말했다.

내가 말했다. "별로, 그냥 배가 좀 고프네. 뭐 좀 먹고 싶어." 그녀가 말했다. "알았어. 준비해 뒀어. 고기 삶아 놓았는데, 괜찮아?" 내가 말했다. "좋아, 고긴데 무슨 말이 필요해?" 그 순간 나는 그녀의 또 다른 손에 시선이 멈췄다. 쌍발 엽총이 들려 있었다. 내가 말했다. "총은 왜 들고 다녀?" 그녀가 말했다. "총이 없으면 어떻게 고기를 먹겠어? 전부 내가 잡는 거야." 나는 그녀의 뒤를 따라 계속 걸었다. 이제 곧 도착할 거라고 생각하니 기운이 났다. 발도 감각이 돌아왔다.

실내로 들어서자 그녀는 내게 먼저 온돌에 오르게 한 후 부뚜막에서 고기 한 그릇을 담아 와 말했다. "먹어, 고라니 고기야. 먹고 나서 이야기하자." 내가 말했다. "난 먹을게, 넌 얘기해. 시간이 별로 없어. 고객들이 기다려. 할 일만 끝내면 서둘러 돌아가야 해. 내가 지금 무슨 일을 하는지 알아?" 그녀는 대답 대신 젓가락을 내 손에 쥐어 줬다. 천장이 낮은 이 집은 벽이 두꺼웠다. 아궁이 불이 얼마나 뜨거운지 바지가 눈는 듯했다. 몸이 따뜻하게 풀리자 주체할 수 없이 땀이 솟았다. 할 수 없이 셔츠만 걸친 채 계속 고기를 먹었다. 셔츠는 회사에서 일괄적으로 맞춘 거라 마치 상사의 훈계 같은 표어가 적혀 있었다. 앞가슴에는 "자신을 불태워 순금의 사리를 남긴다.", 등에는 "지폐가 필요 없어요."라 적혀 있었다. 온돌은 하나, 사람은 둘인데 밤에 어떻게 자지? 문득 든 생각이었다. 네모난 탁자 위 등잔불에 비친 샤오미의 얼굴을 살며시 찬찬히 들여다봤다. 예전보다 제법 몸이 불었고, 머리카락도 전보다 많이 까맸다. 예전에는 자연스러운 갈색으로 부분적으로 색이 다 달랐다. 머리를 빗겨 준 적이 있었다. 그때는 손에 잡으면 마치 녹고 있는 금속을 쥔 것 같은 느낌이 들었는데, 지금은 완전히 까만 머리카락을 뒤로 틀어 올린 모습이었다. 민국[64] 시기 초상화의 인물 같았다. 시간이 조금 지난 후, 벽에 길이가 각기 다른 다양한 엽총이 걸려 있는 것을 발견했다. 바닥에는 마대가 하나 놓여 있었다. 입구가 벌어져 있었는데 실탄이 반쯤 들어 있었다. 크기는 다양했지만 모두 금빛 찬란했다. 그녀가 입을 열었다. 마치 아이에게 이야기를 해 주는 엄마 같았다. "오 년 전에 랴오샤오와 이곳으로 이사 왔어. 여긴 그이 고향이야. 이사 온 뒤 얼마 되지 않아 알게 됐지. 이곳이 가라앉고 있다는 걸. 다른 집들이 줄지어 이사를 갔어. 하지만 라오샤오는 떠나지 않았어. 이곳이 갑자기 가라앉게 된 데는 분명히 원인이 있다고 생각했거든. 나중에야 그는 누군가 그 사과를 건드렸다는 사실을 알았어." 고기에만 시선을 두고 있던 나는 고개를 들었다. "사과?" 그녀가 말했다. "여기 원래 작은 교회당이 있었어. 수백 년 전에 영국 선교사가 지었대. 마을 사람들은 이곳을 교회라고 부르지 않고 그냥 '외국 절'이라고 불렀어. 엿새 동안 일하고 하루를 쉬면서 외국 절에 가서 복음을 들었지. 그 선교사는 솜씨가 좋았어. 밖에서 산 바위를 한 덩어리 짊어지고 돌아와 직

64   1912년에서 1949년까지의 시기. 신해혁명 이후 수립된 아시아의 첫 번째
      민주 공화국이다.

접 커다란 물고기를 조각했어. 이곳에서는 무슨 이유에선지 겨울이면 사람만큼 큰 물고기가 잡혀. 그는 기뻐하면서 커다란 물고기를 조각한 거야. 그러던 중에 돌에서 옥 덩어리가 떨어져 나왔어. 주먹만 한 크기였대. 선교사는 옥을 살펴본 뒤 사과 모양으로 조각해서 물고기 입에 넣었어. 마을 사람들은 이 조각을 매우 좋아했고 '사과어'라는 이름을 붙여 줬어. 후에 그 선교사가 늙어 세상을 떠났고, 교회도 황폐해졌어. 그러면서 그곳은 사당이 되었고 예수상이 빠지고 선조들의 위패가 자리하게 됐어. 이따금 불초 자손들이 그 앞에 무릎을 꿇었지. 문화 혁명 당시에는 그 앞에서 사람을 패 죽이기도 했는데 사과어만은 계속 그 자리에 있었어. 아무도 건드리는 사람이 없었지."

그때 다시 엔진 소리가 들렸다. 처음에는 그냥 환청이라고 생각했다. 워낙 오랫동안 차를 타고 오는 바람에 엔진 소리가 계속 귀에 맴돌고 있다고 생각했다. 하지만 아니었다. 소리의 근원지는 바깥쪽 강 수면이었다. 그리고 또다시 조용해졌다. 샤오미가 온돌에 놓여 있는 엽총을 들어 올리며 말했다. "내려와." 내가 말했다. "뭐라고?" 갑자기 총알 하나가 날아들어 내 앞에 있는 커다란 꽃무늬 그릇을 깨뜨렸다. 국물이 몸에 튀었다. 나는 온돌에서 굴러 내려와 바닥에 엎드렸다. 이어서 바로 총알이 줄줄이 날아들었고 탁자가 뒤집혔다. 요란한 소리와 함께 벽에 튕긴 탄피들이 떨어져 내렸다. 샤오미는 내 옷깃을 쥐고 나를 창문 아래로 바짝 끌어당겼다. "이야기 아직 안 끝났어. 조금 이따가 다시 해 줄게. 총 쏴 본 적 있어?" 내가 말했다. "당연히 없지. 십수 년 동안 펜대만 잡았어. 지금은 자산 관리를 맡고 있고." 그녀가 바닥에 앉아 벽에서 장총 하나를 내려 내게 줬다. "이걸로 해. 대략 500미터 앞의 것까지 맞힐 수 있어. 한 번 쏠 때마다 노리쇠를 한 번씩 당겨. 똑똑히 기억해. 네가 저기 있는 사람들을 쏴 죽이지 않으면 저들이 널 쏴 죽일 거야. 잘 쏠 수 있어." 그녀가 이렇게 말한 후 총을 받쳐 든 다음, 창문 밖으로 총을 내밀고 한 발을 쐈다. 밖에서 짧은 비명 소리가 들렸다. 누군가 총에 맞은 게 분명했다. 이어 총알이 줄줄이 날아들어 맞은편 벽에 맞았다. 나는 고개를 빼고 창밖을 힐끗 바라봤다. 시외버스 한 대가 100미터 정도 너머 강 위에 가로놓여 있었다. 날 태우고 온 그 차였다. 차 후미가 환해지더니 총알 하나가 날아들어 창틀을 맞혔다. 나무 부스러기가 내 머리 위에 떨어졌다. 내가 물었다. "저 사람들은 뭐야?" 그녀가 말했다. "라오샤오 빼앗으러 온 사람." 내가 물었다. "라오샤오는 죽었잖아." 그녀가 말했다. "지금은 정확하게 설명할 수 없어. 집중해. 우선 저자들부터 처리하고 다시 말하자." 나는 총대를 창밖으로 뻗고 머리를 움츠린 채 총을 쐈다. 보총이 내 손에서 뒤로 날아가 땅에 떨어졌다. "어깨로 받쳐, 너처럼 총 쏘다가는 날 쏴죽이겠어." 샤오미가 이렇게 말하며 일사불란하게 반격을 시작했다. 총이 한 발 한 발 발사될 때마다 비명 소리가 들렸다. 잠시 후 밖이 조용해졌다. 누군가 확성기에 대고 고함을 쳤다. 제수, 내가 세어 보니 우리쪽 사람 열여섯 명을 다치게 했네. 널 잡는 날 하나하나 계산해서 다 돌려주지. 샤오미는 대답 대신 창밖으로 다시 한 발을 쐈다. 확성기에서 계속해서 소리가 들렸다. 제수, 우리에게 시집와서 라오샤오가 널 어떻게 대했지? 당신이 굶어 죽을 걸 걱정하지 않았다면 누가 제수에게 총 쏘는 걸 가르쳤겠어? 누구라도 당신에게 눈길만 줬다 하면 라오샤오가 그놈 봉알을 발로 뭉개 버렸어. 그러니 이제 우리 형 시신 내놔. 과거 일은 모두 묻어 주지. 시신을 주면 바로 만두를 대접할게. 사람 몇 명 다쳤다고 그게 뭐 대수겠어? 누가 피하지 말라고 한 것도 아니고. 내가 말했다. "강도야?" "아니, 촌장이야." "불을 뿜었던 그자?" "응, 그 사람." "라오샤오 시신을 가져다 뭐 하려고?" "가져다 화장시키려는 거야." 밖에 서 있던 차의 엔진 소리가 들렸다. 예상대로 그 기사가 운전을 맡았다. 그의 차가 그 모양 그 꼴이었던 것도 이제야 이해가 됐다. 낮에는 시외버스, 밤에는 벙커 역할을 했던 것이다. 다시 확성기에서 고함이 들렸다. 제수, 웬 청년 하나가 당신 집에 들어갔다던데. 우리 라오샤오가 죽은 지 얼마나 됐다고 벌써 서방질이야. 쪽 팔리는 짓 작작 해. 우리 만두 먹고 다시 올 테니 언제까지 버티나 봅시다.

촌장이 간 후 샤오미가 바닥 청소를 하고, 탁자를 제대로 돌려놓은 후 다시 내게 고기 한 그릇을 퍼 줬다. "총알을 거의 다 썼어. 너 빨리 먹고 라오샤오 묻어." 내가 말했다. "그래. 끝내고 돌아가야지. 안 그러면 잘릴지도 몰라." 그녀가 말했다. "이야기 계속할게." 나는 기름진 고기 한 점을 집으며 말했다. "말해."

"몇 년 전, 촌장이 대대적으로 사당을 수리하던 중에 물고기를 건드릴까 봐 밖으로 옮겼어. 그런데 실수로 물고기 입에서 사과가 떨어졌어. 촌장이 사과를 집어서 채 돌려놓기도 전에 사당 주위에 안개가 일었대. 안개가 순식간에 온 마을을 감싸 맞은편 사람이 보이지 않았어. 모두 강에 빠지지나 않을까 자리에서 꼼짝도 하지 않았고. 안개가 걷혔을 때 누군가 강가에 널려 있는 어망에 지느러미 여섯 개 달린 대어가 가득한걸 발견하고 솥에 넣고 끓였어. 맛이 좋았지. 다 먹고 나니 몸에 열이 후끈 달아올라 많이 먹은 사람들은 입을 벌리면 불이 뿜어져 나올 정도였어. 촌장은 이 일이 분명히 사과어와 관련이 있을 거라고 생각하고 마을 전체 회의를 열어 마을 사람들이 모두 보는 앞에서 실험을 했어. 사과를 동상 물고기 입에 돌려놓으면 평안무사, 과거 수백 년과 마찬가지로 물고기가 꽁꽁언 강 밑에 살고, 구멍을 뚫고 어망을 넣어야 물고기를 잡을 수 있었어. 그런데 사과를 물고기 입에서 꺼내면 마을 주변에 매일 진한 안개가 끼고 얼마나 많은 어망을 던져 놓든 안개가 물러가면 어망이 물고기로 가득 찼지. 이에 마을에서는 투표를 했고, 그 결과 만장일치로 사과를 꺼내 촌장 집에 보관하기로 했어. 그 후 매일 안개가 끼고 안개 속에 어망을 치고 물고기를 잡았어. 물고기 중에는 크기가 정말 커서 사람만 한 것도 있었어. 그런 고기는 날기도 해서 총으로 쏴서 죽였어. 그렇게 일 년이 지난 후 어떤 가족이 잠을 자다 갑자기 물속에 빠졌어. 그리고 죽었지. 마을 전체가 물에 잠기고 있었어. 조만간 모두 잠겨 버릴 것 같았지. 그래서 사람들이 거의 다 이사를 갔지만 매일 정해진 시간이면 이곳에 돌아와 꽁꽁 언 강물 위 안개 속에서 고기를 잡았어."

내가 말했다. "배가 가득 찰 때까지 이야기를 들었는데 아직도 랴오샤오가 어떻게 죽었는지는 모르겠네." 그녀가 말했다. "고향에 돌아온 라오샤오는 일이 잘못 돌아가고 있다고 생각하고 밤에 촌장 집에 가서 사과를 훔쳤어. 다시 물고기 입안에 돌려놓으려고. 그런데 언제 사라졌는지 그 물고기상이 없어진 거야. 조각상을 세워 놨던 기단만 남고."

내가 말했다. "그래서?" 그녀가 말했다. "이 집에서 그이가 내게 몇 가지 당부를 했어. 주로 너에 관한 것, 그리고 자기가 쓴 시에 대한 것이었어. 어떻게 해서든지 널 오게 해서 자기와 함께 원고를 묻어 달랬어. 그런 뒤에 내게 키스를 하고 말했어. 이제 우리가 가라앉지 않도록 자기가 책임을 다할 방법은 하나밖에 없다고 말이야, 그리고 사과를 먹어 버렸어." 내가 말했다. "그 후에는?" 그녀가 말했다. "사과를 삼킨 후 깨어나지 않았어. 매일 계속 안개가 꼈고, 안개 속에서 물고기가 잡혔지. 하지만 예전보다 크기도 작고, 양도 적었어. 그래서 촌장이 그이 시신을 불태워 그이가 삼켜 버린 사과를 되찾으려 하는 거야." 내가 말했다. "잘 알았어. 시신이랑 원고는 어디 있어?"

샤오미가 방구석에서 커다란 트렁크를 끌어냈다. 내가 아는 트렁크, 어느 해인가 내가 그녀에게 생일 선물로 준 트렁크였다. 그때 나는 발가벗고 그 안으로 들어갔고, 라오샤오가 트렁크를 끌고 그녀의 침실로 가서 그녀에게 서프라이즈 선물을 했었다. 그녀가 트렁크를 열었다. 안에 라오샤오가 누워 있었다. 아무것도 걸치지 않은 채 원고 한 뭉치를 잡은 두 손을 가슴 앞에 모으고 있었다. 나는 쪼그리고 앉아 자세히 들여다봤다. 살아 있는 것 같았다. 얼굴에는 주름 하나 없었다. 근육도 경직되지 않았다. 단 하나, 눈에 띄는 건 수염이 마치 산타클로스처럼 모두 하얗게 변했다는 것이다. 내가 말했다. "안 추워?" 그는 대답이 없었다. 나는 가슴에 엎드려 귀를 기울였다. 확실히 심장은 뛰지 않았고, 피부는 차가웠다. 나는 그의 손에 든 원고를 집어 들춰 봤다. 매우 정갈하게 대략 삼십 수의 시가 적혀 있었다. 글자체로 볼 때 어린 시절부터 마지막까지의 시가 모두 들어 있는 것으로 보였다. 처음 몇 수는 삐뚤빼뚤하고 어떤 글자들은 병음[65]으로 적혀 있었다. 필통, 마을의 나무에 대한 시가 있었다. 뒤로 갈수록 글씨가 능숙해졌다. 마지막 장을 넘겼다. 제목만 적혀 있었다. '긴 잠.' 시구는 없었다. 내가 말했다. "이건 아직 안 쓴 거야?" 그녀가 말했다. "이 페이지는 너에게 주는 거야. 그이의 유일한 유산이야. 나머지는 모두 묻어." "너 역시 그의 유산이잖아." 이렇게 말하고 나는 그 페이지만 가슴에 넣은 후 남은 원고는 라오샤오의 손에 다시 돌려놓았다. 다시 한번 그를 바라봤다. 죽었다는 것 말고는 생전 모습 그대로였다. 나는 트렁크를 닫고 지퍼를 올렸다. "묻자."

---

65   로마자로 표기된 중국어 발음 부호.

샤오미가 내게 철 삽을 건넨 후 자기도 하나를 들고 발밑의 땅을 가리켰다. "여기 파." 내가 말했다. "석회인데 팔 수 있을까?" 그녀가 말했다. "많이 물러졌어. 파자." 삽을 내리꽂아 보니 과연 쑥 들어가며 진흙 더미가 묻어 나왔다. 둘이서 교대로 땅을 파기 시작했다. 대략 2미터 정도까지 파 들어간 후 셔츠를 벗었다. 땀이 등골을 타고 흘러내렸다. 내가 말했다. "거의 다 됐어. 라오샤오 줘." 그녀가 말했다. "안 돼, 더 파야 돼." 날이 점점 밝아 왔다. 그새 밤새워 땅을 판 셈이다. 샤오미가 내 허리에 끈을 묶어 줬다. 나는 구덩이 아래로 내려갔다. 그녀가 다른 끈으로 흙을 담은 철통을 들어 올렸다. 다시 좀 더 흙을 팠다. 발 옆에서 물이 스며 나왔다. 뼛속까지 시렸다. 샤오미를 올려다봤다. 샤오미의 머리가 마치 나무에 달린 복숭아처럼 작았다. 그녀가 나를 향해 고함을 질렀다. "빨리 파, 사람들이 왔어." 다시 폭죽 터지는 것 같은 소리가 들렸다. 탄피 몇개가 내 머리 위에 떨어졌다. 샤오미가 한 손을 뻗어 통을 잡은 상태에서 다른 한 손으로 총을 갈겼다. 나는 열심히 삽을 휘둘러 땅을 파 내려갔다. 얼음처럼 차가운 물이 내 무릎까지 차올랐다. 그때 샤오미의 외침이 들렸다. "됐어, 비켜." 내가 몸을 옆으로 비키자 트렁크가 곧추서 얼음물 속으로 떨어졌다. 나는 트렁크를 눕혀놓았다. 트렁크가 금세 가라앉았다. 마치천 근은 나가는 것처럼 내 발밑으로 가라앉았다. "끈 잡아. 끌어 올려 줄게." 지상으로 올라왔다. 샤오미는 총에 두 발이나 맞은 상태였다. 한 발은 허벅지에, 한 발은 어깨에. 그녀가 담에 기대 손에 들고 있는 총을 흔들며 말했다. "탄환을 다 썼어." 나는 옷을 입었다. 차가운 바람이 뱃속에 스미는 것 같았다. "응. 우리 항복할 거야?" 아직도 총알이 빗발쳤다. 더 이상 확성기 소리는 들리지 않았다. 창문으로 밖을 바라봤다. 시외버스가 얼음 위에서 천천히 움직이고, 솜저고리에 가죽 장화를 신은 사람들이 차 후미에 숨어 고개만 내밀고 집 쪽으로 총을 쐈다. "수영할 줄 알아?" 샤오미가 말했다. 내가 말했다. "잊어버렸구나. 너 수영장에서 쥐 났을 때 내가 구해 줬잖아. 하마터면 네가 날 목 졸라 죽일 뻔했지만 그때도 헤엄쳐 나왔어. 그땐 라오샤오가 없었지." 그녀가 말했다. "생각나네. 조금 있다가 기회 봐서 헤엄쳐 나가." 내가 말했다. "모두 꽁꽁 얼었는데 어디로 헤엄을 쳐? 넌 어떻게 하려고?" 그녀가 말했다. "난 괜찮아. 난 라오샤오와 함께할 거야. 그이가 날 보살펴 줄 거야, 넌 걱정할 것 없어. 그때 내가 한 말 기억나? 난 그이 따라갈 거야." 샤오미의 몸에 난 두 구멍에서 피가 흘러내렸다. 검은 솜저고리와 바지가 자줏빛이 됐다. 나는 그녀가 환상에 사로잡혀 있다는 걸 알았다. 나는 이를 악물고 창문을 넘어 밖으로 뛰어나가 강을 향해 내달렸다. "항복! 항복! 항복!" 실탄이 내 옆을 스쳤다. 그중 한 발이 내 소매를 맞혔다. 시외버스가 멈춰 서고 촌장과 기사가 차 후미에서 걸어 나왔다. 촌장이 말했다. "항복한다고?" 내가 말했다. "네, 어서 사람을 구해 줘요." 기사가 말했다. "이봐, 날 원망하진 말게. 자넨 내 버스도 탔었지. 자네를 겨냥한 건 아냐. 일은 일이고, 사람은 사람이

지. 라오샤오는?" 내가 말했다. "집 안에 묻었어요. 집에 들어가면 보일 거예요." 촌장이 확성기를 들고 차 후미를 향해 고함쳤다. "모두 차에 타시오, 차 타고 갑시다. 일 끝내고 내가 훠궈를 대접하리다." 차 뒤에서 수많은 사람들이 나왔다. 남녀노소 모두 손에 총을 들고 있었고, 촌장 아들만 벽돌을 들고 있었다. 그들이 우르르 앞서거니 뒤서거니 차에 올랐다. 낡아 빠진 차지만 제법 많은 사람이 탈 수 있었다. 그 많은 사람들이 다 비집고 차에 올라탔다. 내가 차문을 잡고 막 올라타려 할 때 촌장이 확성기로 내 손을 치며 말했다. "자리 없어. 할 일 하러 가게. 여기가 자네가 있을 곳이라 생각하나?" 이렇게 말한 후 그가 강 맞은편 아득한 어둠을 가리켰다. 문이 닫히고 차가 흔들흔들 앞으로 나아갔다.

나는 얼음 위에 서서 라오샤오와 샤오미의 집을 바라봤다. 굴뚝에서 다시 밥 짓는 연기가 피어올랐다. 어찌 된 일이지? 이 판국에 설마 배가 고프기라도 한 거야? 그때 얼음이 흔들거리기 시작했다. 나는 엉덩방아를 찧었다. 앞쪽 얼음이 굉음을 내며 갈라졌다. 마치 수많은 야수가 평원을 내달리는 소리 같았다. 시외버스가 얼음 속에 빠졌다. 촌장이 물과 얼음덩어리 속에서 손을 허우적거렸다. 그가 입에서 불을 품으며 아무 소리도 내지 못한 채 가라앉았다. 불이 꺼졌다. 버스도 완전히 가라앉았다. 이어 사방팔방의 얼음이 모두 부서졌고, 물이 얼음 밑에서 용솟음치면서 나를 삼켜 버렸다. 나는 수면 위로 고개를 내밀기 위해 죽을힘을 다해 물을 박찼다. 그 순간 내 눈앞에서 마을 전체가 가라앉았다. 눈길이 닿는 곳이 모두 물바다가 되었다. 나는 마음속으로 생각했다. 끝이야. 샤오미도 사라졌어. 내게 물려준 유물을 지키지 못한 채 낡은 종이 한 장만 남았다. 이어 커다란 파도가 밀려왔다. 두세 번 물을 먹고 몇 번이나 곤두박질을 친 끝에 다시 고개를 내밀었을 때 나는 기이한 광경을 목격했다. 샤오미의 집이 보였다. 밥 짓는 연기가 피어올랐다. 다만 더 이상 땅 위가 아닌, 물 위에 떠서 먼 곳을 향해 떠내려가고 있을 뿐이었다. 나는 그녀의 이름을 외쳤다. 샤오미, 샤오미, 어디 가는 거야? 창문으로 사람의 그림자가 보이지 않았고, 그녀도 내 물음에 대답하지 않았다. 나는 계속 소리를 질렀다. 라오샤오, 라오샤오, 이봐, 샤오미를 어디로 데려가는 거야. 여전히 아무런 대답이 없었다. 그저 우레 같은 물소리만 들릴 뿐이었다. 집이 점점 작아지더니 끝내 시야에서 사라져 버렸다.

나는 다시 물 밑으로 가라앉았다. 마을의 땅, 사당, 우물, 맷돌, 어망, 이 모든 것이 물속에 있었다. 기사가 한 방향으로 헤엄쳐 갔다. 몸에서 지느러미 여섯 개, 다리 두 개가 자라난 그는 유쾌하게 헤엄을 쳤다. 그는 전혀 나를 의식하지 않았다. 어쨌거나 분명한 건 샤오미가 완전히 사라졌다는 것, 다시는 그녀의 전화를 받지 못하며, 그녀와 같이 총을 맞을 일도 없다는 것이었다. 나는 물속에서 한참을 울었다. 그리고 눈물을 닦고 기차역을 향해 헤엄쳤다. 기차에 올라 옆자리 사람에게 휴대폰을 빌려 상사에게 전화를 했다. 신장 결석이 다 나아 다시 막힐 일이 없으니 내일이면 출근할 수 있다고 했다. 그는 매우 기뻐하며 내가 정말 다시 돌아올 줄 몰랐다고 말했다. 자네를 해고할까 생각도 했지만 그렇게 하기도 번거로워서. 나는 정성을 다해 일할 것을 맹세한 후 전화를 끊었다. 가방을 샤오미 방에 놓고 왔다. 안에 기차에서 처리할 업무 파일이 들어 있었다. 할 일도 없어졌기에 라오샤오가 내게 남긴 원고를 꺼냈다.

긴 잠, 이건 무슨 뜻일까, 곰곰이 생각해 봤다, '긴 잠'이라고?

긴 잠

탄알을 피할 수 있는 사람은 없다,
당신이 이미 죽지 않은 한.
물에 빠져도 죽지 않는 사람은 없다,
당신에게 지느러미가 있지 않은 한.
애정을 지긋지긋하게 생각하지 않을 사람은 없다,
그녀 역시 당신을 사랑하지 않는 한.

그래서 우리는 긴 잠을 잔다.
결코 자기와 다름이 아닌,
그냥 역류할 뿐이다.
그래서 우리는 긴 잠을 잔다.

촛불 심지가 되고,
지반이 된다.
그래서 우리는 긴 잠을 잔다.
깨어 있으면서,
긴 잠을 잔다.

건달

우리 집은 원래 골목 안에 있었다. 골목에는 일직선으로 곧장 집이 이어져 있었고, 문 앞에는 공터가 있었는데, 그 집이 바로 우리 집이다. 할머니가 땅을 파고 대파와 오이를 심었다. 나는 가끔씩 밥을 반쯤 먹다가 소리를 질렀다. 할머니, 뭔가 빠진 것 같아, 파 없어. 할머니가 몸을 일으켜 종종걸음으로 마당에 나가 파 한 단을 뽑아 깨끗하게 씻은 뒤 내 앞에 놓으며 웃었다. 우리 아기, 다 먹고 나면 또 있어. 누구 집에 또 이런 파가 있겠니?

1991년 초, 내가 열두 살이 되던 해, 소련이 해체된 지 얼마 되지 않았던 때이자 작가인 싼마오가 스타킹으로 목을 매 자살했던 때 한 무리의 사람들이 우리 집 마당으로 들어왔다. 우두머리로 보이는 사람이 우리 할아버지에게 종이 한 장을 건넸다. 영감, 자, 이게 현재의 정책이야. 할아버지가 말했다. 난 글자를 몰라, 얼마를 내야 한다는 건가? 그자가 말했다. 돈을 내라는 게 아니고, 영감, 당신들에게 돈을 준다는 거야. 당신네 골목이 철거될 거야. 할아버지가 말했다. 우리 집을 철거한다고? 네가 감히? 할아버지는 당시 반신불수였지만 대뜸 지팡이를 쳐들어 상대방의 음경을 찔렀다. 그자가 뒤로 반걸음 물러섰다. 당신네 집, 당신네 골목을 그냥 철거한다는 게 아니고, 이곳을 철거해서 모두 이주시키고 나면 대형 슈퍼마켓을 지을 거야. 글자 아는 사람을 찾아다 정책을 읽어 봐. 그자는 이렇게 말한 후 사람들을 이끌고 다음 집으로 가 버렸다. 공장에서 퇴근한 아버지가 '정책'을 들고 꼼꼼하게 살펴본 뒤 우리에게 말했다. 무슨 말을 해도 소용없어요. 이사 갈 준비하죠.

할아버지와 할머니는 J시에 사는 고모에게 갔다. 대신 이주비를 고모에게 주기로 했다. 친척들이 온돌 위 작은 원형 탁자에서 서명한 후 할아버지, 할머니는 기차에 올랐다. 할머니는 떠나기 전 마당에서 파 두 단을 뽑아 보따리에 집어넣었다. 그 후 나는 다시는 할아버지, 할머니를 만나지 못했다. 일 년 사이에 두 분이 차례로 J시에서 돌아가셨기 때문이다. 영수증에 적힌 고모의 책임은 '돌아가실 때까지 노인 두 분을 모신다'였다. 두 분을 모시는 기간이 이토록 짧고 그렇게 장례식을 치르게 될 거라고 사람들은 미처 생각하지 못했다.

그날 우리 세 식구는 길가에 앉아 있었다. 우리 앞에 크고 작은 짐들이 쌓여 있었다. 한여름 밤이었다. 모기가 가로등 아래 떼로 몰려다녔다. 몇 마리가 내 피를 빨아 먹고 달아났다.

한 마리를 팔로 때려죽였다. 나는 팔에서 모기 사체를 한 움큼 집었다. 아빠, 오늘 밤 우리 길에서 자요? 시원하긴 한데 모기가 있어요. 아버지가 말했다. 길에서 자진 않아. 친구가 데리러 올 거야. 어머니는 짐을 살펴보며 헐거워진 끈을 짱짱하게 동여맸다. 네 아빠 친구라는 사람 좋은 물건은 아니야. 엄마 말들어. 앞으로 아빠 일하는 곳에서 살 건데 매사에 조심해야 돼. 거기 있는 물건들은 모두 나라 거야. 우리 집에서 모든 것이 우리 거였던 것과는 달라. 그리고 또 하나 명심해야 될 게 있어. 그 라오마란 사람에게서 멀리 떨어져. 그 물건 삼손이[66]에다 주정뱅이야. 나는 속으로 뜨끔했다. 아빠, 아빠 친구 손이 세 개래, 세 번째 손은 어디 있어요? 앞가슴 아니면 등에? 아버지가 어머니를 힐끗 본 후 말했다. 삼손이란 말은 손이 세 개란 말이 아니고 좀 특별한 재주가 있다는 뜻이야. 그리고 그것도 여러해 전의 일이야. 오늘부터는 작업장에서 자지만 아빠, 엄마가 돈을 벌고 나면 방을 빌려 살 거야. 아빠가 목숨이 붙어 있는 한은 절대 널 힘들게 하지 않을 거야. 여기까지 말했을 때 인력거 한 대가 우리 앞에 멈춰 섰다. 비쩍 마른 중년 남자가 인력거를 끌고 있었다. 매우 젊은 차림새였다. 아래는 검은색 양복바지에 검은 구두를 신고, 상의는 꽃무늬 셔츠를 입고 있었다. 가장 이상한 것은 머리에 쓴 검은 중절모였다. 이런 옷차림으로 인력거를 끌다니 당연히 행인들의 눈길이 쏠렸을 것이다.

66 三隻手. 중국어로 도둑을 의미한다.

어쩌면 영화를 찍고 있는 거라고 생각했을지도 모른다. 우리를 발견하자 그는 세 손가락으로 중절모를 살짝 들어 올리며 말했다. 오래 기다렸죠. 그 계집애가 자꾸만 매달리면서 못 가게 해서. 그년 실한 엉덩이만 아쉽지 않았다면 일찍 왔을 텐데. 오르시죠, 가족분들. 그러더니 번들번들 기름진 머리에 다시 중절모를 눌러썼다.

우리는 우르르 인력거에 올랐다. 나랑 어머니가 함께 붉은색 나무 상자를 들었다. 어머니가 결혼할 때 가져온 혼수품이었다. 어머니는 매번 이사할 때마다 이 상자를 가장 소중하게 챙겼다. 어머니는 오갈 때마다 상자를 살폈다. 하지만 나는 단 한 번도 어머니가 상자 여는 모습을 본 적이 없었다. 상자에는 금색 작은 자물쇠가 달려 있었다. 대체 뭐가 들어 있는지 정말 무거웠다. 인력거 가장자리에 앉았다. 아버지가 인력거를 끌겠다고 하자 검은 중절모가 손을 내저었다. 이 인력거 다른 사람은 못 끌어. 끌자마자 기울어지거든. 나만 알아본다니까, 자, 어서들 올라타요. 가는 내내 검은 중절모는 혼자 중얼거렸다. 방금 자기 처제랑 잠자리를 했는데 처제 젖꼭지가 어찌나 동그란지 손에 잡자 마치 크고 흰 배처럼 껍질은 야들야들, 즙이 가득이라 그만 자기도 모르게 깨물어 버렸다고 했다. 그는 그렇게 계속해서 지껄이다가 갑자기 다른 말을 했다. 제수씨, 왜 그렇게 눈을 크게 뜨고 날 봐요? 어머니가 말했다. 이제 겨우 열두 살짜리 애를 앞에 두고 어디서 그렇게 추잡한 말을 지껄여요? 애 데리고 걸어갈 테니 차 멈춰요. 검은 중절모는 차를 멈추며 말했다. 이 인력거 안의 물건 중 제수씨 붉은 나무 상자가 제일 무거워요. 그것도 메고 갈래요? 어머니는 잠잠히 아무 말도 하지 않은 채 아버지에게 고개를 돌렸다. 이런 수모를 당하게 하다니, 그렇게 참을성이 많아요? 눈에 눈물이 그렁거렸다. 그 순간 내가 불쑥 끼어들었다. 삼촌, 처제가 뭐예요? 검은 중절모가 말했다. 우리 마누라 여동생이란 말이야. 너 이모 있어, 없어? 그 사람이 바로 네 아빠 처제야. 내가 말했다. 왜 아내랑 안 자고 아내의 여동생하고 자요? 검은 중절모가 웃으며 누렇고 시커먼 치아를 드러내며 말했다. 마누라가 도망가고 어린 처제만 남았거든. 정확하게 말하면 전 처제지. 전 처제도 남편이 있어. 그래도 한 번쯤 자는 건 아무렇지도 않아. 처제가 별로 할 일도 없었고. 너무 가까이 있어서인지 나는 그의 입에서 술 냄새를 맡았다. 마치 술 창고 같았다. 아버지가 나서 걸쭉한 소리로 말했다. 라오마, 어린애야, 곧이곧대로 알아듣는다고. 라오마가 말했다. 어차피 항상 보고 살아야 하는 사이가 됐는데 먼저 서로 알 건 알아야 하지 않나. 설마 이렇게 도움을 청해 놓고 다시는 안 보고 지낼 건가? 날 피해 다닐 거야? 아버지가 말했다. 그럴 수야 없지. 작업장에서 살아도 매사에 자네에게 의지해야 하니. 다만 서로 체면은 챙겨 줘야지. 라오마가 말했다. 허, 잘났네. 체면은 뒀다 뭐에 쓰게? 그래도 그만 입은 다물지. 남은 길은 노래나 흥얼거리자고. 더 이상 이야기 풀어놓지 말고. 아버지의 작업장은 대략 2000제곱미터, 라오마가 우리에게 구해 준 칸막이 공간은 6~7제곱미터 정도의 작업장 2층이었다. 안에 철제 이 층 침대를 꾸겨 넣고 나니 달리 남는 공간이 없었다. 대충 이런 상황을 예상했기에 별 필요가 없다고 생각되는 가재도구는 이사 오기 전에 좌판을 깔고 팔 건 팔고, 버릴 건 버리고 남은 물건은 전부 집어넣었다. 어머니의 붉은 나무 상자를 구석에 놓고 위에 비닐을 깔아 식탁과 내 책상으로 삼았다. 나는 스탠드도 꺼내 놓았다. 물건을 팔 때 아버지가 물었다. 꼭 있어야 하는 물건 하나만 골라. 아닌 건 다 팔아 버리고. 나는 잠시 생각한 뒤 말했다. 스탠드 가지고 갈래요, 팔아 봤자 얼마 되지도 않고요. 원래 내 손에 들어올 때도 중고 물건으로, 이웃이 쓰다가 버리려던 물건이었다. 그때까지 나는 스탠드를 본 적이 없었다. 그녀가 스탠드 목을 비틀어 쥐고 우리 집 마당을 지나갈 때 내가 물었다. 아줌마, 그건 뭐예요? 그녀가 말했다. 스탠드야, 책상에 놓고 쓰는 거야. 아줌마가 만지작거리다 스위치가 고장 났어. 아무리 해도 안 켜지네. 내가 말했다. 아줌마, 저 주세요. 덮개가 좋네요. 뒤집어서 물건을 담아도 되겠어요. 스탠드를 손에 넣은 후 한참을 주무른 끝에 결국 불이 켜졌다. 다만 스위치는 여전히 문제가 있어 그냥 항상 불이 켜져 있었다. 그래서 플러그를 스위치처럼 사용해 꽂으면 불이 켜지고 뽑으면 불이 꺼졌다. 그것만 빼면 온전한 스탠드였다.

라오마가 우리 물건을 날라 주며 말했다. 장소는 비좁지만 돈을 안 내도 돼. 공장 경비들이 매일 8시에 와서 점검을 하니까 그땐 문을 잠그고. 불 켜지 말고. 조금만 지나면 경비들이

나가. 우리 처남에게는 이미 말해 뒀어. 그냥 형식적인 거야. 처남을 곤란하게 하는 일만 안 하면 돼. 텔레비전은 내 방에 있어. 볼 거면 내려와. 아버지가 말했다. 라오마, 어떻게 고맙다는 인사를 해야 할지 모르겠네. 라오마가 말했다. 형제끼리 뭘 그런 말을 해? 자네가 알아서 해. 아버지가 바지주머니에서 200위안을 꺼내 라오마 손에 쑤셔 넣었다. 라오마가 말했다. 자네 집 빌리는 데 한 달에 얼마인 줄 알아? 여긴 내가 있으니 한 푼 안 쓰게 할 거야. 아버지가 말했다. 물론 그렇지. 그러면서 다시 100위안을 꺼내 건넸다. 라오마가 돈을 받고 중절모를 살짝 들어 올렸다. 그리고 자리를 떴다.

그렇게 그곳에 살게 되었다. 작업장에는 생산 라인이 하나 있었다. 수많은 선반, 기중기, 도구함, 전기 드릴, 렌치, 나사가 있었다. 낮에 라인이 돌아가기 시작하면 뭔가를 만들어 내는 것이 아니라 마구 부수는 것처럼 요란했다. 밤이 되면 거대한 통유리로 달빛이 들어왔다. 기계들이 모두 멈추면 고요가 찾아왔다. 마치 모든 것이 죽어 버린 것만 같았다. 습기가 바닥에서 올라와 무덤의 숨결로 가득 찼다. 어머니는 텔레비전을 본다고 라오마 방에 가지 못하도록 했기 때문에 작업장으로 이사 온 지 석 달이 지나고도 라오마의 방이 어떻게 생겼는지, 텔레비전은 흑백인지, 컬러인지 알지 못했다. 매일 8시 전까지 나는 스탠드를 켜고 숙제를 끝낸 후 플러그를 뽑았고 아버지의 진공관 라디오를 끼고 작업장 여기저기를 돌아다녔다. 도처에 떨어진 나사를 주워 근처 공구함에 넣으면서 단톈팡[67]이 거친 소리로 늘어놓는『동림전』을 들었다. 그의 목소리가 넓은 작업장에 울려 퍼졌다. 수없이 많은 단톈팡, 수많은 동림이 있는 것처럼 느껴졌다.

때로 밤에 작업장에서 우연히 라오마와 부딪치기도 했다. 그는 손전등을 들고 스위치와 잠금 시설을 점검했다. 나는 대부분 그를 피했다. 하지만 라디오는 차마 끄지 못했다. 그는 내 소리를 들었을 테지만 날 찾진 않았다. 그는 언제나 취해 있었다. 새벽에도 금방 술을 마신 사람처럼 비틀거리며 걷다가 여자를 만나면 중절모를 들어 올렸다. 단 한 번도 넘어지는 일은 없었다.

나는 아버지가 어쩌다 그와 친구가 되었는지 항상 답답했다. 두 사람의 공통점은 여름날의 눈꽃처럼 찾기 힘들었다. 아버지는 젊었을 때 운동의 달인이었다. 트랙 달리기를 워낙 잘해서 공장에서 운동회만 열렸다 하면 아버지가 선수로 출전했다. 한번은 트랙을 계속해서 돌다가 이미 결승선을 넘어 한 바퀴를 더 돌고도 1등을 해서 검정색 고무창 신발을 두 켤레나 상으로 받아 왔다. 또한 언젠가 달리기를 하다가 땀이란 땀은 모두 빠져나간 것 같은 느낌을 받은 순간, 온몸의 모공이 열리며 열기가 가슴으로 몰려들면서 피를 토하고 인사불성이 되어 황토 트랙 위에 고꾸라졌다. 그 후 아버지는 중노동은 꿈도 꾸지 못했다. 폐 안에 혈전이 생겨 걸핏하면 숨이 막혔다. 작업장

---

67   單田芳(1934~2018). 중국 전통 연극인 평서(評書)의 대가.

대표로 달리기 시합에 출전했기에 어쨌거나 산재로 처리되면서 아버지는 계속 공장에 남아 바닥에 떨어진 작은 부품을 정리하는 일을 맡았다. 대광주리에 부품들을 넣어 창고 관리인에게 주면 창고 관리인이 다음 날 이를 다시 분배했다. 사실 이런 자리는 있어도 그만 없어도 그만이었다. 이 일을 중요하게 생각하는 사람은 아버지 말고는 아무도 없었다. 아버지는 매일 정시에 출근해 대광주리를 끼고 작업장에서 하루 종일 부품들을 주워 담았고 퇴근 전 일일이 수를 세고 부품별로 분류하여 제출했다. 어머니가 급성 장염에 걸려 심하게 구토를 하는 바람에 공장 보건소에 가서 링거를 맞은 적이 있었다. 아버지에게 하루 휴가를 내면 좋겠다고 하자 아버지가 말했다. 요즘 공장이 바빠. 몸을 뺄 수가 없어. 어머니가 말했다. 공장이 바쁘다고요? 그게 당신하고 무슨 상관이에요? 아버지가 말했다. 작업장이 바쁘게 돌아가면 여기저기 아무렇게나 떨어진 부품들이 많아. 하루 종일 주워도 다 못 주워. 저녁에도 주워야 해. 어머니가 말했다. 정말 자기가 무슨 대단한 일이라도 하는 줄 알아요? 당신 폐물인 거 천하가 다 알아요. 당신 없다고 공장이 멈추겠어요? 아버지가 한참 동안 어머니를 바라보다 작업복을 입고 말했다. 퇴근하면 당신 보러 가지. 아버지는 이렇게 말한 후 늘 그랬듯이 출근해 버렸다.

우리 숙소는 작업장의 북향으로 창문이 없어 습기가 정말 많았다. 여름이 지나 가을이 오고 모기가 줄어들어 몸의 불긋불긋한 자국도 많이 없어졌다. 매일 밤 일어나 모기를 죽이고 몸에 치약을 바를 일도 없었다. 모기를 완전히 죽일 순 없었다. 작업장에 라오마를 제외하면 살아 있는 생물은 우리 가족 세 사람뿐이라 매일 밤 모기들은 사정없이 우리 몸에 달라붙어 정찬을 즐겼다. 앞뒤로 달려들어 막무가내로 피를 빨아먹는 바람에 모기를 죽이는 것도 일이었다. 피곤해 죽을 지경이었다. 다음 날 학교를 가야 했으므로 그냥 몸에 치약을 발랐다. 그렇게 하면 약간의 청량감과 함께 가려움을 느끼지 않고 쉽게 잠이 들었다. 가을에는 모기가 적고 거미가 있었다. 거미는 물진 않고 그냥 몸 위를 기어 다니며 때로 얼굴에 앉아 쉬기도 했다. 그럴 때 손을 뻗어 거미를 잡으면, 거미는 곧바로 여덟 개의 다리를 벌리며 마치 물 위를 떠가듯 도망쳤다. 손길을 멈추고 잠이 들면 거미는 다시 돌아와 계속해서 우리 몸 위를 여행했다. 숙소 구석구석은 거미줄투성이였다. 거미줄은 아무리 없애도 금방 다시 생겼기 때문에 그냥 내버려 뒀다. 어차피 사람을 물지도 않으니 기어 다니게 뒀다. 매일 밤 오줌을 누러 일어나면 위에서 거미가 떨어졌다. 그래도 난 거미를 쳐다보지도 않은 채 요강을 들고 볼일을 본 후 다시 고꾸라져 잠이 들었다. 열두 살 내게 밤에 하는 일 가운데 무엇보다 가장 중요한 건 잠을 자는 일이었다.

그날도 곤히 잠을 자고 있었다. 꿈도 꾸지 않았다. 갑자기 누군가 주먹으로 문을 두드렸다. 금방이라도 철문을 뚫고 들어와 멱살을 잡아챌 기세였다. 아버지와 어머니가 후다닥 일어났다. 두 분은 아예 잠을 자지 않았던 것처럼 눈이 휘둥그레졌다. "조용, 아마 경비과에서 나온 걸 거야." 아버지가 입 모양만으로 내게 이렇게 말했다. 나는 마구 심장이 뛰었다. 이곳에 살게 된 후로 '경비과'라는 세 글자는 가장 강력한 주문이 되었다. 실제로 본 적은 한 번도 없었다. 매번 야간 순찰을 나올 때마다 우리는 작업실에 숨어 문을 꼭 닫았기 때문에 발소리만 들었을 뿐, 경비과 사람들의 얼굴은 본 적이 없었다. 문밖에서 소리가 들렸다. 이봐, 라오마야, 빨리 문 열어. 알려 줄 일이 있어. 아버지가 한숨을 길게 내쉰 후 내게 계속 자라고 손짓했다. 어머니는 일어나 옷을 입고, 아버지는 안에서 라오마에게 말했다. 라오마, 새벽 2시야. 좋은 일이면 내일 말해. 다시 주먹으로 내리치는 소리가 들렸다. 라오마가 밖에서 고함쳤다. 오늘 꼭 말해야 되는 일이야. 인생에 이처럼 좋은 일이 생겼는데 자네에게 꼭 말하고 싶어. 그런다고 자네 마누라가 어디 도망이라도 가나? 아무 때나 껴안고 자면 그만이지. 아버지는 하는 수 없이 문을 연 후 옷을 걸치고 나갔다. 아버지가 얼굴을 내밀자마자 라오마가 아버지를 잡아끌었다. 자, 아래 내려가 술 한잔 하자고. 오늘 내가 특별히 한 상 차렸네. 자네만 초대하는 거야.

　나는 도무지 잠이 오지 않았지만 어머니는 조금 후에 다시 단잠에 빠졌다. 어머니는 선반공이라 매일 여덟 시간 동안 서 있어야 했다. 잠시 뒤척이며 깨어 있었는데도 아버지는 돌아오지 않았다. 나는 살금살금 침대에서 내려와 침대 가에 걸쳐져 있는 어머니 손을 비켜 돌아 문을 열고 나가 아래층 라오마의 방 앞에 이르렀다. 라오마의 방은 작업장 정문 옆이었다. 누구든지 작업장에 들어오려면 그곳을 지나야 했다. 낮에는 우편물 집하소, 밤이면 야간 경비의 침실이 되었다. 연기가 한 올 한 올 문틈으로 새어 나왔다. 나는 문을 두드렸다. 라오마가 안에서 말했다. 누구요? 내가 말했다. 엄마가 아빠 오시래요. 내일 출근하셔야 한다고요. 문이 열렸다. 안에 연기가 자욱했다. 길이 2미터, 너비 1미터 정도의 큰 철판 탁자 위에 어지러이 신문이 깔려 있고 그 위에 일회용 플라스틱 그릇에 음식이 담겨 있었다. 백주 두 병과 여러 개의 맥주병이 바닥에 보였다. 맥주병하나가 넘어져 두 동강이 나 있고 맥주가 바닥에 흘러 흥건했다. 탁자 옆에 철제 침상이 하나 있었다. 침상 위 요와 이불이밖을 향해 뒤집혀 있었다. 기름때로 찌든 시커먼 침대 시트와침대보가 보였다. 문 옆에 사람 높이만 한 낡은 공구함, 그리고 그 위에 컬러텔레비전이 켜져 있었다. 고장인지 아니면 오밤중이라 그런지 프로그램이 모두 끝난 텔레비전에서 마치 눈을 까뒤집어 흰자위만 나온 것처럼 눈꽃이 퍼지고 있었다. 아버지가탕수육 한 점을 들어 막 입에 넣으려다가 입구에 서 있는 나를발견하고 웃으면서 젓가락으로 나를 가리켰다. 아들. 그렇게취한 아버지 모습은 처음이었다. 몸에 병이 있기 때문에 평소술도, 담배도 별로 하지 않았다. 하지만 오늘은 완전히 다른 모습이었다. 풀어 헤친 윗옷 속으로 하얀 가슴과 명치에 맺힌 땀이 보였다. 손에 들린 담배는 벌써 손가락까지 타들어 갔는데도 계속 잡고 있었다.

라오마도 담배를 물고 있었다. 그가 내 어깨를 잡아당겼다. 꼬마야, 들어와. 아버지가 바로 의자 하나를 발로 차 주며 말했다. 아들, 여기 앉아. 아저씨 이야기 들어. 어, 이 아저씨 정말 좋은 아저씨야. 나는 꼼짝 않고 서 있었다. 아빠, 가서 주무세요. 좀 더 있으면 날이 밝아요. 엄마 방에 있어요. 아버지가 말했다. 그래. 어서 앉아. 아저씨가 막 중요한 대목을 말하고 있었어. 라오마가 말했다. 형씨, 난 자네 아들이 좋아. 희고 깨끗한 손 좀 봐. 딱 봐도 공부하는 자식 같잖아. 우리 새끼는 나보다도 아는 글자가 적어. 이런 이야긴 그만두지. 그 자식은 엄마랑 지내. 난 만나지도 못해. 방금 어디까지 말했더라? 아버지가 말했다. 바닥에 엎어져 그 여자 경찰 허리춤을 잡았던 이야기. 라오마가 담배 연기를 내뿜었다. 그래. 그 여경 허리띠를 정말 꽉 쪼였더라고. 손도 매섭고, 내가 허리띠를 잡는 걸 보고 그대로 내 뺨을 후려갈기며 말하더라고. 손 놔. 안 놓으면 절도죄에서 끝나지 않고 일이 더 커질 거야. 내가 말했지. 동지, 내가 물건 훔친 건 인정하겠는데 사실대로 말해서 물건 훔치는 건 내 부업이고, 주업은 사람 훔치는 거야. 오늘 처음 만났는데 이렇게 내가 동지를 만질 수 있게 해 주니 초면 인사는 한 셈이네. 여경이 내 바짓가랑이를 발로 차서 거시기가 떨어져 나가는 줄 알았어. 하마터면 자손이 끊길 뻔했다니까. 그래도 나는 그 여경 허리띠를 죽어라 잡고 늘어졌어. 그리고 여경이 다리를 벌릴 때 잽싸게 안으로 손을 밀어 넣었지. 여경이 소리를 지르더니 내 팔을 물었어. 그년들 아마 전생에 짐승이었을 거야. 뼈가 으스러지는 줄 알았다니까. 내가 비명을 지르며 힘껏 허리띠를 절단 내 버렸지. 여경이 재빨리 날 풀어 주며 바지를 잡아당겼고, 나는 그 틈에 일어나 걸음아 나 살려라 줄행랑을 쳤지. 그러면서 소리를 질렀어. 다음엔 손도 안 댈 거야. 비쩍 마른 게 볼 게 하나도 없어. 나중에 보더라고. 아버지가 껄껄 웃음을 터뜨렸다. 어찌나 정신없이 웃는지 침까지 질질 흘렀다. 아버지가 맥주잔을 들며 라오마에게 말했다. 멋진 사나이! 그러더니 고개를 쳐들고 술잔을 비웠다.

라오마 역시 잔을 비웠다. 그게 언제 때 이야기인지 알아? 나도 기억이 잘 안 나. 처음에는 물건을 훔쳤지. 군모, 식량표, 계란, 두유. 집에 여자 식구들이 많았어. 죽어 버린 우리 어머니는 한 해 걸러 하나씩 새끼를 낳아서 단숨에 아홉 명을 만들었어. 어려서부터 제대로 된 바지를 입어 본 적이 없어. 어떻게 살았겠나, 훔치지 않고서야 굶어 죽지 않았겠나. 꼬마야, 너 지붕창이 뭔지 아나? 내가 말했다. 몰라요. 아저씨, 텔레비전에서 아무것도 안 하는데 꺼도 돼요? 라오마가 자기 옷 앞가슴 쪽의 주머니 두 개를 가리키며 말했다. 우리 은어로 이걸 '지붕창'이라고 하는 거야. 바지 양쪽 주머니를 '배수구'라고 하지. 가슴 안은 '아름다운 꿈'이라 하고 엉덩이 주머니는 '거저 먹기'야. 엉덩이 쪽 주머니가 가장 털기 쉽거든. 눈은 앞에 달렸고, 엉덩이 주머니는 뒤에 있으니 그게 거저 가져가란 소리 아니고 뭐야? '아름다운 꿈'은 가장 마지막에 배워, 가장 어려우니까. 한데 사람들이 대개 품속에 가장 좋은 것을 넣고 다니잖아. 손에 넣는 것 하나하나가 아주 실해. 하지만 실패했다간 당장 쇠고

랑이지. 상대방 품속에 손을 넣었으니 무사할 수가 있겠어? 난 처음에 '아름다운 꿈'을 훔쳤어. 그래서 잡혔지. 그땐 손 감각이 서툴러 세기 조절을 못했어. 훅 들어가는 바람에 상대방이 웃음을 터뜨렸어. 결국 내 손이 상대방 가슴팍에 끼이고 말았지. 그땐 법이란 게 잘 갖춰져 있지 않아서 버스에서 끌려나와 실컷 두들겨 맞았어. 하마터면 죽을 뻔했다고. 사실 말이지, 물건 훔친 사람 중에 두들겨 맞아보지 않은 사람이 있겠나? 먼저 이렇게 사람부터 털고, 그런 다음 집에 들어가 터는 법을 배워. 담 넘어 들어가 문을 비틀어 여는 거야. 그건 그냥 손 기술만 있다고 되는 게 아냐. 발도 빠르고, 다리도 가볍고, 눈도 빨라야 해. 그렇지 않으면 밤에 물건을 건드려 산통 깰 수도 있어. 꼬마야, 공구함의 그 자물쇠 말이야, 난 열쇠 같은 거 필요 없단다. 철사 한 가닥만 있으면 몇 번 쑤셔서 그냥 열 수 있어. 아버지가 다시 웃는 얼굴로 라오마 얼굴을 향해 술잔을 들며 말했다. 형씨, 쑥 찌르는 거 우리한테 한번 보여 줘 봐. 이 아들은 공부밖에 할 줄 몰라. 오늘 솜씨 좀 보여 줘, 나중에 책벌레 되지 않게. 내가 말했다. 괜찮아요, 아빠. 돌아가요. 졸려요. 아버지가 내게 눈을 부릅떴다. 아저씨 말 안 듣고? 철사 한 가닥이면 자물쇠를 열 수 있다잖아. 라오마가 자리에서 일어나더니 흔들흔들 방을 나갔다. 잠시 후 그가 구불구불한 철사 한 줄을 들고 돌아왔다. 공장에 널린 게 이런 물건이야. 그가 공구함 앞에 서서 중얼거렸다. 이 공구함은 내 게 아냐. 페인트공인 장씨 거야. 나한테 두고 텔레비전장으로 쓰지. 오륙 년 지났는데도 이 안에 뭐가 있는지 몰라. 그가 이렇게 말하며 쪼그리고 앉아 철사를 자물쇠 구멍에 넣었다.

　나는 자리에서 일어났다. 조금 전까지만 해도 돌아가겠다고 소리쳤지만 갑자기 호기심이 일었다. 그가 살살 철사를 돌렸다. 그리고 한 손으로 조심스레 자물쇠 고리를 누르는 순간 그의 손이 심하게 떨리기 시작하면서 자물쇠 홀판을 건드리는 바람에 계속해서 소리가 났다. 그가 손을 뻗어 탁자에 놓인 맥주잔을 들고 마셨다. 손 떨림이 조금 가라앉는 듯했다. 그가 다시 집중해서 철사를 돌리자 찰칵, 하는 금속 소리와 함께 자물쇠 고리가 튕겨져 나왔다. 그가 자물쇠를 빼내고 공구함을 열었다. 안이 텅 비어 있었다. 종이 한 장 들어 있지 않았다. 상자 안에서 노동자의 체취가 느껴졌다. 특유의 땀 냄새, 기름 냄새가 섞인 냄새였다. 아버지는 이미 탁자 위에 엎드려 안주 접시를 베개 삼아 잠들어 있었다. 라오마가 다시 공구함을 잠그고 입에 담배를 물었다. 그가 성냥을 켤 때 다시 손이 떨리기 시작했다. 아무리 애를 써도 성냥불이 담배 끝에 닿지 않았다. 내가 성냥갑을 받아 불을 붙여 줬다. 아저씨, 손은 언제부터 떨렸어요? 그가 말했다. 십수 년 됐지. 술 때문이야. 마시면 안 떨려. 씨팔, 이상하지 않냐? 이렇게 말하며 그가 철사를 들어 올렸다. 십여 년 동안 자물쇠를 연 적이 없어. 찰칵, 소리를 못 들은 지 십 년이 넘었다고. 꼬마야, 잘 기억해라. 자물쇠 안에는 바닥 핀이 있어. 철사가 상대할 건 바로 이 핀들이지. 철사를 들이밀어 바닥 핀을 걸고 밖으로 잡아당겨야 해. 너무 힘을 주지 말고. 너무 힘을 주면 철사가 반듯하게 펴져 버리거든. 핀이 느슨해지면서 자물쇠 스프링이 튕겨 나와. 소리, 그 소리는 바로 자물쇠 스프링 소리였다. 정말 듣기 좋아, '스윽,' 여자애가 바지를 벗을 때 나는 소리 같지. 그가 이렇게 말하며 다시 술을 들고 나를 향해 말했다. 이 아저씨의 능력이, 아, 그냥 다 해 버렸네. 그 역시 말을 마친 후 술을 다 마시고 탁자 위에 엎드려 잠이 들었다.

아버지를 부축해 자리를 떴을 때는 이미 아침이었다. 가을 아침 엷은 구름이 통유리 밖 하늘가에 떠 있었다. 마치 노인의 눈썹 같았다.

후에 아버지에게 그날 라오마가 축하할 일이 있다고 했는데 대체 무슨 일이었는지 물었다. 아버지가 잠시 생각하더니 잊어버렸어, 라고 말했다. 참, 나중에 그 공구함 열었어? 안에 뭐 있었어? 내가 말했다. 열긴 했는데 안이 비어 있었어요. 그 아저씨 손을 너무 심하게 떨어요. 아빠, 그 아저씨 그렇게 마시다 얼마 안 가 죽을 것 같아요. 아저씨는 왜 그렇게 술을 마셔요? 아버지가 말했다. 십여 년 전에 나도 그가 곧 죽을 거라고 생각했어. 그런데 그 사람 아직도 잘 살고 있잖아? 왜 그렇게 술을 마시냐고? 물건을 훔치지 못해서 답답한 거지. 처남이 경비과에 없었다면 전과 있는 사람이 여기서 경비를 볼 수나 있었겠어? 아니, 처남이 아니고 전 처남이지. 그 사람 지금은 술을 마시면 죽는 게 아니라 술을 안 마시면 죽을 거야. 엄마 말들어. 그래도 그 아저씨에게서 멀리 떨어지는 게 좋아. 아빠는 달리 방법이 없다. 알겠어? 나는 고개를 끄덕이며 마음속으로 생각했다. 난 또 진짜 친구 사이인 줄 알았네. 어쩌면 옛날에는 진짜 친구였는지도 모를 일이다.

상황은 아버지가 예상한 것과 다르게 흘러갔다. 겨울이 오고 눈이 몇 번이나 내린 후 라오마의 몸 상태가 갑자기 심각해졌다. 여전히 중절모를 쓰고 다니긴 했지만 귀밑머리에 흰머리가 많아지고 걸음도 예전 같지 않았다. 자세히 볼 필요도 없이 심하게 취한 상태임을 알 수 있었다. 아버지는 그가 더 이상 전 처제에 대한 이야기를 하지 않는다고 했다. 후에 그가 스위치 내리는 일을 잊는 바람에 몇 번이나 한밤중에 공장 기계가 요란하게 울렸다. 누군가 관 속에서 갑자기 노래를 부르는 것만 같았다. 작업장 주임이 그에게 최후통첩을 했다. 다시 또 이런 일이 벌어지면 전 처남이 누구든 쫓아낸다고 했다. 이에 그는 맥주병을 들고 주임 사무실에 가서 한바탕 난동을 부렸다. 한데 술병으로 내리친 건 상대방이 아니라 자기 머리였다. 그의 이마에 커다란 구멍이 났다. 부주임 몇이 말리지 않았더라면 무지막지하게 자기를 때려죽이고 말았을지도 모른다. 이에 주임은 용서를 구하는 한편 그의 목숨이 붙어 있는 한, 계속 경비를 시켜 주겠다고 약속했다. 그처럼 열심히 성실하게 봉사하는 경비가 없으면 이렇게 큰 작업장이 돌아가질 않아. 라오마는 그제야 자신을 용서하고 머리에 피를 흘리며 주임 사무실에서 나왔다.

머리를 싸맨 후 라오마는 더 지독하게 술을 마셨다. 때로 그의 방에 낯선 여자들이 드나들기도 했다. 예전에는 없던 일이었다. 밤이면 자주 큰 소리가 들렸다. 크게 웃는 소리가 나기도 하고 대판 싸우는 소리가 들리기도 했다. 하지만 다음 날 아침이면 방에는 언제나 라오마 혼자뿐이었다. 내가 관찰한 바에 따르면 그는 이런 식으로 돈을 탕진했다. 원래 우리 가족에게는 라오마가 계속 있어야 좋은 일이었다. 우리 집의 유일한 카드가 라오마이기 때문이다. 그가 있어야 우리를 내쫓는 사람이 없으니 그 카드를 잃어서는 안 되는 일이었다. 하지만 뜻밖에도 얼마 후 그가 우리를 찾아왔다. 알고 보니 그에게도 우리 집이 유일한 카드였다. 어느 날 밤, 그가 다시 우리 문을 두드렸다. 아버지가 문을 열고 나갔다. 아저씨가 아버지에게 하는 말이 들렸다. 형씨, 100위안만 빌려줘. 월급 나오면 바로 줄게. 아버지가 말했다. 나도 빠듯한 것 알잖아. 100위안은 정말 없어, 20위안 정도밖에 없어, 어때? 라오마가 말했다. 우리가 알고 지낸 지가 얼만데 아직도 날 모르쇼? 내가 안 갚을까 봐? 아버지가 말했다. 자넬 못 믿어서 그러는 게 아니라 정말 없다니까. 여기 20위안. 나중에 방법을 생각해 볼게. 라오마가 말했다. 알았어. 형씨가 날 친구로 생각하지 않는다면 나도 형씨를 보호해 줄 수 없지. 경비과 사람들이 내게 몇 번이나 물었어. 내일 그 사람들에게 상황이 어찌 된 건지 말할 거야. 아버지는 당황해서 말했다. 내가 다시 찾아보고 내일 아침에 줄게. 차질 없을 거야. 형제 사이에 서운하게 그런 말 하지 말고. 라오마가 말했다. 내일 아침에 기다리지. 다른 방법이 있었다면 형씨를 찾아오지도 않았지. 그래, 그 20위안 먼저 주쇼.

방으로 돌아온 아버지는 침대에 누워 어머니에게 말했다. 큰일이야. 여기 오래 있진 못하겠어. 라오마가 돈이 없어 미치겠나 봐. 어머니가 말했다. 지금은 집을 구하기도 늦었잖아요. 엄동설한에 어떻게 이사를 해요? 게다가 당신 주머니에 돈이나 있어요? 집 구할 돈을 누가 빌려주겠어요? 그냥 넘길 수 있는 만큼 하루하루 넘겨 봐요. 봄이 돼야 어떻게 해 볼 수 있을 거예요. 여기까지 말하던 어머니가 갑자기 이렇게 말했다. 그 사람이 너무 괴롭히면 그냥 그자랑 함께 끝장을 내 버릴 거예요. 이렇게 사는 거 너무 힘들어요. 난 아무것도 두렵지 않아요. 아버지가 어머니 손을 다독거렸다. 그만해. 다 내 탓이야, 내가 칠칠치 못해서 그래. 당신 목숨을 어떻게 그 사람 목숨에 비교해? 어서 자.

두 번째는 돈이 150위안으로 올랐다. 정말 돈이 없었던 아버지는 먼저 100위안을 주고 나머지 50위안은 일주일 내에 반드시 주겠다고 했다. 일주일 후, 라오마는 아버지를 찾아오지 않았다. 아버지는 그가 잊어버렸다고 생각하고 그에게 50위안을 주지 않았다. 내 열세 번째 생일이 막 지났을 때였다. 나는 겨울에 태어났다. 어머니 말이 예정일에 앞서 갑자기 진통이 와서 할아버지 집 온돌에서 날 낳았다고 했다. 할아버지 집 온돌은 정말 뜨거웠다. 나는 고양이 새끼처럼 뜨거운 온돌 위에서 울음을 터뜨렸다. 커다란 울음소리에 어른들이 안심하며 미소를 지었다. 열세 살 겨울, 나는 이미 아이가 아니었다. 나는 소설에 빠졌다. 마치 배고픔에 지친 사람이 잔칫상을 본 것처럼 죽자 사자 여러 경로를 통해 책을 구해 읽었다. 내가 가장 좋아한 책은 『몬테크리스토 백작』이었다. 당테스가 시신 자루에 들어가 탈옥하는 부분은 몇 번을 읽었는지 모른다. 매번 읽을 때마다 흥분으로 얼굴이 한껏 붉게 달아오르고 등골이 오싹했다. 그날 아버지와 어머니는 먼 친척 장례식에 가느라 외지에 나가야 했기 때문에 밤에나 돌아와 밥을 해 주겠다고 했다. 그런데 밤늦도록 부모님은 돌아오지 않았다. 하지만 상관없었다. 스탠드 불빛 아래서 어머니의 붉은 나무 상자에 엎드려 책을 읽었다. 몸에서 빠져나간 내 영혼이 종이 위에 떨어져 책 속 인물들과 함께 모험을 떠나고, 나 자신은 빈껍데기만 남은 듯했다.

그때 갑자기 누가 문을 두드렸다. 꿈에서 막 깨어난 사람처럼 내가 말했다. 라오마 아저씨? 밖에서 말했다. 문 열어, 경비과야. 순간 온몸이 싸늘해지면서 머릿속이 하얗게 질렸다. 내가 말했다. 아빠, 엄마 집에 안 계세요. 낯선 사람에게 문 열어 줄 수 없어요. 밖에서 말했다. 이게 너네 집이야? 이건 공유 재산이야. 빨리 문 열어. 우리가 꼭 비틀어 열어야 되겠어? 나는 몽유병 환자처럼 멍하니 문을 열어 줬다. 바깥쪽 시커먼 복도에 사람이 서넛 서 있었다. 아는 사람이 아무도 없었다. 라오마는 보이지 않았다. 한 사람이 뚜벅뚜벅 안으로 들어와 사방을 둘러봤다. 간단치 않군. 이렇게 좁은 곳에 세 사람이 살 수 있어? 얼어 죽을까 봐 걱정도 안 되나? 나는 얼떨떨한 표정으로 말했다. 추우면 이불 속으로 들어가요. 그가 내 침대 쪽으로 손을 뻗어 만져 보더니 고개를 돌려 말했다. 어, 전기요야. 한 사람이 손으로 가리키며 덧붙였다. 스탠드도 있어요. 안으로 들어온 사람이 쪼그리고 앉아 내게 말했다. 꼬마 친구, 이 공장의 전기가 누구 건 줄 알아? 내가 말했다. 아저씨들 거요, 아저씨들 전기예요. 그가 고개를 저었다. 네 것도, 내 것도 아냐. 나라 거야. 너희 집은 지금 나라 주머니에서 물건을 훔치고 있는 거야, 알아? 내 머릿속에 갑자기 한 가지 생각이 떠올랐다. 이건 '아름다운 꿈'일까, '거저 먹기'일까? 그러나 그땐 이미 마음이 차분하게 가라앉아 있었기 때문에 이런 말을 밖으로 내뱉지 않았다. 그가 계속 말을 이었다. 지금 당장 널 내쫓고 물건들을 몰수해야 하지만 밖에 눈이 오고 있어. 너희 아버지, 어머니도 없는데 이렇게 내쫓았다가 네가 얼어 죽는 건 차마 볼 수가 없지. 우리 아이도 너만 해. 그런 일을 할 순 없어. 이렇게 하자. 전기요는 두고 가겠어. 조심해서 써. 불 내면 안 돼. 스탠드는 내가 가지고 간다. 몰수야. 그리고 아버지, 어머니 돌아오면 말해. 불만이 있으면 경비과로 찾아오라고. 그렇지 않으면 사흘 안에 깡그리 이곳에서 내쫓을 거야. 그가 말을 마치고 내 스탠드를 들었다. 플러그가 계속 꽂혀 있었기 때문에 그가 스탠드를 들어 올릴 때까지도 스탠드가 켜져 있었다. 그가 힘껏 스탠드를 잡아당기자 불이 꺼졌다. 나는 달려가 스탠드를 잡으며 말했다. 돌려줘요. 그가 말했다. 너희 부모더러 경비과에 와서 찾아가라고 해. 내가 말했다. 안 돼요. 돌려줘요. 나는 한 손에 스탠드를 들고 한 손으로 그의 소매를 잡았다. 그가 짜증을 내며 소매를 뒤로 뺐다. 나는 돌발 상황에 미처 대처하지 못하고 그대로 앞으로 튕겨 나가 철문 테두리에 입술을 부딪혔다. 입술에서 솟구친 피가 온몸에 흘러내렸다. 넘어지면서 얼굴도 까졌다. 뒤에 있던 사람이 말했다. 과장, 넘어져서 피부가 조금 까진 것뿐이네, 갑시다. 이 꼬마 조금 정상이 아닌 것 같군. 과장이 주머니에서 손수건을 꺼내 내게 주며 말했다. 내가 때린 게 아냐, 네가 혼자 넘어진 거지. 아버지, 어머니에게 경비과 와서 날 찾으라고 해. 이렇게 말하고 그들은 가 버렸다.

나는 바닥에 앉아 한바탕 실컷 울고 나서 피를 깨끗이 닦았다. 이 모든 것이 그 50위안 때문에 시작되었고, 분명히 라오마가 밀고를 해서 일어난 일이라고 생각했다. 겨우 그 50위안 때문에. 스탠드가 50위안이야. 갑자기 어머니의 붉은색 나무 상자가 눈에 들어왔다. 스탠드를 들고 가 버리자 상자가 드러났다. 나는 아래층으로 내려가 바닥에서 철사를 주워 다시 올라와 철사 한 끝을 구부려 상자에 달린 금색 자물쇠 구멍에 넣었다. 핀, 중요한 것은 그 핀을 거는 거야. 그리고 살살 잡아당겼다. 너무 힘을 주지 않고, 그렇지 않으면 철사가 펴져 버리니까. 나는 몇 번이나 시도했지만 핀을 걸 수가 없었다. 차가운 밤공기가 나를 에워쌌다. 냉기 한가운데서 꽁꽁 얼어 버린 나는 온몸을 바들바들 떨었다. 손도 얼어 움직이지가 않았다. 나는 입 앞에 손을 모아 입김을 불고 다시 철사를 집어넣었다. 드디어 핀이 걸렸다. '찰칵' 하고 자물쇠 고리가 튕겨 올라왔다. 나는 철사를 내던지고 상자 뚜껑을 열었다. 상자 한가득 흙, 마른 흙이 들어 있었다. 나는 흙 안으로 손을 쑥 넣어 더듬었다. 아무것도 없었다. 그저 흙에 내 손이 끼어 있을 뿐이었다. 마치 내 손이 흙에서 자란 것 같았다. 나는 흙 한 줌을 움켜쥐어 코에 바짝 대고 냄새를 맡았다. 공사장 모래가 아니라 땅에서 파낸 흙이었다. 안에는 개미 시체도 있었다. 바짝 말라비틀어져 있었다. 그땐 흙이 촉촉했겠지, 오랜 세월이 흐르면서 산 채로 이렇게 말라 버렸겠지. 어머니가 여기저기 이사를 갈 때마다 끌고 다닌 나무 상자에 놀랍게도 한 푼 값어치도 없는 흙이 들어 있다니. 나는 바닥에 주저앉아 이렇게 생각하며 열려 있는 상자를 뚫어져라 바라봤다. 모든 것이 내 이해의 한계를 넘어서는 일이었다. 하지만 상관없었다. 나는 내 스탠드를 찾아와야 했다.

다시 아래층으로 내려가 열려 있는 공구함에서 긴 판자 하나를 꺼내 라오마 방문을 열었다. 그의 방은 우리 집보다 더 추웠다. 바람에 유리창 쪽으로 눈발이 날렸다. 유리창 틈새에 모두 얼음이 얼었다. 커다란 철제 탁자 위에 수없이 많은 맥주병이 널려 있었다. 그 모습이 마치 숲을 보는 듯했다. 음식은 없었다. 소금 한 봉지뿐이었다. 라오마는 중절모를 쓰지 않아 흰머리가 그대로 드러나 있었다. 예전처럼 기름지지 않고 아무렇게나 헝클어져 있었다. 염색했던 머리는 이미 뿌리 부분에 흰머리가 올라왔다. 그가 손에 못 하나를 잡고 소금을 찍어 입에 넣었다. 다른 한 손에는 맥주잔이 들려있었다. 내가 들어가자 그가 고개를 들며 말했다. 꼬마야, 입술은 왜 터졌어? 내가 말했다. 가서 내 스탠드 가져와요. 라오마가 말했다. 스탠드? 그게 나랑 무슨 상관인데? 내가 말했다. 경비과에서 가져갔어요. 아저씨가 가서 찾아와요. 라오마는 내가 손에 들고 있는 판자를 쳐다보고 말했다. 그딴 걸로 날 치려고? 내가 말했다. 일어나요, 가서 내 스탠드 찾아와요. 라오마는 꿈쩍도 하지 않고 자기 머리를 가리켰다. 머리에 맥주병이 남긴 상처가 있었다. 마치 배가 뒤집힌 작은 물고기 같았다. 여길 쳐. 피하면 내가 개자식이다. 나는 잠시 생각 후 내 왼손을 철제 탁자에 놓고 판자를 휘둘러 쳤다. 그가 손을 뻗으며 이를 막았다. 판자가 날아가 탁자에 흩어져 있는 맥주병들을 죄다 쓰러뜨렸다. 그가 자리에서 벌떡 일어나 소리를 질렀다. 네 이 손이 스탠드 하나만도 못해? 네 이 손이? 나는 눈물이 흘러내렸다. 그의 앞에서 울고 싶지 않았는데. 하지만 무슨 이유에서인지 눈물이 주르륵 흘러내렸다. 내가 말했다. 스탠드는 내 거예요. 어서 가서 찾아와요. 그가 말했다. 네 거라고? 그게 말이야, 막걸리야? 너 바보야? 내가 말했다. 그래요, 내 거예요. 내 것! 내 것! 여기까지 말하고 나는 미친 듯이 고함을 질렀다. 그가 서서 날 한참 동안 바라봤다. 꼬마야, 내 처남이 전근을 갔어. 이제 경비과에 날 아는 사람은 없어. 내가 가도 소용없어. 난 그를 본 체 만 체, 혼자 눈물만 흘렸다. 그가 내 어깨에 손을 올리며 말했다. 꼬마야, 내 말 기억해라. 네 이 손은…… 여기까지 말한 후 그가 말을 멈췄다. 자기가 무슨 말을 하려고 했는지 까먹은 듯했다. 그는 중절모를 들고 바닥에서 온전한 공병 하나를 들어 올려 대충 가늠해 보더니 거꾸로 병 주둥이를 잡고 말했다. 가자.

　　나는 그의 뒤를 따라 공장 중앙의 큰길을 따라 걸었다. 사
방이 컴컴했다. 눈이 정말 많이 내렸다. 북풍이 몰아쳐 눈이 사
방으로 미친 듯이 날렸다. 길 양쪽 백양나무가 그림자만 남아
잘 보이지 않았다. 마치 어둠 속에 몰래 숨어 우릴 엿보는 것
같았다. 라오마가 중절모를 들고 앞에서 허리를 굽힌 채 걸어
가고, 나는 그의 뒤를 따라 걸음을 옮겼다. 눈이 내 목에 떨어
졌다. 그러나 전혀 차갑게 느껴지지 않았다. 얼굴에 흘러내렸
던 피가 굳어 피딱지가 됐다. 더 이상 아프지도 않았다. 경비
과 사무실 앞에 이르렀다. 창문을 통해 안이 보였다. 등불이 환
했다. 내 스탠드가 과장 탁자에 놓여 있었다. 플러그가 꽂혀 있
는 스탠드는 부드럽고 따뜻한 빛을 쏟아 냈다. 과장이 손에 차
를 들고 다른 사람과 웃으며 이야기를 나눴다. 라오마가 자기
옷을 매만졌다. 꽃무늬 셔츠의 깃을 반듯하게 펴고 내게 말했
다. 밖에서 기다려. 저 등이냐? 내가 고개를 끄덕였다. 그가 웃
었다. 들어가기 전 나를 향해 중절모를 사뿐히 들어 올렸다. 과
장이 자리에서 일어나는 모습이 보였다. 그가 뭐라고 하며 스
탠드를 가리켰다. 과장이 고개를 저었다. 그가 다시 뭐라고 했
다. 소리가 커지고 사람들 서너 명이 에워싸며 손으로 그를 가
리켰다. 그 순간 나는 그의 입가에 그가 한껏 취했을 때의 미소
가 피어오르는 것을 봤다. 그가 여경의 허리띠를 잡았던 사건
을 이야기할 때처럼. 그리고 그가 중절모를 벗고 자기 머리를
향해 맥주병을 휘둘렀다. 그의 이마에서 맥주병이 깨졌다. 마

치 폭죽처럼 파편이 튀면서 하얗게 배를 뒤집은 이마의 물고기가 부피를 늘리며 별안간 꿈틀거렸다. 그는 뒤로 벌러덩 바닥을 향해 떨어졌다. 한 손에 중절모를, 다른 한 손에는 깨진 병 주둥이를 잡고 꼼짝하지 않았다.

바로 그때 누군가 전체 스위치를 건드린 듯 공장의 모든 기기가 갑자기 웅웅 소리를 내며 돌아갔다. 철재와 철재, 강재와 강재가 부딪쳤다. 마치 거인이 흥분해 미친 듯이 춤을 추는 것 같았다. 공장의 도로가 이를 따라 부르르 떨기 시작하며 면 가닥처럼 꿈틀거렸다. 흙, 돌, 나무가 덩달아 꿈틀거렸다. 모든 가로등이 동시에 불을 밝혀 작업장 하나하나를 또렷하게 비췄다. 육중한 철문, 높은 굴뚝, 길가에 쌓인 반제품이 모두 적나라하게 드러났다. 그들이 일어나는 모습도 보였다. 한없이 퍼붓는 눈 속에서 춤을 췄다. 몸에 달린 베어링, 나사, 경첩이 사방으로 날려 어둠 속에 어디로 갔는지 자취를 감추었다. 누군가 고함을 지르며 방에서 뛰어나오다 나에게 부딪쳤다. 나는 바닥에 쓰러졌다. 눈밭에 쓰러졌다. 스탠드가 탁자 위에서 따뜻한 빛을 냈다. 귀가 먹먹할 정도로 웅장한 소리가 나를 에워쌌다. 마음이 평온해졌다. 이제껏 한 번도 느껴 보지 못한 평온함이었다.

기습

고등학교 시절 라오베이를 만났다. 라오베이의 진짜 이름은 모른다. 알긴 알았는데 잊어버렸다. 이상하게 전혀 생각이 나질 않는다.

라오베이(老背)는 별명이다. '베이'를 4성으로 읽으면 의미의 폭이 매우 넓다.[68] 어느 여름날 저녁, 나는 몇몇 친구와 운동장에서 축구를 하고 있었다. 청바지에 끝이 뾰족한 구두를 신고 손에는 담배를 든 채였다. 축구를 하기에 전혀 어울리지 않는 차림이었지만 그때야 하고 싶은 대로 행동하는 나이였다. 나는 학교 역사상 유명한 패싸움을 몇 번 주도하기도 했다. 심각한 결과를 낳진 않았지만 워낙 요란한 싸움이었기에 소

---

68 '背'는 4성으로 읽을 경우, 등지다, 파하다, 배반하다, 암기하다 등의 뜻이 있다.

문이 입에서 입으로 전해지며 내용이 한껏 부풀려졌다. 그 덕분에 나는 인근 몇 학교에 꽤 이름을 날렸다. 그들은 나를 '막대'라 불렀다. 단단할 뿐만 아니라 똑바로 설 수 있다는 의미이기도 했다. '막대' 알아? 인근 소년들은 이 말을 마치 신분증이나 되는 양 처음 안면을 트는 말로 사용했다. 자화자찬할 생각은 없다. 지금의 나를 당시 모습과 비교하면 마치 비 오기 전과 비 온 후의 구름처럼 다르다. 게다가 당시에 나는 그들 사이에 퍼진 소문처럼 그렇게 강하지도 않았고, 이를 영광으로 생각한 적도 없다. 그들이 나에 대해 가졌던 인상은 나에 대한 무지에서 비롯된 것이었다. 어쨌거나 확실히 머리가 단순한 시기였다. 나는 무력으로 뭔가를 보호할 수 있다고 생각했다. 그 뭔가는 우리 도시처럼 오래되고 아련한데도 불구하고 나는 그 존재를 굳게 믿었고, 무의식적으로 이를 지키고 싶었다.

여기엔 아마도 유전적인 원인도 조금은 작용한 듯하다. 아버지는 문화 혁명 때 사람들을 이끌고 주둔군의 창고를 습격했다. 그곳에서 박격포 한 대를 빼내 거리로 밀고 나가 옛 성벽을 무너뜨렸다. 이후 연초 사업을 하면서 공장 몇 개를 세우고 연초를 저장하는 특수 마대를 생산했다. 아버지는 몸이 뚱뚱하고 붙임성이 좋아 많은 거래들이 술자리에서 이루어졌다. 사람을 만나면 별말도 없이 먼저 씩 웃었다. 어록 한마디 때문에 총이나 박격포를 쐈던 이야기는 입에 올리지 않은 지 오래였다.

이렇게 간단하게나마 날 소개한 건 다른 이야기를 하기 위해서다.

그날 나는 페널티 킥을 하기 위해 열 보 정도 물러나 담배를 내던지고 도움닫기를 했다. 골 망이 없고 뒤쪽에 여학생들이 서서 재잘재잘 수다를 떨고 있었다. 그중 한 여학생이 내가 엄청난 속도로 내달리는 것을 발견하고, 고함과 동시에 친구들을 끌어당겨 사방으로 피하도록 했다. 내 발등이 공의 아랫부분에 닿는 순간, 공이 마치 포탄처럼 날아올랐다. 그런데 하필 골문 쪽이 아닌 코너 플래그 쪽으로 날아가 누군가의 면상을 적중시켰다. 종종걸음으로 걷고 있던 안경 낀 남자는 찍소리 한번 내지 못하고 그대로 벌러덩 바닥에 쓰러졌다. 안경이 그의 옆에 떨어져 산산조각이 났다. 골대를 지키던 얼거우가 달려가 손으로 그의 뺨을 때렸다. 어이! 공은? 그자의 눈꺼풀에서 피가 배어나왔다. 공에 맞은 안경 파편이 눈꺼풀에 박혀 있었다. 나는 그의 옆에 쪼그리고 앉아 팔을 흔들어 봤지만 그는 깨어나지 않았다. 전혀 아는 얼굴이 아니었다. 심하다 싶을 정도로 몸이 마른 남자였다. 보기 좋게 마른 몸매라면 백면서생의 모습이라고 하겠지만 지나치게 말라 마치 흡혈귀 같았다. 그때 여학생들이 달려와 우리를 에워쌌다. 그중 날 아는 여학생 하나가 말했다. 막대, 너 발길질 한 번으로 사람 죽인 건 아니겠지? 내가 말했다. 입 닥쳐.

그의 손은 여전히 책가방을 놓지 않고 있었다. 나는 어느 반 학생인지 알아보려고 책가방을 열었다. 그런데 책가방에는 마우스와 마우스 패드밖에 없었다. 얼거우가 말했다. 뭐야? 컴퓨터 수리공이야? 그 순간 그가 벌떡 일어나 앉더니 내게 말했다. 어이, 명중, 헤드 샷이야. 이렇게 말한 후 그는 책가방을 들고 자리를 뜨려 했다. 내가 그를 잡았다. 눈에서 피나잖아. 그러다 눈멀어. 그가 말했다. 안 멀어, 안 멀어, 그냥 겉만 다친 거야. 잘 보라고. 잘생겼네, 친구, 난 라오베이야. 이렇게 말하며 그가 내 손을 잡고 흔들더니 고개를 숙이고 내 손을 살폈다. 손 한번 쓸 만하네. 길이도 딱 좋고. 게임 해? 내가 말했다. 뭐? 그가 말했다. 사격 게임 해? 총 쏴? 우리 한 사람이 부족한데. 나는 손을 빼며 말했다. 안 해. 병원 가 보자. 그가 말했다. 안 가. 시간 없어. 곧 시작할 거야. 관심 있으면 싱천 피시방으로 와. 우리 쪽 사람이 하나 부족하거든. 그는 이렇게 말한 후 책가방을 들여다보더니 물건이 그대로 있는 걸 확인하고 그대로 가 버렸다.

날이 어두워진 후 나는 얼거우와 다른 학교로 싸움을 하러 갔다. 한참을 기다렸다. 달이 떠올라 학교 담장에 우리 두 사람 그림자가 비쳤다. 그림자는 실물 크기보다 두 배는 컸다. 상대는 나타나지 않았다. 인편에 오늘 집에 귀한 손님이 와서 접대를 해야 되니 내일 다시 붙자고 했다. 흥이 깨졌다. 그때 얼거우가 싸움 상대의 자전거를 알아봤다. 부티가 흘렀다. 변속기가 마치 자동차 엔진처럼 정교하고 훌륭했다. 얼거우는 변속기를 바닥에 내동댕이치고 구덩이에서 벽돌 두 개를 찾아내 자전거를 찌그러뜨렸다. 그 싸움은 한 여학생 때문에 벌어진 것이었다. 얼거우와 관련이 있었다. 얼거우는 있는 힘껏 자전거를 망가뜨렸다. 마치 손안에 들어온 범인에게 형벌을 가하는 것처럼 보였다. 나는 별로 흥이 오르지 않았다. 자전거는 고철이 되

고, 상대는 끝끝내 나타나지 않았다. 뒷문으로 줄행랑을 놓은
게 분명했다. 일이 끝난 후 얼거우는 내게 당구를 치러 가자고
했다. 그는 잠시 당구를 치는가 싶더니 여자 친구와 야간 자습
을 해야 한다며 20위안을 달라고 해서 나가 버렸다. 나는 계산
을 한 뒤 당구장에서 담배 두 대를 피우며 사람들 당구 치는 모
습을 구경했다. 곧 10시였다. 자리에서 일어나 막 공을 조준하
고 있는 이에게 말했다. 이봐, 싱천 피시방이 어디야? 그는 고
개도 들지 않고 말했다. 나가서 우회전하면 한두라는 음식점이
보여. 거기서 우회전하면 돼. 간판이 커. 불이 켜져 있을 거야.
컴퓨터가 200대나 돼. 내가 말했다. 고마워. 그자는 아무런 대
꾸도 하지 않았다.

　　과연 규모가 상당했다. 어두컴컴한 실내에 늘어선 컴퓨
터가 마치 밤하늘에 빛나는 별 같았다. 컴퓨터마다 거의 사람
이 앉아 있었다. 그들의 존재가 마치 충성스러운 위성처럼 보
였다. 여기저기서 담배를 피웠다. 한 사람이 내 곁을 지나가다
말고 갑자기 소리를 질렀다. 눈멀었어? 똑바로 보고 해야 할
것 아냐. 다 붙었네. 내게 욕을 하는 줄 알고 걸음을 멈췄다. 그
자는 화면을 노려보고 있었다. 화면 속에 총을 든 작은 사람들
이 보였다. 그들이 시체 하나를 향해 해골 염료를 분사하고 있
었다. 금방 죽은 사람이었다. 나는 줄줄이 지나가며 그를 찾았
다. 거의 모든 사람들이 똑같은 게임을 했다. 들판에서 총을 들
고 마구 달리는 사람, 언덕 뒤에 쪼그리고 앉아 있는 사람도 있
었다. 수시로 기습 공격이 이루어졌다. 단병으로 맞붙은 사람

도 있었다. 총알이 떨어졌는지 비수를 휘두르며 서로를 찔렀다. 라오베이를 찾았다. 그는 총을 들어 한쪽 벽에 대고 디스코를 추듯 좌우로 흔들고 있었다. 갑자기 총을 쐈다. 벽 뒤에서 누군가의 다리가 툭 떨어지자 그의 곁에 앉아 있던 사람들 몇이 일제히 환호했다. 나는 그의 이어폰을 빼며 말했다. 거기 적이 있는 걸 어떻게 알았어? 그가 고개를 돌려 날 보더니 말했다. 어? 왔어? 어서 앉아, 사장님, 여기 컴퓨터 한 대 더 켜 주세요. 내가 말했다. 하지 마. 난 이런 것 안 해. 눈은 어때? 얼굴의 피는 다 씻은 상태였고, 눈꺼풀에 박힌 유리 조각은 아직 반짝이고 있었다. 괜찮아. 살이 올라오면 유리가 튕겨져 나가겠지. 살이야 다시 돋잖아? 나는 고개를 끄덕였다. 그가 이어폰을 가리키며 말했다. 들었어, 발소리 말이야. 이 맵에 폐허가 된 공장이 하나 있어. 바닥에 온통 철강 자투리들이 깔려 있어. 익숙해지면 그들의 위치를 기억하지. 방금 상대가 북쪽에 얼굴을 내밀었어. 이 벽까지 길은 좁은 길 하나뿐이거든. 길에서 우리가 사람을 죽였지. 이어폰에서 또다시 그가 철 조각을 차는 소리가 들렸어. 분명히 벽 뒤쪽에 쪼그리고 앉아 있다는 증거야. 이렇게 말하는 사이 다시 새로운 라운드가 시작됐다. 이번에는 그가 도적이 됐다. 옷차림이 조금 기괴했다. 검은 코트를 입고, 한 손에 빵을, 다른 한 손에 비수를 들고 도시 거리 모퉁이에 숨었다. 누렇게 마른 나뭇잎이 그의 곁에 떨어졌다. 탱크 한대가 웅웅 소리를 내며 지나갔다. 그는 뛰어나가 탱크병 하나를 찔러 죽이고 자동 소총 한 자루를 빼앗았다. 이건 프라하야.

그가 말했다. AK17, 소련이 만들었지. 1만 발을 발사해도 불발탄이 안 나와. 애들도 모두 조립과 분해가 가능해, 끝내주지 않아? 맞은편에서 방탄복을 입은 군인 세 명이 빠른 속도로 다가왔다. 머리에 쓴 철모에서 짙푸른 빛이 났다. 그가 몸을 좌우로 흔들며 방아쇠를 당겼다. 떨어진 총알은 마치 자로 잰 것처럼 모두 군인의 머리에 박혔다. 철모가 깨지고 선혈이 튀었다. 세 구의 시신이 벌러덩 자빠지면서 마치 진짜처럼 다리를 쭉 뻗었다. 피시방 한구석에서 고함이 터져 나왔다. 와우! 명중, 끝내주는 사격 솜씨야! 그가 다가와 속삭였다. 이걸 헤드 샷이라고 하지. 네가 오후에 내게 찬 공처럼.

그때 내 눈앞의 컴퓨터가 켜졌다. 그는 내 키보드를 잡아당겨 나 대신 게임을 시작했다. 우리는 계속해서 네 명이 다섯과 붙었다. 너 우리 폭탄 좀 짊어질래? 내가 초대하는 거야. 그가 말했다. 나는 내가 이미 빈약한 비적이 되어 있는 모습을 발견했다. 구리게 생긴 초록색 바지에 안경을 쓰고 짐 하나를 메고 있었다. 내가 말했다. 해 본 적 없는데. 너희에게 방해만 될 거야. 그가 말했다. 괜찮아. 내가 있잖아, 내가 엄호해 줄게. 그의 친구 하나가 말했다. 안심해. 라오베이가 있는 한, 질 일은 없어. 혼자서 네 명은 거뜬해. 어둠 속에 팀원 세 명이 앉아 있었다. 잠시 후 그들은 나와 운명을 같이할 것이다. 하지만 그들의 모습을 똑똑히 볼 수가 없었다. 전투가 시작되기 전, 라오베이가 내게 기본적인 조작 방법을 알려 줬다. 전후좌우 방아쇠 당기는 법, 칼을 들고 도약하는 법도 있었다. 그 라운드에서 나는 라오베이의 지휘 아래 총은 만져 보지도 못한 채 마치 원숭이처럼 계속 비수만 들고 흔들 다리 위를 뛰어다니며 폭탄을 심었다. 남은 사람은 이 폭탄이 경찰에게 발각되어 제거되지 않도록 하는 책임을 맡았다. 다른 전우들은 하나씩 죽어 갔다. 남은 라오베이가 다리 끝을 사수했다. 나는 마치 말뚝처럼 멍청히 서 있었다. 그가 나를 구하기 위해 총 몇 발을 맞았다. 하지만 죽지 않았고 폭탄이 터져 다리가 산산조각 나 바다에 떨어졌다. 이어진 몇 번의 대전에서 나는 그의 지휘를 따르지 않고 낯선 곳을 마구잡이로 뛰어다녔다. 날 따라와, 머리를 내밀면 죽어. 그가 소리쳤다. 나는 못 들은 척했다. 몇 발을 쐈지만 하나같이 엉뚱한 방향으로 날아갔고, 그중 어떤 건 아군을 맞히기도 했다. 피가 솟구쳤다. 누군가 어둠 속에서 소리쳤다. 잘 보고 쏴, 아이고야. 나는 그 방향으로 시선을 돌렸을 뿐, 아무런 대꾸도 하지 않았다. 적들은 마치 내가 이 팀의 허당임을 알아보기라도 한 듯 본격적으로 나를 공격했다. 나는 숨지 않았고 총도 제대로 쏘지 못했다. 시작한 지 몇 분 만에 총을 맞고 죽기 일쑤였다. 나중에는 한 사람이 칼을 들고 나를 향해 뛰어왔다. 나는 마구잡이로 총을 난사했다. 총알이 모두 빗나갔다. 숨어, 숨으라니까. 라오베이가 소리를 질렀다. 하지만 나는 듣지 않았다. 상대의 칼부림 몇 번에 나는 목숨을 다했다. 상대가 내 시신을 밟고 폴짝거리며 뛰더니 웃음을 터뜨렸다. 나는 마우스를 내던지고 라오베이에게 말했다. 맞은편 사람들도 모두 이 피시방에 있지? 그가 말했다. 응, 모두 랜에 접속해 있지. 다음 라운드가 시작되었을 때 나는 홈에 내 자리를 고정해 두고 자리를 떠나 그들을 찾기 시작했다. 마침내 내 자리에서 세 줄 떨어진 곳에서 한 사람이 작은 칼을 들고 내 배를 찌르고 있는 모습을 발견했다. 나는 그를 자리에서 끌어내 바닥에 쓰러뜨리고 코를 향해 주먹을 날렸다. 코에서 피가 솟구쳤다. 그는 기절했다. 마치 코가 그의 급소이기라도 한 것처럼 바닥에 누워 꼼짝하지 못했다. 나는 일어나 그의 얼굴을 몇 번이나 발로 뭉갰다. 입술이 뒤집어졌다. 치아 사이사이 모두 피가 고였다. 누군가 뒤에서 내 허리를 잡아당겼다. 그자의 친구도 자리에서 일어났다. 그는 그냥 그 자리에서 서서 나를 바라봤다. 내가 고개를 돌렸다. 라오베이가 보였다. 그냥 게임이잖아, 그걸 진짜로 받아들이면 어떻게 해? 그가 내게 속삭였다. 사람들 중 누군가 나를 알아봤다. 옆 학교의 샤오둥이었다. 그는 입 싼 찌질이였다. 그를 위해 싸움에 나선 적도 있었다. 그가 내 앞으로 다가와 말했다. 막대, 너 왜 이런 거 하고 있어? 화 좀 가라앉혀. 조금 이따가 세워 놓고 오 분 동안 총살해 버려. 화면을 보니 나는 이미 죽어 있었다. 상대방의 칼에서 피가 떨어졌다. 그는 몸을 굽히고 내 시체 옆에 서서 뭔가 생각하는 모습이었다. 사장이 와서 경찰을 부르겠다고 말했다. 샤오둥이 사장을 잡고 쓸데없는 말을 지껄이며 나더러 빨리 나가라고 눈짓했다. 거리로 나왔다. 맑았던 하늘에서 보슬비가 내리기 시작했다. 비가 얼굴에 떨어졌다. 조금 후회가 됐다. 대체 이게 뭐야? 어둠 속에 숨어 있던 사람들의 비웃음거리나 되고.

"네가 막대야?" 라오베이가 따라 나와 내 뒤에서 말했다.

"응, 좀 미안하네. 괜히 너 게임 하는 거 산통만 깼네." 내가 말했다.

"괜찮아, 내가 놀자고 했잖아. 널 원망하진 않아." 그의 머리가 조금 축축해졌다. 여전히 그 책가방을 옆에 끼고 있었다.

"어디 가?" 그가 물었다.

"글쎄, 집에 가지 뭐."

"술 한잔 하며 정식으로 인사나 할까?"

우리는 구이를 파는 포장마차에 갔다. 밤이 깊었기 때문에 문을 연 가게는 이런 곳밖에 없었다. 플라스틱 의자에 커다란 파라솔이 펼쳐져 있었다.

우리는 잔 없이 각자 맥주 한 병씩을 들고 천천히 마셨다.

"뭐지?" 그가 말했다. 반쯤 마신 그의 맥주병에 무당벌레가 떠다녔다. 죽은 것 같았다. 하지만 색은 여전히 선명했다. 마치 빨간 섬처럼 보였다. 나는 사장에게 갔다. 사장은 아무 말 없이 맥주 네 병을 줬다. 마셔, 공짜야.

"항상 이런 꼴이네. 내가 운이 나쁜가 봐." 그는 맥주병을 따서 한 눈으로 병 주둥이 안을 들여다봤다.

"운이 계속 나쁜 사람은 없어. 모두 주기를 타지."

"난 언제나 운이 안 좋아. 넌 몰라. 만약 지금 하늘에서 운석이 떨어진다면 아마도 내가 그 운석에 맞는 사람일 거야. 괜히 네가 찬 공을 그 많은 사람 중에 내가 맞았겠어? 네 볼이 그렇게 멀리 빗나가 날 맞힐 거라고 생각한 사람은 아무도 없을 거야."

"그럼 너랑 함께 앉으면 위험한 거 아냐?"

"정반대지. 내가 있으면 보험을 든 거나 마찬가지야."

"날 알아?" 내가 말했다.

"들은 적 있어. 풍운의 인물, 내 말은 들은 적 있어?"

"아니."

"괜찮아, 서로 주 종목이 다르면 잘 모르지. 조금 전 그 피시방……." 그가 엄지로 피시방이 있는 뒤쪽을 가리켰다. "내가 쏴 죽인 시신이 가득 쌓여 있지. 모두 나의 숭배자들이야, 사격 게임에서 한 번도 져 본 적이 없어."

"운이 좋아졌어?"

"게임이라 문제가 없는 거야. 공정하지. 뛰어난 자가 살아남아." 이렇게 말하며 그가 내 앞에 놓인 술병을 가져가 이로 따서 벌컥벌컥 들이켰다.

그는 내가 조금 전에 사람을 흠씩 두들겨 팼는데도 아랑곳하지 않았다. 마치 나를 오랫동안 알고 지낸 듯이 행동했다.

별다른 말을 하지 않았다. 우리는 그냥 날이 밝을 때까지 마셨다. 비가 멈추고, 길가 백양나무 잎에서 빗물이 떨어졌다. 태양이 나와 햇살을 비췄다. 편안했다. 이렇게 평안하게 앉아 있었던 건 정말 오랜만이었다. 전혀 졸리지 않았다. 마치 바로 산에 올라가고, 말을 타고, 수영을 해도 될 것 같았다. 어쨌거나 할 수 있는 일은 정말 많았다.

떠나기 전 그가 갑자기 내게 물었다. "친구 할까?"

"좋아. 무슨 일 있으면 날 찾아와."

"그게 아니고 그냥 친구 하자고."

내가 말했다. "그래."

고3 졸업 후 아버지는 나를 대학에 보내느라 많은 돈을 버렸다. 내가 짐을 정리할 때 아버지가 들어왔다. 아버지가 술에 취해 말했다. 아들, 밖은 집하고 달라. 네가 아는 사람이 아무도 없어. 누굴 얼마나 패느냐 하는 건 한순간의 일이야. 돈이라면 아버지가 어떻게 할 수 있어. 하지만 다른 건 나도 방법이 없다. 알겠니? 내가 말했다. 알았어요. 내가 널 올바른 사람이 되도록 가르치려고 하지 않은 게 아니라 네가 안 한 거야, 알겠니? 내가 말했다. 알겠어요.

고3 되던 해에, 시까지 전염병이 돌았다. 누군가 고양이를 먹어서 생긴 일이라고 했다. 고양이는 민첩하지만 사람이 잡으려고 마음만 먹으면 잡을 수 있었다. 학교 외벽에 선생님이 모두 서 있었다. 행여 학생들이 담을 타고 넘어가 돌아다니다가 전염병에 걸리지 않을까 걱정해서였다. 일이 생길 경우 그 책임은 온전히 자신의 몫이었다.

라오베이는 길이 막혔다. 예전에는 마우스를 들쳐 메고 빠져나가 한번 놀았다 하면 밤을 꼴딱 새고 들어와 다음 날 수업을 듣곤했다. 그런데 이런 식으로 놀던 길이 막히자 그는 잠시 축 늘어져 지냈다. 공부밖에 할 게 없자 그는 공부를 하기 시작했고, 이어 아무도 생각하지 못한 일이 벌어졌다. 그가 갑자기 학교에서 손에 꼽는 성적 우수자가 된 것이다. 매번 성적이 공

개될 때마다 앞 순위를 차지했고, 한번은 의장대에서 성적 향상의 모범이 되어 문구 세트를 상으로 받기도 했다. 그는 문구 세트를 내게 줬다. 자신은 가지고 있어 봐야 소용도 없다면서 내게 기념으로 문구를 선물했다. 언젠가 너도 점수 올릴 수 있잖아. 안타깝게도 대학 입시가 있던 날 그는 설사가 났다. 그의 말에 따르면 길을 걷는 것조차 뭔가 지탱할 것이 필요했다고 한다. 겨우 수험 번호와 이름을 쓰고 나자 온몸에 식은땀이 났다. 칭화 대학교는 전혀 가망이 없었다. 그는 나와 같은 대학에 입학했다.

고등학교를 졸업한 여름, 전염병이 물러가고 사람들은 다시 자유롭게 이동할 수 있었고 고양이도 떳떳하게 거리를 다닐 수 있었다. 나는 그를 피시방에서 끌어내 수영을 하러 갔다. 그가 옷을 벗었다. 선명한 갈비뼈가 환히 드러났다. 마치 엑스레이 기기 뒤에 서 있는 것 같았다. 수영을 할 줄 몰랐던 그는 그냥 숨을 한 번 참고 물속으로 곤두박질 쳐서 마구 허우적거렸다. 나는 그건 물에 빠진 거지, 수영을 하는 게 아니라고 했다. 게다가 빠졌다는 말을 쓰기엔 물이 너무 얕았다. 수심이 1미터도 되지 않았다. 그는 내 말을 듣지 않았고, 수영을 배우려고도 하지 않았다. 그냥 그렇게 하는 헤엄이 좋다고 했다. 물 밑에 있는 시간이 짧긴 해도 자유로움이 느껴진다고 했다. 나는 못가에서 그가 잠수하는 모습을 지켜봤다. 행여 그의 일관된 운수처럼 갑자기 숨이 안 쉬어지거나 물 밑에서 종아리에 쥐가 나면 내가 해결해 주리라 맘먹었다. 운이 나쁘면 접시 물에도 빠져 죽는다고 하지 않던가. 그럼 물에 들어가 그를 부축하고 헤엄을 쳐야 한다. 그렇게 그는 열심히 헤엄을 쳤다. 다만 수면으로 나와 숨을 쉬지 않고 그냥 머리를 처박고 팔을 휘두르며 나를 앞으로 가라고 재촉하는 게 문제였다.

대학에 가자마자 나는 나보다 이 년 선배인 사람들과 싸움을 했다. 밀대로 그들 중 한 사람의 복사뼈를 부러뜨렸다. 그 후 다시 약간의 명성을 얻었고 학교 보안과의 주목을 받기 시작했다. 학교에서는 심각한 패싸움이 있을 때마다 매번 나를 찾아왔다. 때로 그들의 질문에 답변을 하기도 했지만, 아예 할 말이 없을 때도 있었다. 그러다 나중에는 모두 친구가 되었다. 대학교 4학년 때 그들이 내게 순조롭게 졸업을 하고 싶으면 착실하게 일 년을 다니라고 했다. 그렇지 않으면 지난 삼 년 동안의 행적이 문제가 될 거라고 했다. 또다시 일을 낼 경우 도와주고 싶어도 도와줄 수가 없다는 경고였다. 나는 알았다고 했다. 그때 나에게는 여자친구가 있었다. 성적이 괜찮은 아이였고 나랑 잘 맞았다. 그녀는 대학을 마치고 나의 고향으로 돌아가 함께 일을 하고 싶어 했다. 그녀의 제안이 마음에 들었다. 사람이란 모름지기 발전이란 걸 해야지. 집에 돌아가 보니 아버지는 귀밑머리가 모두 하얗게 변해 있었다. 몇 년 동안 사업이 마음 같지 않았고, 윗사람도 바뀌고 정책도 바뀐 탓에 마대가 공장에서 수북하게 쌓여 썩어 가고 있었다. 후에 아버지는 공장을 팔고 사람들 뒷일을 봐주면서 중간 소개비를 받았다. 술을 마시러 나가는 횟수도 줄면서 그냥 집에서 마시는 일이 많아졌다. 매번 아버지를 볼 때마다 마치 누군가 내 머리를 짓누르는 것 같았다.

대학교 2학년 때 얼거우가 내게 전화를 걸어 잡담을 나누다 공산당에 입당했다는 소식을 전했다. 그는 항상 보조 교사들과 모임을 갖고 깔끔한 여자애들과 적잖게 밤을 보낸다고 제법 세세히 이야기를 늘어놓았다. 그 후 다시는 연락이 없었다. 전화도 한 통 오지 않았다.

대학에 입학한 후 라오베이는 몇 가지 문제에 부딪혔다. 같은 방을 쓰는 사람들이 그를 싫어했다. 그는 밤에 잠을 자지 않고 복도에 있는 안전 통로 지시판을 두들겨 깨서 전선을 뽑아 낸 뒤 사격 게임을 즐겼다. 다른 사람들이 수업을 들으러 가는 낮에는 이불을 뒤집어쓰고 잠을 잤다. 같은 과에도 2학년이 되도록 그를 모르는 애들이 많았다. 다른 친구들이 줄줄이 여자 친구를 사귀면서 침실로 여자를 끌어들이고 싶어 했지만 그가 하루 종일 침실에 있고, 식사도 배달을 시키니 룸메이트들은 밖에 나가 돈을 주고 방을 빌려야 했다. 내가 몇 번이나 나서서 그를 대변했고 그럴 때마다 사람들은 그를 난처하지 않게 하겠다고 말해 내 체면을 살려 줬지만 현실은 거기까지였다. 때로 행동은 막을 수 있지만 생각은 바꿀 수 없는 법이다. 이후 나 역시 그를 만나는 횟수가 줄어들었다. 시차 때문이기도 했고 해야 할 일도 많았다. 그 역시 그의 일이 있었고 일의 성격도 달랐다. 서로 다른 시간을 오래 보내자 점차 서로 이해할 수 없는 일이 많아졌다. 이따금 만나면 그는 몸이 더 수척해지고 눈도 더 휑하니 커 보였다. 금방이라도 눈이 튀어나올 것 같았다. 머리는 항상 길고 셔츠는 땀에 절어 누랬다. 오랫동안 갈아입지 않은 것이 분명했다. 그는 내게 자기가 이 나라에서 가장 정확하게 사격을 하는 사람 중 하나라고 말했다. 학교 시합에 참가한 후 전국 대회, 나아가 외국인까지 죽일 거라고 했다. 잘 됐네. 더 많이 죽여, 그리고 지구를 대표해서 외계인도 죽이러 가고.

졸업까지 삼 개월 남았을 때, 누군가 나를 구타해 그 자리에서 쓰러졌다. 그날 나는 슬리퍼 차림으로 여자 친구의 식사를 가져다주려고 식당에 왔던 차였다. 막 문을 나서려고 비닐 커튼을 젖히는데 누군가 몽둥이를 내리쳤다. 손에 받쳐 들고 있던 순두부와 볶음면이 바닥에 쏟아졌다. 눈썹 뼈가 나갔다. 그들은 세 명이었다. 모두 손에 뭔가를 들고 있었다. 그중 하나는 아는 사람이었다. 도망가려고 했지만 슬리퍼를 신고 있었기 때문에 발을 드는 순간 다른 발 엄지발가락이 바닥에 걸려 넘어져 버렸다. 그대로 뜨거운 순두부 위에 엎어졌고 그 순간 뒤통수에 다시 한 방을 맞았다. 깨어났을 땐 이미 병원이었다. 머리를 붕대로 싸맸고, 다리는 참을 수가 없을 만큼 아팠다. 복사뼈가 모두 부러졌다.

보안과 사람들이 와서 범인을 잡았다고 했다. 배상을 요구할 수는 있지만 아마 많은 돈을 배상받을 수는 없을 거라고 했다. 그들 집안이 선한 사람들이 아닌 데다 그냥 돈만 있는 집안도 아니라서 절대 반격을 하면 안 된다고 했다. 그럴 경우 졸업을 할 수 없을지도 모른다고 말했다. 나는 침대 옆에 앉아 있는 여자 친구를 본 후 말했다. 알았어요. 관두죠.

한쪽 다리의 복사뼈는 빨리 자랐다. 두 달이 지나니 그런 대로 땅을 디딜 수 있었다. 나는 지팡이를 짚고 기숙사로 돌아왔다. 룸메이트들은 일을 찾기 위해 모두 흩어졌다. 여자 친구가 나와 일주일을 지냈다. 내가 점차 절름발이 생활에 익숙해지면서 스스로 간단한 일상을 처리할 수 있게 되자 여자 친구도 떠났다. 남부 지역으로 가서 면접을 본다고 했다. 그녀는 내가 구타를 당한 사건을 못마땅하게 생각했다. 확실히 그 일이 있고 난 후 다른 사람에 비해 일 찾기가 힘들어졌다. 몇 년 동안 쌓은 것들이 순식간이 허물어졌다. 혼자서 별로 할 일이 없어진 나는 노트북을 침대로 가져와 사격 게임을 깔았다. 예전에 한 번 라오베이를 따라 게임을 한 뒤로 한 번도 해 본 적이 없었다. 맵도 많아지고, 총기류도 더욱 업그레이드되어 있었다. 나는 라오베이가 가르쳐 준 간단한 조작 방법을 열심히 떠올렸다. W는 전진, S는 후진, 마우스 왼쪽은 발사, 오른쪽은 소음기 탑재였다. 하루에 열 시간 넘게 게임을 했다. 예전과 마찬가지로 나는 계속해서 죽었다. 염료도 과거보다 풍부했다. 누군가 내 시신 옆에 널 봤어, 바보, 라는 염료를 뿜었다. 과학 기술의 발전은 사람의 수요에 맞출 뿐만 아니라 언제나 사람의 예상을 뛰어넘는다.

어느 날 밤, 잠을 자던 나는 내가 형장에 서 있고 복면을 한 사람들이 총을 들어 나를 겨냥하고 있는 꿈을 꿨다. 하지만 그들은 나를 맞히지 못했다. 나는 사방으로 총알이 날아다니는 가운데 말을 타고 노래를 부르며 떠났다. 그때 누군가 문을 두드렸다. 나는 옆에 있는 옷걸이를 들고 문을 열었다. 라오베이가 걸어 들어왔다. 그는 웃통을 벗고 내복만 입고 있었다. 그의 몸매가 마치 언덕에 걸쳐진 작은 물고기 같았다.

"자? 막대?"

"아니."

"이야기나 할까?"

"앉아."

그가 의자를 옮겨와 내 침대 옆에 앉았다.

"화장실 가고 싶어? 내가 부축해 줄게."

"아니, 자기 전에 갔다 왔어."

"내가 부축해 줄 수 있는데."

"알아. 정말 괜찮아."

그가 내 침대 옆의 담배를 들어 불을 붙였다.

"담배를 안 가져와서."

"그래, 그런 것 같아. 이야기해."

"잠깐만, 뭐가 그리 급해?"

그는 천천히 담배를 모두 피우고 바닥에 버렸다. 발로 비비진 않았다.

"우리 처음 만난 날 네가 사람을 때렸잖아, 그때 어떤 기분이었어?"

"왜 그래, 진지하게. 왜 그런 걸 물어보려고 하는데? 기분은 무슨 기분이겠어?"

"넌 네가 바보 같아?"

나는 그를 바라봤다. 그는 한 번도 내게 그런 말을 한 적이 없었다. 내 다리가 부러졌다고 해도 그건 좀 아니었다.

"무슨 일 있어?" 내가 물었다.

"내가 사람을 쳤어."

"누굴 때렸는데?"

"미치광이 주피터."

"누구?"

"닉네임이야, 미치광이 주피터. 그의 침실에서. 보러 갈 필요 없어. 구해 줄 수 없어." 그가 자기 뒤통수를 가리켰다. "내가 그 애 여길 구멍 냈어. 침실에 걔 혼자야."

나는 그를 바라봤다. 술을 마시지도 않았고, 미치지도 않았다. 표정이 나무 인형처럼 또렷했다.

"뭘로 때렸는데?"

"걔 책상 위에 있던 재떨이로. 걔가 반칙을 했어."

"반칙?"

"난 그 앨 볼 수 없었고, 그 앤 날 볼 수 있었어. 가림막 두 겹 사이로 개는 날 볼 수 있었다고. 걔가 먼저 내 다리를 때리고 나도 내 머리를 때렸어. 처음에는 내가 운이 안 좋은 줄 알았어. 걔가 날 맞혔고, 게임에서도 난 운이 안 좋구나, 싶었어. 그러다 인터넷에서 봤는데, 그런 소프트웨어가 있더라고. 몇 위안이면 살 수 있었어. 그래서 나도 샀어. 다른 사람 IP를 찾을 수 있는 프로그램. 그가 몇 호에 있는지 찾아냈어. 2039호였어."

"그럴 필요가 있었어?" 내가 말했다.

"그럼. 넌 이해 못해, 난 그럴 필요가 충분했어. 하마터면 개 때문에 미칠 뻔했거든."

이렇게 말하더니 그가 자리에서 일어나 날 보며 말했다.

"막대, 나 네 침대에서 잠깐 자도 돼? 너무 졸려."

"올라와."

그가 침대로 기어 올라와 내 옆에 누웠다. 피부색으로 보니 오랫동안 샤워를 안 한 것 같았다. 그래도 역한 냄새는 나지 않았다. 그는 아이처럼 얼굴을 벽 쪽으로 한 채 금세 잠이 들었다. 게다가 코까지 골기 시작했다. 아마 한동안 잠을 자지 못한 듯했다.

나는 침대에서 내려와 지팡이를 찾았다. 아래층으로 내려가 2039호로 갔다. 심호흡을 하고 문을 열었다. 그는 검은색 티셔츠를 입고 있었다. 위에 체 게바라의 빨간색 두상이 인쇄되어 있었다. 사격 게임을 하는 중이었다. 그는 이어폰을 끼고 있어 날 보지 못했다. 머리는 어깨까지 내려오고 뒤통수에 붕대가 감겨 있었다. 책상 위에 재떨이는 없었다. 재는 바닥에 털고 있었다. 그는 운이 좋았다. 나는 속으로 생각했다. 전국에서 사격이 가장 정확한 사람이라고 해도 엇나갈 때가 있지. 나는 다가가 그 옆 의자에 앉았다. 그런데도 그는 나를 알아차리지 못했다. 그는 저격총을 가지고 경찰용 방탄복을 입고서 오래된 성루에 쪼그리고 앉았다. 한가운데 있는 광장이었다. 사방에 복숭아꽃이 만개해 있는데 성루에도 놀랍게 복숭아나무 한 그루가 심어져 있었다. 광장에 모래주머니와 보루가 있었다. 젊은 비적들이 홑겹 옷을 입고 뒤에 숨어 있었다. 신문을 들고 있는 사람, 간행물을 들고 있는 사람, 총을 들고 있는 사람도 있었다. 확실히 적을 볼 수 있었다. 적이 보루 뒤에 숨어 있어도 그는 상대를 볼 수 있었다. 반짝이는 작은 격자, 그는 그 격자를 향해 총알을 날렸다. 화면에 한 명이 죽었다고 나타났다. 나는 그가 다섯 사람을 죽이는 모습을 지켜봤다. 상대방은 영문도 모른 채 죽어 갔다.

그를 알고 있었다. 식당 입구에서 매복해 나를 습격했던 일행 중 한 사람이었다. 그가 날 때렸을 것이다. 얼굴일 수도, 뒤통수일 수도, 아니면 복사뼈였을 수도 있다.

내가 그를 툭툭 건드렸다. 그가 나를 보고 바로 일어섰다. 이어폰 줄이 그의 머리를 끌어당겼다. 마치 그가 내게 고개를 숙여 인사하는 듯했다.

"맞네? 미치광이 주피터." 내가 말했다.

"넌 뭐야? 왜 그래?" 그가 허둥지둥 주위를 둘러봤다. 하지만 방에 도움을 줄 사람은 없었다. 사실 절름발이 하나를 대적하는 데 도움은 필요 없었다.

"누가 널 쳤어?"

"'막대.' 너희 한 패야?"

"막대라고?"

"닉네임이 막대야. 뭐 하자는 수작이야? 난 너 몰라. 누가 시켜서 그랬던 거야."

내가 손을 내저었다. "그 일이 아니야, 앉아 봐, 이야기나 좀 하지. 너 왜 반칙했어?"

그가 앉았다. "왜 반칙했냐고? 안 하는 사람 누가 있어? 지금 누가 정석대로 하냐고!"

"내가 또 싸우면 그대로 제적인 건 너도 알고 있지. 취직도 못 하고, 여자 친구도 없겠지. 아무 문제 없었어. 너희들이 식당으로 날 찾아오기 전까지는."

"좀 알긴 해. 네가 미움을 샀어."

"비긴 걸로 하지. 알겠어? 앞으로 서로 안 건드리기로."

"그래."

"좋아, 그럼 계속 게임 해."

나는 일어나 밖으로 나왔다. 계단까지 걸어왔다가 지팡이를 짚고 되돌아갔다. 문을 열었다. 그가 여전히 성루 위에 쪼그리고 앉아 있었다. 철모에 꽃잎이 가득 떨어졌다. 저격용 총으로 그를 볼 수 없는 젊은이를 죽였다.

나는 그의 뒤로 걸어가 지팡이를 휘둘러 그를 바닥에 때려 눕혔다.

큰길

산을 계속해서 쌓는 것, 사람들은 그것이 곧 행복임을
믿어야 한다.

—알베르 카뮈

오늘 밤이 지나면 서른이다.

그녀가 다가와 내 스탠드 아래 앉았다. 그녀가 말했다. "당
신 방은 왜 이렇게 추워?" 내가 말했다. "모허 지역이 원래 춥
잖아. 오늘은 스팀도 끊어지고. 창문 안쪽에 얼음이 얼기 시작
했어. 사방이 모두 얼음이야." 그녀가 말했다. "우리 쪽은 좀 따
뜻해. 다만 난 잘 때 언제나 이불을 걷어차." 내가 말했다. "정
말 여러 해 동안 잠을 잘 못 자는구나. 왜 이렇게 작아졌어?"
그녀가 말했다. "당신이 날 잊어 가니까." 내가 말했다. "아니,
난 그냥 널 더 깊은 곳에 둔 것뿐이야." 그녀가 말했다. "더 깊

은 곳이 어딘데?" 내가 말했다. "잊어버린 가장자리. 하지만 영원히 잊지 못하는 곳. 그곳이 가장 깊은 곳이지." 그녀가 웃자 조금 커졌다. 그녀가 내 무릎에 앉아 나를 향해 고개를 들었다. "말해 봐, 대체 그럴 만한 가치가 있는 거야?"

내가 어릴 때 부모님이 화재로 돌아가셨다. 참혹하기 이를 데 없는 큰 불이었다. 불길이 타오를 때 나는 다른 거리에 쪼그리고 앉아 구슬치기를 했다. 가는 손가락으로 구슬을 조금 떨어진 구멍에 넣었다. 물건이 타는 냄새를 맡았지만, 노는 데 정신이 팔려서 타고 있는 물건이 뭘까 생각할 틈도 없었다. 구슬치기에서 따 낸 구슬을 손에 하나 가득 들고 집에 돌아왔을 때 집은 이미 재가 되어 있었고 부모님은 그곳을 빠져나오지 못했다. 나는 삼촌 집에서 지냈다. 삼촌만 날 받아 주었기 때문이다. 고아가 된 나는 그 어느 때보다도 정신을 가다듬고 곧바로 나 자신을 보호하는 방법을 배웠다. 날 괴롭히려고 하는 사람은 상대가 아무리 커도 최대한 반격했다. 나는 타협이라는 것을 알지 못했고, 인내와 양보라는 것도 해 본 적이 없었다. 나는 어떻게 하면 상대방이 가슴 깊이 아픔을 기억할 수 있게 할까 하는 생각만 했다. 내가 나중에 몸을 일으킬 수 있는지 없는지는 중요하지 않았다. 나는 삼촌에게 폐를 많이 끼쳤고, 삼촌 역시 내게 손을 댈 때 인정사정 두지 않았다. 나는 주먹질도 당하고, 허리띠로 맞기도 하고, 겨울밤 마당에서 밤새도록 벌을 서기도 했다. 나는 끊임없이 반격을 하고, 끊임없이 실패했다. 하지만 그래도 내 신념은 변하지 않았다. 결국 어느 날 내가 다시 사람을 쳤을 때 삼촌은 나를 공독학교[69]에 보냈다. 그곳 교관의 행동 방식은 삼촌과 별반 차이가 없었다. 다만 나는 내가 더 이상 공짜로 먹고 마실 수 없으며, 일을 해야 한다는 것을 깨달았다. 첫 번째 일로 옷에 단추를 달고, 소매에 수를 놓았다. 일반적으로 하얀 모란, 단단한 잉어 모양의 수였다. 눈과 손가락이 호된 시련을 당했다. 좀 더 자란 후에는 짝을 지어 거리에 나가서 길을 깔았다. 철통에 담긴 아스팔트를 길 위에 붓고 로드 롤러가 웅웅거리며 아스팔트와 돌 위를 굴러 평평한 초토로 만드는 것을 지켜봤다.

　공독학교에 다니는 아이들은 대부분 나 같은 아이들이었다. 고아는 아닌 듯했지만 못된 장난은 나 못지않았다. 몇 번이나 벌어진 패싸움에서 나는 언제나 별로 득을 보지 못했다. 이곳 아이들은 아픔을 느끼는 정도가 사뭇 달랐다. 교관들은 종종 야밤에 기습 검사를 했다. 일부 아이들이 베개 밑에 칼을 넣어 뒀기 때문이었다. 그렇게 해도 충돌이 격해지거나 필요한 순간이 되면 그들의 손에 칼이 등장했다. 마치 마술사처럼 갑자기 소매에서 칼이 번뜩였다. 몇 번이나 찔린 후에 나 역시 교묘하게 침대 어딘가에 칼을 숨기는 법을 배웠고, 점차 어떻게 하면 칼끝이 정확하게 신체의 얇은 부분을 찔러 인명은 해하지 않으면서 상대방을 쓰러뜨릴 수 있는지 배웠다.

69　일반 중·고등학교에서 퇴학, 제적되거나 문제가 있다고 여겨지는 청소년들이 가는 학교.

마침내 열여섯이 되었을 때 나는 다 나은 상처 몇 곳과 세탁한 옷 몇 벌을 가지고 온전한 모습으로 삼촌 집에 돌아왔다. 삼촌은 신문을 보고 있었다. 삼촌이 눈을 들어 한참 동안 나를 바라봤다. "꽤 건장해졌네." 내가 말했다. "네. 일을 해야 해서요." 삼촌이 말했다. "이제 난 네 맞수가 못 되겠지." 내가 말했다. "아마도요. 하지만 이제 그럴 필요 없어요." 삼촌은 잠시 생각하더니 다시 입을 열었다. "계획은 있어?" 내가 말했다. "밖에 나가 무슨 기회가 있는지 알아보려고요." 삼촌이 고개를 끄덕였다. "계속 여기 살고 싶어?" 내가 말했다. "됐어요. 벌써 열여섯인데요. 내 몸 정도는 돌볼 수 있어요. 다만 밑천이 조금 필요해요." 삼촌이 말했다. "밑천은 없다. 하지만 우리 집에서 물건들은 좀 가져갈 수 있지. 쓸 만한 것이 있으면 가져가라. 예의 차릴 것 없다." 나는 방 안을 둘러봤다. 주방 도마에 연골을 자르는 날카로운 칼이 보였다. 생각해 보니 그처럼 초라한 삼촌 집에 어쩌다 그토록 정교하고 빼어난 칼이 있었는지 이상했다. 칼끝이 마치 차가운 달빛처럼 빛났다. 나는 손을 뻗어 삼촌 손에 들린 신문을 가져다 칼을 싼 다음, 학교에서 가져온 옷과 같이 넣어 등에 멨다. 삼촌은 시종일관 아무 말 없이 나를 조용히 바라봤다. 문을 나서자 삼촌이 일어나 안에서 문 잠그는 소리가 들렸다.

　　한동안 관찰 끝에 나는 이 도시의 두 곳을 골라 활동하기로 했다. 하나는 기차역이었다. 낮에는 기차역에서 자고 밥을 먹었다. 대합실이 내 방이었다. 그때까지 나는 한 번도 물건을 훔쳐 본 적이 없었다. 예전 짝이 내게 가르쳐 준 것이 있었다. 물건을 훔치고 싶으면 역 입장권을 사라는 것이었다. 기차에 탈 때 분명히 네 손에 지갑을 부딪치는 사람이 있을 거야. 내가 물건을 훔치지 않는 이유는 단 하나, 도둑이 아니기 때문이었다. 따라서 기차역은 내가 생활을 하는 곳일 뿐이었다. 어디서도 이렇게 아름답고 좋은 집을 찾을 수가 없었다. 수없이 많은 사람에 에워싸여 있으면서도 당신을 번거롭게 하는 사람은 없을 테니까. 또 다른 한 곳은 내가 출근하는 곳이다. 도시 구석에 새로 지은 별장 지역이었다. 우리 도시 근처에 있는 유일한 별장 지역이기도 했다. 별장 지역과 도시 사이에 인공으로 만든 숲이 하나 있었다. 나무는 진짜였다. 별장 창문으로 비치는 풍경을 아름답게 만들기 위해 조성한 곳이었다. 숲에 넓은 길이 있고 그 양쪽으로 새 가로등이 늘어서 있었다. 겨울에는 5시 정각, 여름에는 7시 정각에 불이 들어왔다. 이 길은 거의 하루 종일 차들이 지나다녔다. 각양각색의 멋진 차들이었다. 정말 어쩌다 사람들도 지나갔다. 이유가 뭔지 몰라도 확실히 사람도 지나갔다. 마치 부자 호주머니에서 떨어져 나온 동전들 같았다. 밤에 이런 동전을 줍는 것이 바로 내 일이었다.

내가 주운 첫 번째 동전은 술 취한 중년 남자였다. 첫 번째 선택으로 나보다 크고 건장한 남자를 고른 것은 그리 현명하지 않은 일이었다. 하지만 그는 너무나 취해 있었다.

길을 걷는 모습이 마치 물 위를 걷는 듯했다. 그가 겨드랑이에 끼고 있는 가죽 가방이 그의 주위에 떠 있는 구명 튜브 같왔다. 그는 자꾸만 가방을 땅에 떨어뜨렸고, 그럴 때마다 흐느적거리며 다가가 가방을 주워 올렸다. 가로등이 환했다. 길에 행인이라고는 그 사람 하나뿐이었다. 그때까지 나는 1박 2일 동안 다른 사람이 대합실에 버린 우유 반병을 마신 게 다였다. 배가 고파 현기증이 났다. 나는 용기를 내어 숲속에서 달려 나가 남자가 겨드랑이에 끼고 있는 가죽 가방을 잡아당겼다. 하지만 그가 가방을 너무 꼭 끼고 있어 그와 함께 숲으로 나가떨어졌다. 두려움이 컸기 때문에 얼굴이 나무에 걸려 찢어졌는데도 아무런 통증을 느끼지 못했다. 나는 그 어떤 원한도 없는 사람을 공격해 본 적이 없었다. 하지만 손을 놓지도 않았다. 그냥 그 가죽 가방만 생각했다. 계속 두려움이 일면 아마 칼을 꺼내 그의 배를 찌를 수도 있을 터였다. 그때 그가 말했다. "이봐, 친구. 오늘은 내가 술 샀잖아. 내 물건 뺏지 말게." 나는 계속 힘을 썼다. 하지만 그는 죽을힘을 다해 가죽 가방을 품에 꼭 끼고 자신의 존엄을 지켰다. 그가 말했다. "날 죽인다고 해도 난 자네에게 가방을 주지 않을 거네. 날 도와줬는데 자네에게 얻어먹을 수는 없지." 나는 어쩔 수 없이 다른 손으로 칼을 꺼내 예전에 하던 행동을 하려 했다. 그런데 그가 바닥에 엎어져 잠이 들어 있는 것이 보였다. 그 가죽 가방 안에 든 것은 광천수 반병이 전부였다.

시간과 경험이 쌓이면서 나는 점차 더 이상 배고픔에 구애받지 않고 적당한 목표를 물색했다. 현금만 가져갔다. 다른 물건은 아무리 비싼 것이라 해도 일을 복잡하게 만들 뿐이었다. 복잡한 것이 싫었다. 내 칼은 계속 쓰임이 없었다. 대부분 날 만난 사람들이 지니고 있던 돈은 그들이 실제 가지고 있는 것과 비교하면 보잘것 없었다. 그들은 아마도 내게 칼이 있다는 것을 몰랐을 것이다. 내 행동은 구걸과 강탈의 중간 정도로, 어떤 표현으로도 정확하게 정의 내리기 어려웠다. 나 자신을 위해 변명할 필요는 없다. 어차피 매번 그들을 마주칠 때마다 정성을 다해 이 짓을 할 거니까. 그 사람들은 내게 대수롭지 않은 존재니까. 그녀를 만난 날, 그녀는 어깨에 책가방을 메고 고개를 숙인 채 큰길을 걷고 있었다. 갑자기 가로등이 켜지자 그녀가 화들짝 놀랐다. 고개를 들어 가로등 불빛을 바라봤다. 그리고 마치 갑자기 한기를 느낀 사람마냥 부르르 몸을 떨었다. 겨울이 왔다. 평범한 교복 차림이었지만 그녀의 분위기에서 용돈을 충분히 가지고 다닐 거라는 느낌을 받았다. 나는 숲에서 뛰어나가 말했다. "돈 좀 줘." 그녀는 약간 겁을 먹긴 했지만 내가 예상한 것보다는 침착했다. 그녀가 말했다. "입을 옷을 사야해?" 내가 말했다. "돈 조금만 줘." 그녀가 말했다. "왜 그렇게 조금밖에 안 입었어?" 이렇게 수다스러운 사람을 만난 적이 없었다. 나는 하는 수 없이 품에서 칼을 꺼냈다. "사람을 죽인 적 있어." 그녀의 눈동자에 서려 있던 어렴풋한 공포가 완전히 사라졌다. 그녀가 말했다. "허풍이지." 그녀 말이 맞았지만 나는 차마 인정하기가 쑥스러웠다. 내가 말했다. "한 사람 더 죽이게 하지 마." 그녀가 말했다. "칼이 왜 신문지에 싸여 있어?" 그러더니 등 뒤의 책가방을 내렸다. 내가 말했다. "꼼짝 마." 그녀가 말했다. "돈이 책가방 안에 있어." 내가 말했다. "책가방 이리 내." 언제든 누가 나타날 가능성이 있었다. 그렇게 되면 책가방 하나도 건질 수 없었다. 그녀가 책가방을 내게 던지는 바람에 하마터면 나는 바닥에 나가떨어질 뻔했다. 책가방이 왜 이렇게 무거워? 그녀가 말했다. "내일 가로등이 켜질 때 돈을 가져다 줄게." 그때 나는 벌써 책가방을 메고 숲속을 달리고 있었다.

그녀의 책가방에는 52위안과 초콜릿 반 조각, 손바닥만 한 곰 인형, 파란색 볼펜 세 자루, 빨간색 볼펜 한 자루, 연필 두 자루가 든 필통 하나 그리고 향긋한 분홍색 고무가 들어 있었다. 고무의 한쪽 끝이 둥글게 닳아 있었다. 이 밖에 각 과목의 교재와 연습 문제 열일곱 권도 있었다. 나는 곰 인형을 쓰레기통에 버리고 7위안으로 크림이 눈곱만큼 들어 있는 빵과 광천수 한 병, 구운 소시지 하나를 샀다. 그리고 대합실 플라스틱 의자에 누워 책 한 권을 골라 읽었다. 수학책이었다. 삼각형의 정의 아래 빨간색 볼펜으로 '대치,' 선분의 도형 아래에는 '인생,' 직선 아래에는 '영원'이라 적혀 있었다. 재미가 없었다. 국어책을 들었다. 안에 나뭇잎 하나가 끼워져 있었다. 그 숲속 나뭇잎이었다. 비쩍 여윈 인물 그림 아래 누군가 같은 빨간색 볼펜으로 "그가 책을 훔친 건 그에게 빨래를 해 줄 사람이 없었기 때문이다."라고 적혀 있었다. 조금만 빈 공간이 있어도 모두 연필로 그림이 그려져 있었다. 그중 하나는 여자애가 높은 다이빙대에 서 있는 그림이었다. 아래는 작게 보이는 수영장이었다. 수영장에는 물 한 방울 없이 곰 인형으로 채워져 있었다.

그 옆에 작은 글씨로 "너희가 날 물들일 거야."라고 적혀 있었다. 빨간색으로 적힌 주석과 연필 그림을 모두 구경하고 나서 초콜릿 반쪽을 먹은 후 나는 책가방을 베고 잠이 들었다.

다음 날 저녁 무렵, 나는 그녀를 가서 기다려야 될까 계속 생각했다. 진짜 돈을 가지고 올지도 모르는 일이었다. 그리고 그 뒤에 경찰이 따라올지도. 나는 노을이 질 때까지 의자에 누워 있었다. 대합실 벽에 걸린 커다란 괘종시계를 보니, 가로등이 켜질 때까지 삼십 분이 남아 있었다. 의자에서 벌떡 일어나 책가방을 메고 칼을 싸고 있던 신문지를 버린 후 큰길을 향해 달려갔다.

그녀가 숲에 있었다. 새 책가방을 메고 어제 그 가로등 아래 서 있었다. 나는 걸음을 늦추고 그녀의 주위를 살폈다. 경찰이나 그녀의 부모가 맞은편 숲속에 숨어 있을지도 몰랐다. 나는 숲을 노려봤다. 바람이 불어 땅에 있던 낙엽이 푸르르 일어났다. 여느 때와 똑같았다. 눈짐작으로 길의 너비를 쟀다. 누가 숨어 있다고 해도 단걸음에 마침맞게 나무 뒤쪽으로 껑충 뛴 후 재빨리 달려간다면 잡히지 않을 것 같았다. 나보다 숲속 지형을 더 잘 아는 사람은 없었다. 가로등이 불을 밝혔다. 그녀가 숲 쪽을 봤다. 나는 나무 뒤에서 그녀의 발 옆에 돌을 하나 떨어뜨렸다. 그녀가 내 옆으로 몇 발짝 걸어와 고개를 쳐들고 날 바라봤다. "책가방 멘 모습이 웃겨." 내가 말했다. "돈 가져왔어?" 그녀가 책가방에서 돈을 꺼내더니 다시 두꺼운 체크무늬 셔츠를 꺼냈다. "좀 낡고 크긴 한데. 몇 년은 입을 수 있을 거야.

그쪽도 자랄 테니까." 나는 돈과 셔츠를 받고 맞은편 숲을 살폈다. 바람에 말려 낙엽이 일어났다. 나는 책가방을 그녀에게 줬다. "돌려줄게." 그녀가 말했다. "가져. 새로 샀어." 생각해 보니 좋은 베개가 생겼다는 생각이 들어 다시 등에 멨다. 그녀가 말했다. "내 곰 인형 돌려줘." 내가 말했다. "버렸어." 그때 자동차 한 대가 큰 길을 쌩 달려가는 바람에 깜짝 놀랐다. 내가 말했다. "내일부터 난 안 올 거니까 무서워할 필요 없어." 그녀가 말했다. "그쪽이 안 무서워해야 맞는 거지. 내 곰 인형은 왜 버렸어?" 내가 말했다. "난 안 무서워. 넌 날 몰라." 그녀가 말했다. "그럼 내일도 와." 그러더니 뒤돌아 가 버렸다.

　　나는 쓰레기통에서 그 곰 인형을 찾지 못했다. 찾지 못하는 게 당연했다. 대합실 쓰레기는 매일 저녁 수거해 갔다. 다음 날 가로등이 켜지기 사십 분 전에 나는 뭔가에 엉덩이를 찔린 사람처럼 의자에서 벌떡 일어나 숲으로 뛰어갔다. 이번에는 내가 조금 일렀다. 그녀가 멀리서 내 앞을 향해 곧장 걸어오더니 바닥에 앉았다. "앉아." 나는 그녀 옆에 앉았다. 그녀는 아무 말도 하지 않았다. 우리는 함께 가로등이 차례로 켜지는 모습을 지켜봤다. 어둠이 점점 밀려와 가로등이 긴 선을 이루었다. 한기가 숲으로 밀려들었다. 나는 책가방에서 그녀가 준 셔츠를 꺼내 그녀 다리 옆에 던졌다. "입어." 그녀가 말했다. "난 안 추워. 어둠이 하늘에서 내려오는 거라 생각했는데 오늘 보니 어둠은 땅에서 솟는 거네." 내가 말했다. "어둠은 언제나 제자리에 있는지도 몰라. 그냥 빛이 달아나는 거지." 그녀는 아무 말 없이 계속 앞을 바라봤다. 눈이 어찌나 큰지 한 번도 깜빡이지 않는 것처럼 보였다. 한참 후에 나는 잠이 들 것 같은 느낌이 들었다. 엉덩이에도 감각이 없었다. "너 집에 안 돌아가?" 그녀가 말했다. "집에 아무도 없어. 모두 바빠." 그리고 잠시 쉬었다가 다시 말했다. "그쪽도 혼자야?" 내가 말했다. "응, 난 언제나 혼자야." 그녀가 말했다. "힘들어?" 내가 말했다. "괜찮아, 언제나 방법은 있어." 그녀가 말했다. "대단한 사람이구나, 너." 나는 한 번도 누군가로부터 칭찬을 받아 본 적이 없어서 어떤 식으로 말을 받아야 할지 몰랐다. 그녀가 말했다. "방법을 생각할 수 있다니." 내가 말했다. "가족이란 뭐야?" 그녀가 말했다. "너를 잘 아는데 너랑은 상관없는 사람." 내가 말했다. "선생님은?" 그녀가 말했다. "선생님은 반복밖에 모르는 태엽 인형이지." 내가 말했다. "친구는?" 그녀가 말했다. "친구는 얻어 내려고만 해. 하지만 난 그쪽은 아니지." 난 내가 뭘 얻어 내려고 하는 건지 아닌지, 언제부터 그녀의 친구가 됐는지 알 수가 없었다.

그녀가 말했다. "칼은 어떻게 사용해?" 내가 말했다. "위를 찌르지. 거기 피부가 얇거든." 그녀가 말했다. "찔러 봤어?" 내가 말했다. "그때는 칼이 이것보다 작았어. 이건 아직 사용 안 해 봤어." 그녀가 말했다. "아파?" 내가 말했다. "아프겠지. 위와 장은 아픔을 느끼니까." 그녀가 말했다. "아프지 않은 곳도 있어?" 내가 말했다. "목이지." 그녀가 말했다. "확실해?" 내가 말했다. "추측이야. 목이 치명적이니까." 그녀가 말했다. "나

죽일 수 있어?" 내가 말했다. "물론 못 죽이지. 그 말 무슨 뜻이야?" 그녀가 말했다. "내가 부탁한다면?" 내가 말했다. "그래도 못해." 그녀가 말했다. "내가 잘 때 종종 이불을 차 내거든." 내가 말했다. "난 널 죽일 수 없어." 그녀가 말했다. "그리고 추워서 깨어나면 몸에 아무것도 없는 거야, 인생이 그런 것 같아. 넌 세상이 널 감싸고 있다고 여기지만 사실 아무것도 없어." 내가 말했다. "그거야 네가 스스로 차 버린 거잖아?" 그녀가 말했다. "아마도. 이불 안이 너무 답답했으니까, 안 그래?" 내가 말했다. "나 가야겠어. 다신 안 올 거야." 그녀가 말했다. "네가 날 죽이지 않는다고 해도 내가 죽을 방법을 생각할 거야. 지금은 내가 가장 아름다운 때야." 내가 말했다. "아마 나중에 더 예뻐질 거야." 그녀가 말했다. "그럴 리 없어. 시간은 흐르지 않아, 흐르는 건 우리야." 내가 자리에서 일어나자 그녀가 셔츠를 접어 내게 주며 말했다. "나한테 곰 인형 빚졌어." 내가 말했다. "벌써 없어졌는걸. 네가 새걸 원하지 않는 한 말이야." 그녀가 말했다. "그건 다르지. 내게 돌려주지 못할 거면 내 부탁을 하나 들어줘야 해." 내가 말했다. "난 너 죽일 수 없어. 난 살인을 해 본 적 없어." 그녀가 말했다. "넌 정말 허풍을 떨고 있구나. 대답해 줘. 그 칼 버리고 다른 일을 찾아. 넌 뭘 할 수 있어?" 난 잠시 생각 후 말했다. "길 포장할 줄 알아. 아주 평평한 길." 그녀가 말했다. "그런 길 까는 곳을 찾아. 적어도 서른까지는 살아야지. 그리고 내게 알려 줘, 대체 세상이란 데가 살 만한 가치가 있는지." 내가 말했다. "내가 널 어떻게 찾지?" 그녀가 말했다. "날 찾을 필요는 없어, 내가 널 찾아갈 거니까." 내가 갑자기 말했다. "정말 날 찾을 수 있어? 말을 했으면 지켜야 돼." 그녀가 말했다. "난 지켜. 하지만 그날 네가 그 체크무늬 셔츠를 입고 있어야 내가 널 찾을 수 있어. 그게 너라는 표시야." 내가 말했다. "그럴게." 그녀가 말했다. "가, 다시는 이 길로 되돌아오지 마."

나는 약속을 지키지 않았다. 나는 매일 그곳으로 가서 숲속에 앉아 그녀를 기다렸다. 하지만 그녀는 다시 오지 않았다. 지난번 술 취했던 사람이 또 그 길을 지나갔다. 매번 또 다른 가죽 가방을 길에 떨어뜨리고 중얼거렸다. 그러나 나는 그를 건드리지 않았다. 별장 지역에 들어가 집집마다 들러 보거나 공고를 붙여 수소문할까 생각한 적도 있었다. 여러분 집에 혹시 이런 애가 살고 있지 않습니까. 하지만 그렇게 하지 않았다. 육십칠 일째 되던 밤, 나는 요란한 소리를 내며 별장 지역으로 달려가는 구급차 한 대를 봤다. 잠시 후 구급차가 다시 소리를 내며 나타났다. 이번에는 안에 사람이 가득 타고 있는 것 같았다. 사흘 후 새벽, 별장 지역에서 장례식 행렬 차량이 천천히 나왔다. 상주가 드는 장례식 깃발이 차창 밖으로 펄럭거렸다. 누군가 밖을 향해 지전을 뿌렸다. 운전자 보조석에 앉은 사람이 흑백 사진 한 장을 안고 있었다. 그 사진 속 얼굴을 봤다.

바로 그날 밤 나는 셔츠를 입고 책가방을 메고 기차역 매표구로 가서 말했다. "86위안이 있는데 가장 멀리 어디까지 갈 수 있어요?" 표 파는 여자가 나를 힐끗 바라봤다. "모허요." 내가 말했다. "내가 가려던 곳이에요." 기차에 오르기 전 나는 칼을 쓰레기통에 버렸다. 나는 모허에서 길을 깔았다. 매우 많은 길, 각기 다른 쪽으로 향하는 길을 깔았다. 나는 매우 신중하게 모든 길을 대했다. 내가 깔아 놓고도 가지 못한 길이 많았지만 말이다. 모허는 너무 추웠다. 계절도 다양하지 않았다. 길 포장 일을 원하는 사람도 많지 않았다. 임금은 좋은 편이었다. 다만 얼굴이 항상 동상에 걸렸고 상처가 아물 시간이 없었다. 내가 보기에도 나는 실제보다 늙어 보였다.

많은 이들이 정상적인 일을 하고 있었지만 사실 과거의 나처럼 구걸과 강탈 사이에서 생활하고 있었다. 나는 오로지 길을 포장하는 데만 전념했다. 때로 북극 오로라를 보기도 했다. 막 모허에 갔을 때 어떤 이가 물었다. "와 본 적 있어요?" 내가 말했다. "아뇨." 그가 말했다. "오, 북극 오로라를 보러 왔군요." 내가 말했다. "길을 깔러 왔어요. 북극 오로라가 뭐예요?" 처음 오로라를 봤을 때 나는 얼이 나갔다. 마치 갑자기 불덩이가 나타난 것 같았다. 차가운 공기 한 가운데서 조용히 타올라 천천히 초록색, 흰색, 노란색, 파란색, 보라색 등 그렇게 오색찬란한 빛이 다 타오를 때까지 풀어내고 나면 세상이 원래의 모습으로 돌아갔다.

책가방 속에 든 열일곱 권의 책을 다 읽었다. 매달 남은 임금으로 다시 수학책, 화학책, 국어책, 역사책을 샀다. 나는 책을 과목에 따라 분류해서 읽었다. 모르는 부분이 있으면 기록했다가 다음 달 임금이 남으면 다시 다른 책을 사고 지난달에 생긴 의문들을 해결했다. 이 일에 큰 열정을 품었던 건 아니다. 다만 매일 이렇게 하지 않으면 마치 시간을 죽이는 것처럼 느껴졌다. 그렇기에 하루하루 계속해 나갈 수밖에 없었다. 나는 옛 모습을 거의 잊어버렸고, 아는 것이 점점 많아졌다. 비록 다른 사람이 내가 알고 있음을 알게 하지 못했지만 나는 내가 이미 다른 모습으로 변했음을 알았다. 내가 믿는 것은 이미 더 이상 과감한 행동이 아니라 조용히 사고하는 것이었다. 나는 점차 어떤 물건의 깊은 곳에 이르렀고, 그곳은 현실의 세계에서 전혀 의미가 없었지만 그 자체로 정말 아름다웠다. 나는 칼과 곰 인형을 쓰레기통에 버렸었다. 그런데 점차 그 곰 인형을 되찾은 것 같은 느낌이 들었다.

오늘 밤, 나는 그 체크무늬 셔츠를 입었다. 과연 더 이상 옷이 크지 않고 딱 맞았다. 스탠드 아래 앉아 십사 년 전 손에 넣은 열일곱 권의 책을 책상 위에 놓고 한 권씩 보기 시작했다. 그녀는 아마도 이미 내 곁에 오랫동안 서 있는데 내가 발견하지 못했기 때문에 할 수 없이 내 책상에, 내 책 위에 앉아 있는지도 모른다.

그녀가 고개를 들어 내 스탠드를 바라봤다. 마치 그때 가로등을 바라봤던 것처럼. 그리고 부르르 몸을 떨었다.

"말해 봐, 대체 그만한 가치가 있어?"

나는 곰 인형을 그녀의 손에 올려놓고 말했다. "여기 돌려줄게."

그녀가 말했다. "찾았어?"

내가 말했다. "내가 상상했던 것처럼 그렇게 어렵지는 않았어."

그녀가 말했다. "그래, 그러니까 가치가 있어?"

내가 말했다. "난 몰라. 난 답을 위해 살지 않았어."

그녀가 곰 인형을 품에 안고 말했다. "그럼 그동안 뭘 위해 살았어?"

내가 말했다. "그냥 살아갈 뿐이야. 그리고 뭐 재미있는 일이 일어날지 살펴보고."

그녀가 말했다. "흘러가는 것이 두렵지 않아?"

내가 말했다. "난 흘러가고 있어. 하지만 바로 그 점이 흥미로운 부분이야. 적어도 내가 세월 자체보다 흥미로우니까."

그녀가 말했다. "당신 말이 맞아. 당신은 그때보다 확실히 조금 흥미로워졌어."

내가 말했다. "너도 좋아. 확실히 지금이 그때보다 예뻐."

그녀가 얼굴을 붉히며 곰 인형을 매만지더니 내게 줬다. "당신 줄게. 난 수영장 가득 곰 인형이 있거든."

나는 인형을 받으며 말했다. "언제 다시 날 찾아올 거야?"

그녀가 말했다. "당신이 죽는 그날. 이 체크무늬 옷을 입고 있어야 돼. 이게 네 표시니까. 기억해."

내가 말했다. "그럴게."

그녀가 깡충 뛰어올라 내 얼굴에 입맞춤을 했다. 그리고 빛이 되어 어둠 속으로 물러났다.

나는 곰 인형을 안고 이불 속으로 들어가 이불을 꼭 덮었다. 그리고 나 자신에게 말했다. "이불을 차지 말고 이불이 날 감싸게 해야지. 내일이면 스팀이 고쳐질 거야."

그라드를 나오다

  스물넷에 나는 볼품없는 낡아 빠진 만년필로 아버지에게 편지 한 통을 썼다. 편지에 우리 집 근황을 적었다. 어머니는 여전히 혼자이고 저와 함께 생활하고 있습니다. 일을 나가지 않고 매일 집에서 텔레비전을 보고 꽃을 키웁니다. 저, 저는 곧 결혼합니다. 아내는 출판사 편집자입니다. 제 소설을 출판하다 알게 되었습니다. 저보다 나이가 많고 예쁜 편은 아닙니다. 그러나 사람이 선량하고 자기 맡은 일에 책임을 다합니다. 그녀는 처음 절 만났을 때부터 이 작가는 믿을 만하다고 여겼답니다. 이런 느낌을 그 후 만남에서 확인했고요. 나는 편지에 옌펀가의 지금 상황도 적었다. 이곳은 이미 평지가 되었고 그 위에 수없이 많은 고층 건물이 세워졌습니다. 이곳은 도시의 주요 부분이 되었습니다. 몇몇 대형 마트와 적잖은 자동차 서비스 센터가 들어섰고요. 나는 편지 마지막에 아주 오래전 아버지가 면회도 오지 말고, 편지를 쓸 필요도 없다고 했지만 이처럼 특별한 시간에는 그래도 편지를 써서 말해 주고 싶다고 적었다. 그리고 그 옛 만년필을 편지 봉투에 넣어 편지를 부쳤다.

예전과 다름없이 회신은 받지 못했지만 낡은 만년필은 도로 돌아왔다. 감옥에서 만년필을 돌려줬다. 그 이유는 알 만했다. 만년필이 때로 흉기가 될 수 있기 때문이다. 십여 년 전처럼 그렇게 모든 것이 느슨하지 않았다. 나는 만년필을 편지들과 함께 서랍에 넣었다.

내가 부모님과 옌볜가로 이주한 건 1988년의 일이었다. 당시 옌볜가는 도시와 농촌 사이에 위치했다. 정확하게 말하면 거리가 아니라 그냥 버려진 옛 성으로 일반적으로 '삼불관'[70]이라 불리던 지대다. 도시로 들어온 농민들은 이곳을 기점으로 삼았으며, 영락한 시민들은 이곳을 퇴로로 삼았다. 이곳이 언제 형성되었는지는 정확하게 말할 수 없으나 내가 이곳에 왔을 때는 이미 면적이 상당히 넓었다. 마치 습지처럼 온갖 오물과 쓰레기를 보듬으며 끊임없이 내뱉고 받아들이기를 반복했다. 매번 시에서 큰 사건이 발생할 때마다 경찰은 이곳을 찾아와 탐문한 후 몇몇 사람을 데려가 신문했다. 이곳에는 나지막한 싸구려 집들과 골목이 빽빽하게 들어차 있었고, 도처에 쓰레기와 오수가 넘쳤다. 대낮에도 거리에는 술에 취해 비틀거리

---

70 三不管. 관리가 이루어지지 않는 장소. 과거에는 톈진 지역의 남문 밖을 말했다.

는 남자들이 보였다. 가을이 올 때마다 낙엽을 태우는 사람이 있어 메케한 냄새가 거리 곳곳을 가득 메웠다.

그해 아버지는 서른일곱이었다. 감옥에서 막 출소했다. 1985년, 아버지는 동료의 새 카드 두 개를 훔친 죄로 삼 년간 옥살이를 했다. 수감되기 전에 아버지는 노동자였다. 어머니 말에 따르면 아버지는 밤이면 무협 소설을 즐겨 읽었고, 공장 주최로 실시하는 공모전에도 참가하여 '양개범시'[71]를 찬양하는 시가도 지은 바 있다. 아버지는 출소 당시 한쪽 다리를 절었지만 혼자 걸을 수는 있었다. 일을 구할 때면 늘 상대방 앞에서 몇 바퀴를 걸으며 말했다. 자, 보세요. 다리를 심하게 절진 않지요. 한 감방 친구가 아버지보다 사 개월 일찍 출소해서 옌펀가에 당구장을 차리고 아버지에게 도와달라고 했다. 그는 옌펀가 쪽의 집세가 싸고, 자기들 같은 사람들에게 필요한 일자리가 많으며, 친구를 사귀기 쉽다고 했다. 당구장은 지하 1층으로 창문이 없고 거대한 송풍기 두 대가 돌아갔다. 안에는 매일 담배 연기가 자욱했다. 한 병에 1.5위안에 뤼파이[72] 맥주와 유통 기한이 지난 땅콩을 팔았다. 어른들은 안에서 맥주를 마시며 당구를 치면서 이야기를 나눴다. 십여 대의 당구대 외에 예닐곱

71 兩個凡是. 문화 대혁명이 막을 내리고 연이어 마오쩌둥이 사망하자 후계자로 인정을 받던 화궈펑은 1977년 《인민일보》 1면에 "마오쩌둥의 지시는 무조건 옳고, 그의 지시는 무조건 집행해야 한다."라며 양개범시론을 내놓았다.

72 선양 시에서 생산되는 맥주.

개의 방이 있었는데 카드 탁자가 들어 있는 곳도 있고, 침대가 있는 곳도 있었다. 아버지는 낡은 당구 큐대를 들고 당구대 옆 의자에 앉아 당구 치는 시늉을 하다가 다툼이 일어나면 이를 중재하는 일을 맡았다. 항상 당구장에서 틀어 놓는 음악을 따라 흥얼거렸다. 일 년 후 마지막으로 한 차례 사람을 치기 전까지 아버지는 광둥어 노래를 꽤나 배웠다.

이상하게도 아버지는 당구를 배우지 않았다.

당시 패싸움이 왜 그렇게 심각했는지 난 잘 모른다. 내게 말해 준 사람도 없었다. 내가 아는 건 아버지가 한 젊은이의 척추를 망가지게 하는 바람에 그가 영원히 설 수 없는 신세가 되었다는 사실뿐이었다. 우리 집에서는 보상금을 줄 수 없었다. 추측건대 아버지는 아마도 좀 더 유능해 보이려고 했을 것이다. 어쨌거나 이런 일자리도 구하기 힘드니 말이다. 혹은 그를 때릴 때 과거 자신이 받았던 고통이 생각났을 수도 있다. 아니, 어쩌면 이 두 가지가 모두 작용했을 수도 있다.

재범인 데다 특수한 시기였기 때문에 이번에는 형기가 길었다. 아버지는 붙잡혀 가기 전에 어머니에게 편지 한 통을 남겼다. 어머니와 내게 자신을 잊어버리라고, 면회도 오지 말 것이며, 자신도 우리를 접견하지 않겠다고 했다. 이 부분에 있어서 아버지는 고집이 상당히 셌다. 자신의 말을 행동으로 증명했다. 나와 어머니가 몇 번이나 면회를 갔지만 문전박대를 당했다. 보낸 편지도 모두 되돌아왔다.

아버지가 재수감된 후에도 나와 어머니는 그곳에 살았

다. 어머니는 매일 새벽 해바라기 씨를 수레에 밀고 나가 팔았다. 공장이 도산한 후 시작한 장사다. 나는 어머니를 도와 항구까지 세 바퀴 수레를 밀고 간 후 혼자 걸어서 학교에 갔다. 내걸음으로 이십 분이면 학교에 도착했다. 나는 한눈을 팔지 않고 곧장 전진했다. 거리 여섯 개와 지붕 없는 재래식 화장실 한곳을 지나야 했다. 새벽 거리는 쓰레기로 가득 차 있었다. 한쪽 눈만 보이는 환경미화원이 청소를 맡았다. 이미 환갑이 넘은 나이에 멀지 않은 한쪽 눈으로 새벽에 퇴근하는 술집 여자들을 주시했다. 그녀들 대부분 반짝이가 붙은 가죽 가방을 겨드랑이에 끼고, 하이힐을 신었다. 휘청거리는 발걸음으로 덕지덕지 화장을 한 얼굴은 술에 잔뜩 취해 있는가 하면 자꾸만 감기는 눈으로 담배까지 피워 가며 한숨 잘 수 있는 집을 향해 발걸음을 재촉하기도 했다. 길에서는 싸움질을 하는 이들이 자주눈에 띄었다. 노상강도들은 대부분 인근 직업 학교 고학년 학생들이었다. 전공은 식재료 정리 같은 주방 일이나 자동차 수리였다. 그들은 삼삼오오 짝을 지어 바지 주머니에 접이식 칼을 넣고 다녔고, 모퉁이나 나무 뒤에서 불쑥 나타나 사람들을 골목길로 끌고 가 서너 대 때린 후 몸을 수색하기 시작했다. 몇번이나 당했는지 정확하게 기억할 수 없다. 그들이 만약 정보를 공유한다면 나 같은 아이를 약탈하는 건 별로 효율적인 일이 아님을 알 것이다. 내 호주머니에는 동전 한 푼 없었고, 손목시계 같은 것도 차고 있지 않았다. 책가방의 책과 녹슨 필통하나가 전부였다. 그런데 안타깝게도 그 세계에는 언제나 새로운 사람들이 들어왔고, 그들은 나를 몰랐다. 그들은 게임 머니나 자기가 좋아하는 여자애에게 '바왕쓰' 사이다를 사 줄 돈이 필요했다. 나는 습관적으로 그들 앞에 서서 자발적으로 옷을 벗어 그들에게 적나라하게 보여 준 후 다시 옷을 입었다. 그렇게 하면 주먹과 발길질을 피하고, 시간을 절약할 수 있었고, 지각도 면할 수 있었다.

나는 열두 살 때 초등학교 6학년까지 다녔다. 동급생들이 점차 사라졌다. 초등학교를 마칠 만큼 인내심이 없는 아이들도 있었다. 그들은 엔편가를 떠나 제 갈 길을 가기 시작했다. 어머니는 내가 계속 공부하길 원했고, 돈을 벌어 시내 중심에 있는 중학교에 보내고 싶어 했다. 전제 조건은 내가 좀 더 성적을 올리는 것이었다. 어머니는 내게 이곳 친구들과 자신을 비교해선 안 된다고 했다. 이 세상에 정상적인 아이가 얼마나 많은지 생각해 봐. 그 애들은 매일 공부하고 글씨를 써. 어른이 되면 선풍기가 있는 사무실에 출근해. 넌 그들을 상대해야 해. 그 애들보다 성적이 더 좋아야 한다고. 내가 말했다. 엄마, 그 애들 점수를 모르는데 내가 어떻게 비교를 해? 어머니가 말했다. 그 애들은 절대 평생 실수를 하지 않는다고 생각해 봐. 기계처럼 건전지가 있는 한, 단 한 문제도 틀리지 않아. 나는 어머니의 말을 믿었다. 우리 동네에는 화장실이 하나밖에 없었다. 겨울 아침이면 화장실 앞에 줄이 길게 이어졌다. 큰일을 보려고 하는 사람들은 차가운 바람 아래 기다리며 서로 이야기를 나눴다. 모락모락 입김이 나왔다. 언젠가 사십 대로 보이는 한 여자가 옆에 있는 사람과 농담을 하다가 갑자기 무리에서 뛰어나왔다. 그리고 바지를 벗고 땅에 쪼그리고 앉아 배 속의 것들을 얼음 위에 모두 쏟아 냈다. 배설물이 오랫동안 그곳에 꽁꽁 얼어붙었다. 나는 그 모습을 자주 떠올렸다. 마치 손전등 빛을 받은 곳처럼 내 시선을 사로잡아 그 생각만 하면 밤에 공부할 때도 그렇게 노곤하고 졸리지 않았다.

초등학교 육 년 생활을 마치고 졸업을 준비하고 있을 때 나는 다시 도둑질을 당했다. 우두머리는 여자애였다. 그녀 옆에 또래 남자애 두 명이 서 있었다. 대충 열다섯에서 열여섯쯤 되어 보였다. 나보다 많이 컸다. 전에 본 적 없는 여자애였다. 그녀는 빨간색 원피스에 검은색 스타킹을 신고, 머리는 구불구불 파마를 하고, 앞머리를 내려 눈을 가렸다. 그녀가 먼저 내 뺨을 날렸다. 나 알아? 그녀가 말했다. 나는 입을 열지 않고 책가방을 뒤집어 땅에 쏟았다. 그녀가 다시 내 뺨을 때렸다. 난 라오라야, 너 이름 있어? 내가 말했다. 난 돈 없어. 책가방에는 책과 필통밖에 없고. 네가 직접 봐. 라오라가 내 작문 공책을 집어 펼쳐 보더니 그녀의 두 패거리에게 말했다. 제목은 '모기'야. 남자애들이 웃었다. 그중 하나가 날 다리로 걸어찼다. 바보, 난 파리다. 그녀가 계속해서 읽었다. 우리 집엔 모기가 정말 많다. 내가 모기를 치면 모기가 달아난다. 마치 전에 나한테 맞은 적이 있는 것 같다. 그녀가 슬쩍 날 보더니 계속해서 읽었다. 난 너무 작다. 아무것도 아는 게 없다. 아마 조금 더 자라면 알겠지. 왜 우리는 꼭 모기를 죽여야 잠이 드는 걸까. 그녀가 작문 공책을 바닥에 내던지고 내 필통을 집어 들어 안에서 만년필을 꺼냈다. 너 만년필 있네? 그녀가 말했다. 어디서 났어? 내가 말했다. 우리 아빠가 사 줬어. 그녀가 만년필을 스타킹 안에 넣고 말했다. 빌려 갈게. 돌려주긴 할 거야. 그녀의 패거리가 의아한 눈초리로 그녀를 바라봤다. 그중 하나가 그녀의 허벅지를 향해 손을 뻗으며 말했다. 나 줘. 넌 소용없잖아. 그녀가 다리에다 그의 손을 누르며 말했다. 넌 필요하고? 너 글자 알아? 그애가 말했다. 조금 알아. 그녀가 말했다. 스타킹 좋아? 그가 말했다. 좋아. 그녀가 그의 손가락을 떼어 냈다. 그럼 손 저리 비켜. 이어 그녀가 나를 향해 고개를 돌렸다. 이걸로 편지 쓸 거야. 이삼 일이면 돼. 사흘로 하자. 홍성 당구장으로 날 찾아와. 알아? 내가 말했다. 알겠어. 폐품 수거장 맞은편. 그녀가 말했다. 안 오면 내게 주는 걸로 생각할게. 이렇게 말하고 그녀가 손을 들어 올렸다. 나는 그녀가 다시 내 뺨을 때리려는 줄 알았지만 그녀는 머리카락을 훑더니 자리를 떠났다.

그 만년필은 확실히 우리 아버지가 내게 준 선물이었다. 하지만 아버지가 산 건 아니고 감방 친구가 준 거라고 했다. 아버지가 만년필을 내 손에 쥐어 준 건 출옥한 지 얼마 안 됐을 때였다. 나는 바닥에 엎드려 난로를 피우고 있었다. 부채로 열심히 펠트지를 부쳤다. 아버지는 쪼그려 앉지 못했다. 아버지는 내게 보여 줄 게 있다며 방으로 들어오라고 했다. 불이 붙었고 가느다란 불쏘시개에 불이 옮겨 붙었다. 마지막으로 불이 붙은 건 알탄이었다. 난로 뚜껑을 얹고 그 위에 주전자를 얹었다. 아버지가 다시 날 불렀다. 나는 일어나 방 안으로 들어갔다. 아버지가 만년필을 들고 온돌 가장자리에 앉아 있었다. 너한테 주는 거야. 아버지가 말했다. 만년필을 받았다. 새 '잉슝' 만년 필이었다. 도금이 된 펜촉, 스테인리스 몸체, 만년필 뚜껑, 손에 잡고 있으니 길고 가는 실탄 같았다. 내가 말했다. 아빠, 이 만 년필 어디서 났어요? 아버지가 나를 바라봤다. 내 질문에 놀랐 는지, 아니면 난로 연기가 눈에 들어갔는지 몰라도 금방 울 것 만 같았다. 어디서 샀어요? 내가 다시 말을 고쳤다. 아버지는 다리 한쪽을 온돌에서 내려놓으며 바닥에 섰다. 감방 친구가 줬어. 잘 봐, 새거야. 내가 말했다. 새거예요, 정말. 아버지가 밖 으로 걸어 나가며 말했다. 원래 그 친구는 이걸로 사람을 찌르 려고 했어. 내가 말했다. 나중에는요? 아버지가 말했다. 안 찔 렀지.

홍싱 당구장은 우리 학교에서 멀지 않았다. 아버지가 일했 던 그 당구장이 아니고, 다른 곳이었다. 안에서 놀고 있는 사람 은 대부분 나이가 많지 않았다. 가격이 싸서 아이들이 가는 당 구장이었다. 구석 자리에 대형 게임기 세 대가 놓여 있었다. 몇 사람이 손잡이를 잡고 '스트리트 파이터' 게임을 하면서 이따 금 주머니에서 동전을 꺼내 구멍에 집어넣었다. 라오라는 어떤 남자애와 당구를 치는 중이었다. 처음 보는 남자애였다. 머리 가 온통 빨간색이었다. 마치 움직이는 조화 같았다. 라오라가 공격 중이었다. 그녀는 당구대 위에 엎드려 있었다. 유방 한쪽 이 그녀가 큐대를 고정할 수 있도록 받침대 역할을 했다. 그녀가 흰 공을 치자 공이 옆 당구대에 놓인 공 한 가운데로 날아갔다. 그곳에 삼각형 모양으로 정리되어 있던 공들이 흩어졌다. 그녀가 몸을 똑바로 일으켜 당구대 위를 바라봤다. 마치 모든 상황을 그녀가 통제하는 듯했다. 이어 그녀가 주머니에서 코인 다섯 개를 꺼내 당구대 가장자리에 두고 말했다. 졌어. 내일 다시 해.

이리 와, 모기. 그녀가 나를 향해 손짓했다. 나는 그녀에게 날 모기라고 부르지 말라고 경고하고 싶었다. 모기라고 불리고 싶은 사람은 없었다. 하지만 나는 말하지 않았다. 그냥 부르고 싶은 대로 부르라지. 그건 그녀 마음이었다. 그녀가 당구대 옆 의자에 앉아 자기 옆에 와서 앉으라고 했다. 당구 쳐? 그녀가 내게 물었다. 아니, 칠 줄 몰라. 그녀가 말했다. RPG 같은 게임은 해? 내가 말했다. 안 해. 그녀가 말했다. 평소에 뭐 해? 넌? 어? 말해 봐. 여긴 왜 왔어, 어? 내가 말했다. 내 만년필 가지러. 그녀가 말했다. 만년필? 무슨 만년필? 여기가 문구점인 줄 알아? 등신. 내가 말했다. 말했잖아. 사흘 전에 네가 내 만년필 빌려 갔잖아. 그녀가 말했다. 하나 골라. 내가 말했다. 뭐? 그녀가 말했다. 당구, 게임 중 하나 골라, 나랑 잠깐 놀아. 내가 말했다. 난 다 못 해. 오후에 수업도 가야 하고. 빨간 머리가 옆에서 혼자 당구를 쳤다. 계속 공이 엇나갔다. 내가 말했다. 안 줄 거면 나 갈래. 내가 자리에서 일어났다. 그녀가 나를 향해 고개를 쳐들었다. 그럼 아무거나 좀 하면 안 돼? 너 뭐 할 줄 알아? 아무거나 좀 해. 편지는 벌써 썼어. 나는 이제 그 낡아 빠진 만년필

필요 없어. 내가 말했다. 시 외울 줄 알아. 빌어먹을, 웃겨. 그
녀가 높이 소리를 질렀다. 나는 뒤돌아 떠나려 했다. 그녀가 내
뒤에서 말했다. 에이, 외워 봐. 다 외우고 그 잘난 펜 가지고 꺼
져. 외워 봐, 무슨 시야? 나는 다시 돌아와 말했다. 외국 시야.
그녀가 말했다. 외국 시도 외울 줄 알아? 어디서 본 거야? 네가
엉터리로 그냥 지어낸 건 아니지? 내가 말했다. 아니야. 서점에
서 봤어. 엄마랑 시에 가서 책을 샀어. 그녀가 말했다. 외워 봐.
빨리. 난 또 일 있단 말이야. 나는 시를 외웠다. 나는 나의 도시
에 돌아왔소, 눈물처럼, 정맥처럼, 어린 시절의 이하선염처럼
익숙한 곳. 당신 이곳에 돌아와 빨리 삼켜 버려요. 레닌그라드
강 옆 가로등의 간유를. 페테르부르크, 난 아직 죽고 싶지 않아.
당신 내 전화번호가 있소. 페테르부르크, 내게 그 주소들이 있
어 죽은 자의 음성을 되돌릴 수 있어. 그녀가 말했다. 다야? 내
가 말했다. 또 있어. 그런데 여기까지 외웠어. 나머지는 잊어버
렸어. 그녀가 말했다. 레닌그라드가 어디야? 내가 말했다. 몰
라. 그녀가 나를 가리키며 빨간 머리에게 말했다. 라오페이, 들
었어? 이 등신은 시를 외울 줄 알아. 빨간 머리는 마치 굶주린
개처럼 말랐는데도 라오페이라 불린다.[73] 그가 당구를 치면서
말했다. 나도 할 줄 알아. 거위야, 거위야, 거위야, 굽은 목으로
하늘을 향해 노래하네, 흰 깃털 푸른 물에 떠다니고, 붉은 발은
맑은 물을 밀어내네. 그녀가 내게 말했다. 난 들어갔다 올게. 등

---

73 라오페이(老肥)의 '페이'는 '살쪘다'라는 뜻이다.

신 둘이서 열심히 시 대결 해 봐. 라오라가 들어간 후 라오페이는 큐대를 바닥에 놓고 내게 말했다. 라오라는 어떻게 알았어? 내가 말했다. 잊어버렸어. 그가 큐대 끝으로 날 가리켰다. 마치 날 홀로 처넣을 것만 같았다. 그가 말했다. 저 애한테서 좀 멀어져. 내가 말했다. 알았어. 그가 말했다. 알긴 좋으나. 이렇게 말하고 그는 흰 공을 놓았다. 목표가 엇나갔다.

라오라가 다시 나왔을 때 그녀의 손에 내 만년필과 편지 한 통이 들려 있었다. 편지 봉투 글자가 보였다. 그녀가 말했다. 나랑 같이 편지 부치러 가자. 내가 말했다. 나 늦는데. 난 우체통이 어디 있는지 알았다. 옌펀가의 유일한 우체통이며, 그 옆에서 다시 동쪽으로 가면 폐허가 나타난다. 멀리서 바라본 적이 있었다. 기찻길, 언덕이 보였다. 그 너머에 뭐가 있는지 보이지 않았다. 내가 갔을 때는 겨울이었다. 아버지에게 편지를 부쳤다. 되돌아올 걸 알았지만 편지에 만년필로 내가 이제 막 배운 것들을 썼다. 원주율 소수점 이하 십여 자리를 외워서 쓰고, 광합성의 원리도 적었다. 그날 눈이 내렸다. 열차 한 칸이 지나갔다. 차창 속의 빛이 보였고, 누군가 그 환한 빛 속에 누워 있는 모습도 보였다. 기차가 마치 달아나는 집처럼 보였다. 편지가 어떻게 아빠 있는 곳까지 가는 거지? 설마 우체통 밑에 파이프가 있어서 직접 아버지 감방까지 통하는 걸까? 모든 편지가 감옥으로 부쳐지는 건 아니겠지. 그렇다면 정말 많은 통로가 있어야 할 거야. 가자. 내게 자전거가 있으니 금방 가, 금방 갔다 돌아올 수 있어. 그녀가 말했다. 내가 말했다. 좋아. 만년필은 내가 들게. 그녀가 말했다. 거기 가서 돌려줄게.

　그녀의 자전거는 매우 낡았다. 탑 튜브 자전거였다. 그녀의 자전거가 아니지 않을까. 그녀가 날 뒷자리에 태우고 치마를 말아 올려 자전거 위에 걸쳤다. 자전거 안장이 너무 높았다. 그녀는 할 수 없이 엉덩이를 탑 튜브에 올려야 발이 페달에 닿았다. 그녀가 만년필과 편지 봉투를 손가락 사이에 끼고 날렵하게 자전거를 탔다. 길도 잘 알고 있었다. 난 회전을 할 때 넘어지지 않도록 두 손으로 자전거 안장을 잡았다. 그녀의 목덜미에 땀이 배어 나왔다. 길고 가는 목, 목을 구부려 하늘을 향해 노래하는 거위. 속옷 한쪽이 삐져나왔다. 바람에 펄럭이는 치맛자락 사이로 흰색 팬티가 보였다. 열두 살 한여름 한낮, 난 처음으로 몸속 아득하게 깊숙한 곳으로부터 전율을 느꼈다. 마치 폭우가 쏟아지기 직전 천둥 소리처럼 멀리서 점점 가까이 내 몸 안에서 터지기 시작한 전율이 서서히 온몸으로 퍼져 나갔다. 모든 사람들이 이런 느낌을 받을까, 아마도 그 실체는 고향의 느낌일지도 모른다. 물론 이 모든 표현은 시간이 흐른 후 적어 본 내 느낌이니 그다지 정확하지 않을지도 모른다.

　우체통이 그곳에 있었다. 확실히 그건 언제나 그곳에 있었다. 라오라가 편지를 안에 집어넣고 손으로 우체통을 툭툭 치며 말했다. 초록 친구,[74] 부탁한다. 나는 자전거와 함께 서서 우체통 뒤 폐허를 바라봤다. 무릎까지 잡초가 자라 있었다. 이틀

74　중국의 우체통은 초록색이다.

전 한바탕 폭우가 내려 크고 작은 물웅덩이가 보였다. 멀리 철로의 끝이 보이지 않았다. 라오라는 자전거를 우체통 옆까지 몰고 가 그곳에 자물쇠를 채우고 말했다. 저쪽 가 봤어? 내가 말했다. 아니, 거기 뭐가 있어? 그녀가 말했다. 석탄 공장, 아주 큰 석탄 공장. 안 가 봤어? 내가 말했다. 아니. 그녀가 말했다. 관리자가 없어. 탄을 가져온 적 있어. 불이 아주 잘 붙어. 할머니가 그러는데 저기 탄은 철강 제련도 잘된대. 내가 말했다. 만년필 줘. 그녀가 만년필을 내 눈앞에 들고 흔들며 말했다. 안에 아직 잉크 있어. 내가 제일 비싼 잉크를 샀거든. '뛰냐오' 잉크야. 나도 들어 본 적이 있었다. '뛰냐오'가 최고라고 했지. 뜨거운 태양 아래 해바라기 씨를 팔고 있을 어머니가 생각났다. 어머니는 그 자리에서 삽처럼 생긴 도구로 뒤집어 가며 해바라기 씨를 볶았다. 앞으로 이곳을 떠나 시에 있는 학교에 가면 그곳에서 살게 될 거고, 그렇다면 더 이상 작두 우물을 퍼 올릴 필요 없이 수돗물을 먹고 살겠지. 내가 물었다. 저긴 관리하는 사람 없어? 그녀가 말했다. 두 번 가 봤는데 아무도 없었어. 왜 아무도 없는지는 모르겠는데 아무튼 아무도 없어. 갈래? 내가 말했다. 뭐에다 석탄을 담지? 그녀가 말했다. 손으로, 큰 걸로 고르는 거야. 손이 네 개니 네 덩이는 들 수 있지. 돌아와서 자전거 바구니에 넣으면 돼. 내가 말했다. 난 작은 것 두 개 들게. 그녀가 손으로 날 밀쳤다. 등신, 관리자 없다고 했잖아. 당연히 큰 걸로 가져와야지.

뜻밖에 석탄 공장은 제법 멀었다. 사실 시선이 막히지 않

은 곳에서 바라봤을 때 보이지 않는 곳은 분명히 아주 먼 곳이
라는 걸 알았어야 하는데. 뜨거운 태양 아래 우리는 잡초 더미
를 헤치고, 철로 레일을 지났다. 맞은편은 수수밭이었다. 수수
밭이 엄청 넓었다. 그 안을 얼마나 오랫동안 걸었는지 기억은
잘 안 나지만, 땀이 줄줄 눈으로 흘러들었다. 얼굴이 온통 소금
투성이였다. 라오라가 내 앞에 걸었다. 힘찬 걸음걸이로 때때
로 수수 잎을 가르며 앞으로 나아갔다. 이쪽으로, 여기 봐, 메뚜
기, 정말 큰 메뚜기야. 메뚜기뿐만 아니라 잠자리도 있었다. 노
란색은 된장잠자리, 날개가 작고, 날아가는 속도가 정말 빠른
민첩한 잠자리다. 초록 메뚜기는 녹두라고 부른다. 커다란 녹
색의 머리에 날개가 크고, 머리가 별로 안 좋다. 메뚜기가 내려
앉으면 손으로 직접 날개를 집을 수 있다. 잠자리가 떼를 지어
우리 머리 위를 맴돌다가 손이 닿을 높이의 수수 줄기에 앉았
다. 안타깝게도 나는 잠자리를 잡을 생각이 없었다. 내 손은 뒀
다가 알탄 잡는 데 써야 한다. 수수밭에서 걸어 나오자 기차가
레일을 지나가는 소리가 들렸다. 칙칙폭폭 소리만 들리지 기차
바퀴가 레일 위를 지나가는 소리는 잘 들리지 않았다.

얼룩덜룩한 철문이 우리 앞에 나타났다. 자물쇠가 채워
져 있었다. 여긴 어디야? 내가 물었다. 레닌그라드. 그녀가 말
했다. 나는 깜짝 놀랐다. 정말? 그녀가 말했다. 등신, 옆에 글
자 있잖아. 철문 옆 돌벽에 붉은 글씨로 네 글자가 적혀 있었
다. 여러 해 전에 칠해 놓은 것 같다. 이미 글씨가 많이 벗겨져
있긴 했지만 '매전사영'이란 네 글자를 알아볼 수 있었다. '매전

사영'이 뭔지 물었다. 그녀가 고개를 저었다. 나도 몰라. 할머니에게 물어봤는데 할머니도 모른대. 우리 둘은 철문을 넘어 안으로 들어갔다. 마당에 레일이 보였다. 레일에 석탄 수레 한 대가 서 있었다. 네모반듯했다. 레일이 앞으로 뻗어 언덕 위로 이어져 있었다. 그녀가 말했다. 모기, 언덕 저쪽은 모두 석탄이야. 굴삭기와 기중기도 있어. 내가 끼어들었다. 안에 앉아, 내가 밀게. 그녀가 말했다. 다리를 못 쓰는 것도 아닌데 왜 날 밀어 준대? 내가 말했다. 앉으라니까, 내가 밀어 줄게. 그녀가 말했다. 앞은 언덕이야, 미끄러지면 너 깔려 죽을 수도 있어. 내가 말했다. 들어가 앉아. 그녀가 안에 쪼그리고 앉았다. 그런데 아무리 힘을 써도 수레는 꿈쩍도 하지 않았다. 힘 좀 써, 등신. 그녀가 수레 가장자리를 치며 박장대소했다. 손에 먼지가 가득 묻었다. 내가 말했다. 보채지 마. 금방 움직일 거야. 나는 발을 앞뒤로 벌려 등허리를 받친 채 머리를 가슴팍에 묻고 이를 악물었다. 신발에서 불꽃이 일었다. 그래도 수레는 꼼짝하지 않았다. 그녀가 말했다. 밀지 마, 그러다 해 떨어지겠다. 그녀가 수레에서 뛰어내려 수레바퀴를 가리켰다. 등신아, 이것 좀 봐, 다 녹슬었잖아. 정말 잔뜩 녹이 슬어 있었다. 수레를 미는 데만 신경을 쓰느라 바퀴는 보지도 않았던 것이다. 바퀴와 레일 모두 녹이 슬어 있었다. 마치 늙은 부부 같았다. 그녀가 말했다. 손 좀 뻗어 봐. 나는 그녀를 향해 손을 뻗었다. 손바닥이 온통 벌겋고 살갗이 까졌다. 그 모습이 마치 넘겨진 페이지 같았다. 그녀는 내 손을 매만지더니 날 잡아당겼다. 가자. 더 지체하다가는 날

다 저물겠어.

내가 기억하는 한, 그때 나는 여자애에게 처음으로 손을 잡혔다.

언덕을 넘자 석탄의 바다가 펼쳐졌다. 정확히 말하면, 석탄 산천이라고 해야 한다. 석탄 산이 눈앞에 줄줄이 가로놓여 있었다. 높은 건 사오 층, 낮은 것도 이 층 정도 높이였다. 석탄 산 사이 낮은 웅덩이에 이틀 전에 내린 폭우로 작은 인공 호수가 여러 개 만들어져 있었다. 시커멓고 혼탁했으며, 수면이 기름으로 번뜩였다. 한도 끝도 없이 탄이 펼쳐져 있었지만 모두 가루뿐, 덩어리는 없었다. 내가 말했다. 비닐봉지 가져왔어? 그녀가 말했다. 없어. 확실히 덩어리도 있어. 앞으로 더 가야 해. 나는 고개를 저었다. 전부 물웅덩이야, 건너갈 수가 없어. 그녀가 말했다. 왜 못 가? 내가 앞에 갈 테니 내 뒤를 따라와. 내 발자국을 따라오면 돼. 내가 말했다. 안 갈래. 만년필 줘. 탄이 모두 축축하고 말랑말랑했다. 마치 검은색 스펀지 같았다. 나와 라오라는 마치 바람에 날아온 맑은 물 두 방울, 보잘것없는 맑은 물 같았다. 문득 내가 집에서 많이 멀어졌고, 이를 아는 사람이 아무도 없다는 사실이 생각났다. 공포가 온몸을 휘감았다. 그녀가 내 손을 풀고 만년필을 던졌다. 가든 말든, 짜증 나는 이 물건 너 가져가. 자전거 없이 어떻게 돌아가나 봐야겠네. 그러더니 혼자 앞으로 나아갔다. 발을 내디딜 때마다 낙엽을 밟는 것처럼 바삭바삭 소리가 났다. 바닥에서 만년필을 집어 뒤돌아 오던 길로 돌아갔다. 철문을 넘어 수수밭으로 들어

섰다. 큼지막한 노란 메뚜기가 내 어깨에 내려앉아 날개로 조심스럽게 균형을 잡았다. 메뚜기를 잡아 손으로 날개를 매만졌다. 메뚜기는 무서워하지 않고 더듬이로 내 손가락을 살짝 건드렸다. 내가 손을 풀자 메뚜기는 우리가 왔던 방향을 향해 느리고 높이 날아올랐다. 태양이 서서히 몸을 감췄다. 나는 사방을 둘러보다 태양이 우리가 왔던 방향으로 지고 있음을 확인했다. 마음속으로 이를 기억하려고 애썼다. 아버지와 어머니를, 그중에서도 아버지 모습을 생각했다. 아버지는 사실 대부분의 경우, 수줍음이 많고 말수가 적었다. 감옥에 있는 사람들이 거의 모두 이런지는 알 수 없는 일이었다. 겁이 많아 범죄를 저질렀을까? 분명히 그렇진 않겠지. 라오라를 버릴 수 없었다. 나는 매전사영 방향으로 몸을 돌리고 숨을 한껏 들이마신 후 뛰기 시작했다.

라오라의 발자국을 찾았다. 발걸음이 균일했다. 자기 목적지를 알고 있는 것처럼 직선으로 나 있었다. 나는 그녀의 발자국을 밟고 전진했다. 탄가루는 내가 생각했던 것처럼 진흙 같았다. 하지만 나이가 어리고 아직 건장한 뼈가 아니라 힘껏 구르지 않는 한 그 위를 걸어갈 수 있었다. 석탄 산 하나를 넘자 탄을 캐는 지게차가 서 있었다. 발자국이 그중 하나를 타고 이어져 있었다. 라오라는 분명히 이 위에 잠시 앉아 있었을 거야. 나도 그 위로 올라갔다. 모든 것이 녹슬어 있었다. 바퀴는 이미 찌그러지고 지게차 안에는 빗물이 가득 담겨 있었다. 이곳은 레닌그라드가 아니라 잊힌 세계였다. 나는 지게차 안에 든 물을 조금 마셨다. 만약 라오라가 이성을 잃지 않았다면 분명히 이곳에서 물을 마셨을 것이다. 그렇지 않으면 얼마 후 마시고 싶어도 물이 없을 테니까. 나는 물을 마시고, 이어 얼굴과 손을 씻고 계속해서 발자국을 따라 걸었다. 얼마나 걸었을까, 여전히 라오라의 모습은 보이지 않았다. 그녀를 불렀지만 대답이 없었다. 하늘은 이미 어두워지고 있었다. 조금 전 지게차도 연거푸 이어진 석탄 산에 가려 더 이상 보이지 않았다. 나는 무섭지 않았다. 적어도 내 발자국을 따라 돌아갈 수 있겠지. 난 라오라를 모른다. 그녀랑 함께한 시간도 하루가 되지 않았다. 나는 그녀에 대해 거의 아는 것이 없었다. 나의 유일한 소망은 그녀를 찾은 후 함께 이곳을 떠나는 것이었다. 내 만년필을 그녀에게 주는 한이 있어도 꼭 그렇게 해야 했다. 두 개의 석탄 산 사이 오목한 길까지 걸어갔을 때 문제가 생겼다. 바닥에 갑자기 발자국이 여러 개 출현했다. 발자국이 사방팔방으로 무질서하게 나 있었다. 발자국을 비교해 봤지만 뭐가 새로 난 거고, 뭐가 예전 것인지 구분이 가지 않았다. 날이 너무 더워 새로 난 발자국이 방금 밟은 발자국처럼 선명하지 않고 크기도 모두 비슷한 걸 보니 아마도 라오라의 발자국일 가능성이 높았다. 그렇다면 이는 그녀가 길을 잃었다는 증거다. 원점으로 돌아가 다시 다른 방향으로 가 봤다. 나는 다시 한껏 고함을 질렀다. 라오라, 라오라. 라오라가 그녀의 본명이길 바랐다. 그래야 그녀가 내 고함을 듣지 못한다 해도 누군가 자신을 부르고 있음을 느낄 수 있을 테니까. 그 어떤 대답도 돌아오지 않았다. 나는 그중 한 방향을 고를 수밖에 없었다. 나는 더 먼 곳을 향하고 있는 발자국을 골랐다.

날이 완전히 어두웠다. 한여름 밤바람이 불기 시작했다. 그런데 시원함이 느껴지지 않았다. 식물이라곤 한 그루도 없었다. 풀도 없었고, 참새도 없었다. 새나 곤충 한 마리도 보이지 않았다. 금세 발자국이 모호해졌다. 나는 운동 조끼를 벗어 찢은 뒤 조금씩 땅에 던졌다. 잠시 후 천을 다 썼다. 하지만 발자국은 여전히 이어지고 있었다. 문득 내가 틀렸다면 계속 앞으로 갈 경우 다시는 되돌아 나갈 수 없을 거라는 생각이 들었다. 하지만 내가 맞다면? 라오라가 앞에 있다면 우리는 이곳을 빠져나갈 수 있을까? 누군가 우리를 발견할까? 목구멍이 바짝바짝 타들어 갔다. 사방에 물이 고여 있었지만 마실 수가 없었다. 갑자기 똥을 싸고 싶었다. 볼일을 보고 팬티로 엉덩이를 닦은 후 팬티를 그 위에 덮어 뒀다. 하나의 표식이었다. 이제 몸 안이 텅텅 비었다. 몸 안에 똥도 없다. 나는 바닥에 앉아 잠시 쉰후 계속 앞으로 갔다. 그렇게 걸어가며 몸을 굽혀 발자국을 자세히 들여다봤다. 석탄 산 허리 부분에서 발자국이 끊어졌다. 눈은 이미 어둠에 적응해 석탄 산 측면이 보였다. 물이 고여 있는데 얼마나 깊은지 알 수 없었다. 라오라의 이름을 외쳤다. 목소리가 어른 소리처럼 걸걸하게 갈라졌다. 석탄 더미 위에 앉아 고인 물을 향해 조금씩 미끄러졌다. 손 하나, 물가에 손 하나가 있었다. 나는 만년필을 옆에 두고 그 손을 잡아당겼다. 하지만 차마 세게 힘을 주어 잡아당길 수가 없었다. 그 손에 끌려 물속에 들어갈까 봐 겁이 났다. 이런 경우, 어떤 상황일지 잘 알고 있었다. 그녀가 물에 빠졌다면 두 발이 물속 코크스에 빠져들었을 테지. 그녀는 허우적거리며 살려 달라고 했을 테지만 물은 그녀의 머리를 삼켰을 것이다. 한데 물 밑에 자리한 탄은 완전히 가라앉지 않고 어느 정도까지 가라앉다가 멈췄을 것이고, 그래서 그녀의 손이 이렇게 물가에 걸려 있겠지. 나는 몇 번 힘을 썼지만 손은 꼼짝하지 않았다. 오던 길을 돌아가 도구를 찾았다. 석탄 수레 위 손잡이를 뽑았다. 마치 풍화된 돌처럼 그냥 부러져 버렸다. 나는 몸에 남은 유일한 물건, 반바지를 벗어 그녀의 손을 철제 막대에 묶고 천천히 밖으로 끌어냈다. 얼마나 지났을까, 폐가 금방이라도 터져 버릴 것 같은 느낌을 몇 번이나 받은 후 마침내 그녀를 끌어냈다. 분홍색 꽃잎 문양의 치마를 입고 있었고, 신발은 보이지 않았다.

나는 잠시 벌거벗은 몸으로 시체 옆에 누웠다. 라오라가 아니었다. 내 나이와 엇비슷해 보였다. 얼굴은 불어 있었지만 그래도 청초해 보였다. 앙증맞은 코가 마치 밀가루로 반죽해 놓은 것 같았다. 쭈글쭈글한 양 갈래 머리에 온통 탄 찌꺼기가 묻어 있었다. 이 애 역시 탄을 주우러 왔을까? 아니면 누군가를 따라왔을까? 느낌이 좋지 않았다. 금방이라도 잠이 들 것 같았다. 나는 몸을 일으켜 앉아 내 얼굴을 꼬집었다. 만년필을 입에 물고 시신을 업은 채 왔던 길로 돌아갔다.

시신이 미끈미끈한 내 등에 달라붙자 몸에 껍질이 생긴 듯했다. 나는 몇 번이나 잠이 들었다고 확신한다. 걸어가며 잠을

잤다. 물을 마시고 싶었고, 뭔가 먹고 싶었고, 그녀를 데려가고
싶었다. 이유는 모르겠지만 일단 이곳을 빠져나가면 그녀가 내
등에서 뛰어내려 훌쩍 떠나 버리리라 느꼈을지도 모른다. 그녀
는 이곳에서, 이곳에서만 죽어 있다.

후에 어머니가 말하길, 밤새도록 기다려도 내가 돌아오지
않았다고 했다. 다음 날, 어머니는 장사를 나가지 않고 학교에
갔고, 내가 갈 만한 곳을 찾아다니며 어제 날 본 사람이 있는지
물어봤다. 어머니는 라오페이를 만나고, 다시 라오라를 만났다.
라오라는 나를 만난 적이 없다고 했다. 어머니는 라오라의 뺨
을 몇 대 때렸다. 어머니는 그녀가 거짓말을 하고 있다는 사실
을 알았다. 우리 어머니가 나를 찾았을 때 나는 실오라기 하나
걸치지 않고 철문 안에 엎드려 있었다고 한다. 입에 만년필을
물고 온몸이 시커먼 상태로, 등에 잔뜩 부패한 시체를 업고 있
었다. 나는 금세 정신을 차렸다. 도시에 있는 중학교 시험에 붙
어 옌볜가를 떠났다. 나는 어머니에게 그 후 시신이 어떻게 되
었는지 물은 적이 있다. 어머니는 시신을 경찰에게 넘겼고 그
후 소식은 모른다고 했다. 시신을 찾으러 온 사람이 없는 것으
로 봐서 떠돌이라 생각하고 그냥 화장해 버리지 않았을까.

그곳을 떠나기 전에 라오라를 본 적이 있다. 그녀는 남자
애들 몇 명과 함께 있었다. 그녀가 날 가리키며 말했다. 쟤가 모
기야. 어, 모기, 코인 있어? 그녀는 내가 온라인 게임을 하지 않
는다고 말한 것을 잊었나 보다. 그녀는 외할머니와 함께 살고
있었으며, 그녀의 어머니는 광저우에 사는데 뭘 하는지는 몰랐

다. 아마도 라오라는 어머니의 주소를 가지고 있었을 것이다.

시간이 흘러 대충 내가 결혼한 지 석 달 정도가 지났을 때 아버지로부터 답신이 왔다. 편지는 매우 간단했다. 연필로 적은 편지였다.

축하한다. 많이 쓰고, 곁의 사람을 잘 돌봐 주고. 넌 나보다 강하다. 다시는 내게 편지를 쓰지 마라. 노안이 자꾸 심해진다. 결혼식 사진이 있으면 부쳐 줘도 좋다. 예전에 네게 만년필 한 자루를 선물했는데 아직 기억하니? 아직 가지고 있으면 내게 보내 주렴. 보고 나서 돌려주지. 없으면 됐다. 다시 한번 축하한다.

자유 낙하

    먼더우가 말한 그 운동장은 대학 서쪽에 있었다. 크기가 작지 않았다. 인조 잔디, 트랙, 스탠드가 있고 주위에 높은 철망이 둘러져 있었다. 스탠드는 한쪽 면에만 있었다. 맞은편 철망 밖에는 오래된 주거 건물이 자리하고 있었다. 창이 운동장을 마주하고 있었다. 각양각색의 옷이 널리고, 잡동사니가 쌓여 있었다. 스탠드 제일 높은 곳에 올라앉아 아래를 굽어보면 걸어 올라오는 사람, 걸어 내려가는 사람이 보였다. 남자애, 여자애들이 바짝 붙어 앉아 있었다. 엉덩이 아래 신문지를 깔고, 옆에는 감자 칩, 손에는 책을 들고 있었다. 내가 갔을 때는 가을날의 오후였다. 시원하지 않았다. 운동장에는 사람이 몇 명 없었다. 먼더우가 말한 저녁 무렵 운동을 나온다는 학생, 주민들은 아직 보이지 않았다. 운동장 중간에서 두 사람이 축구를 하고 있었다. 망이 없는 골대. 두 사람은 한 번씩 돌아가며 텅 빈

골문을 향해 공을 날렸다. 내가 보고 있는 동안 골이 들어간 적은 없었다. 대부분 골문 양쪽으로 빗나갔다. 하지만 그들은 개의치 않고, 작렬하는 태양 아래서 공을 주워 다시 공차기를 했다. 연인들이 감자칩을 다 먹고 키스를 했다. 자리에서 일어나 아래로 내려갔다. 그들 옆을 지나칠 땐 여자애들의 까만 머리카락, 남자애들의 바짝 긴장된 하관만 보였다. 책이 펼쳐진 채 바닥에 떨어졌다. 나는 계속 아래로 내려갔다. 이제 스탠드 지붕은 내리쬐는 햇빛을 다 가리지 못했다. 내 그림자가 그들 옆에 겹치더니 한 층, 한 층 아래로 흘러 내려갔다.

나와 먼더우, 샤오펑은 고등학교 친구다. 샤오펑은 예쁘긴 한데 그다지 성실한 애는 아니다. 몇 번 영화를 함께 보고 난 뒤 그 애가 내게 키스를 했다. 나는 혀를 내밀지 않고 고개를 돌려 먼더우를 마주한 채 말했다. 다음에 키스하기 전에는 마늘은 안 먹는 게 좋아. 샤오펑은 별로 쑥스러워하지도 않고 말했다. 안 먹었어. 다시 해 봐. 내가 말했다. 됐어, 이상하게 덥네, 수영 가자. 사실 8월인데도 그리 덥진 않았다. 막 폭우가 쏟아진 뒤였고 먹구름이 여전히 하늘에 걸려 있었다. 마치 잔뜩 인상을 쓴 하느님 얼굴 같았다. 길에 버스가 지나갔다. 차에는 사람이 별로 없었고, 창문이 모두 열린 가운데 아래로 물이 뚝뚝 떨어졌다. 우리 셋은 극장 로비에 서 있었다. 극장에는 사람이 없었다. 평일 오전 10시 영화, 학교도 수업 중인 시간이다. 우리 셋은 포스터 아래 서서 빨대로 콜라 큰 사이즈를 마시며 한가롭게 휴대폰을 만지작거리는 매표원을 바라봤다. 그 순간 면

더우가 방귀를 뀌었다. 먼더우는 방귀를 잘 뀌었기 때문에 우리는 그를 먼더우[75]라 불렀다. 먼더우 방귀는 별명과 달리 매우 소리가 컸다. 하지만 냄새는 나지 않았다. 샤오펑이 말했다. 먼더우, 너 또 방귀질이야? 병원에는 왜 안 가는 거야? 먼더우가 말했다. 안 뀌었는데? 샤오펑이 말했다. 라오후, 너 쟤 방귀소리 못 들었어? 내가 말했다. 응. 샤오펑이 말했다. 그렇게 크게 뀌었는데 못 들었다고? 내가 말했다. 응. 조금 전 자세히 들었는데 방귀 안 뀌었어. 먼더우가 말했다. 너 나랑 원수지, 내가 딸꾹질만 해도 넌 내가 방귀 뀌었다고 하잖아. 샤오펑이 내손에서 콜라를 가져가 빨대를 질근질근 깨물며 콜라를 다 마셔 버렸다. 빨대에서 스읍, 씁, 소리가 들렸다. 그녀가 컵을 쓰레기통을 향해 던졌다. 컵은 쓰레기통 언저리에 맞고 밖으로 튕겨져 나왔다. 먼더우가 다가가 컵을 주워 쓰레기통에 넣었다. 고개를 돌린 그는 샤오펑이 나를 안고 엉엉 우는 모습을 봤다.

샤오펑은 가정이 유복했다. 부모가 모두 군인, 그것도 대령이다. 국어 선생님은 그녀를 대령의 딸이라고 불렀다. 샤오펑은 이 호칭을 별로 좋아하지 않았다. 흥, 자기가 엄청 재치 있는 줄 아나 봐, 까짓 책 몇 권 읽었다고 뭐 대단해? 내가 보기엔 그 선생 별거 없어. 사실 국어 선생님은 상당히 선한 노인네였다. 언제나 정장 차림이었다. 여름에는 흰 셔츠에 요자고[76]를 입

75 '먼더우(悶豆)'의 '먼'은 '소리가 둔하다', '분명치 않다'라는 뜻이다.

76 요자(料子)는 '천', 고(袴)는 '바지'라는 뜻이다. 1980년대 이전에는 대부분

었고, 겨울이면 흰 셔츠 밖에 회색 양복을 덧입었다. 나는 그 선생님을 비웃고 싶지 않았다. 기질적으로 우리 외할아버지와 매우 비슷했기 때문이다. 하지만 샤오펑이 비아냥거리니 나 또한 반박하기가 난처했다. 샤오펑의 부모는 대령이긴 했지만 군대 지휘관이 아닌 의사다. 군 종합 병원의 핵심 의료진으로 아버지는 종양, 어머니는 심장 전문의다. 어머니가 보람이 좀 더 컸다. 심장을 진료해 자주 사람들의 목숨을 건졌기 때문이다. 따라서 집안에서도 어머니의 말이 더 권위가 있었다. 나는 자주 샤오펑에게 물었다. 넌 대체 누굴 닮은 거야? 누굴 봐도 아니꼬운 그 성격 말이야. 그녀가 말했다. 아무도 안 닮았어. 애를 잘못 업어 온 거지. 난 병원 청소부 딸인 게야. 농담 아니야, 넌 대체 누구 닮았어? 그녀가 말했다. 아무도 안 닮았다니까. 난 스스로 학습해. 내가 말했다. 헛소리하지 말고, 좀 진지하게 말해 봐. 아이스케키 사 줄게. 그녀가 말했다. 아이스케키 먹고 싶지 않아. 진심으로 말하는 건데, 조금 있다가 먼더우가 네 옆을 지나갈 때 그 애 팬티 벗겨 봐. 내가 말했다. 그래. 정말이야. 내가 말했다. 좋아, 말해 봐. 그녀가 수학책을 세워 두고 책상에 엎드려 고개를 돌린 채 날 바라봤다. 사실 그녀 다리에도 책이 한 권 있었다. 심심풀이로 보는 책이었다. 그녀는 늘 이런 식이었다. 겉으로는 공부를 하는 척하면서 다리에 또 다른 책을 올려 뒀다. 어

면포로 만든 바지를 입었다. 드물게 데이크론 양모, 서지 등으로 만든 바지를 '요자고'라고 불렀다.

릴 때 삼촌이 한 사람 있었어. 친삼촌은 아니고 이웃이었지. 삼촌은 바이올린을 켤 줄 알았어. 이쪽으로 좀 와. 나도 책을 세워두고 엎드린 채 자리를 이동했다. 정말 바이올린을 잘 켰어. 우리 아버지, 어머니는 퇴근이 늦었어. 아예 퇴근을 안 할 때도 있었어. 그래서 자주 그 삼촌 집에 가서 밥을 먹었어. 밥을 다 먹고 나면 삼촌이 바이올린을 켰어. 거긴 아이가 없었어. 아내가 아이를 못 낳았거든. 하지만 둘은 사이가 참 좋았어. 삼촌이 바이올린을 켜면 아내가 악보를 넘겨 줬어. 언젠가 내가 나비 모양 머리핀을 하고 갔어. 삼촌이 말했어. 오늘은 내가 「양축」[77]을 연주해 줄게. 연주가 끝나고 나는 손을 뻗어 머리핀의 나비가 어디로 날아가지 않았는지 만져 봤어. 어느 날 밤, 그 삼촌의 아내가 우리 집 문을 두드렸어. 남편이 침대 밑에 넘어져 바닥 가득 구토를 하고, 얼굴이 완전히 자줏빛이 되었다는 거야. 아버지가 그 집으로 달려갔고, 나도 따라갔어. 내가 말했다. 됐어, 그 이야기 그만해. 그녀가 말했다. 그러더니 우리 아버지가 구급차를 불렀고 직접 삼촌을 수술했어. 수술은 성공적이었어. 그는 고통을 못 느꼈고 그렇게 수술대 위에서 죽었어. 나는 삼촌의 아내와 병원에서 나왔어. 그분이 울면서 내게 말했어. 급하게 오느라 문을 잠그지 않았다고, 뭔가 물건을 잊어버렸을지도 모른다고. 내게 그 말을 몇 번이나 하면서 계속 훌쩍거렸어.

---

77 양산백(梁山伯)과 축영대(祝英臺). 중국 민간에 전해져 내려오는 고대의 사랑 이야기 중 하나.

옷이 온통 눈물 콧물 범벅이었어. 집으로 돌아온 나는 애써 잠을 청했어. 그 일이 악몽의 일부라면 잠에서 깨어났을 때 세상에서 사라져 버려야 하잖아? 거의 날이 밝았을 때 나는 정말 잠이 들었고 꿈에 삼촌을 봤어. 삼촌이 내 침대 옆으로 와서 나를 불러 깨웠어. 손에 바이올린을 들고 말했지. 내 바이올린 활 봤어? 누가 내 활을 가져갔지? 내가 말했다. 몰라요. 그가 떠나며 말했다. 누가 내 활을 가져갔을까? 그리고 나는 잠에서 깨어났어. 다음 날 아침, 아버지와 어머니가 병원 승진에 대해 이야기를 하는데 어떤 등신 같은 놈이 아버지 윗자리에 오르는 바람에 아버지가 화가 많이 났어. 그리고 어젯밤, 사오 분만 일찍 갔으면 목숨을 구할 수도 있었다고, 만약 미국이었다면 목숨을 구할 수도 있었을 것이라고 했어. 그러나 어쨌거나 현실은 사오 분 일찍 가지도 않았고, 여긴 미국도 아니야. 두 분이 식사를 하며 이야기를 나눴어. 우리 아버지는 매일처럼 죽을 먹었어. 내가 자리에서 일어나 말했지. 왜 아버지는 아직도 죽을 먹어요? 아버지가 말했어. 죽을 먹으면 뭐가 안 좋은데? 너 여기 와서 앉아. 나는 다가가서 아버지 머리 위로 죽을 높이 쳐들었어.

내가 말했다. 됐어. 그만해. 알았대도. 그녀가 말했다. 뭘 알아? 내가 말했다. 왜 네가 아무도 안 닮았는지 알았다고. 사실 나는 당시 그녀가 이 이야기를 내게 해 줘서 속으로 무척 고마웠다. 우리 둘은 친하긴 했지만 자기 이야기를 있는 그대로 한 건 그때가 처음이었다. 그녀에게 말하고 싶었다. 그녀가 진지하게, 특히 속눈썹이 촉촉하게 젖어 이야기를 할 때면 그녀의 머리 뒤통수 부분을 쓰다듬고 싶다고. 하지만 나는 아무 말도 하지 않았다. 그냥 알았어. 그렇게만 말했다. 마음속으로는 사람이 아무리 조심하며 살아도 허물어질 수밖에 없다고 생각했다. 그녀가 말했다. 넌 몰라. 난 천성이 그래. 나면서부터 성격이 괴팍했어. 이가 나기 전에도 사람을 물고 싶었어. 내가 말했다. 아냐, 방금 그 일이 네게 영향을 미친 거야. 더 말할 필요 없어. 그녀가 말했다. 그 일은 나랑 상관없어. 애초에 그런 일은 없었거든. 먼더우가 다가오고 있었다. 내가 말했다. 그런 일이 없었다고? 그녀가 말했다. 그런 일 없었어. 그러고 나서 허벅지 위 책을 가리켰다. 이 소설에 나오는 이야기야. 그냥 입에서 나오는 대로 지어낸 거야. 우리 아버지하고 어머니까지 엮어 가며. 먼더우가 왔어. 빨리 벗겨. 내가 먼더우 바지를 벗겼을 땐 벌써 그녀가 책을 접은 후였다. 나는 나중에도 그 책 이름이 뭐였는지, 빌어먹을 그 이야기가 좋은 이야기였는지 알 수가 없었다.

먼더우가 요즘 부쩍 술을 마시자고 날 찾아왔다. 대체 무슨 일일까. 먼더우는 주량이 세지 않다.

우리는 고등학교 시절부터 함께 술을 마셨고 이제 서른이 다 되어 가지만 그는 주량이 전혀 늘지 않았다. 맥주 한 병을 마시면 가슴 전체가 벌겋게 달아올랐다. 아마 엉덩이도 벌걸 것이다. 어쨌거나 온통 딱새우 같은 모습이었다. 그는 현재 은행 창구에서 일하고 있다. 매일 100번도 넘게 자리에서 일어섰다. 방광은 훈련이 잘되어 있어서 하루에 정확하게 세 번 화장실에 갔다. 출근과 동시에 그의 상급자는 그를 힘들게 했는데, 사실 별것도 아닌 매우 따분한 일들 때문이었다. 먼더우는 할 일이 없이 한가하고 방귀도 잘 뀌는 데다 말도 어눌했다. 하루에 방귀를 뀌는 횟수가 말하는 횟수보다 많았다. 그는 면접과 필기시험 성적이 모두 훌륭했다. 우리 셋 가운데 그가 가장 총명한 것만은 확실했다. 샤오펑도 기억력이 아주 좋았다. 다만 기억하는 일이라는 게 전부 엉터리 일들뿐으로, 진지한 일은 단 하나도 기억하지 못했다. 기억력이 제일 안 좋은 건 나다. 모든 걸 다 잊어버렸다. 이건 나도 인정하는 사실이다. 사실 총명하다는 건 별게 아니다. 교활함이야말로 오히려 유용한 특성이다. 총명함은 때로 아무짝에도 소용없는, 밥도 먹여 주지 못하는 특성이니, 그냥 무슨 일이든 시간이 흐르고 나면 잊어버리는 것이 상책이다. 그러지 않으면 머릿속이 온통 쓸모없는 것들로 채워지게 된다. 하지만 나는 총명한 사람이 좋다. 이는 부인할 수 없는 사실이다. 무슨 일이든 그에게 한번 말하면 그는 모두 기억했다. 사람도 마찬가지다. 한번 보고 나면 다음에 상대방의 이름을 말했다. 책을 봐도 줄줄 이야기했다. 비록 더듬거리며 말하고, 조급한 마음에 목이 매긴 하지만 기본적으로 옆으로 새지 않았다. 아마 그는 원한도 마음에 꽁꽁 새기고 있겠지만 그걸 내가 확인할 수는 없는 일이다. 항상 그를 못살게 구는 등신이 있었는데, 나중에 내가 우리 아버지에게 부탁해 그 등신에게 전화를 해 달라고 한 후 그는 많이 좋아졌다. 그 후 나는 50만 위안을 먼더우네 은행에 맡겨 그의 할당량을 채워 줬다. 그러자 등신이 조금 친절해졌다. 그날 은행 업무를 보러 간 나는 서류에 서명한 후 고개를 들었다. 그자가 보였다. 내가 말했다. 먼더우가 방귀를 뀌고 싶어 하면 그냥 뀌라고 하세요, 알았어요? 그자가 말했다. 하하, 재미있군, 먼더우가 누구야? 내가 말했다. 뭐가 우스워요? 며칠 뒤면 당신 은행을 털 텐데. 은행 로비는 소리가 잘 울렸다. 고객 몇이 무의식적으로 자기 가방을 꼭 거머쥐었고, 입구에 서 있던 곤봉 든 경비가 바짝 몸을 사렸다. 문밖에 쪼그리고 있는 커다란 금송아지도 몸을 돌리는 듯했다. 팀장이 말했다. 어서 오세요, 재미있는 분이네요. 그가 이렇게 말한 후 나와 악수했다.

그날 샤오펑이 날 부둥켜안고 엉엉 울었던 건 우리 셋의 이별 때문이었다. 먼더우는 베이징의 대학에 불합격해서 계속 우리 시에 남아 회계 공부를 해야 했다. 샤오펑은 아버지가 호주로 보낼 계획이었고, 나는 재수를 위해 고등학교에 남을 예정이었다. 울음을 그친 그녀는 내 옷깃으로 자기 얼굴을 닦으며 말했다. 호주에는 오리너구리라는 괴상한 동물이 있어. 내가 말했다. 또 시작이네. 그녀가 말했다. 이 괴이한 동물은 수줍음이 많아서 대부분 물속에 숨어서 살아. 수컷 오리너구리 뒷발에서는 독이 분비되지. 적을 만나면 이 독을 사용해. 독성이 정말 강한데 이상하게도 오리너구리를 습격할 수 있는 존재는 대략 9000년 전에 등장했어. 하지만 그 전에도 오리너구리는 이미 독을 가지고 있었지. 대체 이유가 뭔지 지금까지도 알 수가 없어. 내가 말했다. 그건 또 어디서 봤는데? 그녀가 말했다.

그중에서도 가장 해괴한 건 이 동물이 원래 새끼를 알로 낳는데 그러면서 다시 젖을 먹인다는 거야. 1798년 첫 번째 오리너구리 표본이 영국 황실 과학 아카데미로 보내졌을 때 학자들은 정말 어안이 벙벙했대. 그들은 이 표본이 여러 종류의 동물을 부분부분 합쳐서 마구잡이로 만들었다고 생각했다는 거야. 장난을 친 거라고 여긴 거지. 내가 말했다. 넌 언제 떠나? 그녀가 말했다. 내가 가서 오리너구리 두 마리 잡아 돌아올게. 둘이 한 마리씩 줄 테니 애완동물로 키워. 먼더우가 말했다. 오리너구리 뒷발에 차이면 끝장 아냐? 샤오펑이 말했다. 그럼 더 좋지, 살아서 돌아오고 싶은 생각도 없으니까. 그녀가 말했다. 호주는 전 세계적으로 수영이……. 내가 말했다. 제길, 그 망할 놈의 입 좀 다물어. 수영하러 갈 거야, 말거야? 도대체. 그녀가 말했다. 가자. 내 주머니에 성(省)에서 운영하는 수영장 표 세 장이 들어 있었다. 그날 물속에는 간부가 없었고, 수영장은 전체적으로 매우 깨끗했다. 푸른 공간에 사람이 하나도 없었다. 나는 수영장 가장자리에 서서 아무도 없는 수영장을 바라봤다. 위험하다는 느낌이 들었다. 이상하게도 사람이 있을 때는 이런 느낌이 들지 않는데. 먼더우는 배가 고프다고 했다. 카페테리아 가서 밥 먹자. 나와 샤오펑은 안에서 수영을 했다. 그녀는 머뭇거리며 수영장 가장자리에 붙어 안전 손잡이 옆에서 떠다녔다. 나는 상관하지 않고 혼자 수영장을 왕복했다. 힘껏 물을 차며 두 손으로 양옆의 물을 갈랐다. 샤오펑이 말했다. 이리 와. 발에 약간 쥐가 난 것 같아. 내가 말했다. 그럼 넌 올라가. 그녀가 말했다. 네가 이리 와. 나는 물속으로 잠수해 다가갔다. 그녀의 두 다리가 보였다. 가늘고 흰 발이 갈대처럼 물속에 떠 있었다. 갈대. 정말 그녀를 끌어 내리고 싶었다. 나는 그녀 얼굴 앞으로 물을 헤치고 나갔다. 그녀가 물안경을 벗어 흔들며 말했다. 내가 가는 거 싫으면 안 갈게. 내가 말했다. 어느 쪽 발에서 쥐가 났어? 그녀가 말했다. 진심이야, 라오후, 나 가는 것 싫다고 하면 난 안 갈래. 내가 말했다. 거짓말 좀 안 할 수 없어? 쥐 난 것 아니지? 그녀가 말했다. 다시 한번 물어볼게. 내가 있었으면 좋겠어? 내가 말했다. 언제 비행기야? 그녀가 말했다. 내일 오후야. 내가 말했다. 내일 오후는 우리 외할아버지 생신이라서 배웅 못하겠네. 그녀가 날 바라봤다. 눈에 고인 게 물인지, 눈물인지 알 수가 없었다. 호주라는 나라는 유배 온 죄수들이 개척한 곳이래. 동부는 산, 중부는 평원, 서부는 고원, 수도는 시드니가 아니라 캔버라고……. 나는 갑자기 손을 뻗어 그녀의 목을 잡아당긴 후, 그녀의 뒤쪽 머리카락을 매만졌다. 머리가 무척 부드러웠다. 오목하게 들어간 목덜미를 따라 매끈하게 늘어진 머리가 마치 유리 같았다. 내가 말했다. 난 관심 없어. 너 알아? 게다가 너도 너 자신이 거짓말을 하고 있는 걸 모르잖아. 수영장 입장권은 우리 아버지가 준 거야. 아버지는 안 줄 수도 있었어. 네가 미국, 호주, 캐나다를 가든 사하라 사막을 가든 나랑은 상관없어. 아니, 어딜 가든 내게는 모두 마찬가지라고 말할 수 있지. 쥐 난 것 아니면 좀 더 수영해. 여긴 시간 제한이 없어. 이렇게 말한 후 나는 물 밑 깊숙이 잠수하여 맞은편 수영장

쪽으로 헤엄쳐 갔다.

　그녀는 떠난 후 소식이 없었다. 내게도, 먼더우에게도 전화를 하지 않았다. 나는 그녀가 먼더우에게 전화를 걸 거라고 생각했지만 그녀는 하지 않았다. 하지만 먼더우는 끈질겼다. 먼더우는 사방으로 그녀의 소식을 캐고 다녔다. 그는 뭔가 매우 부자연스러운 부분이 있다고 생각했다. 아마도 그는 샤오펑이 오리너구리 뒷발에 차이지나 않았을까 걱정했는지도 모른다. 바로 이 때문에 먼더우가 영원히 발전할 수 없는지도 모른다. 그는 사람을 좋아한다. 하지만 그는 사람들의 차이를 구분하지 못한다. 사람과 사람 사이에는 영원히 좁힐 수 없는 간극이 있다. 그 누구도 누구를 대신할 수 없다. 따라서 '걱정'이란 쓸데없는 것이며, 또한 이기적인 것이다. 얼마 지나지 않아 나는 그녀를 잊었다. 그녀와 관련 있는 아주 많은 일까지도 잊어버렸다. 대부분의 시간 동안 나는 아예 그녀 생각을 하지 않았다. 어, 친구가 하나 있었어. 특별한 대륙으로 떠났지. 일 년이 지난 후엔 이런 생각조차 떠오른 적이 없었다. 때로 텔레비전에 호주의 풍경 사진이 나왔다. 한 운전기사가 고속도로에서 캥거루 한 마리를 치었다. 그는 캥거루를 뒷좌석에 태우고 미친 듯이 차를 달려 병원으로 향했다. 그런데 멍하니 검은 눈동자를 빤히 뜨고 있는 캥거루를 보니 전혀 아파 보이지 않았다. 이에 반해 기사는 어딘가 염증이 있는 듯 통증을 느꼈다. 병원에서 의사는 캥거루를 수술했다. 캥거루가 산소마스크를 끼는 것을 보고 나는 채널을 돌렸다. 캥거루가 살아나 기사와 포옹

하고 자기 주머니를 받친 채 폴짝폴짝 집으로 돌아가는 모습을
상상해 봤다. 한데 추측건대 캥거루가 이를 기억하진 않을 것
같다.

대학 졸업 후 집에서 일을 찾으라고 해서 정부의 작은 기
관에서 임시직으로 일했다. 매일 할 일이 없어 온라인에서 더
우디주[78]를 했다. 때로 윗선이 출장을 가면 사무실에는 나 혼자
만 남았다. 나는 음향을 높이고 로큰롤을 들었다. 상급자를 찾
아오는 사람이 오면 그를 자리에 앉히고 지겨워 일어나 자리
를 뜰 때까지 함께 손님 이야기를 들었다. 먼더우는 낮에는 은
행에 출근하고, 밤에는 몰래 대학에 들어가 수업을 들었다. 과
목을 안 가리고 닥치는 대로 들었다. 철학, 역사, 문학, 수학, 원
예까지. 나는 그의 머리에 정말 문제가 있다고 말했다. 그럴 시
간 있으면 빨리 여자나 찾아봐. 이런 수업들 듣는다고 널 은행
장 시켜 주진 않아. 그가 말했다. 여름에 수업이 끝난 후 학교
운동장 스탠드에 앉아 있으면 어떤 기분이 드는지 너 알아? 내
가 말했다. 어떤 기분인데? 모기 있잖아. 그가 말했다. 내일 역
시 그리 두려워할 건 없다는 느낌이 들지. 내가 말했다. 염병할,
또 방귀 뀌고 있네. 난 매일 두렵지 않아. 그가 말했다. 시간 있
으면 너도 와서 느껴 봐. 내가 말했다. 운동장에 아가씨 있어?
그가 말했다. 아주 많지. 배드민턴도 하고, 달리기도 하고. 내
가 말했다. 옷은 입고? 그가 말했다. 와서 한번 느껴 보라니까.

78   중국식 카드놀이.

그때 나는 한 여자를 만나고 있었다. 초등학교 동창으로, 동창회에서 만났다. 다음 날 그녀가 내게 전화를 걸었다. 전날 너무 신이 나서 과음을 했다고, 그래서 해서는 안 될 말을 너무 많이 했다고 사과했다. 내가 말했다. 그럴 필요 없어. 네가 뭐라고 했는지 기억도 안 나. 그녀가 말했다. 타이위안가에서 옷을 한 벌 사려고 해. 며칠 후에 결혼식 들러리를 할 때 입을 거야. 자꾸만 보니까 뭐가 뭔지 모르겠어. 와서 좀 도와줘. 내가 말했다. 나 옷 같은 거 못 골라. 네가 결혼하는 것도 아니고, 편하게 입어. 그녀가 말했다. 나 도와줄 수 없다는 거네. 초등학교 다닐 때 내 시험지 베껴 쓰라고 준 적도 있는데. 내가 말했다. 좋아, 그만해도 돼. 갈게. 그날 우리는 두 시간 동안 거리를 돌아 그녀의 옷 한 벌, 시계 하나를 샀다. 저녁에는 함께 식사도 했다. 그녀는 또 과음을 했고, 또 적잖은 말을 했다. 그리고 호텔에 갔다. 나는 한밤중에 일어나 물을 마셨다. 힐끗 침대 위의 그녀를 보고 깜짝 놀랐다. 초등학교 당시 모습과 별로 변한 게 없어 범죄를 저지르는 것 같은 느낌이 들었다. 나는 화장실에 잠시 앉아 있다가 침대로 돌아와 그녀를 흔들어 깨웠다. 너 이름이 뭐야? 그녀는 줄곧 멍해 보였다. 머리카락 몇 가닥이 입가에 달라붙은 채 그녀가 입을 열었다. 장수야. 경찰이 순찰을 도는데. 내가 말했다. 너 초등학교 때도 그 이름이었어? 그녀가 말했다. 아니, 나중에 개명했어. 원래 이름이 너무 덤덤해서. 점을 쳐 봤지. 이름으로 보면 가진 게 아무것도 없대. 내가 말했다. 콘돔 또 있어? 한 번 더 하고 싶어. 그녀가 말했다. 있어. 텔레비전

337

장에. 네가 가져와. 나는 포장을 뜯고 콘돔을 끼웠다. 하지만 그
녀는 이미 잠이 들어 있었다. 창백하고 왜소했다. 나는 콘돔을
빼내 쓰레기통에 버린 후 텔레비전을 틀었다. 그리고 다시 침
대로 돌아와 그녀를 껴안았다.

　　다음 날 아침에 그녀가 날 깨우더니 지금 아침 먹으러 가
지 않으면 조식권을 쓰지 못한다고 했다. 아침 단장을 마친 그
녀는 어제보다 조금 커 보였다. 나는 그녀를 따라 식사를 하러
아래층으로 내려갔다. 4성급 호텔이었다. 우리 아버지가 주요
주주인 곳으로, 아버지는 어머니와 이혼한 후 이곳 객실 하나
를 얻어 때로는 집에서, 때로는 호텔에서 잤다. 내가 성년이 되
자 아버지는 내게도 방 하나를 열어 주며 밖에 나가지 말라고,
여기면 안심할 수 있다고 했다. 그녀는 많이 먹었다. 나는 커피
한 잔을 마셨다. 계란 하나 더 먹을게. 그녀가 말했다. 내가 말
했다. 괜찮아, 먹어. 그녀가 다시 계란 하나를 먹고, 오렌지주
스 한 잔을 마시고, 다시 두 번째 계란을 먹었다. 그녀가 계란
을 까는 방식은 흥미로웠다. 두드려 구멍을 낸 후 손톱으로 계
란 껍질을 긁었다. 내가 말했다. 까고 있어. 난 가야 돼. 여기 스
파 있어. 내가 종업원에게 잠시 후 너 안내해 주라고 할게. 그
녀가 말했다. 너 어디 가? 내가 말했다. 환자 병문안. 하루 종일
있어야 돼. 그녀가 말했다. 병원 어딘데? 내가 말했다. 쓰위안.
그녀가 말했다. 가는 길이네. 우리 집이 쓰위안 뒤야. 내가 말했
다. 괜찮아, 계란 먹어. 그녀가 말했다. 안 먹을래. 다 까고 나니
까 배가 부르네.

외할아버지의 병실은 5층이었다. 할아버지는 중풍에 걸려 반쪽을 움직이지 못했다. 사람도 잘 알아보지 못했다. 말도 어눌했지만 자세히 듣다 보면 알아들을 수는 있었다. 하지만 대부분의 시간 동안 외할아버지는 아무 말도 하지 않고 정신없이 잠만 잤다. 장수야는 내가 입구에서 담배를 사는 틈에 과일 두 봉투와 꽃 한 송이를 구입했다. 내가 말했다. 쓸데없이. 할아버지는 누가 줬는지도 몰라. 그녀가 말했다. 나만 알면 돼. 봉투 좀 들어 줘, 주인 나리처럼 그러고 있지 말고. 나는 봉투 두 개를 모두 받아 들며 말했다. 잠깐 들여다보고 그냥 가, 알았어? 그녀가 말했다. 꽃도 네가 들어. 나 지금 갈게. 내가 말했다. 더 이상 들어 줄 손이 없어. 병실로 들어갔다. 온도가 상당히 높았다. 외할아버지가 자고 있었다. 할아버지의 나이 든 경호원도 침대 옆에 앉아 졸고 있었다. 병상 옆에 놓인 의자 두 개가 비어 있었다. 장수야가 꽃을 화병에 꽂았다. 의자는 모자라지 않았다. 내가 말했다. 앉아, 과일은 먹는 사람이 없어. 네가 하나 먹어. 나와 장수야는 병실에 잠시 앉아 있었다. 장수야가 말했다. 물 떠올게, 할아버지 얼굴을 좀 닦아 드려야겠어. 얼굴이 다 텄네. 그녀가 할아버지 얼굴을 다 닦더니 손도 닦고 눈곱도 떼어 줬다. 할아버지가 눈을 떴다. 나, 그리고 장수야를 보고 말했다. 동지들은 모두 갔어? 나는 대답할 말이 없었다. 장수야가 허리를 굽혀 할아버지 귓가에 대고 말했다. 아직 안 왔어요. 할아버지가 말했다. 초소 철수하지 말고. 밤에도 놈들이 올지 몰라. 그녀가 말했다. 네. 할아버지가 고개를 끄덕이고 다시 눈을 감았다. 오전 내내 깨지 않았다. 중간에 나이 든 경호원이 깨어나 말했다. '후보' 왔어? 내가 말했다. 여긴 제 친구예요. 소파에서 잠시 주무세요. 제가 볼게요. 그가 말했다. 오후에 베이징에서 사람이 둘 와, 3시에 올 거야. 그 전에 깨워. 할아버지가 힘들다고 해도 깨우고. 그러더니 소파에 엎드려 잠이 들었다. 나는 어렸을 때 외할아버지로부터, 할아버지와 할아버지 경호원은 한 고향 사람이며, 십대 때 군에 들어간 후 단 한 번도 떨어진 적이 없다는 이야기를 들은 적이 있었다.

나와 장수야는 계속해서 앉아 있었다. 조금 앉아 있으려니 나도 졸리기 시작했다. 아마도 외할아버지는 병에 걸린 것이 아닐 수도 있었다. 이 병실은 확실히 사람을 졸리게 만든다. 장수야가 링거를 바라보며 말했다. 빠른가? 내가 말했다. 안 빨라. 간호사가 바보도 아니고. 그녀가 말했다. 꼭 그런 건 아니지. 그녀가 일어나 간호사를 부르러 갔다. 간호사가 몇 번 조절을 했지만 속도에 별 변화가 없었다. 간호사가 나가 버렸다. 내가 말했다. 이야기 하나 해 줘, 안 그러면 잘 것 같아. 그녀가 말했다. 자. 내가 있으니까. 자는 게 죄도 아니고. 내가 말했다. 자고 싶지 않아. 아무 얘기나 좀 해 봐. 막 지어내도 괜찮아. 이야기 좀 해 줘. 그녀가 말했다. 해 줄 이야기 없어, 난 책도 안 봐.

내가 말했다. 씨팔, 이야기 하나 해 봐. 할 일이 없잖아. 그녀가 말했다. 그럼 아무렇게나 지껄여 볼게. 너무 진지하게 듣진 말고. 그냥 내가 혼자 중얼대는 버릇이 있다고 생각하고. 내가 말했다. 이야기해 봐. 그녀가 말했다. 초등학교 다닐 때 일이야. 막 자전거를 배웠을 땐데, 엄마가 일이 있어서 교외에 간다는 거야. 성묘 가는 것 같았어. 이 이야기는 아닌 것 같다. 내가 말했다. 말해. 그녀가 말했다. 나도 간다고 해서 우리 둘이 각자 자전거를 타고 가기 시작했어. 거긴 정말 멀었어. 얼마나 자전거를 탔는지 몰라. 한여름이었어. 얼굴이 온통 소금기로 범벅이 됐어. 우리 엄마는 자전거를 정말 천천히 타. 나는 배운 지 얼마 안 됐지만 빨랐고. 힘껏 페달을 밟았어. 앞에 교각 아랫부분에 구멍이 두 개 난 다리가 보였어. 우리 엄마가 내 뒤에서 말했어. 다리 지나면 성을 나가는 거야. 나는 허리를 굽히고 다리 아래를 관통했어. 파란색 표지판이 보였고, 화살표 방향을 따라 흙길 쪽으로 돌아 계속해서 달렸지. 잠시 달리다 고개를 돌려보니 엄마가 안 보이는 거야. 다리로 버티고 서서 기다렸어. 한참을 기다려도 엄마가 안 나타났어. 조금 당황스러웠어. 내가 길을 잃은 걸까. 오던 길로 되돌아갔어. 한참을 달렸는데도 조금 전에 지나온 다리가 안 나타나더라고. 사방이 온통 농지였어. 대두랑 수수가 심어져 있고. 그냥 말한 거야. 사실 뭐가 심어져 있었는지도 몰라. 그냥 푸른 밭이 펼쳐져 있고 멀리 회색빛 산이 보였어. 어떤 곳은 움푹 패어 있기도 하고, 마치 누가 폭파시킨 것처럼 말이야. 나는 다시 뒤를 돌아 빨리 그 무덤을 찾길 바라며 힘껏 앞으로 페달을 밟았어. 갈림길이 나타났지만 그냥 직진했어. 조금씩 기운이 빠지더니 금방이라도 맥이 다 빠져 버릴 것 같았어. 날도 거의 어두워지고. 사람도 하나도 안 보이고. 그런데 누군가 밭에 서 있었어. 머리에 수건을 쓰고. 그를 향해 소리쳤어. 그 사람이 못 듣더라. 그래서 계속 앞으로 달렸어. 날이 어두워졌고, 정말 길을 잃었을지도 모른다는 생각이 들었어. 누가 데려다줄지도 모른다는 생각에 바로 우리 엄마 이름을 생각했어. 사람을 만나면 알려 주려고. 그런데 사실 난 별로 무섭지 않았어. 자전거 타는 것도 재미있고. 집만 제자리에 있으면 곧 돌아갈 수 있겠지 생각했어. 다시 잠시 자전거를 탔어. 길 중간에 누군가 서 있었어. 자전거를 타고 다가가 보니 우리 아빠였어. 아빠가 취해서 흔들거리고 서 있었어. 내가 아빠에게 다가가 말했어. 아빠, 여기서 뭐 해요? 아빠가 말했어. 친구 보러 왔지. 여러 해 동안 못 만난 친구라. 술을 많이 마셨네. 내가 말했어. 엄마를 못 찾겠어. 아빠가 말했어. 뒤에 타렴. 아빠가 태우고 갈게. 엄만 앞에 있어. 난 자전거 뒤에 타고 아빠를 안았어, 꼭 안았어. 아주 오랫동안 아빠를 못 만났거든. 아빠가 이사 간 후 아빠를 만나지 못했어. 내가 말했어. 아빠, 왜 나 보러 안 와? 아빠가 말했어. 바빴어. 보고 나면 또 생각나잖아. 내가 아빠를 껴안았어. 아빠는 땀이 안 났어. 아빠가 소매 셔츠를 걷어 올렸어. 낯선 세제 냄새가 났어. 한참을 그렇게 달려가다 잠이 들었어. 다시 눈을 떴을 때 엄마가 보였어. 엄마가 사람들과 함께 봉분 앞에 서 있었어. 나는 두 손으로 자전거 손잡이를 잡고 봉분 앞으로 달려가 브레이크를 밟았어. 그때 어떤 사람이 봉분 앞에 뭔가 불을 붙였어. 엄마가 불길 너머로 날 바라봤어. 엄마는 울지 않고 그냥 그렇게 날 바라봤어. 그런데 난 왠지 엉엉 울기 시작했어. 끝이야. 내가 말했다. 진짜 있었던 일이야? 그녀가 말했다. 나 그만 가야겠어. 출근해야 돼. 내가 말했다. 집에 갈 것 아니었어? 그녀가 말했다. 안 갈 거야. 출근할래. 내가 말했다. 어디 출근하는데? 그녀가 말했다. 시타 거리에 있는 '수석KTV' 알아? 내가 말했다. 알아. 그녀가 말했다. 그 안에 슈퍼, 거기서 맥주 팔아. 내가 말했다. 방금 한 그 이야기 실화야? 그녀가 말했다. 명함 한 장 줄게. 다음에 노래 부르러 갈 때 나 찾아와. 할인해 줄게. 내가 말했다. 그래. 그녀가 가방에서 내가 사 준 시계를 꺼내며 말했다. 옷은 받을게. 들러리 할 때 입을 거니까. 그런데 이 시계는 안 받을 거야. 이렇게 말한 후 시계를 다탁 위에 두고 나갔다. 문까지 갔을 때 그녀가 뒤돌아 내게 말했다. 어릴 때는 나, 성적이 정말 좋았어. 기억나? 이유는 잘 모르겠지만 나중에는 정말 명청해졌어. 기억력도 안 좋고, 일도 항상 엉망이고. 하지만 맥주파는 건 정말 좋아해. 브랜드 하나만 파는데 모두 똑같이 생겼어. 내가 말했다. 좋네. 그녀가 말했다. 알아. 그녀가 병실을 떠났다.

먼더우가 다시 술을 마시자고 전화했다. 이번에는 집요했다. 이번에도 안 마시면 자기랑 술 먹을 기회가 없을 거라고 했다. 내가 말했다. 너 암 걸렸어? 그가 말했다. 아니. 나 떠날 거야. 내가 말했다. 암 걸렸군. 그가 말했다. 베이징에 갈 거야, 내일 떠나. 밤에 만났다. 나는 별로 말을 걸지 않았다. 그냥 술만 마셨다. 그가 말했다. 한 달에 한 번 돌아오려고. 내가 말했다. 절대 그러지 마. 그냥 톈안문에 살아. 그가 말했다. 업무에 관한 일은 모두 인수인계했어. 네 돈도 빼 가도 돼. 내가 말했다. 내 돈하고 너랑 무슨 상관인데. 그가 말했다. 이게 다 어떻게 된 일인지 말해 줄게. 내가 말했다. 흥미 없어, 전혀, 조금도. 그가 말했다. 너 왜 그래? 내가 좋아하는 선생님 한 분이 베이징에 갔어. 나는 술잔을 들었다. 그가 말했다. 문학 선생님이었어. 창작을 가르쳤지. 그 여선생님 정말 좋아. 베이징에 가서 계속 그 선생님 수업을 듣고 싶어. 내 글을 봐준 적이 있는데 잘 썼다고 했거든. 내가 소설을 쓸 수 있을 거라고 말하셨어. 흥미롭지 않아? 나 자신조차 그런 재능이 있는지 몰랐거든. 내가 말했다. 전에 원예 가르치던 선생이 너보고 꽃나무를 잘 키운다고 했었잖아. 왜 비닐하우스 치고 꽃은 안 길러? 그가 말했다. 그건 그냥 아무렇게나 지껄인 말이야. 내게 꽃나무를 팔고 싶어서 말이야. 이번엔 진짜야. 날더러 위화[79] 닮았대. 글쓰기라는 게 간단해 보이지만 사실 정말 복잡해. 내가 말했다. 너 방귀 소리 들려줘 봤어? 그 선생이 어떻다고 그래? 그가 말했다. 오랫동안 고민했어. 그리고 퇴사를 결정한 거야. 우리 아버지, 어머니 그리고 너에게도 말 안 했지. 말하면 끝이라는 걸 알거든. 난 주관이 없는 놈이잖아. 평생에 딱 한 번이야. 내 말 듣고 있어? 내가 말했다. 너, 너무 많이 마셨어. 자기가 무슨 말 하는지도 모르지? 가서 자. 그가 얼굴이 벌게져서 말했다. 좀 진지

---

79   余華. 중국 3세대 작가. 대표작으로 『허삼관매혈기』, 『살아간다는 것』, 『형제』 등이 있다.

하게 들어줄래? 내가 소설을 쓸 수 있다고, 소설을. 좀 읽어 볼래? 가방에 가지고 다녀. 내가 말했다. 난 그런 거 몰라. 그냥 네 퇴사 결정이 정말 바보 같고, 이기적이란 생각이 들어. 네 어머니, 아버지가 얼마나 고생했는데 이런 식으로 보답을 해? 그는 아무 대꾸도 없이 유리잔만 꼭 붙잡고 있었다. 내 말이 좀 심했다는 걸 알지만 철회는 하지 않았다. 말이란 원래 주워 담을 수 있는 게 아니다. 잠시 후 그가 말했다. 너 가. 난 좀 더 앉아 있을게. 내가 말했다. 그래. 나는 자리에서 일어섰다. 내가 말했다. 너 베이징 어디 살 거야? 그가 고개도 들지 않은 채 말했다. 은행에 친구가 있어. 본부로 자리를 옮겼는데 지하실이 있대. 내가 말했다. 둘이 한 침대에서 잘 거야? 그가 말했다. 침대가 몇 갠지는 안 물어봤어. 내가 말했다. 넌 상대가 싫지 않아도 그쪽에서 널 싫어할 수 있어. 내가 한번 숙소를 찾아볼게. 그가 말했다. 그럴 필요 없어. 참, 샤오펑이 돌아왔어. 202의원에서 의사로 있어. 심장내과. 나는 잠시 서 있다가 말했다. 먼더우, 너한테 물어볼 말이 있는데…… . 그가 잔에 든 술을 비우고 고함쳤다. 정말 좋다! 내가 말했다. 뭐가 정말 좋아? 그가 탁자에 엎드려 꼼짝하지 않았다.

　한 달 후, 나는 202의원에 가서 심장을 살펴보기로 했다. 한 달이 지났지만 먼더우는 돌아오지 않았다. 베이징에 간 후 그가 문자 하나를 보냈다. 딱 세 글자였다. 침대 둘. 전화를 걸었지만 받지 않았다. 수십 번이 울린 후 자동으로 끊어졌다. 그날 새벽 나는 매무새를 정리했다. 머리는 일주일 전에 잘랐다.

약간 길어 보이는 편이 좀 자연스럽겠지. 티셔츠 하나를 샀다.
가슴 부분에 캥거루 도안이 그려져 있었다. 주머니에 캥거루
새끼가 들어 있었다. 병원 심장내과 접수처에 가서 말했다. 리
밍펑 선생님으로 접수해 주세요. 그녀가 내 가슴의 캥거루를
보고 말했다. 어디 불편하신데요? 내가 말했다. 가슴이 두근거
려요. 자주 너무 세게 뛰어서 옆 사람이 들을 수 있을 정도예
요. 여러 병원에 가 봤는데 문제를 발견하지 못했어요. 그녀가
자판을 두드려 보더니 리밍펑 선생님은 오늘 수술이 있다고 했
다. 특진 받으세요. 7위안이에요. 증상을 보니 특진 받으셔야
겠네요. 내가 말했다. 리밍펑 선생님은 특진 환자 안 받으세요?
전문가 아닌가요? 그녀가 말했다. 아뇨. 접수하실 거예요, 안
하실 거예요? 내가 말했다. 이 병원 문제 있네. 리 선생님 의술
이 뛰어난데 특진을 안 보시다니. 선생님 어디서 수술해요? 그
녀가 말했다. B동 7층 수술실요. 사람 찾으실 거면 접수처에 오
지 마세요. 다른 환자 진료 방해되잖아요. 그때 뒤에서 사람이
밀었다. 내가 말했다. 씹새끼, 어디서 밀고 그래? 그 사람 얼굴
이 딱딱하게 굳었다. 그는 마치 아무것도 못 들은 것처럼 의료
보험증을 유리문 쪽으로 건넸다. 나는 창구에 대고 "안녕."이
라고 말했다. 그녀 역시 못 들은 것처럼 보였다.

　　수술실 입구에 다섯 사람이 앉아 있었다. 할머니 한 사람
과 부부 두 쌍이었다. 내가 본 바에 따르면 그렇다. 그들은 말
을 하지도, 움직이지도 않았다. 할머니는 몇 번이나 일어나려
했지만 그 옆의 중년 부인이 할머니를 끌어당겼다. 가까이 다

가서기가 마땅찮아 멀찌감치 서 있었다. 대략 세 시간쯤 지나 나는 바닥에 앉았다. 긴 의자에 앉아 있던 남자 한 명은 잠이 들었다. 다시 두 시간 정도가 지났다. 할머니도 잠이 들었다. 옆에 있던 중년 여성이 가죽 가방을 열어 돈뭉치를 들고 세기 시작했다. 이제 창문 밖 햇살이 그리 강하지 않다. 화장실에 가고 싶었다. 하지만 복도에 화장실이 보이지 않았다. 벽에 붙은 안내도를 보니 남자 화장실은 위층이었다. 나는 한 층을 올라갔다. 그곳에도 수술실이 하나 있었고, 밖에 사람이 가득 서 있었다. 준비해 온 매트에 누워 있는 사람도 있었다. 한 남자가 또다른 한 남자에게 말했다. 오늘 연속 사내아이만 일곱이 나왔어. 다음은 뭔지 모르겠네. 다른 남자가 말했다. 그걸로 설명할 수 있는 건 아무것도 없어. 매번 확률은 비슷해. 동전 던지기 알아? 화장실에서 나오는데 간호사가 갓난아기를 안고 나왔다. 목청껏 소리를 내어 우는데 남자애인지 여자애인지 알 수 없었다. 계단을 내려가 채 모퉁이를 돌기 전에 복도에서 사람들 말소리가 들렸다. 나는 계단 어귀에 서서 고개를 내밀었다. 리밍평이 나왔다. 조금 전 그 다섯 사람이 그녀를 에워쌌다. 나는 고개를 숙이고 천천히 다가가 사람들 뒤쪽에 몸을 옆으로 비틀어 섰다. 리밍평이 말했다. 늦지 않게 와 줘서 혈전을 없앴어요. 괜찮으세요. 할머니가 그녀의 녹색 소매를 쥐고 울기 시작했다. 리밍평이 말했다. 심장에 문제가 있으니 앞으로는 집에 누군가 계셔야 해요. 환자 혼자 두면 위험합니다. 이웃이 계셔서 다행이었어요. 중년 여성이 말했다. 내가 죽일 년이에요. 게를 사러 나갔었어요. 리밍펑이 말했다. 막힌 부분이 좀 넓었어요. 중환자실에 가서 예후를 좀 살펴야 돼요. 우선 가서 쉬세요. 중환자실엔 들어가실 수 없어요. 별도로 간호사가 있습니다. 그녀의 목에 땀방울이 가득 맺혔다. 갈대처럼 마른 몸매가 여전했다. 예전보다 조금 더 시커멨다. 아마도 그곳 태양이 너무 강했던 모양이다. 상의 주머니에 마스크가 삐져나와 있었다. 중년 여성이 마스크가 들어 있는 그녀의 주머니에 돈을 쑤셔 넣었다. 리밍펑이 돈을 꺼내자 마스크가 땅에 떨어졌다. 이런 건 필요 없어요. 이미 살아나셨잖아요. 중환자실 입원비가 하루에 1500위안이에요. 돈이 많이 들어갈 거예요. 내가 다가가 그녀의 마스크를 집어 들었다. 그녀가 마스크를 받으며 고맙다고 인사했다. 시종일관 표정의 변화가 없었다. 피곤해서 금방이라도 쓰러질 것 같았고, 나를 알아보지도 못했다. 그녀는 모자를 벗어 머리를 정돈했다. 목에 흰머리 몇 가닥이 떨어져 있었다. 그녀가 다시 모자를 쓰고 수술실로 들어갔다.

대략 일주일 전, 먼더우가 내 업무용 이메일로 메일 한 통을 보냈다. 감정이라고는 전혀 들어 있지 않은 글로 샤오펑의 요즘 생활을 적은 후, 그녀의 전화번호를 남겼다. 또래 여성들의 생활 그대로였다. 메일에 첨부 파일로 소설 한 편이 들어 있었다. 그의 작품이리라. 아니 먼더우가 쓴 것이라 확신한다. 그 중 한 단락을 적어 보려고 한다.

나는 나를 모욕했던 사람을 절대 가만두지 않을 것이다.

그는 이미 결혼을 했고 애가 하나 있다. 나는 그의 아들을 손
봐 주려고 한다. 학교 문 앞에서 그 애를 한쪽으로 끌고 와 내
칼을 보여 줬다. 소리 내지 마. 소리 지르면 널 찔러 죽일 거
야. 그 애가 고개를 끄덕이더니 아무런 저항 없이 끌려왔다.
길 하나를 지나도록 나는 그 애를 어디로 데려가야 할지 판
단이 서지 않았다. 그 애가 말했다. 아저씨, 나 아이스크림 먹
고 싶어요. 내가 말했다. 입 닥쳐. 아이스크림 없어. 애가 고
개를 끄덕이더니 내 손을 잡고 앞으로 걸어갔다. 내가 말했
다. 움직이지 마, 내가 널 데리고 가는 거야. 애가 말했다. 저
기 경찰이 와요. 우리 여기 서 있으면 안 돼요. 나는 가슴이
뜨끔했다. 애를 데리고 골목 쪽으로 걸어갔다. 애가 말했다.
아저씨, 나 목마 타고 싶어요, 회전목마요. 내가 말했다. 목마
없어. 애가 말했다. 목마 있어요. 앞에 보이는 저 거리 지나면
놀이동산이 있어요. 나는 애를 데리고 목마를 타러 갔다. 막
눈이 내렸고, 목마는 맨몸으로 그곳에 서 있었다. 애가 목마
의 목을 끌어안자 목마 관리하는 노인이 말했다. 오늘은 목마
가 고장 나서 음악만 나오고 회전은 안 돼. 내가 말했다. 그럼
음악 틀어 줘요. 음악이 울리기 시작했다. 애가 목마의 목을
껴안고 조용히 앉아 있었다. 나는 목마를 밀고 싶었지만 그건
전혀 불가능했다. 애가 말했다. 아저씨, 저 정말 행복해요. 계
속 목마를 타고 싶어요. 날 데려 오는 사람이 없었어요. 내가
말했다. 말하지 마. 애가 말했다. 아저씨, 나 아이스크림 먹고
싶어요. 내가 말했다. 지금 가서 사 올게. 나는 아이스크림을

먹은 지 벌써 십수 년이 지났다. 내 것도 하나를 샀다. 목마 있는 곳으로 와서 애에게 아이스크림을 주고 나도 목마에 앉았다. 그때 거센 바람이 불었다. 마치 모든 것이 도는 것 같았다. 아이가 손을 들어 올리다 아이스크림을 떨어뜨렸다. 검은 머리카락이 나풀거렸다. 나도 휘파람을 불었다.

병원을 나온 후 지갑에서 장수야의 명함을 꺼냈다. 처음이었다. 위에 그녀의 이름과 전화번호가 적혀 있었고, 뒷면에는 맥주병 하나가 그려져 있었다. 택시를 타고 '수석KTV'에 갔을 때는 날이 이미 좀 어두워진 후였다. 하지만 그렇게 늦은 건 아니었다. 밖에 차가 보이지 않았다. 아직 잦아들지 않은 노을이 멀리서 텔레비전 송신탑을 아름답게 물들였다. 마치 케이크 위의 촛불 같았다. 아름다운 젊은 여자 둘이 정문을 활짝 열어 줬다. 어서 오세요. 내가 말했다. 장수야 찾는데요. 슈퍼에서 맥주 팔아요. 또 다른 사람 하나가 손짓을 하며 말했다. 슈퍼는 저쪽에 있어요, 맥주 파는 사람을 뭐라고 하는지 모르겠네요. 슈퍼에는 손님이 없었다. 장수야가 입구를 등지고 맥주를 진열 중이었다. 아무리 진열해도 똑바로 진열이 되지 않았다. 그녀는 온통 흰색 차림이었다. 치마가 좀 뻣뻣해 보였다. 위에는 맥주병이 그려져 있고, 병따개가 허리에 걸려 있었다. 내가 불렀다. 장수야. 그녀가 고개를 돌려 나를 발견하고, 다가와 말했다. 혼자 왔어? 내가 말했다. 이 병 두 개를 바꿔, 그럼 반듯해지겠네. 그녀가 병 자리를 바꾸고 말했다. 정말이네. 난 또 이 병 두 개가 같은 건 줄 알았어. 내가 말했다. 약간 차이가 있어. 나는 노래를 부르고 싶었다. 언제 퇴근해? 그녀가 말했다. 내일 아침. 내가 말했다. 그럼 노래 부르면서 기다릴게.

룸이 조금 추웠다. 에어컨을 껐다. 세 번째 곡을 불렀을 때 장수야가 문을 밀고 들어섰다. 옷이 바뀌어 있었다. 티셔츠에 청바지, 바구니에 술을 들고 있었다. 내가 말했다. 조퇴했어? 그녀가 말했다. 다른 사람하고 바꿨어. 이틀 전에 내가 대신 근무를 서 줬거든. 내가 말했다. 뭐 부르고 싶어? 내가 눌러 줄게. 그녀가 말했다. 너 불러. 내가 눌러 줄게. 여긴 내가 더 잘 알아. 내가 말했다. 듀엣곡으로 골라, 우리 같이 부르자. 그녀가 말했다. 난 음친데. 내가 말했다. 괜찮아, 나도 음치야. 그녀가 말했다. 그럼 먼저 한 병 마시고. 내가 말했다. 그래. 그녀는 단숨에 술을 마시고 말했다. 나 「철혈단심」 알아. 내가 말했다. 그럼 「철혈단심」. 그녀는 노래를 몹시 잘했다. 나는 이렇게 노래를 잘 부르는 여자를 본 적이 없었다. 나는 진심으로 입을 다물고 그녀 노래를 듣고 싶었다. 하지만 노래 안에 빌어먹을 남자 목소리가 있어 내가 입을 열어야 했다. 노래를 다 부른 후 내가 말했다. 그렇게 노래를 잘하면서 왜 맥주를 팔아? 그녀가 말했다. 난 겁이 많아. 내가 말했다. 내 친구 중 정말 간덩이가 큰 애가 있는데, 음, 두 명이지, 아마. 그녀가 말했다. 용기 있는 사람이 부러워. 난 너무 겁쟁이야. 나는 다시 한 곡을 부르면 「담소귀」를 부르고 싶었다. 우리는 그렇게 맥주를 마시면서, 서로 돌아가며 한 곡씩 노래를 부른 후 합창을 했다. 우린 그렇게 계속 마시면서 노래를 불렀다. 새벽 1시나 2시쯤 되었을까, 아버지에게서 전화가 왔다. 전화를 받았다. 아버지가 말했다. 네게 말할 게 있어서. 외할아버지가 가셨어. 창문에서 뛰어내리셨어. 경호원이 할아버지를 부축하고 뛰어내렸어. 카메라에 똑똑히 찍혔어. 네 엄마, 일 년 내내 내게 전화 한 통화 안 하더니 전화해서 이 이야기를 하네.

나는 전화를 끊었다. 장수야가 다시 노래 한 곡을 불렀다.

나의 스승

　　창작자로서 나는 말 그대로 견습생이다. 내 글을 돌아보면 중편과 단편 십여 편 중 대부분이 지난 이 년 동안 쓴 글이다. 별 볼 일 없는 것들이 많고, 그런대로 괜찮은 글이 몇 개 있고, 은근슬쩍 자부심을 느끼는 작품은 극히 드물다. 몇 편은 극단적으로 낯선 것도 있어서 마치 다른 사람 작품이 내 문서철에 섞여 든 것 같기도 하다. 장편 두 편은 10만 자가 조금 넘는다. 그중 한 편은 중편과 단편을 모아 놓은 것 같다. 당시에는 『사기』의 전통을 이어 글 쓰는 이들을 격려하고자 하는 마음이었다. 그런데 다시 보니 다소 혼란스럽고 자아도취에 빠진 듯한 인상이 든다. 또 하나는 무라카미 하루키에게 경의를 표하며 종합적으로 허구적인 작품을 쓰려 했기에 억지로 꾸미고 조작한 부분이 많다. 예를 들면 어린애가 큰 칼을 휘두르고 손과 발이 뒤바뀌는 것 등이다. 그러나 이러한 작품들을 볼 때면 그저 마음이 허한 것만은 아니다. 매번 있는 힘을 다하여 아낌없이 최선을 다했다. 순수하게 허구를 구성하고, 어설프게 진심을 바쳤다. 나를 작가라고 부추기는 사람이 있으면 여전히 진땀이 흐르니 셰익스피어, 톨스토이와 같은 호칭을 얻는다는 게 엄두가 나지 않는다. 다만 누군가 나를 성실한 소설가라고 한다면 남몰래 은근히 이를 즐길 수도 있다. 확실히 내 삶의 수십 년을 소설을 쓰는 데 쓰고 싶기 때문이다. 차분하게 써 내려간다면 혹여 우연히 한두 개의 글을 완성해 인적이 드문 사당에 영혼을 보낼 수 있을지도 모른다.

　나는 누구의 문하생으로 들어간 적은 없지만 스승은 매우 많다. 초등학교 1학년, 막 글자 몇 개를 배웠을 때 어머니가 내게 빨간 공책을 사 줬다. 그 두께가 내 손바닥 두 배 정도였다. 중고 물건으로 수년 전 어머니가 학교 다닐 때 쓰다 만 공책 같았다. 글 좀 써 봐. 어머니가 말했다. 나는 온돌에 앉아 네모난 탁자 위에서 한마디를 썼다. 오늘 학교에 갔습니다. '학(學)' 자를 쓰지 못해 이를 xué로 대신 쓰고 다시 날짜를 썼다. 이렇게 매일 한마디씩 썼다. 오늘 넘어져 얼굴이 까졌다. 오늘 낮에 감자를 먹었다. 기본적으로 '오늘'이란 두 글자로 시작해서 일정한 형식을 구성했다. 마치 여시아문[1]처럼 말이다. 나의 부모

1　如是我聞. '나는 이와 같이 들었다'라는 의미. '나'는 붓다의 설법을 들은 '아난다'를 가리키며, 아난다가 붓다의 가르침을 사실 그대로 전한다는 의미에서 경전의 서두에 사용되는 말이다.

님은 모두 노동자로 시골로 내려온 지식 청년이었다. 중학교를 나왔을 뿐이지만 교육을 매우 중요하게 생각했다. 내가 매번 글자 하나를 배울 때마다 부모님은 덩실덩실 흥이 올랐다고 한다. 학교 담임 선생님은 성이 김씨로 조선족이었다. 항상 고추장을 가지고 다녔고, 성격이 불같았다. 남녀 학생을 막론하고 장난 치는 걸 보면 선생님의 손이나 발이 날아갔다. 그 동작이 매우 민첩했다. 그 여자 선생님은 문학을 정말 좋아했고 글씨도 잘 썼다. 강단 서랍에 붓을 넣어 뒀다가 오후 자습 시간, 막 졸음이 몰려들 때면 서첩을 보고 글씨 연습을 했다. 특히 유공권[2]의 글씨를 잘 썼다. 그러다 그녀는 몇몇 학생이 그래도 둔하진 않은 걸 보고 칠판에 당시와 송사를 쓴 뒤, 이를 다 외우면 밖에 나가 놀게 해 주었다. 가정환경이 좋지 않았던 나는 헛된 영화를 좇아 매번 정말 빨리 칠판의 내용을 외웠다. 소동파를 외울 때면 숨도 쉬지 않았고, 백의경상(白衣卿相) 유영[3]의 글은 날 과시하기 위해 먼저 반을 외웠다. 선생님은 내게 일기를 보여 달라고 했다. 일단 남에게 보여 주게 되면 일기의 성격은 변할 수밖에 없다. 수없이 바꿔 쓰고 단락을 완벽하게 구성하려고 노력했다. 선생님은 나를 격려하는 한편, 사람들 앞에서 칭찬도 했다. 내가 쓴 보잘것없는 글을 다른 선생님들에게 자랑할 때도 있었다. 이런 상황은 내 허영심에 불을 붙였다.

---

2 柳公權. 중국 당대(唐代)의 서예가.
3 柳永. 중국 북송(北宋) 시대의 사(詞) 작가.

나는 밥값을 모아 작문책을 잔뜩 구입해서 명인들의 명언을 보고 기록했고, 목에 힘을 주고 작문에 이를 사용했다. 아버지는 책을 많이 읽었다. 안 읽은 책이 없었다. 시골에 내려왔을 당시 생긴 버릇이었다. 글자만 있으면 무조건 좋아했다. 아버지는 내게 별로 칭찬을 하지 않았다. 하지만 기분이 좋을 때면 내게 이야기를 해 줬다. 한도 끝도 없었다. 겨울이면 아버지 자전거 뒷자리에 앉았다. 아버지는 내 바람막이가 되어 페달을 밟으며 이야기를 해 줬다. 나는 그제야 독서의 묘미를 알게 됐다. 이는 작문책이 대신할 수 있는 것이 아니었다. 나이가 조금 들면서는 돈을 아껴《독자》[4]를 구입했다. 한 권도 빼놓지 않았다. 정부에서 오래된 우리 집을 철거하는 바람에 우리 식구는 아버지 공장에 딸린 작업장에서 살던 때였다. 나는 쇠 탁자에서 처음으로《독자》의 발췌문 「나와 디탄」을 읽었다. 예전에 읽었던 것들은 모두 사라지고 이것만 남았다. 아름답고 심오하며, 드넓은 문자의 세계가 요란한 기계 소리에서 날 구해 줬다. 황폐한 마당에 서서 한 노인이 그녀의 아들을 부르는 모습을 봤다. 나는 아버지에게 지역 도서관 카드를 하나 발급해 달라고 부탁했다. 반년 만에 나는 그곳에 있는 아동서를 모두 읽었다. 대략 초등학교 6학년 때 진융의 모든 소설, 구룽의 대표작,『셜록 홈스 탐정선』,『몬테크리스토 백작』,『오만과 편견』,『파리의 노트르담』 등을 조금씩 다 본 것 같다. 작문 역시 예전과 크게 달

---

4 한 달에 두 번 발행되는 대중 잡지.

라졌다. 진 선생님은 날 격려했다. 선생님은 내가 아둔하고, 수학은 형편없지만 국어는 그런대로 쓸 만하기에 장차 이 재능으로 안신입명할 수 있을 거라 했다. 하지만 나는 용기가 부족했다. 그저 시험을 봐서 학교에 갈 생각만 했다. 글이란 사람들에게 날 과시하고 싶은 생각에서 쓰고 있을 뿐, 다른 뜻이 없었다. 한 번도 작가가 되겠다고 생각해 본 적이 없었다. 독서 역시 오락에 불과했다. 친구들에게 내가 알고 있는 이야기를 뽐내기 위해 책을 읽었을 뿐이었다. 초등학교 졸업 후 새로운 울타리에 들어가면서 선생님과 연락이 끊어졌다. 중학교 첫 작문 시간, 내 글은 선생님과 친구들에게 놀라움을 안겨 줬다. 선생님은 욕을 퍼부었다. 누구에게 배웠는지 모르지만 대체 뭐라고 썼는지 알 수가 없다고 했다. 그런 식으로 작문을 하면 시험은 그대로 낙방이라고도 했다. 친구들은 내가 남의 글을 베꼈다고 생각했다. 분명히 어떤 작문 선집에 들어 있는 것이라고 했다. 내 유일한 무기인 예기가 무뎌져 평범해졌다는 생각에 실망이 이만저만이 아니었다. 그러나 책은 계속 읽었다. 『호밀밭의 파수꾼』, 『수호전』, 바진, 왕안이, 라오서, 펑지차이의 글을 계속해서 읽었다. 당시 내가 다니던 중학교는 시립 도서관에서 매우 가까웠다. 나는 가지고 있던 도서관 카드를 반납하고 시립 도서관 카드로 바꿔 매일 낮에 그곳으로 달려갔다.

내겐 친구가 둘 있었다. 하나는 칭화 대학교를 나와 유럽으로 가서 과학자가 되었다. 또 다른 하나는 재능이 앞의 친구 못지않았지만 싸움을 잘하고 제멋대로라 지금 어디를 떠돌고 있는지 알 길이 없다. 아마도 미치지 않았을까. 당시 친구가 없었던 우리 셋은 함께 모여 도서관에 가서 소일거리 삼아 한가하고 외로운 시간을 보냈다. 두 친구는 우주 과학을 연구하러 떠났고, 나는 문학류의 서가로 돌진했다. 그곳에 서서 나는 자오수리의 『소이흑결혼』, 쑨리의 『백양정』, 덩이광의 『랑행성쌍』, 자오번푸의 『천하무적』, 리페이푸의 『패절초』, 모옌의 『붉은 수수밭』, 장셴량의 『녹화수』를 읽었고, 수없이 많은 잡다한 책과 천인커, 페이샤오퉁, 황런위, 첸중수의 책을 읽었다. 그리고 오후가 되면 다시 학교로 달려가 수업을 받으며 낮에 봤던 것들은 모두 잊은 채 멍하니 평범한 학생이 되었다.

　　고등학교에 갈 무렵 나는 더 이상 비범해 보이는 아이가 아니었다. 그냥 고등학교라는 기존 체제에 순응하는 학생이었다. 고등학교 1학년 국어 선생님은 성이 왕씨였다. 젊고 키가 작고 차가운 이미지였다. 선생님들 사이에서 대인관계가 좋지 않고 도도했다. 결혼식에 참석한 사람이 거의 없어 식장이 매우 썰렁했다는 소문이 있었다. 하지만 문학적 재능은 뛰어났다. 길이가 제법 되는 고문을 모두 외웠다. 수업 시간에는 거침없이 고전을 인용했다. 마치 머릿속에 색인이 들어 있는 듯했다. 나는 어떤 글을 써도 선생님 눈에 들지 않을 것이라고 생각했다. 선생님이 내 준 첫 번째 작문 제목은 괴상했다. 글감에 제한이 없었다. 그러나 반드시 두 글자여야 했다. 당시 외할아버지가 막 돌아가셨기에 '생사'라고 제목을 정했다. 외할아버지가 돌아가시기 전 이야기를 썼다. 내게 커다란 수박을 사 준

이야기였다. 초록이 선명한 수박, 외할아버지가 멀리서 수박을 안고 오셨다. 할아버지가 미소를 짓고 있었다. 마치 수박 뿌리가 그의 몸에서 자라는 듯했다. 60점 만점에 왕 선생님은 내게 64점을 줬다. 부드러우면서도 힘찬 손이 나를 구원했다. 나는 더 잘 쓰기 위해 노력했다. 장아이링, 왕쩡치, 바이셴융, 아이칭을 자세히 읽었다. 그들이 언어를 어떤 식으로 주무르고, 의경을 어떤 식으로 구성하는지 살폈다. 위화, 쑤퉁, 왕쉬, 마위안을 꼼꼼히 읽었다. 그들이 어떻게 전통을 잇고, 서양을 공부했으며 스스로 자기 길을 만들어 갔는지 살폈다.

　내 작문 글씨가 엉망이라 선생님이 이를 알아보느라 애를 먹었다. 때로 난 원고지 칸이 싫어서 흰 8K(26×36.8센티미터) 종이에 정말 작은 글씨로 빽빽하게 글을 적으면 선생님이 첨삭을 해 주셨다. 고등학교 졸업 전 나는 '복수'라는 글을 썼다. 한 아이가 산 넘고 물 건너 아버지의 복수를 하는 이야기였다. 원수를 찾아가는 과정에 대해 거의 2000자를 썼다. 그런데 결말이 없었다. 선생님은 이를 작문 과제로 생각해 그래도 좋은 점수를 줬다. 고등학교를 졸업한 후 선생님을 보러 간 적이 있었다. 선생님 혼자 교무실 모퉁이 빈 공간에 앉아 있었다. 주위에 사람이 없었다. 나는 선생님 옆에 서서 지금은 다 잊어버린 이야기들을 지껄였다. 선생님이 고개를 들고 기대에 찬, 하지만 아무것도 바라는 것은 없는 표정으로 날 바라봤던 기억만 난다. 눈이 정말 맑았고, 몸은 왜소했고, 소박했다. 그 모습이 처음 선생님을 봤을 때와 똑같았다.

대학 사 년 동안 아무것도 쓰지 않고 놀기만 했다. 책도 아무거나 읽었다. 대학 도서관은 낡고 형편없었다. 컴퓨터 한 대도 없었다. 대출한 책은 반납을 하지 않아도 될 것 같았다. 그러다 작가 왕샤오보가 하나의 전환점이 되었다. 나는 잠시 멈춰 생각했다. 내가 되고 싶은 사람이잖아. 하지만 나의 문학적 재능이 그 정도로 충분치는 않다는 걸 잘 알았다. 그냥 그대로 흐르는 세월에 몸을 맡기며 시간을 허비했다. 불면의 밤을 보낸 적도 없었다.

2010년부터 소설을 쓰기 시작해 2013년 처음으로 정기 간행물에 글을 발표했다. 그 전에 타이완 문학상을 두 번 수상했고, 타이완에서 단행본으로 중편 한 권을 출간했다. 사실대로 말해 열심히 쓰긴 했지만 항상 놀고 있는 심정이었다. 스스로 문학청년이라고 생각한 적도 없었다. 작가가 되는 꿈을 꿔본 적도 없었다. 그냥 기이한 운명이 나를 이 길로 밀어 넣었다. 아니, 이 길로 떠밀려 돌아와 오래전에 잃어버린 기억을 집어든 대신 내가 '탈영병'이었다는 사실은 잊어버렸을지도 모른다. 소설 쓰기는 작가 위화로부터 깨달음을 얻었다. 그는 언제나 부지런히 오묘한 뜻을 추구했고, 그의 뜻은 예리하고 준엄하여 절대 꺾이지 않았다.

문학의 지식에 관한 한 나는 왕샤오보의 추종자다. 그는 무료함을 거부하고, 지혜를 향해 나아가며, 홀로 전진한다. 소설가의 몸가짐에 관한 한 나는 무라카미 하루키를 따른다. 매번 글을 쓸 때마다 넥타이를 매고 책상을 향해 절을 하진 않지만, 그래도 시간을 늘려 수십 년의 계획을 세우고, 매일 끊임없이 일한다. 문학에 대한 사랑에 있어서 나는 내가 만난 두 국어 선생님의 도제이다. 문학은 생활이다. 신분에 관계없이 그저 스스로 정결하게 정신적인 고행을 이어 갈 뿐이다. 문학에 대한 정직함과 너그러움, 인내는 우리 부모님으로 배운 것이다. 나는 내 부모의 아들로서 한 줄을 쓸 때마다 이에 대해 책임을 진다. 바둑 한 판을 두고, 요리 한 접시를 만들어 이를 소중히 여기는 마음, 삶에 대한 두터운 사랑을 생각하며 모두에게 내가 만든 요리 맛을 보도록 한다. 앞으로 가야 할 문학의 길에 대해서는 많이 생각하지 않는다. 아내가 옆에 있고, 위로는 자상한 어머니와 태산 같은 장모님이 계신다. 그들 모두가 내 스승이다. 나는 아마도 격정적인 영혼의 소유자일지 모른다. 집에 앉아 아늑한 시간에 포위된 채, 내 약간의 격정을 종이 위에 새기는 것, 그것이 전부이다.

솽쉐타오

9천 반의 아이들

九千班的孩子们

1판 1쇄 찍음	2019년 10월 11일
1판 1쇄 펴냄	2019년 10월 18일

지은이	쌍쉐타오
옮긴이	유소영
발행인	박근섭·박상준
펴낸곳	(주)민음사

출판등록	1966. 5. 19. 제16-490호
주소	서울시 강남구 도산대로 1길 62(신사동)
	강남출판문화센터 5층 (우편번호 06027)
대표전화	515-2000	팩시밀리 515-2007
홈페이지	www.minumsa.com

한국어판 ⓒ 민음사, 2019. Printed in Seoul, Korea

ISBN   978-89-374-7948-9 (03820)